dtv

Der Auftragskiller Hold gerät auf die schiefe Bahn der Frankfurter Buchmesse. Erst tötet er den falschen Mann, dann verliebt er sich auch noch in die richtige Frau. Ein Amateur, der allen Profi-Promis das Fürchten lehrt.

HAUPTPERSONEN
(in der Reihenfolge ihres Auftretens)

WILLEM HOLD, seinem Gefühl nach Anfang Zwanzig, in Wahrheit leider älter; war seit zehn Jahren nicht mehr in Deutschland, aus gutem Grund, reist jetzt an, um einen Mann zu töten * LOU SCHULTZ, Ende Zwanzig, verdammt schön; tut es für Geld und hat bei der Gelegenheit einen Picasso abgestaubt; sitzt neben Hold im Flieger nach Frankfurt, First Class * DR. CORNELIUS ZIDONA, begnadeter Akquisiteur, kann alles herbeireden, vom kompletten Maschinenpark bis zur eigenen Männlichkeit * OLLENBECK, neuerdings Schriftsteller, nur ein Buch und schon das Männerwunder der deutschen Literatur * LOUIS FREYTAG, Großkritiker, alterslos, wird aus Versehen getötet, scheint danach immer noch auf die Pauke zu hauen * CARL FEUERBACH und HELENE STIRIUS, beide früher im Polizeidienst, heute Privatdetektive mit erstem Auftrag: den verschwundenen Picasso aufzuspüren; wohnen zwangsweise zusammen, siezen sich vorsichtshalber * JOHANN MANFRED ›BIG MANNI‹ BUSCHE, um die fünfzig; hat schon als Kind von riesigen Bohrern geträumt und inzwischen zig Millionen durch Leasing-Geschäfte gemacht: soll umgelegt werden * VANILLA CAMPUS-BUSCHE, zwischen dreißig und fünfzig, bis zu einem legendären Ausrutscher Nachrichtensprecherin, danach Profi-Prominente und schließlich die Gattin von Busche; hat gerade ihr erstes Buch veröffentlicht, eine Sexfibel, Bodymotion.

... sowie einige alternde Schriftsteller, Kritiker usw., dazu allerlei Persönlichkeiten des öffentlichen Lebens (wie auch die übrigen frei erfunden).

Bodo Kirchhoff, geboren 1948 in Hamburg, lebt in Frankfurt am Main und am Gardasee. Sein umfangreiches Werk umfasst Romane, Erzählungen und Novellen, Theaterstücke und Drehbücher. Er wurde u. a. mit dem Deutschen Kritikerpreis (2012), mit der Carl-Zuckmayer-Medaille (2008) und dem Deutschen Buchpreis (2016) ausgezeichnet.

Bodo Kirchhoff

Schundroman

dtv

Von Bodo Kirchhoff
ist bei dtv außerdem lieferbar:
Infanta (14029)
Erinnerungen an meinen Porsche (14062)
Eros und Asche (14129)
Die kleine Garbo (14173)
Parlando (14225)
Die Liebe in groben Zügen (14317)
Verlangen und Melancholie (14517)
Wo das Meer beginnt (14590)

**Ausführliche Informationen über
unsere Autoren und Bücher
www.dtv.de**

4. Auflage 2018
2014 dtv Verlagsgesellschaft mbH & Co. KG, München
Lizenzausgabe mit Genehmigung der Frankfurter Verlagsanstalt

Umschlagkonzept: Balk & Brumshagen
Umschlaggestaltung nach Entwurf
von Bertsch & Holst, Frankfurt am Main,
unter Verwendung des Motivs
›True detective‹ (True crime magazine,
März 1949, Richard Cardiff)
Druck und Bindung: Druckerei C.H.Beck, Nördlingen
Gedruckt auf säurefreiem, chlorfrei gebleichtem Papier
Printed in Germany · ISBN 978-3-423-14358-5

Dem Frankfurter Antiquar Rüger verdanke ich die Bekanntschaft mit den Büchern von Charles Willeford; Willefords *Miami Blues* verdanke ich die Lust auf eine Gangsterstory mit der Variante des zufälligen Anfangsopfers auf einem Flughafen; und das Sizilianische unseres Literaturbetriebs lieferte die Notwehrlage für diesen Roman aus der Hüfte, einschließlich der Idee, daß jenes Anfangsopfer nur der Pate selbst sein kann.

B. K. März 2002

Warum tut lieben mehr weh als töten?

(Willem Hold)

I

Willem Hold hatte sie schon während des Starts entdeckt, als sie unter dem Ärmel eines weißen Herrenhemds auftauchte, infolge der Beschleunigung oder von Nervosität, die einen beim Abheben den Arm strecken läßt, pendelnd um ein schmales Gelenk, schmal, aber weich, die Jaeger-Le Coultre Reverso mit Sekundenanzeige, eine seiner Traumuhren, seit er denken konnte, neben der Rolex Daytona Newman: von der sie sich unterschied wie das Gute vom Bösen.

Lange hatte er nur auf die Hand und das Gependel gesehen, erst nachdem die Schlafbrillen verteilt waren, riskierte er auch einen Blick auf Lippen und Nase der Frau. Die paßten zu einer Reverso, fand er, zu ihrer schlichten Form mit den feinen arabischen Zahlen, und die Augen unter der Brille, die stellte er sich grün bis braun vor, jedenfalls alarmierend. Willem Hold – seinem Gefühl nach Anfang Zwanzig, in Wahrheit längst über Dreißig – konnte sich nicht erinnern, wann er das letzte Mal so ruhig neben einer Frau gelegen hatte, noch dazu umgeben von hilfsbereiten anderen weiblichen Personen, aber er war auch noch nie erster Klasse geflogen. Höchst angenehm war das, eine kleine entgegenkommende Welt, mit persönlicher Stewardess, die einen beim Namen nannte, auch nach Verlöschen aller Lichter, »Möchten Sie geweckt werden, Herr Pallas?« Wie selbstverständlich kam das aus ihrem Mund, dem einer Vorstadtschönheit, und seine Antwort war ein sachtes Hin- und Herbewegen des Zeigefingers. An Schlaf war für ihn gar nicht zu denken; wenn es etwas gab, dem Willem Hold traute, waren das seine Wachheit und die Fähigkeiten eines philippinischen Paßfälschers.

Er hatte das Dokument erst gestern mittag bekommen, aus der Hand des berüchtigten Homobono Narciso, früher in Sonderkommandos tätig, seinen Opfern, soweit sie noch lebten, als Major Bony unvergeßlich, der linken Hand, muß man sagen, denn die rechte fehlte dem Exmajor, der sich seit dem Sturz von Estrada, dem Schmieren-Präsidenten, als einhändiger Detektiv in Manila durchschlug, meist im Dienst von Anwälten, die beim Prozeßgegner nach Schmutz suchten, wenn es sein mußte, den Schmutz auch bestellten. Irgendwer hatte Narciso beauftragt, ihn zu engagieren, vermutlich ein Deutscher, denn es ging ja nach Deutschland, und der Exmajor hatte den Paß bestellt, bei Leuten mit Zugang zur Staatsdruckerei, versteht sich. Wer hinter alldem steckte, mußte Geld haben, viel Geld, und wer für ihn tätig wurde, flog eben erster Klasse – aber offenbar immer noch nicht genug Geld, dachte Hold, sonst hätte man ihn kaum engagiert.

In der First, hieß es immer, könnte man schlafen, doch Willem konnte nirgends schlafen, es half auch nicht, wenn eine Frau neben ihm lag, er meinte dann, ihren Schlaf bewachen zu müssen, und sah sie an, wie er seine Sitznachbarin mit der Reverso ansah, obwohl er mehr als eine Armlänge von ihr getrennt war: Technisch betrachtet, befand sie sich neben ihm. Einen Fuß auf dem anderen, die Hände auf den Schenkeln – sie trug eine Jeans von der Zweihundert-Dollar-Sorte –, lag sie entspannt auf dem Rücken, Brust und Bauch mit Teilen der Frankfurter Allgemeinen Zeitung bedeckt, hübsch um einen freiliegenden Nabel gruppiert, und was für einen, das perfekte Oval, ohne Knorpel, ein gestreckter Trichter, und nicht etwa mit falscher Perle darin, sondern einem echten Tattoo am Rand – jetzt erst zu sehen, nach kurzer Turbulenz, die den Kulturteil der Zeitung Richtung Sitz rutschen ließ –, einem Symbol, kaum größer als eine Neun-Millimeter-Patrone, aus seiner Sicht das Sinnbild der

Männlichkeit, wie man es auf Klowänden findet (in Wahrheit der winzige Umriß eines oberitalienischen Sees, doch wer vermutet im Nabelbereich schon einen geographischen Hinweis).

Er schätzte sie auf Ende Zwanzig, höchstens, und weder ihr weißes Hemd noch die unschuldig hellen Nägel, maßvoll spitz, und schon gar nicht die traumhafte Uhr – gelbes Lederband – konnten ihn darüber hinwegtäuschen, daß sie in diesem Liegesitz fehl am Platz war, so fehl wie er. Willem Hold sah sich neben einer jener Frauen sitzen, die im Dienste gewisser Männer mit Geld für eine Nacht um die halbe Welt fliegen, käuflich, aber auf hohem Niveau, sonst würde sie kaum diese Zeitung lesen, die sogar in den deutschen Bars von Manila manchmal herumlag, vermengt mit der Bild-Zeitung zu einem Müll aus Klatsch und Wirtschaft, und er warf einen Blick in den aufgeklappten Kulturteil. Morgen fing die weltgrößte Buchmesse an, *Rekord an Neuerscheinungen*, hieß eine Überschrift, also reisten auch etliche Männer mit Geld nach Frankfurt, verständlich, daß eine Frau wie sie auf dem Heimweg war. Er besaß nur eine vage Vorstellung von dieser Messe, die es schon gab, als er in Frankfurt zur Schule ging, die vage Vorstellung von bärtigen Typen mit Brillen, umgeben von Zigarettendunst, und dünnen Weibern in Schwarz, die aus noch dünneren Büchern lasen, allerdings besaß er auch keine rechte Vorstellung mehr von der Stadt Frankfurt, ja nicht einmal von Deutschland, das er vor einem Jahrzehnt eiligst verlassen hatte.

Hold überflog noch die Notizen über Shootingstars der Messe, allen voran ein gewisser Ollenbeck, Vertreter eines neuen Männerwunders, wie dort zitiert war, angeblich publikumsscheu, mit einem ersten, sogenannten Skandalroman, sowie eine Frau, von der er schon gehört hatte, Vanilla Campus, Verfasserin einer Sexfibel, *Bodymotion*. Von ihr gab es sogar ein Foto, als Diva mit wallendem Haar und leicht offenem Kußmund, dazu Augen fast so dunkel wie seine, aber etwas verengt, um sie gefährlich erscheinen zu lassen, ein Gesicht, das an den Rändern zerfloß, nur von Haar und Augen in Form gebracht, irgendwie alterslos, sie konnte dreißig sein, aber auch fünfzig, als sei dazwischen alles eins, eine einzige Crème caramel, und je länger er hinsah, desto mehr fiel ihm dabei ein anderes Gesicht ein, ebenfalls mit großem Mund, immerzu feucht und ganz ähnlich zerfließend, geradezu brüderlich, nur gehalten von zwei harten Augen, erschreckend hart für die eines Fünfzehnjährigen.

Er dachte an seine Jahre im Heim, nach frühem Tod der Eltern, er dachte an Zidona, der sein Leben verändert hatte. Eines Abends – sie hatten Modellflieger im Turnraum gebastelt – kam er mit zwei anderen und drängte ihn in die Toilette, die Helfer bogen seine Arme auf den Rücken und rissen ihm die Hose herunter, während Zidona schon die Flasche mit dem Spannlack bereithielt – Lack für die mit Wachspapier verkleideten Tragflächen der Flieger, damit sie sich spannten wie dünnes Glas –, ihm noch eins in den Magen gab und sein Ringen nach Luft dazu nutzte, den kompletten Inhalt der Flasche einem Zweck zuzuführen, den er immer noch ausbaden mußte.

»Wie spät ist es?«

Ohne die Schlafbrille abzunehmen, hatte sie das in seine Richtung geflüstert, die Frau mit dem kleinen Tattoo am Nabel, und Willem Hold sah auf ihre Uhr. »Gleich zwei«, sagte er.

»Was zwei?«

»Zwei Uhr morgens, Manila-Zeit.«

»Wieviel Stunden sind wir geflogen?«

»Fünf vielleicht.«

»Also noch acht«, sagte sie.

»Das kommt hin.«

»Und wie spät ist es in Frankfurt?«

Hold überlegte kurz; er war so lange nicht mehr nach Westen geflogen, immer nur nach Norden oder Süden, zur Erholung nach Bali, zum Shopping nach Hongkong. »Zehn Uhr abends.«

»Dann leuchten noch alle Banken. Kennen Sie Frankfurt?«

»Nein«, sagte er, »sowenig wie Ihre Augen.«

»Aber Ihre Stimme klingt ein bißchen nach Frankfurt.«

»Meine Mutter kam aus Offenbach.«

»Meine nicht«, sie hob die Schlafbrille etwas an und blinzelte unter den Rändern hervor, »ich heiße Lou.«

»Willem. Heißen Sie wirklich so?«

»Ja.«

Er versuchte, ihre Augen zu sehen, vergebens.

»Nicht Jennifer oder Tanja oder Chantal?

»Nein, wofür halten Sie mich?« Sie ließ die Schlafbrille wieder zuschnappen und lächelte, als wären ihre Augen beteiligt. »Was ist das für ein Name, Willem?«

»Das ist Wilhelm ohne H.«

»Dann will ich Ihnen jetzt etwas sagen, Wilhelm ohne H«, sie flüsterte wieder, »mein Name ist in Wahrheit etwas länger, beruflich heiße ich allerdings Lou. Und ich bin auch nicht so weit von dem entfernt, wofür Sie mich halten.«

»Ich halte Sie für gar nichts.«

»Warum lügen Sie, Willem?«

Ihre Hand mit der Reverso kam, sie suchte seine Hand, und er kam ihr entgegen, während sie flüsterte wie in der Schule, als wollte sie bei ihm abschreiben. »Sie halten mich für eine Nutte. Keine billige, aber eine Nutte. Ist mir egal. Ich hätt es nur gern, daß Sie etwas auf mich aufpassen, wenn ich schlafe.«

»Das tue ich sowieso schon.«

»Um so besser. Dann gute Nacht.«

Und damit drehte sie sich auf die Seite, ihm vertrauensvoll zugewandt, und Willem Hold – der seinem Vornamen schon in der Schule mehr Schwung verliehen hatte – war wieder allein mit sich und der Welt, während die große Maschine irgendwo über Indien hinwegzog, mit Kurs auf Frankfurt, wo er schon am nächsten Abend für fünfzigtausend Euro einen Mann töten sollte.

2

Lou (auch wenn in ihrem Paß etwas anderes stand), Nachname Schultz, schon im Herrmann-Lubbe-Heim am Rande Frankfurts nur Die Schultz, litt unter ähnlichen Schlafstörungen wie Willem Hold, immer in Sorge, es könnte ihr im Schlaf etwas zustoßen; zwei frühere Heimkinder oder Ex-Insassen lagen da in der First nebeneinander, reiner Zufall, während die benachbarten Sitznummern der Passagiere Pallas und Schultz in der ersten Klasse des Lufthansaflugs Manila–Frankfurt alles andere als Zufall waren.

Sie schliefen also beide nicht, was aber nur einer von beiden wußte, nämlich die Frau mit den bedeckten Augen, die nur so tat, als würde sie schlafen, in einer Art Einklang mit ihrem Nachbarn, der so tat, als würde er auf sie aufpassen; in Wahrheit sah Willem Hold nur auf ihren prachtvollen Kußmund, umrahmt von zwei weichen Wangen, und dachte an Zidona.

Ein einziges Mal waren sie noch aufeinandergetroffen, Zidona und er, zwanzig Jahre nach dem Vorfall, im alten Flughafen von Hongkong, er hatte Einkäufe gemacht und hing noch auf der Duty-Free-Etage, weil im Flieger nach Manila angeblich eine Ratte herumlief, die mußten sie erst fangen, und da sah er im Spiegel eines Sonnenbrillenladens dieses Gesicht, das niemand vergessen konnte – nelkenrote Lippen, graublaue Augen, dazu die Nase eines Bischofs –, Zidona probierte die neuen Armanis, fast unverändert erschien er ihm, nur größer und breiter, als hätte jemand den Jungen von damals aufgeblasen und in einen Anzug gesteckt: *Hallo Zidona*, so war er einfach neben ihn getreten, neben den Mann, der ihm sein Liebesleben versaut hatte, und nun waren sie beide im Spiegel zu sehen, *Ich bin's, Hold, du erinnerst dich*, und Zidona lächelte und hielt ihm ein Kärtchen hin, als sei er stumm oder angewidert, er war Lawyer mit Büros in München und Singapur, aus allem heraus sozusagen, jedenfalls fiel es Hold schwer, auf die alte Geschichte mit seinem Schwanz zu kommen, er kam erst einmal auf Manila und seine kleinen Geschäfte – *Vermittlungsservice, was so anfällt* –, schaffte es aber immerhin, Zidona von dem Brillenladen in eine der entlegenen Rauchernischen zu lotsen, wobei er ihm einiges auftischte, angefangen mit seiner Zeit als Soldat, einem Einsatz in Somalia, und später habe er Deutschland verlassen müssen, nach einer Schießerei mit Russen; er wollte ihn partout beeindrucken, und als Zidona nur lachte und auf die eigenen Dinge kam, mit komplizierten Verträgen Wege zu ebnen – *Aber rund um den Globus, Hold* –, wäre es schon lächerlich gewesen, noch auf ein Stückchen ruinierter Haut zu kommen, ihm blieb nur ein wortloser Akt, als sie plötzlich allein in der Rauchernische waren. Er rammte Zidona einen Ellbogen in den Bauch und drückte das Gesicht des Eingeklappten in eine flache Schüssel mit qualmendem Sand, dem Sand, in den die Raucher ihre Kippen steckten, brachte es dann aber nicht zu Ende, sondern lockerte den Griff, bis Zidona Luft bekam, erstickte Schreie in den Sand stieß, und beugte sich an sein rotes Ohr, *Erinner dich, Arsch, ihr wart zu viert, Kickler, Wolke, du und der Spannlack … Du hattest noch kein Haar am Sack, aber konntest schon sagen, was ein Trauma ist – jetzt verpaß ich dir ein Trauma, Hold, das waren deine Worte!* Und damit ließ er ihn los, und Zidona spuckte und keuchte und wischte sich Sand und Glut von der Nase, verlor jedoch nicht die Beherrschung oder gewann sie sofort zurück: Das nächste Mal sei *er* wieder dran, mit diesem Satz ging er einfach – irgendwie imponierend – davon; ihm zitterten jedenfalls noch die Hände, als sein Flieger mit zwei Stunden Verspätung abhob, nachdem die Ratte, wie es hieß, liquidiert worden war.

Es brauchte nur Sekunden, um an all das zu denken, dann war Hold schon wieder bei seiner schönen Sitznachbarin. Ihr leises Schnarchen hatte etwas Gespieltes, als wollte sie ihn übers Ohr hauen, an seine Brieftasche kommen, samt falschem Paß, sobald er selbst schliefe, aber da hätte sie keine Chance. Willem Hold war hellwach, schon weil er an den Ort zurückkehrte, den er eigentlich für immer verlassen hatte. Fünfzigtausend Euro waren zwar ein Argument, aber kein Beruhigungsmittel; im Grunde war er hellwach, seit ihm der einhändige Exmajor das Angebot unterbreitet hatte, auf der Basis eines lückenlosen Wissens. Narciso wußte von der Klemme, in die er mit seinen Vermittlungsgeschäften geraten war, wem er welchen Betrag bis wann schuldete oder was in Deutschland noch gegen ihn vorlag, ja selbst, womit er seinerzeit als Soldat aufgefallen war, Schießergebnissen, die ihn fast zur Schnellen Eingreiftruppe gebracht hätten. Er hatte die einen oder anderen Details irgendwann irgendwem in Manila erzählt, doch nur bei einem waren die Dinge zusammengelaufen, nämlich bei Major Bony, für den sie ein klares Bild ergaben, das Bild eines begabten Amateurkillers. Man konnte dem Provisionsgeier Narciso in seinem Revier nicht entgehen, man konnte sich nur mit ihm verständigen, und die Verständigung sah so aus: Er, Willem Hold, sollte in Frankfurt den Leasing-Unternehmer Busche erschießen, einen Geldsack mit Geschäften in aller Welt; ein Fünftel des Honorars hatte er schon in Manila erhalten, weitere Zehntausend sollten gleich nach Erledigung des Auftrags folgen, der Rest bei seiner Rückkehr. Und damit ließen sich nicht nur alle Schulden bezahlen, dachte Hold, sondern auch die Sympathien einer Frau wie Lou für ein paar Nächte gewinnen: die dann tatsächlich neben ihm schliefe, statt ihn mit leisem Geschnarche an der Nase herumzuführen.

3

Während die Lufthansa-Maschine mit den zwei schlaflosen Passagieren im Bug über dem Arabischen Meer war (unter Umständen auch schon über dem Golf mit seinen Gasfeuern in der Dunkelheit, verbindet sich doch die Vorstellung des Arabischen Meeres viel leichter mit der eines Verbrechens), konnte auch ein anderer nicht schlafen: der Mann, der in ein paar Stunden aufstehen mußte, um bei Ankunft der Maschine am Flughafen zu sein. Es war seine erste Tätigkeit nach längerer Pause, dazu die erste in neuer Funktion. Als Partner eines kleinen Detektivbüros – außer ihm gab es nur noch die Inhaberin – sollte er im Auftrag einer Erbengemeinschaft einen aus Manila zurückgekehrten weiblichen Fluggast beschatten (Willem Holds reizvolle Sitznachbarin, wen sonst); alles spreche dafür, daß sie in Südasien einen Picasso verkauft habe, der ihr nach dem Tod eines Stammkunden in einem Hotelbett laut dessen letztem Willen zugefallen war, wobei die Erben nicht nur diesen Willen, sondern auch den Tod durch Herzversagen in Zweifel zogen; kein Fall für die Kripo oder den Verein, den Carl Feuerbach vor einem Jahr hinter sich gelassen hatte, nach einer dienstlichen Tragödie, die er als höchstpersönliche empfand.

Feuerbach saß, anstatt zu schlafen, in der Küche einer Zweihundertquadratmeterwohnung im Frankfurter Apfelwein-Stadtteil Sachsenhausen, Morgensternstraße, und dachte über sein Leben nach. Er war seit heute Untermieter, mit Bett und Schrank in einem noch nicht leer geräumten Kinderzimmer, dazu Benutzungsrecht für Bad und Küche; Hauptmieterin war die Frau, die ihn als Partner akzeptiert hatte, bis vor kurzem auch im Polizeidienst, angeblich im Krach aus dem Beamtenreich ausgeschieden und etwas weniger angeblich in finanziellen Schwierigkeiten, jedoch auf keinen Fall bereit, die schöne Wohnung zu räumen; dreihundert verlangte sie für das Zimmer, kalt. Im Grunde hatte er nur auf eine Beteiligungsanzeige reagiert – *Partner mit Kriminaldiensterfahrung für neues Detektivbüro gesucht* –, war aber sofort als in Frage kommender provisorischer Untermieter erkannt worden, als sei ihm die Geldknappheit nach einem Jahr Herumreisen durch die Welt auf die Stirn geschrieben, und so hatte er schließlich doppelt zugesagt, am Ende mit dem Argument geködert, daß dadurch sein Weg ins Büro lediglich über den Flur führen würde; außerdem hätte er im Moment, am Beginn der Buchmesse, nicht den Hauch einer Chance, auch nur das schäbigste Schlafloch in Frankfurt oder Umgebung zu finden.

Er saß ohne Licht in der Küche, das rote Lämpchen der Kaffeemaschine reichte ihm; Regen fiel gegen die Scheibe, und an den Füßen spürte man schon den Oktober, besonders nach einem Jahr in der Wärme. Am Anfang hatte er nur an eine Auszeit geglaubt, das heißt an eine Rückkehr in den Polizeidienst, wenn sich sein Schock gelegt hätte, aber er legte sich nicht, weder am Amazonas noch in den Weiten Australiens und auch nicht im Sprechzimmer eines in Polizeikreisen gerühmten Psychologen, *Ganz los werden Sie das wohl nie*, sagte der, *auch wenn Sie keine juristische*

Schuld trifft; aber Sie haben einen Jungen erschossen, der nur eine Spielzeugwaffe in der Hand hielt.

Der Kaffee war fertig, und Feuerbach suchte in der Dunkelheit eine Tasse, neben der Spüle stand ein ganzer Berg von Geschirr, Tassen und Teller ineinanderverkeilt, er versuchte, eine Tasse herauszulösen, wie einen Mikadostab, doch es geriet gleich das Ganze ins Wackeln, und ein Teller glitt aus dem Geschirrberg, beschleunigt womöglich durch Butterreste, sauste über die Kante und zersprang mit hellem Klirren auf dem neu verlegten Terrakottaboden, den er gewissermaßen mitfinanzierte.

Einige Sekunden lang war es still in der großen Wohnung, und Feuerbach bückte sich schon, um die Scherben zu sammeln, da ging eine Tür auf, die Tür zum Zimmer der Studentin, die ebenfalls die Gesamtkosten drückte: im selben Umfange, hieß es. Ihr Name war Nola, das hatte er sich notiert, um es nicht zu vergessen, und sie studierte Theologie, ohne Wenn und Aber, also mit dem Ziel der Kanzel, und für eine künftige Pastorin – eine von der Sorte anklagende Lebendigkeit – sah Nola ziemlich verwegen aus, so verwegen, daß man es gar nicht vergessen konnte.

»Kann ich helfen?« Noch vor Betreten der Küche sagte sie das, statt ein Theater zu machen, und er bat sie, das Licht auszulassen, aber da knipste sie es schon an, und er sah ihren weißen Pyjama mit dem verwühlten Haar über den Schultern, brünett, das hatte ihn schon immer fertiggemacht.

»Tut mir leid mit dem Teller.«

»Dafür gibt's frischen Kaffee.« Nola reichte ihm Kehrschaufel und Besen, und Feuerbach fegte die Scherben zusammen, während sie zwei Tassen spülte.

»Sie sollten weiterschlafen«, sagte er.

Nola stellte die Tassen auf den Tisch, samt Zucker und Milch.

»Jetzt bin ich wach.«

»Es tut mir wirklich leid.« Er warf die Scherben in den Müll; dabei fiel ihm auf, daß er nur Shorts und ein Unterhemd trug und beides Löcher hatte.

»Es muß dir nicht leid tun. Oder Ihnen ...«

»Egal«, sagte er, »wie du willst«, aber es war ihm nicht egal, er wollte diese künftige Pastorin mit verwühltem Haar und runden Schultern unter dem weißen Pyjama nicht duzen und schon gar nicht von ihr geduzt werden, es schien ihm das sicherste Mittel, die Zeit in dieser Wohnung heil zu überstehen, doch nun war es passiert, der Zwischenfall mit dem Teller hatte alles durcheinandergebracht; mal steht kaputtes Geschirr am Ende, mal am Anfang einer Geschichte, man steckt nicht drin, dachte er, wäre er nur bis zum Läuten des Weckers im Bett geblieben.

»Und du?« fragte Nola. »Kannst du nicht schlafen oder stehst du schon auf?«

»Ich muß sehr früh zum Flughafen.«

»Allein?«

Feuerbach nahm sich Zucker.

»Ja, mein erster Einsatz.« Er machte eine Kopfbewegung zum Flur hin und flüsterte jetzt. »Sie kann nicht mit, sie trifft ihren Exmann, ich glaube, es geht um den Sohn.«

»Bei Helen geht es immer um ihren Sohn. Und um Geld. Ihr Ex verdient nichts.«

»Und warum wohnt der Sohn dann bei ihm?«

»Weil sie das Geld ranschafft, ganz einfach.« Nola strich sich das Haar hinter die Ohren; sie hatte große runde Wangen. »Und was gibt's so früh am Flughafen?«

»Ich glaube, das ist kein privates Thema.«

»Nein? Wie lange wohnst du jetzt hier?«

»Einen Tag.«

»Ich ein Jahr – hier gibt es nur private Themen.«

Feuerbach sah über den Rand der Tasse in zwei braune

Augen unter dichten Wimpern. »Ich soll eine Frau beschatten, so eine Art Edelhure, sie kommt mit der Lufthansa aus Manila.« Er trank einen Schluck und behielt dann die Tasse am Mund. »Könnte sein, daß sie beim Tod eines reichen Kunden in einem Hotelbett nachgeholfen hat. Er war Sammler und soll ihr einen Picasso vermacht haben, ein Bild, das als verschollen galt, weil es bei ihm nie offiziell aufgetaucht war. Er verwahrte es in einem Safe, während sie seit einiger Zeit einen Brief besaß, zu öffnen im Falle seines Todes. Der Brief enthielt die Kombination und eine knappe Liebeserklärung. Und so kam sie an das Bild und hat es jetzt vermutlich in Südostasien verkauft.«

»Und *wie* hat sie nachgeholfen?«

»Wie?« Er sah plötzlich eine Chance, sich aller Chancen zu berauben. »Sie hat dafür gesorgt, daß sich der Typ zu Tode fickt.«

»Und das funktioniert?« fragte Nola nur.

»Warum nicht.« Feuerbach leerte die Tasse, Nola schaute ihm zu, nun von anklagendem Interesse, als wollte sie sagen, daß er zu wenig von Frauen und Sex verstehe, um eine solche Beschattung aufgrund einer derartigen Theorie rechtfertigen zu können. Er setzte die Tasse ab und beugte sich über den Küchentisch, bis er ihr Haar riechen konnte. »Der Mann war herzkrank, und sie hat ihn rangenommen, bis sein Kreislauf zusammenbrach.«

»Warst du dabei?«

»Es gibt Hinweise.«

»Worauf? Daß sie es gut getrieben haben?«

Er nahm die Tasse wieder an den Mund, obwohl sie leer war, aber irgendwie half ihm das, sein Staunen zu verbergen. »Es war mehr als das Übliche, davon gehe ich aus.«

»Du hast dich schnell eingearbeitet«, sagte Nola.

»Es blieb mir nichts anderes übrig.«

»Und was ist mehr als das Übliche?«

»Was weiß ich, drei Nummern pro Nacht.«

»Warum nicht vier?«

»Okay, vielleicht vier. Ich denke, du studierst Theologie ...«

»Dann sag ich fünf.«

»Gut, sie haben es fünfmal gemacht.«

»Und seit wann«, sagte Nola, »ist Leidenschaft strafbar?«

Feuerbach setzte die Tasse wieder ab, diesmal endgültig; irgend etwas wollte sie erreichen, vielleicht eine Art Hierarchie in der Wohnung klarstellen. »Nun paß mal auf«, flüsterte er, »die einzige Leidenschaft einer Nutte ist das Geld.«

Nola faltete die Hände, eine verwirrende Geste in dem Zusammenhang. »Du hast doch bestimmt ein Foto von ihr, dann schauen wir mal, ob wir diese Leidenschaft erkennen.«

Er sah, wie ihr Mund leicht in die Breite ging, zu einem müden Lächeln, und holte das Foto aus dem früheren Kinderzimmer. Es zeigte die Schultz in einem hellen Trenchcoat, offenbar trug sie nichts darunter; ihre Lippen waren ungeschminkt, ihr blondes Haar war naß; sie versuchte, mürrisch zu schauen, aber es wirkte eher komisch. Nola sah sich das Foto eine Weile an, dann stand sie plötzlich auf: »Wie viele solcher Frauen kennst du?« Feuerbach tat, als würde er nachdenken; genaugenommen kannte er keine. »Was weiß ich«, sagte er, und Nola lächelte auf ihn herunter, bevor sie die Küche verließ, »danke für den Kaffee.«

»Warte ...«

Ihr Kopf erschien noch einmal im Türspalt.

»Worauf?«

Feuerbach wußte keine Antwort, und Nola verschwand.

Eine Weile blieb er noch sitzen, wie um sich selbst zu beweisen, daß er es auch allein in dieser Küche mit dem neuen italienischen Boden aushielt, dann ging er auf sein Zimmer und zog sich an für den Einsatz. Irgend etwas, so schien ihm, hatte er verlernt in dem Jahr, jedenfalls fühlte er sich schutzlos gegenüber einer Frau wie Nola, viel schutzloser als ohne Dienstmarke und Waffe in seinem neuen Job: Da mußte man sich nur etwas unsichtbar machen, wie einfach. Er holte noch seinen Mantel aus besseren Tagen aus einem Umzugskarton, löschte das Licht und verließ die große Altbauwohnung.

Der Regen hatte aufgehört, dafür wehte ein feuchter Wind auf dem Weg zur U-Bahn-Station. Er wäre viel zu früh am Flughafen, dachte Feuerbach, aber dort ließe sich besser die Zeit totschlagen als in einer Wohnung, die ihn nichts anging. Vor einem Jahr hatte er noch selbst gut gewohnt, in Berlin, wo überhaupt alles besser war als in Frankfurt, und nun war er Untermieter. Dieses Wort verfolgte ihn, bis er in etwas Weiches trat, den Schuh hob und fluchte. Er fluchte so laut, daß Fenster aufgingen, während am Ende der Straße ein Kalb von Hund hinter einem Tengelmann-Lieferwagen hervorkam, gefolgt von seinem Frauchen. »Stehenbleiben«, rief Feuerbach, aus alter Gewohnheit, »stehenbleiben!«, und begann auch schon, dem Täter hinterherzurennen; keine hundert Meter lagen zwischen ihm und dem Kalbshund, doch sie kamen ihm vor wie eine unüberwindliche Strecke, so unüberwindlich wie zwischen ihm und der Art von Leben, das er vor seiner Auszeit geführt hatte.

4

Sie schlafen nicht«, flüsterte Hold.

Seine Sitznachbarin, technisch betrachtet, schnarchte jetzt nicht mehr, sie lag da wie aufgebahrt, Hände über dem Nabel gefaltet, nur ihre Lippen zuckten etwas, als erwarte sie einen Kuß, und dann ging die linke Hand zum Gesicht, sie klappte die Schlafbrille um, er sah ihre Augen, und die waren braun, unter geraden schmalen Lidern, ein sanfter und zugleich harter Blick. »Wilhelm ohne H«, sagte sie, »tu uns beide einen Gefallen, verwandel dich in ein richtiges Bett, und ich komme rüber.«

»Bequemer kann man's nicht haben im Flugzeug.«

»Blöder kann man nicht antworten.« Sie klappte die Brille wieder über die Augen, schien ihn aber immer noch anzusehen.

»Tut mir leid«, sagte Hold, »ich kann nicht zaubern.«

»Dann erzähl mir wenigstens was, damit ich einschlafen kann.«

»In welcher Art?«

»Egal, irgendwas mit Liebe.«

Willem beugte sich hinüber; er wurde nicht schlau aus ihr, entweder war sie betrunken oder ließ keine Gelegenheit aus, ihren Kundenkreis zu erweitern. »Bist du betrunken?«

»Nein.«

»Okay, also irgendwas mit Liebe.«

»Ja.«

Er überlegte kurz, und dann fiel ihm eine Geschichte ein, die er als Junge erlebt hatte, im einzigen Urlaub mit seinen Eltern, an einem großen See, in einem Tretboot mit einem Mädchen. »Ich war etwa fünfzehn«, begann er, »und hatte noch nie geküßt und das andere sowieso nicht, da sprach mich ein Mädchen an, ob ich mit ihr Tretboot fahren wollte, sie hieß Annika.«

»Ja nicht«, unterbrach ihn Lou, »dieser Name versaut die ganze Geschichte.«

»Aber sie hieß so.«

»Dann laß dir was anderes einfallen, Wilhelm ohne H!«

»Silence«, zischte jetzt jemand von hinten, und schon kam ein Flugbegleiter, die Hand am Haar, und bat um Ruhe, solange das Deckenlicht aus sei. Hold war darüber nicht undankbar, auch wenn er es haßte, von einer Schwuchtel ermahnt zu werden. Er fühlte sich im Moment gar nicht stark genug für eine Liebesgeschichte, und je näher die zurückgelassene Heimat rückte, desto schwächer fühlte er sich. Ja, er dachte sogar, diesem ganzen Auftrag nicht gewachsen zu sein, außerdem lag in Deutschland noch immer ein Haftbefehl gegen ihn vor, angeblich wegen Raubmords, obwohl es doch Notwehr war damals, nichts als Notwehr.

»Kommen Sie zu mir, ich will *Ihnen* etwas erzählen«, flüsterte Lou, und Willem ließ sich nicht zweimal bitten. Er hockte sich zwischen den Sitzen auf den Boden, Kopf in Höhe ihrer Brust, und da kam auch schon eine Hand, ihre linke, und griff ihm in den Nacken, zog den Kopf noch etwas näher. »Wir wollen hier ja niemanden wecken«, sprach sie ihm leise ins Ohr, »also müssen wir uns so unterhalten, geht das in Ordnung?« Er nickte, und sie fuhr fort. Wie ein Kind nach der Schule von einem Glück im Unglück erzählt, erzählte sie ihm von dem verstorbenen Kunden, verstorben in einem Frankfurter Hotelbett, und dem Picasso, den er ihr noch zu Lebzeiten vermacht habe, von den erbosten Erben und der Polizei, die sie ihr auf den Hals gehetzt hätten. »Aber der Polizei«, flüsterte sie, »fehlten Beweise, und darum drohten die Erben damit, Detektive zu engagieren, wenn ich das Bild nicht herausgeben würde. Die sollen es mir abjagen, aber auch Beweise liefern, daß es nur durch Mord in meinen Besitz kam. Ich konnte dann gerade noch Richtung Manila abhauen mit dem Bild, weil es nicht groß ist, ich hab's zwischen Zeitungen und Wäsche in den Koffer gestopft, nur konnt ich dort nicht einfach bleiben, mein Revier liegt leider in Frankfurt. Und natürlich haben sie dort jetzt jemanden engagiert, und der steht nachher am Flughafen, was weiß ich wo, mit Fotos von mir, und wird mich erkennen und dann beschatten und irgendwie fertigmachen – Sie kriegen wir dran, hat mir einer der Erben auf die Mailbox gesprochen, Sie Luder kriegen wir dran! Die wollen mich lebenslänglich ins Gefängnis bringen, verstehst du das?«

»Ja, ich verstehe. Und wo ist der Picasso jetzt?«

»Keine Ahnung. Er ist verkauft ...«

»Für wieviel?«

»Das geht dich nichts an.«

»Wie groß war das Ding?«

»Ich sagte doch: Es ging in den Koffer.«

»Und was war drauf?«

»Irgendein Scheiß.«

Ihr Mund berührte jetzt sein Ohr, und er wußte, daß gleich die Schmerzen da unten kämen, wenn sie so weitermachte, am besten, er dachte an etwas anderes. »Was für ein Scheiß?«

»Ein echter, ich meine, ein kackender Mann. Ich würde keine hundert Mark dafür bezahlen.«

»Es gibt keine Mark mehr.«

»Ich würde gar nichts dafür bezahlen.«

»Aber irgendwer hat was bezahlt ...«

»Eine Menge sogar, angeblich.«

»Wieso angeblich?«

»Ich hab's nicht selbst verkauft, das war ein Bekannter.«

»Und der hat jetzt die Menge?«

»Er hat's für mich angelegt, abzüglich Provision.«

»Sagt er. Und warum sollte ich das Ganze erfahren?« Hold war mißtrauisch geworden, irgend etwas stimmte nicht, entweder die Picasso-Geschichte oder ihre Hand in seinem Haar.

»Ganz einfach«, flüsterte sie, »ich will, daß du mir nachher am Flughafen hilfst. Ich bin in einer üblen Lage.«

»Was soll ich tun?«

»Nur dafür sorgen, daß ich abhauen kann. Den Kerl, der mich beschatten soll, irgendwie ablenken.«

»Der wird sich kaum zu erkennen geben. Man kann nur davon ausgehen, daß er gleich hinter dem Zoll wartet.«

»Dann tun Sie irgendwas, das jeden dort ablenkt.«

Lou – der Name war ihr auf den Mund geschrieben – fiel plötzlich wieder ins Sie, und Hold schloß daraus auf den Grad ihrer üblen Lage; das Wasser stand ihr wohl bis zum Hals.

»Gut, was bekomm ich dafür?«

Sie küßte seine Ohrmuschel.

»Meine Handynummer. Abends können Sie mich anrufen, ich bin in meiner Wohnung. Dann sehen wir weiter ...«

»Du solltest dich besser woanders aufhalten.«

»Die Wohnung kennt keiner, ich bin nicht die Mieterin.«

»Der Mieter ist dein Bekannter.«

»Woher wissen Sie das?«

»Hab ich geraten«, sagte Hold. »Wie heißt er?«

»Das spielt keine Rolle.« Lou nahm die Serviette, auf der ihr letzter Drink stand, sie schrieb mit Kugelschreiber eine Nummer darauf. »Mein Gerät ist immer an. Aber warte bis zum Abend.«

»Am Abend hab ich was vor.«

»Dann meld dich danach.«

»Und dein Bekannter?«

»Der ist noch in Manila.«

»Wurde dort das Bild verkauft?«

»Ja, kann sein.«

»Dann muß er einiges draufhaben, dieser Bekannte.«

Willems Sitznachbarin lächelte, aber es gefiel ihm nicht, dieses Lächeln, es machte sie älter.

»Wovon lebt der Typ?«

»Vom Reden. Er verhandelt für eine Firma.«

»Ach so?« Hold wandte ihr das Gesicht zu, während hinter ihnen schon wieder gezischt wurde und auch gleich die Flugbegleiterschwuchtel nahte. »Worüber verhandelt er denn?«

»Er verhandelt nicht, er erzählt von Produkten.«

»Also ein Vertreter.«

»In der Art«, sagte Lou. »Helfen Sie mir jetzt?!«

Leselampen gingen an, empörtes Flüstern war zu hören, der Flugbegleiter holte die Kollegin mit dem Vorstadtreiz, während Hold, von alldem unberührt, an die Schlafbrille seiner Nachbarin griff. »Erstens, ich heiße Willem. Zweitens, ich bleibe nur vierundzwanzig Stunden in Frankfurt. Drittens, ich habe selbst Ärger genug.« Und damit klappte er die Schlafbrille hoch und sah in zwei umwerfende Augen und sagte, nach kurzem Luftholen: »Viertens, ich werd sehen, was ich tun kann.«

5

Die frühere Hauptkommissarin Helene Stirius, stets bemüht, ihren Vornamen um ein kleines e zu erleichtern, Helen also, sechsunddreißig, mit Generalkrise vor einem Jahr – Austritt aus dem Polizeidienst wegen Überempfindlichkeit, Scheidung mit Verlust des Sorgerechts für Sohn Kasimir, Einfrieren ihres Sexuallebens bei Verbleib in einer Luxuswohnung, Halt am Strohhalm der Erwachsenen-WG und einer Firmengründung –, Helen Stirius saß mit ihrer Katze Naomi in der Küche und betrachtete die Reproduktion eines nicht gerade jugendfreien, vielleicht nicht einmal erwachsenenfreien Bildes aus der Hand des berühmtesten Künstlers der Neuzeit, zwar leicht verstört durch das Sujet, doch keineswegs tangiert in ihrer bekannten Empfindlichkeit (die im Grunde erst bei Vorgesetzten mit Dreitagebärten oder deutschen Polizeiuniformen tangiert war).

Ein stehend defäzierender Mann war da zu sehen, einschließlich dessen, was er von sich gab, ein Mann mit großen dunklen Augen, dem Künstler nicht unähnlich, sowie zwei alte Prostituierte, die der Angelegenheit beiwohnten oder dem Mann auch sachte zur Hand gingen, ihr neuer Mitarbeiter war jedenfalls dieser Ansicht. »Sie erlösen ihn von Verstopfung, ich glaube, darum geht es«, hatte Feuerbach beim Beziehen seines Bettes gesagt, und irgendwie erschien ihr das immer noch einleuchtend.

Allerdings war Helen auch bereit, sich überzeugen zu lassen von diesem Mann, den sie da in ihr kleines Unternehmen und auch gleich in ihre Wohnung aufgenommen hatte, auf Probe versteht sich. Carl Feuerbach war keine gescheiterte Kriminalbeamtenexistenz, das hatte sie gleich gemerkt, er war höchstens an sich selbst gescheitert, ohne die Lust am Ermitteln verloren zu haben. Außerdem behauptete er, ihre Katze zu mögen und überhaupt Tiere, bis auf kalbsartige Hunde, und was die Menschen betraf, so unterschied er, ähnlich wie sie, nur zwischen kleinen und großen Schweinen, wobei er sich selbst natürlich zu den kleinen zählte, von jeher gewillt, wie er sagte, die großen der Gerechtigkeit zuzuführen. Aus ihrer Sicht war das eine gewisse Neigung zum Pathos – der Sicht der älteren, vier Jahre seinen Papieren nach –, doch diese Neigung war nicht das Problem, das sie auf sich zukommen sah; das Problem war sein Aussehen. Feuerbach war dunkelblond, mit blauen Augen und zwei Falten um einen beim Lachen breiter und breiter werdenden Mund, und eine wie sie, die gern ins Kino ging, müßte schon halb blind sein, um nicht an den jungen Steve McQueen zu denken. Im übrigen glaubte er, daß der Picasso in Asien gut eine Million gebracht haben dürfte, jetzt müßte man dieser Schultz nur noch die Tötungsabsicht nachweisen und an das Geld herankommen oder, noch besser, an den Käufer und das Bild selbst, dann wäre ein sattes Honorar fällig, zehn Prozent vom Erlös oder Wert des Picassos. Ihr neuer Mieter und Mitarbeiter hatte sich förmlich gerissen um den Flughafenjob am Morgen, so konnte sie in Ruhe aufstehen, um sich mit ihrem Sohn zu treffen – dessen arbeitsloser Erzeuger schon wieder mehr Unterhalt von ihr verlangte.

Helen war bereits angezogen und saß mit dem Rücken zum Fenster, wie immer bei Regen, neben dem Frühstücksei eine teure Uhr, die alte Baume & Mercier ihres Vaters, und vor sich die einem Privatkatalog entnommene Picasso-Reproduktion.

»Warum hat der so was gemalt, möcht ich mal wissen.«

»Er konnte ja nicht dauernd Guernica malen. Oder irgendwelche schiefen Frauen.« Nola brachte den Tee und setzte sich, während die Katze vom Tisch sprang. Naomi mochte nicht jede und jeden, aber jeder mochte Naomi, und irgendwie schien sie das verdorben zu haben, das war Nolas Theorie, die sie aber für sich behielt. Sie wußte, wie Helen an ihrer Katze hing, als sei ihr Naomi nicht einfach zugelaufen, sondern hätte sie gesucht, überhaupt glaubte Helen nicht an Zufälle, und in diesem Punkt waren sich Nola und ihre Vermieterin sofort nähergekommen, auch wenn es die Offenheit einer Annonce war, die sie eines Tages in die Morgensternstraße geführt hatte, *Ruhige, gescheite Mitbewohnerin gesucht, keine WG-Atmosphäre!*

Helen klopfte das Ei auf, eher ein Herumtrommeln auf der Schale, sie war nicht bei der Sache, sie war immer noch bei dem Bild. »Eins verstehe ich trotzdem nicht, ein Mann bei dieser Tätigkeit, das ist doch kein Motiv für einen Maler.«

»Du vergißt die zwei Frauen, die ihm zusehen.«

»Und dadurch wird es besser?«

»Nein«, sagte Nola. »Aber vielschichtiger.«

Helen köpfte das Ei jetzt; es war zu weich. Vermutlich hatte Nola recht, immerhin studierte sie. Und die kleine Belehrung war ihr auch nicht unangenehm, sie hatte selbst das Wort *gescheit* in die Annonce gesetzt. Nola war ihr sofort sympathisch gewesen, ein Kind aus gutem Haus, das sich für Gott interessierte, angeblich froh, bei einer früheren Kriminalbeamtin zu wohnen, eine bessere Untermieterin war kaum vorstellbar. Feuerbach erschien ihr dagegen als rein provisorische Lösung, ein Mitarbeiter in der Wohnung, das konnte nicht gutgehen. Und dann hatte er sie auch noch, aus Unkenntnis oder Angeberei, schwer zu sagen, für den heutigen Abend in ein kleines Lokal am Opernplatz eingeladen, eins der besten und teuersten der Stadt, wenn nicht das beste und teuerste; seit Tagen war dort auf seinen Namen der begehrteste Tisch reserviert, mit Blick auf den Brunnen.

»Das Ei wird kalt«, sagte Nola.

Helen nahm einen Happen; die Einladung durch einen Jüngeren hatte ja oft etwas Überwältigendes, wie die Geschenke von Kindern an ihre Eltern, ihre kleine Schwäche war also verständlich. Und was sollte schon passieren? Feuerbach sagte *Sie* und *Helene* zu ihr, er war äußerst zurückhaltend, in jeder Hinsicht; nicht einmal Tröpfchen hinterließ er im Bad.

»Kann es sein, daß heute nacht jemand in der Küche war?«

Nola strich sich das Haar hinter die Ohren, sie wurde niemals rot beim Lügen. »Keine Ahnung. Vielleicht der Neue.«

»Da hat aber jemand geredet. Und vorher hat's geklirrt.«

Helen stand auf und sah in den Müll; jemand hatte ihn geleert.

»Oder ich hab's nur geträumt.«

»So was gibt's«, sagte Nola.

»Aber irgendwer hat geredet.«

»Dann war das im Radio. Er ist der Typ, der Radio hört.«

»Wenn du ihn so siehst ... Willst du Tee?«

»Nein.«

»Die Kanne ist sowieso leer.« Helen strich Nola übers Haar und zog noch ein bißchen daran, bevor sie die Küche verließ, gefolgt von der Katze. Da läuft also schon was, dachte sie.

6

Der Frankfurter Flughafen, früher Rhein-Main, heute Fraport, ist neben den Hochhäusern und der jährlichen Buchmesse sicher das Imposanteste, das diese Stadt zu bieten hat, auch wenn der neue Name ein Versuch war, es anderen Großflughäfen gleichzutun, ein Name, der Willem Hold so idiotisch erschien wie der in seinem falschen Ausweis, Hagen Pallas; aber offenbar waren es gerade die idiotischen Namen, die inzwischen als normale durchgingen, und so stand er auch einigermaßen gelassen in der Schlange aus Übernächtigten vor der deutschen Zollkontrolle.

Er hatte Lou versprochen, sie im Auge zu behalten, und, falls es Schwierigkeiten gäbe, etwas zu unternehmen, fragte sich nur, was, wenn er dabei nicht auffallen wollte. Sie trug jetzt einen roten Lackmantel über dem Arm, den hatte sie aus ihrem Handgepäck gezogen, wie eine Haut für den Notfall. Nur ein älteres Ehepaar stand zwischen ihm und ihr in der Schlange vor dem sogenannten Europäerschalter, der ihn überraschte. Was war in den letzten zehn Jahren aus Deutschland geworden? Und was aus seinem

Frankfurt, wenn schon der Flughafen Fraport hieß? Würde er überhaupt, ohne zu fragen, den Opernplatz finden, wo er am Abend zuschlagen sollte? Womöglich hieß der Platz heute ganz anders, und er müßte sich einen Stadtplan besorgen.

Lou kam an die Reihe, und da sah er ihn schon oder glaubte ihn zu erkennen, den Mann, der auf sie angesetzt war; er schien allein zu sein, entschlossen, sich ihr an die Fersen zu heften, sie kleinzukriegen, in der hohlen Hand ein Foto, auf das er ab und zu sah; Hold kannte diesen Ausdruck von seinen Kunden, wenn sie die Fotos irgendwelcher Schönheiten ansahen und sich entscheiden mußten, ob es nun sinnvoll wäre, seine Vermittlung in Anspruch zu nehmen oder nicht. Dieser Kerl – der ihn an irgendwen erinnerte, einen blonden US-Schauspieler, lange tot – würde die Sache geradewegs durchziehen und Lou dabei noch vernaschen, jedenfalls war da ein Lächeln um seinen Mund, als er Lou in der Schlange entdeckte, ein Lächeln, das immer breiter wurde, während er langsam zurücktrat, vor einen Zeitschriftenladen mit Büchern, den Blick jetzt auf das Nadelöhr der Zollsperre gerichtet. Hold behielt ihn im Auge, als Lou die Sperre passierte, während er schon selbst an die Reihe kam. Das ältere Ehepaar hatte man durchgewunken.

Er legte seinen Paß vor, der Beamte schob ihn auf eine Glasscheibe, Licht flammte auf, er zählte die Sekunden, den Datenfluß, bis feststand, daß nichts vorlag gegen einen Hagen Pallas, das war alles, er war wieder im Land, erst mit einem Fuß, dann mit beiden, dem Land, dessen Behörden ein Recht darauf hatten, ihn einzusperren, auch wenn es damals Notwehr war: Ein Juwelier am trostlosen Ende der Zeil, Libanese, der unerwartet eine Uzi zückte, da mußte man handeln, und er hatte gehandelt, nämlich geschossen, und das aus der bewährten P1 oder guten alten P 38, registriert bei der Bundeswehr, und auch noch gut getroffen, zu gut für eine Notwehr; eine Kugel zwischen die Augen eines ausländischen Mitbürgers, das würde ihn bis ins Grab verfolgen.

Der Blonde hatte Lou jetzt im Blick, ohne sie anzusehen, er würde sie lächelnd erledigen, keine Frage. Willem kannte Typen wie ihn, außen charmant, innen zäh, man konnte sie nur ausschalten, indem man sie ablenkte, jeder direkte Angriff hätte Folgen für seinen Auftrag, aber da war auch Lou, der Gedanke an ihren Mund, und Hold überlegte nicht lange, wie immer, wenn es darauf ankam, und für sein Gefühl kam es darauf an. Er brauchte einen Verbündeten, falls etwas schiefgehen sollte am Abend, und Lou hatte von einer Wohnung erzählt, die sie benutzen konnte, sie müßte nur dort hinkommen, ohne verfolgt zu werden, also wußte er, was er zu tun hatte, und bewegte sich instinktiv auf einen Mann zu, der gerade den Zeitschriftenladen mit den Büchern betrat, dort zu einer Stellwand schritt, einen älteren Herrn mit weichem Mund und Eulenaugen: der müßte nur zu Boden gehen, das würde reichen.

Es war die Wand mit den Bestsellern, den Romanen von Showmastern und Nachrichtensprechern, und ihre Rückseite bot einen gewissen Schutz vor Blicken; der Eulenaugen-Herr wollte offenbar ungestört in eine Zeitung schauen. Er hatte feuchte, irgendwie erschöpfte Lippen, dazu die Nase eines Kirchenfürsten, und Willem dachte an Zidona, obwohl Zidona viel jünger war, aber er stellte sich einfach ein, dieser Gedanke, und gab wohl den letzten Anstoß zu einer Aktion, die vielleicht gar nicht nötig gewesen wäre, um Lou einen Vorsprung zu verschaffen. Aber für Hold zählte nur noch der Augenblick, als er neben den lesenden Herren trat und einen Blick in dessen Zeitung warf, auf einen Artikel mit großem Foto, das ihn für einen Moment aus dem Konzept brachte, denn es zeigte genau den Mann, der die Zeitung hielt, als schaute er in einen Spiegel, und der

Eulenblick gälte ihm selbst, einen Moment des Staunens, der die Aktion noch mehr aus dem Ruder laufen ließ, weil Hold nämlich mit seinem Ellbogen – etwa in Nasenhöhe des eher gedrungenen Opfers – viel weiter ausholte als vorgesehen, um ihn dann gezielt auf diesem Organ landen zu lassen, mit einem Geräusch wie beim Zertreten eines Tischtennisballs, absolut unschön, ehe Blut aus der Nase quoll und ein heiserer Schrei alles Kommen und Gehen vor dem Zeitungsstand stoppte.

Der Getroffene, blutend und stöhnend, taumelte, ein schwacher Stoß in den Rücken genügte, damit er wie auf Schienen hinter der Bestsellerwand hervorkam und auf erstarrte Passagiere und Abholer zuschritt; zwei, drei Meter schaffte er noch, dann knickte er genau vor den Füßen des gutaussehenden Blonden ein, während Hold den Zeitungsladen einfach auf der anderen Seite verließ und seine schöne Reisebekanntschaft, den roten Lackmantel jetzt über den Schultern, in einer Gruppe von Männern mit pomadig glänzenden Haaren verschwand, dem kompletten Aufgebot von Eintracht Frankfurt, das zu einem Zweitligaspiel aufbrach.

7

Feuerbach hatte den älteren Herrn, trotz spritzenden Bluts, auf der Stelle erkannt und zweifelte keinen Moment daran, Zeuge eines Racheanschlags zu sein; jetzt galt es nur noch, den Autor zu schnappen, der den prominenten Literaturkritiker, vielleicht den prominentesten überhaupt, niedergeschlagen hatte, dann wäre sein Einstand als Privatdetektiv perfekt. Doch zunächst einmal war Erste Hilfe geboten, und der eigentliche Auftrag, die Dame Schultz betreffend, mußte warten.

Louis Freytag lag völlig reglos auf dem Boden, nur sein Blut zeigte noch Aktivität, es floß und floß aus der Nase. »Ein Arzt!« rief Feuerbach und begann mit der Herzmassage, aber es war kein Arzt in der Menge, nur ein Medizinstudent, der gleich von Exitus sprach, während andere, respektvoll, den Namen des Prominenten murmelten; es dauerte Minuten, bis Sanitäter und ein Notarzt kamen, dazu Grenzschutz mit Maschinenpistolen und ein Fernsehteam, das gerade am Flughafen gedreht hatte. »Ist er tot?« fragte die Redakteurin, und Feuerbach nickte nur. Er sah es, wenn jemand tot war, das verlernte man nicht, der Schlag mußte das Nasenbein zerschmettert haben, Knochenteile waren ins Auge oder kopfeinwärts gedrungen, mit der Folge eines Schocks und des Ausfalls zentraler Funktionen, also vermutlich Herzstillstand, bei ohnehin schwachem Herzen, wie allgemein bekannt war. Der Notarzt versuchte es noch mit den üblichen Mitteln, von Injektion bis Stromstoß, aber wer da Rache genommen hatte, dachte Feuerbach, der hatte es gründlich getan.

Sein nächster Gedanke galt schon dem flüchtigen Täter sowie der Frau, die ihm entkommen war, auch wenn er den Zusammenhang zwischen beiden Ereignissen – dem Anschlag auf Louis Freytag und seinem gescheiterten Einsatz – nicht einmal ahnen konnte; ihm war nur klar, daß er jetzt beide erwischen mußte, den Amokautor und die Käufliche mit dem Picasso-Erlös, wenn er bei seiner Partnerin, die ihm auch noch ein Dach über dem Kopf gab, nicht unten durch sein wollte. Die Einladung am Abend, das Essen in dem Lokal am Opernplatz, wäre dann jedenfalls herausgeschmissenes Geld.

Feuerbach schaute sich um. Zwar wimmelte es von Grenzschutzbeamten, doch die Polizei ließ auf sich warten, und so füllte er einfach die Lücke. Er ging zu der Betreiberin des Zeitschriftenladens mit Bestsellerservice und fragte nach ihrer Videoüberwachung, und sie zeigte ihm die kleine, hinter einem Isabel-Allende-Plakat mit winzigem Loch im Auge der Abgebildeten versteckte Kamera – seit seinem Ausscheiden aus dem Kriminaldienst waren sie noch kleiner, noch possierlicher geworden, diese überall plazierten Späher; selbst wollte die Betreiberin nichts gesehen haben, ja, sie schien nicht einmal zu wissen, welcher bedeutende Mann da hinter ihrem Rücken ein tragisches Ende gefunden hatte, stellte dafür aber gleich das Band zur Verfügung, und Feuerbach verließ damit den Laden. Bis er an den letzten Gaffern vorbei war – irgendwie hatte es sich schon herumgesprochen, wer da erschlagen oder gar ermordet auf dem Boden lag –, ging er noch langsam, dann erst begann er zu rennen, um vielleicht noch vor der Schultz bei den Taxis zu sein, aber sie hatte ihn abgehängt, ihn oder wem immer sie sonst noch davongerannt war, Feuerbach blieb nur die krumme Tour.

Er gab sich als Beamter aus und zeigte ihr Foto den Taxifahrern, die startbereit dastanden, und einer wollte sie immerhin gesehen haben, *So'n Model mit rotem Mantel,* konnte aber nicht angeben, bei welchem Kollegen sie mitgefahren war, nur daß sie ein Taxi genommen hatte, wenigstens etwas; Feuerbach stieg bei ihm ein. »Morgensternstraße«, sagte er und notierte sich Namen und Adresse des Fahrers, ehe er seine Vermieterin anrief, die immer noch frühstückte. Er hörte das Krachen von Knäckebrot, während Nola im Hintergrund etwas von Mozart summte; all seine Konzerte habe sie drauf. Helen hatte ihm die Mitbewohnerin förmlich verkauft, so wie er ihr jetzt seinen Reinfall verkaufen mußte, einziger Trumpf: Er konnte mit einer Sensation beginnen.

»Irgendwer hat eben Louis Freytag umgelegt«, rief er und faßte das Geschehen zusammen, um dann auf den Kern zu kommen, daß es die Zielperson leider verstanden habe, den allgemeinen Tumult nach dem Mord für sich zu nutzen. Er sprach entschieden von Mord, aber Helen blieb nüchtern: »Sie wollen sagen, daß *Sie* es nicht verstanden haben, trotz des allgemeinen Tumults, ihr zu folgen ...«

»Hören Sie, Louis Freytag fiel direkt vor meine Füße. Er taumelte aus einem Zeitungsladen mit Büchern, das Band aus der Überwachungskamera hab ich bereits. Aber diese Schultz sitzt jetzt in irgendeinem Taxi, von x Taxis, einen roten Mantel überm Arm, so ein Lackding. Die kann sonstwo hinfahren.«

»Dann muß man eben mit x Fahrern reden. Dann wird das auch was.«

»Und was wird aus unserem Essen heut abend?«

»Das läuft wie geplant. Oder ist Ihnen das Lokal auf einmal zu teuer? Wir können auch im Ostend essen.«

»Niemals«, sagte Feuerbach und unterbrach die Verbindung.

8

Das Frankfurter Ostend war schon immer eine elende Gegend und ist es auch heute noch und wird auch in Zukunft immer eine elende Gegend sein, egal, wie viele Bars mit buntem Zeug und Galerien mit wirrem Kram in irgendwelchen Fabriketagen rund um das neue Europa-Bank-Sperrgebiet aufmachten, ein Gebäude wie der Ostbahnhof genügte, um die ganze Gegend und ihre Bewohner niederzuhalten, vielleicht nicht die Zugezogenen, die ja im Grunde nur Durchreisende waren, aber das Stammpublikum, zu dem sich Willem Hold immer noch zählte. Nur ein Krieg mit noch verheerenderen Bomben als der letzte könnte die alten Narben ausradieren, Narben wie das Hotel Burger,

Ecke Zobelstraße, in dem ein Zimmer für ihn reserviert war, sein ausdrücklicher Wunsch. Natürlich hätte er auch im Frankfurter Hof wohnen können, aber Hold hatte sich sentimental entschieden, für das Hotel Burger in einem Haus aus den Sechzigern, mit hölzernen Rolläden und trübverglastem Eingang, keinen Steinwurf entfernt von dem einstigen kleinen Uhren- und Schmuckladen seiner Eltern, in dem inzwischen ein Änderungsschneider aus Bosnien seinem Gewerbe nachging, und nur eine Gehminute entfernt von der Ostbahnhofstraße, wo er als Junge in der Nummer neun unter dem Dach gelebt hatte, als seine Eltern noch auf der Welt waren, vor ihrer letzten Urlaubsfahrt Richtung Süden, in einem Käfer ohne Gurte oder andere Schikanen, einer Fahrt, die schon kurz hinter Hanau an einer Leitplanke beendet war.

Hold nannte am Empfang den Namen, der in seinem Paß stand, und der Mann hinterm Tresen, mehr auf einen Fernseher konzentriert als auf den Gast, reichte ihm Schlüssel und Meldeblock. Es war ein recht großer Fernseher für eine kleine Empfangsloge, und es ging um irgendeine Kreuzfahrt, soviel schnappte Hold auf, als er sich eintrug, mit Adresse in Manila. »Traumschiff«, sagte der Mann am Empfang, »ich hab alle Folgen auf Kassette, wenn Ihnen das Pay-TV nicht zusagt.« Er nahm den Meldeblock wieder an sich und warf einen Blick darauf: »Manila! Da waren die noch nie mit dem Schiff. Is nix los, wie?«

»Kommt darauf an ...«

»Sonst hätten die dort doch Station gemacht«, rief der Portier noch, als Hold schon auf der Treppe war.

Das Zimmer lag im ersten Stock, mit Blick auf die Zobelstraße und eine Shell-Tankstelle, und wenn alles nach Plan gelaufen war, hatte dort letzte Nacht die Person geschlafen, die am Abend noch eine wichtige Rolle spielen sollte. Willem schloß die Tür ab und zog die Gardinen zu; es war ein

Selbstmordzimmer, mit braunem Doppelbett und kleinem Fernseher an einem Gestänge, einer Naßzelle mit Aquariumslicht und einem Tisch, den ein Väschen mit Nelke zierte, neben einem Aschenbecher; der Boden war aus grauem Filz, die Decke aus Styroporplatten, genau in der Mitte hing eine Lampe. Er stellte den Fernseher an. Irgendeine Frau sollte eine Frage beantworten, *Wer moderierte die Show Der große Preis?*, vier Namen standen zur Auswahl, Lichtblitze zuckten. Hold ging zum Bett und hob die Matratze an. Auf dem Rost lag eine Hertie-Tüte, neben einem sorgfältig ausgebreiteten eierschalenfarbenen Trenchcoat, an dem noch das H & M-Schildchen hing; es beruhigte ihn, wie sein unbekannter Partner vorging. Alles war so deponiert, daß man dem Bett nichts angesehen hatte, und nach jeder Seite gab es noch Spielraum, falls das Zimmermädchen beim Neubeziehen unter die Matratze gegriffen hätte. Aber vermutlich wurde ein einmal verwendetes Laken im Hotel Burger gar nicht gewechselt, sondern nur glattgezogen.

Willem nahm Mantel und Tüte und leerte den Inhalt der Tüte aufs Bett; der Anblick beruhigte ihn noch mehr. Da lag, neben einer schwarzen Wollmütze mit sauber ausgeschnittenen Augenschlitzen, eine neue, aber nicht nagelneue, also erprobte Beretta Cougar fünfundvierzig samt Reservemagazin mit acht Patronen, Expansivgeschosse, wie verlangt. Er nahm sie in die Hand, seine Lieblingswaffe, und zielte blitzschnell auf die Nelke. »Das paßt«, sagte er und mußte an Czerny denken, seinen Freund und Partner in Manila, den lustigen Czerny aus Wien mit seinem ewigen *Das paßt*, bis er sich Aids holte. Und wie hatte er ihn gewarnt vor dieser Maria-Rosa mit Kruzifix und hervorstehenden Knochen, aber er wußte es besser oder wollte es nicht schlechter wissen. Zwei Jahre später dann die erste Beule, und zuletzt hatte er seine Kinderarme wieder, der

Czerny, den er nach der Nato-Pleite in Somalia während einer Saisonarbeit, Tiefbau, in Dschidda kennengelernt hatte und der ihn gleich zu einer Hinrichtung mitnahm, *Mußt nur a Nachthemd anziehen wie die Saudis und darfst net knipsen, wann der Kopf rollt,* und den er später in Manila wiedertraf, wo er noch immer beim Bau war, aber die Schnauze schon voll hatte und mit ihm das große Geld machen wollte, zuerst mit Kühlmaschinen, das ging daneben, dann mit Vermittlungsdiensten, was eine Zeitlang wie geschmiert lief, unter Estrada, dem Schwarzwalddoktor der Philippinen.

Das Telefon riß ihn aus seinen Gedanken. Am anderen Ende war ein Mann mit falscher Freundlichkeit, »Herr Pallas«. Und er sagte nur *Ja,* und der andere nannte eine Zigarettenmarke, Reval, und legte auch schon auf; es konnte losgehen.

9

Nachdem er, geduscht und rasiert, im voraus sein Zimmer bezahlt hatte, einschließlich Trinkgeld, verließ Willem Hold das Hotel Burger, unter dem Gürtel die Waffe und in der Hand die Hertie-Tüte mit dem H&M-Mantel und der Wollmütze. Er ging Richtung Allerheiligentor, vorbei am Sportstudio Semjan, das es immer noch gab; wie viele leere Nachmittage hatte er dort verbracht, vor seiner Flucht aus Frankfurt, oft im Gespräch mit einem jungen Typen, der auch am Ostbahnhof wohnte, er hatte den Namen vergessen, wußte aber noch, was dieser Typ gern gesagt hatte, *Ich bin in der Form meines Lebens, und keiner sieht's.*

Er bog in die Allerheiligenstraße und ging bis zum trostlosen Ende der Zeil, um sie dann hinunterzulaufen, diese

Plundermeile, auf der es zuging wie in Manila, überall Straßenhändler und Bettler, und in dem Laden, den er einst überfallen hatte, war jetzt ein Internet-Café, während der libanesische Juwelier schon lange verfault war und seine Uzi in der Asservatenkammer lag; ganz langsam ging Hold an dem Fenster vorbei und erinnerte sich an die Stunden nach dem tödlichen Schuß, wie er sich da gefragt hatte, was für eine Art Mensch man blieb nach so einer Sache, und jetzt, auf einmal, wußte er es, man blieb einfach der alte. Ich bin kein Killer, dachte er und sah zu, daß er weiterkam, Hauptwache, Roßmarkt, Kaiserplatz und hinein ins Bankenviertel, das imponierte ihm, dieses Aufragen der Häuser, und in jedem ging es um Geld, wie lächerlich war da die Summe, die man ihm bot, um einen Menschen zu erschießen, Johann Manfred Busche, sicher kein liebenswerter Zeitgenosse, jedenfalls hatte sich Narciso alle Mühe gegeben, ihn als Figur darzustellen, die es nicht wert sei, weiterzuleben, eine überflüssige Anstrengung. Er hatte sich für die Sache entschieden und fertig.

So vieles sah anders aus in dieser Ecke der Stadt, und doch fand Hold zum Opernplatz, wo seine Eltern noch geparkt hatten, vor den Häusern, in denen jetzt die schönen Lokale waren, oder dem wiederhergestellten Opernkasten, in dem es gar keine Opern zu hören gab, nur irgendwelches Musikzeug, das den Leuten genehm war, die hier auf und ab gingen und wohl auch später in dem feinen Charlot sitzen würden, in dem für Busche und seine Frau seit Tagen ein Tisch reserviert war. Soweit man menschliche Dinge planen kann, waren sie geplant, und Hold fühlte sich einigermaßen sicher; irgendeine Charakterschwäche schoß immer quer, das hatte ihn das Leben gelehrt, und wenn es Busches Stimmung war, die ihn womöglich an dem Tag im Bett bleiben ließ, seine bekannte sprunghafte Art, seine Anfälle von Schwermut, über die man sprach. Und doch rechnete er mit einem glatten Verlauf, denn er wußte, was er zu tun hatte, und wußte, wofür er es tat; dazu das Rückflugticket in seiner Tasche, Abflug einundzwanzig dreißig, das ließe sich ohne weiteres machen: Der Busche-Tisch war für halb acht Uhr reserviert.

Willem hatte das alles im Kopf, auch eine Skizze des Lokals, dort eingezeichnet Busches Platz sowie der Tisch mit dem Mann, der ihn angerufen hatte und nachher den Helden spielen sollte, damit er zum Schuß kam, dem Schuß, dem ein scheinbar unbeteiligter Busche zum Opfer fallen würde; er wußte nichts von diesem Mann, nur daß es ihn gab, daß er eingeweiht war und bei seiner Aktion höchstens leicht verletzt werden durfte. Das Ganze war perfekt durchdacht, und er hätte den Nachmittag über beruhigt in dem Selbstmordzimmer auf dem Bett gelegen, wenn sich der Gedanke an eine bestimmte Frau, in dem Fall Lou, nicht besser im Gehen vertreiben ließe. Er wollte nicht an ihren Mund und das Tattoo denken, aber die Gedanken sind nur im Freiheitslied frei, im richtigen Leben ist man selbst ihr Jäger, das spürte er und gab nach. Bodenlos glücklich, wie früher, mit sechzehn, wenn ihm nur der Name eines Mädchens, leise vor sich hin gesprochen, Flügel verliehen hatte, lief er über den Opernplatz und wünschte sich fast, daß nachher etwas schiefginge und er auf Lous Telefonnummer zurückgreifen müßte, bis ihm klar wurde, daß ja längst etwas schiefgegangen war: als der kleine Pakistani mit der Rundschau auf ihn zutrat – wenigstens das gab's noch in Frankfurt – und er die Schlagzeilen las, *Louis Freytag ermordet – Racheakt an Deutschlands berühmtestem Kritiker?*

Er kaufte ein Exemplar, sah aber nicht gleich hinein, sondern zwang sich, ein Stück zu gehen, die Zeitung unter dem Arm. Erst am Anfang der Goethestraße überflog er den Aufmacher und zwang sich jetzt zu leisen Mitleidsbekundungen, die ihm schließlich ganz von allein kamen, weil sie ihm selbst galten. Da hatte er also, weiß Gott ohne Absicht, diesen Kritiker um die Ecke gebracht, mit einem einzigen Rempler, der nur für Nasenbluten und Geschrei sorgen sollte, mehr nicht, und das Ganze wiederum nur, um Lou aus der Klemme zu helfen, mit der Folge, daß er viel zuviel an sie dachte, und jetzt auch noch das. Beruhigend war höchstens, daß es am Tatmotiv keinen Zweifel zu geben schien. Die Kriminalpolizei suchte nach Autoren, die der berühmte Mann in seiner Laufbahn, wie es hieß, *niedergemacht* habe, ein Mann immerhin, dessen Name und Profession, dank Deutscher Welle, bis nach Manila gedrungen war, auch wenn sich Hold unter diesem Beruf nichts Rechtes vorstellen konnte.

Willem schmiß die Zeitung weg und sah auf die Uhr. Erst in einer Stunde könnte er das Lokal betreten, die Wollmütze mit den Schlitzen überm Gesicht, um dann innerhalb einer Minute zwischen sich und der Welt eine endgültige Lücke zu reißen; und eine Stunde, das hieß für ihn viel, wenn er sie mit ein und derselben Sache zubrachte, nämlich nur dazustehen und schon wieder an Lou zu denken, und so ging er ein Stück auf der Goethestraße, eine Hand unter seiner Jacke, an der Beretta.

Sie war ja schon immer die kleine Meile der großen Preise, die Goethestraße, von Gucci bis Pucci, aber nun gab es dort sogar eine Tiffany-Filiale, mit pompöser Fassade an einem Haus wie aus dem Ostend; sie schienen reich geworden zu sein, die Frankfurter, reich oder größenwahnsinnig, während er vor allem müde geworden war in den letzten Jahren, müde des Wartens auf sein Glück, eine Art Wiederkehr der Ostbahnhofstraße neun, wenn er mit den Eltern im Wohnzimmer saß und Rudi Carrell sah, *Am laufenden Band.* Hold ging an Bogner, Versace und Escada vorbei und trat in Lindas Schuhsalon, den gab es schon damals, und sagte zu einer Verkäuferin in weißen Schlaghosen, die irgendwie verbittert herumstand, mit der neuen Mode oder ihrem Schicksal hadernd: »Zeigen Sie mir Damenschuhe.«

»Wir führen ausschließlich Damenschuhe.«

»Darum will ich ja auch Damenschuhe sehen«, sagte Hold.

Die Verkäuferin warf ihren Kopf in den Nacken.

»Und in welcher Art?«

»Egal, sie müssen nur schön sein. Schön und leicht.«

»Welche Größe?«

Er überlegte kurz: »Neununddreißig«, und die Verkäuferin verschwand, während ihre Kollegin, jünger und ganz in Schwarz, hinter der Kasse hervorkam; sie trug um beide Fußgelenke Kettchen und hatte es auch sonst mit der Symmetrie, bis hin zu einem Mittelscheitel. Hold nickte ihr zu, und sie sah auf die Straße, bis die ältere mit einem einzigen Paar zurückkam: »Die kann ich Ihnen anbieten«, sagte sie nach Art der Ossis, die er durchs Rotlicht von Manila geführt hatte.

Es waren spitze, diamantgrüne Schuhe mit dünnsten Absätzen und hauchfeinen Schnallen, ein Libellenpärchen; er beugte sich hinunter und strich über die Schnallen.

»Die gehen ja gleich kaputt.«

»Woher wollen Sie das wissen?«

»Das sieht man.« Er nahm einen der Schuhe in die Hand und roch an der Sohle aus Leder. »Wieviel?«

»Zweihundertachtundvierzig.«

»Zweihundert, das spricht sich auch leichter.«

»Tut mir leid«, sagte die Verkäuferin.

»Wem gehört dieser Laden?«

»Einer Dame aus Königstein, sie ist in Urlaub.«

»Und ihr Name ist Linda?«

»Ihre Mutter hieß so.«

»Ach? Ist sie tot?« Hold schob eine Hand in den Schuh,

soweit es ging; er war innen ganz weich, weich und warm. »Und haben Sie schon von der Ermordung von Louis Freytag gehört?«

»Von wem?«

»Louis Freytag, heute früh am Flughafen. Er war wohl auf dem Weg zur Buchmesse, und da passierte es. Louis Freytag ...«

»Kenn ich nicht.«

»Kritiker«, sagte Hold. »Einer, der Bücher bespricht, kapiert?«

Die Verkäuferin warf erneut ihren Kopf in den Nacken.

»Ein großer Mann und mausetot.« Hold wühlte jetzt regelrecht in dem Schuh; allmählich gefiel ihm das Paar. »Vielleicht rufen Sie diese Frau an ihrem Urlaubsort an«, sagte er. »Richten Sie ihr mein Angebot aus, zweihundert.«

»Ich glaube, Sie sollten gehen«, mischte sich die Kollegin ein.

»Ich glaube, Sie machen hier einen Scheißjob«, erwiderte Willem Hold. »Warum sind Sie nicht Arzthelferin geworden, da würden Sie weniger falsch machen.« Und damit holte er Geld aus seiner Tausend-Dollar-Jacke, Versace classic V2, in Hongkong gekauft, als die Dinge noch liefen, und drückte es der Älteren mit den Schlaghosen in die Hand: »Zweihundertzwanzig, mein letztes Wort. Schließlich trage ich das Risiko, daß die Schuhe gar nicht ankommen bei der Dame.«

»Sie hätten die Dame ja mitbringen können.«

Er stopfte die Libellenschuhe zu der Wollmütze und dem H & M-Trenchcoat, den er gleich über die Jacke ziehen würde, um ihn später wegzuwerfen, und ging zur Tür. »Die Dame zählt zu der Sorte, die ernsthaft arbeitet.«

10

Helene Stirius, die ihren neuen Partner und Mieter noch nicht soweit hatte, sie Helen zu nennen, war wie gesagt vier Jahre älter als Feuerbach, sah aber aus wie Anfang Dreißig oder vermochte diesen Eindruck zu erwecken. Wenn Helen in den Spiegel sah, war da ein Gesicht, das auf ihr Einverständnis stieß, es paßte zu ihrem Leben oder andersherum: Auch das Leben als Privatdetektivin mit der Vergangenheit einer Kriminalkommissarin und Ehefrau war diesem Gesicht angemessen, ja, sie fand sogar ihr Unglück darin wieder, nicht die Mutter zu sein, die sie manchmal gern wäre, also mit ihrem Sohn Kasimir zu frühstücken anstatt mit der Katze Naomi.

Aber sie führte das Leben, das zu ihr paßte, auch wenn sie, rein äußerlich, das Zeug dazu hätte, sich noch ganz andere Dinge zwischen Himmel und Erde zu holen. Die Natur oder der liebe Gott hatte ihr nämlich einen unübersehbaren Vorschuß gewährt, den einer schlichten, unverwüstlichen Schönheit – geglückte Proportionen von Augen, Nase und Mund, die einander in Größe und Sanftheit sowie der nötigen Abweichung vom Gewohnten entsprachen –, sie jedoch hatte mit diesem Vorschuß nie nach den Sternen gegriffen und war auch nur kurz, mit siebzehn, in solcher Versuchung gewesen, aber wer ist mit siebzehn nicht in irgendeiner Versuchung. Nach Ansicht ihres Exmanns, Richard Huemmerich, den sie aushielt, weil er als Art-director nicht mehr gefragt war, dafür dem gemeinsamen Sohn über die Pubertät half, bestand dieser Vorschuß in Folgendem: dem nicht allzu vollen, jedoch breiten Mund, mit diesem Hauch von Schmalheit, der eine Frau viel anziehender macht als alles Schmollige; darüber die etwas hervorspringende, aber keineswegs spitze oder große Nase, die sich bei jedem Lachen mit zittrigen Fältchen hervortat; sodann zwei glänzend braune Augen unter leicht abgesenkten Lidern, die dem Blick mal etwas Spöttisches, mal etwas Trauriges gaben und manchmal auch beides, passend zu ihrem dunklen glatten Haar und einer sehr hellen, allerdings nicht weißlichen Haut, eher wie von innen beleuchtet; und erwähnenswert auch noch – hätte man ihren Ex gefragt – ein jede Hose zur Höchstform bringender Po (der hier nichts weiter zur Sache tut). Helene Stirius war mittelgroß, wog seit der Geburt ihres Sohnes sechsundfünfzig Kilo und hatte bei der Eignungsprüfung für den höheren Polizeidienst einen IQ von einhundertzwanzig, drei Punkte mehr als Feuerbach – der all ihre äußeren Vorzüge schon beim ersten Kontakt an der Wohnungstür bemerkt hatte und seitdem einen Weg suchte, um zu dem Schluß zu kommen, daß sie eigentlich gar nicht sein Typ war, vom Alter ganz abgesehen.

Nein, sie war eher der Typ, den sich ein Mann als Verwandte wünscht – Cousine zweitens Grades –, so wie sie ihm da gegenübersaß, in einem dunkelblauen Leinenkleid, die Arme frei, mit der schönen alten Uhr ihres Vaters als einzigem Schmuck; Carl Feuerbach betrachtete sie so unauffällig wie möglich und kam schließlich auf die Flughafenpleite zurück. »Ich habe getan, was ich konnte«, sagte er.

»Oh, ja. Wir wollten diese Schultz, und jetzt haben wir ein Video mit dem Mörder von Louis Freytag.«

»Man sieht leider nur die Schuhe, Nikes mit Luftpolster. Und was wird aus unserem Fall?«

Helen blickte über den Rand der Speisekarte.

»Ich habe die Auftraggeber angerufen, man gibt uns noch drei Tage. Sie sollten auch ein bißchen telefonieren, Feuerbach ...«

»Hab ich schon. Aber die meisten Taxifahrer glauben an Allah und schauen bei den Frauen angeblich nicht hin.«

»Dann müssen Sie halt geschickter fragen. Fisch oder Fleisch?«

»Warum nicht beides?«

Helen zog die Brauen hoch, und ihr Mieter fingerte an seiner einzigen Krawatte. Sie saßen an dem vorbestellten, beliebtesten Tisch seitlich der Frontscheibe des Lokals, mit Sicht auf das abendliche Treiben vor der Alten Oper, zwischen sich eine dünne doppelte Trennwand, die hochgehaltenen Speisekarten, die jeder studierte. »Wenn wir uns auf einen Fisch einigten«, erklärte Feuerbach, »könnten wir uns einen großen teilen.«

»Dann würde ich das Kalbsfilet mit Pfifferlingen vorziehen.«

»Sie essen Fleisch?«

»Sogar sehr gern«, sagte Helen, »blutige Steaks, frische Leber und hin und wieder eine fette Haxe.«

Ihr Blick ging jetzt in das Lokal, während sie halblaut weitersprach, den Genuß einer knusprigen Schwarte beschrieb. Eins der schillerndsten Frankfurter Paare, wenn nicht das schillerndste, war gerade hereingekommen und steuerte auf einen Ecktisch zu, begrüßt vom italienischen Chef und sämtlichen Kellnern: der Leasing-Krösus Johann Manfred Busche, bekannt als Big Manni, seit Jahren im Visier der Staatsanwaltschaft, ohne Erfolg, an der Seite seiner Frau Vanilla Campus, früher TV-Sprecherin, dann Prominente und seit neustem Autorin, mit einer Sexfibel auf der beginnenden Buchmesse vertreten.

Busche – groß, aber gebückt, ein müder Riese –, wie immer ein Herrentäschchen in der Hand, passend zum dunklen Anzug, sah kurz zu dem Tisch, den er nicht bekommen hatte, weil er schon vergeben war, bevor er am zweitbesten Tisch Platz nahm, mit dem Rücken zur holzgetäfelten Wand, während sich seine berühmte Frau – unter den Blicken aller Gäste – für einen Stuhl im rechten Winkel zu ihrem Mann entschied. »Dem haben wir den Fensterplatz weggeschnappt«, flüsterte Helen, »da haben ihm auch seine fünfhundert Millionen wenig geholfen.«

»Nicht wir«, sagte Feuerbach, »*ich*.« Er sah nun auch zu dem Ecktisch, wie alle zu dem Ecktisch schauten, und das hieß, zu Vanilla Campus oder in gewissen Medien auch Schampus, die sich nicht genierte, ihr Buch aus der Tasche zu holen. Sie signierte es für den Chef des Charlot, wobei es ihr gelang, alle, die zu ihr schauten, im Auge zu haben, besonders einen Mann, der seine Zigarette ausgedrückt hatte, um eine Kamera aus der Tasche zu ziehen und ein Erinnerungsbild zu machen.

Helen beugte sich über den Tisch. »Kennen Sie ihr Buch?«

»Sex muß man machen, nicht nachlesen. Vielleicht sollten Sie den Petersfisch probieren, da kommt kein Kalbsfilet mit.«

»Ich stehe auf Fleisch, haben Sie das nicht verstanden?«

»Ganz wie Sie wollen.« Feuerbach winkte einem der Kellner. »Was hat die Staatsanwaltschaft denn in der Hand gegen Busche?«

»Im Grunde nur den Neid auf sein vieles Geld. Oder auf Vanilla Campus. Auf ein buntes Leben.«

»Aber ein Geschäft, mit dem man soviel verdient, kann doch gar nicht reell sein ...«

»Hauptsache, es funktioniert.«

»Und nach welchem Prinzip?«

»Vielleicht wie der Absatz von Sexfibeln.«

Der Kellner kam an den Tisch, und Feuerbach bestellte zweimal das Kalbsfilet und dazu eine Flasche Brunello sowie als Vorspeise geschälte Garnelen auf Rucola mit einer Flasche Gavi di Gavi. »Wir probieren das einfach«, erklärte er.

»Sind Sie verrückt?« flüsterte Helen. »Allein der Wein, das ist schon Ihre halbe Miete.«

»Das liegt dann aber auch an der Miete.«

Feuerbach sah jetzt zum Fenster hinaus, zu einem Mann mit hellem Trenchcoat, in der Hand eine Hertie-Tüte, der ihm den Rücken zuwandte.

Helen beugte sich über den Tisch. »Ich freue mich trotzdem.«

»Obwohl mir diese Schultz entkommen ist?«

»Die kriegen wir. Sie wird ihre Kunden weiter in bestimmten Hotels treffen.«

»Wenn sie nicht ausgesorgt hat durch den Verkauf des Picassos. Die wußte genau, was sie tat, als sie diesen alten Sammler plötzlich so herannahm im Bett.«

»Vielleicht sollten Sie das auch tun, Feuerbach, mit der Schultz ins Bett gehen und ihre Kenntnisse über Herzkrankheiten ermitteln und sie dann festnageln.«

»Sie meinen, auf Spesen ...«

»Ich meine gar nichts. Vielleicht reden wir jetzt von etwas anderem. Sind Sie mit Ihrem Zimmer zufrieden?«

Der Kellner brachte den Weißwein im Kühler, Feuerbach konnte sich Zeit lassen mit seiner Antwort. Er fand das Zimmer abscheulich, jedenfalls mit diesem Posterzeug aus Kasimirs Kindertagen an jeder Wand. »Vielleicht könnte man die Bilder auswechseln.«

»Und statt dessen?« fragte Helen, während Feuerbach den Wein probierte. »So was wie dieser Picasso?«

»Warum nicht.«

»Bitte, es ist *Ihr* Zimmer.«

Helen sah wieder zu Busche, der es immer noch nicht zu fassen schien, daß Vanilla Campus seine Frau war. Sie mußte also Kasimirs Sachen abhängen, na gut; und so ganz schlecht fand sie den Picasso ja auch nicht. Diese zwei Frauen, die dem Mann zusahen, hatten einen Ausdruck, der ihr gefiel. Was sie da taten, taten sie selbstbewußt, wie auch der junge Mann mit den großen Augen selbstbewußt seine

Erleichterung vornahm, eine spürbare Freiheit herrschte zwischen den drei Personen auf diesem Bild, zugleich aber auch eine Verstrickung oder Vermischung von schön und häßlich, die eine gewisse Anziehung auf sie ausübte, vielleicht nicht den Wunsch, aber die Idee in ihr aufkommen ließ, selbst einmal etwas Häßliches nach außen zu kehren, wie sie auch manchmal schon mit einem Mann geschlafen hatte, von dem sie genau wußte, er würde ihr nicht guttun, weil mit jedem seiner Küsse noch etwas anderes übersprang als nur das Warme und Weiche der Zunge, ein Zweifel an der Art, wie sie lebte und liebte. Ihr Blick ging wieder zu Feuerbach.

»Möchten Sie wissen, woran ich denke?«

»Nein, lieber nicht«, sagte er, als ihn am Bein ein Luftzug streifte. Jemand hatte die Lokaltür, verdeckt durch einen halbrunden Vorhang, geöffnet.

»Wie Sie wollen«, Helen hob ihr Glas, »aber Sie erwarten nicht, daß ich Ihnen nach dem ersten Schluck schon das Du anbiete?«

»Ich erwarte eigentlich nur, daß Ihnen der Wein schmeckt.«

Und damit stießen beide endlich an, genau in dem Moment, als jemand, in billigem Trenchcoat mit schwarzer Wollmütze über dem Kopf, den Vorhang beiseite schob, in der linken Hand eine Pistole, großes Kaliber, in der rechten die Standardtüte von Hertie, und mit einer Stimme, der nur das geübte Ohr die Kinderstube im Frankfurter Osten anhörte, »Das ist ein Überfall!« rief.

11

Hold erinnerte sich in diesem Moment (in dem Helen und Feuerbach endlich anstießen) an seine erste Aktion dieser Art, mit dem gleichen Jucken im Gesicht, weil ihm der Schweiß unter einer Wollmütze ausbrach, den Überfall am Ende der Zeil, der kein gespielter war, auch wenn es gar nicht um Geld ging, eher um eine Art idiotischer Rache, als hätte der libanesische Juwelier je seinen Eltern und ihrem Uhren- und Schmuckklädchen geschadet, aber irgendwie glaubte er, ihr kleines, krummes Dasein nachträglich aufzurichten, wenn er dem Libanesen die teuersten Uhren wegnähme, die Vacheron&Constantins, die Chopards und fetten Rolex oder eine Glashütte Feingold, Uhren, die das Geheimnis der Zeit nicht so rasch preisgaben wie eine Timex oder Junghans, und dann zog der plötzlich die Uzi aus einer Lade und hätte ihn glatt durchsiebt, vier Löcher pro Sekunde. Er kannte sich aus, in Somalia hatten sie mit der Uzi aus Langeweile ein Huhn in einen Schwall roter Federn verwandelt, daran dachte er damals und war fixer als der Juwelier, ein Schuß zwischen die Augen und aus, und das alles, ein kompletter Raubmord, für eine gelbe Taucheruhr, die zufällig auf dem Tresen lag, die hatte er noch eingesteckt, bevor er den Hinterausgang nahm, ein Schuß, den er nie hätte abfeuern dürfen, denn er kam aus einer gestohlenen Waffe, registriert in seiner alten Einheit, also nur eine Frage der Zeit, bis die Polizei bei ihm aufgetaucht wäre, Zeit, die er genutzt hatte, sich abzusetzen, über Brüssel nach Manila. »Ein Überfall«, wiederholte er, »keiner bewegt sich!«

Kaum war das heraus, trat Stille ein, bis auf sublime Geräusche, vorsichtig hingelegtes Besteck oder ein Glas, das abgestellt wurde, wie gleich zu seiner Rechten, da saß ein Pärchen am Fenster, der Herr mit dem Rücken zu ihm, die Dame mit einer Baume & Mercier, Tankgehäuse, dreiundzwanzig mal einunddreißig, auf die war er schon lange scharf. Geplant war, daß er mindestens einen Gast abgriff, besser zwei, und dann erst Richtung Busche ging – Willem hatte ihn schon entdeckt, neben einer Frau, deren Gesicht er kannte, ein Mann mit wenig Haar, aber komplizierter Frisur, vor sich ein Herrentäschchen, da sollte Geld drin sein, um die zehntausend, prinzipiell: seine zweite Rate –, aber vielleicht sollte er überhaupt sämtliche Gäste abgreifen und gleich mit der Baume & Mercier-Dame anfangen, auch wenn ihr blonder Begleiter – jetzt ein Gesicht zeigend, das ihm mehr als bekannt vorkam – ein Risiko war, doch so ein Risiko ließ sich ja mindern, und er zielte auf den Kopf des Blonden, ohne das Lokal und vor allem die Kellner aus den Augen zu lassen. »Die Mercier«, sagte er zu Helen, »leg sie auf die Tischkante.«

»Die hat meinem Vater gehört.«

»Dann wird er sie nicht vermissen.«

»Ich hab sonst nichts von ihm.«

»Leg sie hin, verdammt.«

»Ich sagte: Ich hab sonst nichts.«

»Doch, du hast zwei Sekunden« – Hold spannte den Hahn, und da legte sie die Uhr auch schon hin, und er steckte sie, als persönliche Beute, in seine Versace-Jacke, indem er unter den H & M-Mantel griff, bevor er sich mit einem Satz von dem Tisch löste, einem Satz bis zur getäfelten Wand, die ihn von hinten schützte. Halb links von ihm jetzt zwei Frauen, wahrscheinlich Mutter und Tochter, die Mutter mit einer Philippe Charriol, Platin, die Tochter mit Swatch, früher undenkbar. Hinter den beiden dann ein Tisch mit einem einzelnen Mann, circa dreißig, sein unbekannter Partner, eine Packung Reval in der Hand, so, wie es sein sollte, aber am Gelenk, kaum zu glauben und jeden Plan sprengend, eine echte Daytona Newman: unübersehbar schaute sie unter dem Ärmel eines grauen Kaschmirjacketts hervor.

Willem hatte ihn sich anders gedacht, völlig anders, eher polnisch oder sonstwie beengt, aber der Mann sah aus wie ein Fußballer, der Sven oder Oliver hieß, so jemand ließ sich nicht für Geld einen Streifschuß verpassen. Es war einer dieser Gedanken, schneller als der menschliche Herzschlag, vorauseilend wie Reaktionen im Straßenverkehr, und Willem Hold wich instinktiv vom besprochenen Plan etwas ab. »Die Charriol«, sagte er zu der Mutter, »in die Tüte damit«, und schon kam ihre zitternde Hand, kombiniert mit einem Wackeln des ganzes Kopfes, während sich, im nächsten Moment, noch zwei weitere Dinge parallel abspielten, in seinem Hirn und außerhalb davon, in seinem Blickfeld: Der Blonde war der Blonde vom Flughafen, dem vermutlich eine Pleite am Tag genügte, ein Privatbulle also, Steve McQueen mit bestohlener Freundin, was machte der hier? Ob Zufall oder nicht, jedenfalls Scheiße Nummer eins, und dann ging auch noch die Hand seines angeblichen Partners Richtung Gürtel. Gemäß Plan sollte er jetzt die Waffe auf Busches Frau richten und die Herausgabe des Herrentäschchens verlangen, um dann, mit dem Täschchen, vor den Fußballer zu treten und seine Uhr zu fordern, nur wer ließ sich schon eine Rolex Newman abnehmen, und folglich würde der Rolex-Fan, sein Partner, auf ihn losgehen, so, daß nur noch die Möglichkeit bliebe zu schießen, mit dem ersten Schuß das Kaschmirjackett am linken Ärmel zu treffen und damit, praktisch unvermeidlich, auch den linken, weniger gebrauchten Arm wenigstens teilweise zu ruinieren, dafür mit dem zweiten Schuß aber das Leben von Busche zur Gänze.

Im Grunde ein perfekter Plan, doch zur Scheiße Nummer eins, ein Privatbulle im Lokal, kam für Hold, als er auf

Busche zuging, noch eine weitere Sache, die stank, nämlich die erstaunliche Ruhe des unbekannten Helfers, obwohl er damit rechnen mußte, daß ihm gleich Stücke seines Oberarms um die Ohren fliegen würden, eine Ruhe im Gegensatz zu der Show, die Busches Frau abzog, als er ihre Piaget verlangte. Sie öffnete den Mund und ließ die Lippen erzittern, beide Hände, in feinen Handschuhen, am wallenden Haar, und da erkannte er sie, die Autorin der Sexfibel mit Bild in der FAZ, eine Schmierenkomödie führte sie auf, während er ihren Mann bedrohte. »Dein Tuntentäschchen, oder ich beweis dir, daß Frauen mehr Hirn haben als Männer«, und da erst weinte sie los, wobei sie Busche das Täschchen abnahm und zusammen mit der Piaget in die Hertie-Tüte stopfte, ein Weinen, das für ihn Scheiße Nummer drei war, denn es klang nicht sehr echt. Viel echter war da schon das Nervenkostüm seines Partners, auf den er nun zutrat, immer noch das ganze Lokal im Blick, besonders den Blonden mit der bestohlenen Freundin, dem traute er einiges zu. Hold sah dem Unbekannten in die Augen. »Die Newman, aber schnell.«

»Dann hol sie dir doch.«

Auch das kam ganz ruhig und klang wiederum echt, er dachte gar nicht daran, die Uhr in die Tüte zu tun. »Los«, sagte Hold und hob seine Waffe, und der Fußballertyp machte mit der linken, also schwächeren Hand eine Bewegung in Richtung der großen Cougar: »Verpiß dich«, während seine rechte – an einem Arm, der keinen Schaden nehmen sollte – unter das Kaschmirjackett griff, wobei es ein Stück aufklappte, und Willem Hold in ein und derselben Sekunde drei Dinge erkannte. Das Jackett war von Boss, also billiger als gedacht, was folglich den ganzen Typ betraf, inklusive der Rolex, schwarze Ware vermutlich, und die Hand unter dem Boss-Jackett griff um etwas herum. Der Partner, der keiner war, wartete nur darauf, bis er den Schuß auf Busche abgab, um ihn noch im selben Moment fertigzumachen und danach als Held dazustehen, am Ende Busches gekaufter Leibwächter mit Waffenschein; der Plan war teuflisch perfekt.

»Die Uhr«, sagte Hold noch einmal, »die Newman, ich will sie«, und da erhob sich der Mann, und Hold zerschoß ihm den linken Arm, das war etwas mehr, als vereinbart, ein Aufschrei ging durch das Lokal, der Mann taumelte kurz, in den Augen ein Staunen, beinahe Respekt, und behielt die Hand dabei unterm Jackett, wie er überhaupt die Ruhe behielt, nur eben staunte, was da so aus seinem Ärmelloch kam, da mußte schon ein Batzen Geld winken, womöglich mehr als für mich, dachte Willem, so wie der jetzt – mit einem Lächeln fast, als sei das lustig, die eigenen Knochen zu sehen – auf ihn zukam.

»Stehenbleiben.«

Schweißnaß unter der Wollmütze, mit einem Herzschlag bis in die Kehle, flüsterte Hold in die Stille nach dem Knall und Aufschrei, und zielte jetzt, knapp am Hals des falschen Partners vorbei, auf Busche, während sich das Jackett mit der Hand darunter plötzlich ausbeulte und nur noch ein winziger Zeitraum blieb, eine Entscheidung zu treffen; kein noch so guter Rechner arbeitet, wenn es um Leben und Tod geht, ein Absturz für die Ewigkeit droht, so schnell wie das menschliche Hirn: Für Wilhelm Hold stand fest, daß es besser wäre, Busche am Leben zu lassen und den anderen zu töten, weil es besser wäre, selbst zu überleben, statt selbst getötet zu werden, als seine Hand mit der Beretta auch schon eine Spur nach rechts ging und er »Mahlzeit« sagte, während sich sein Finger krümmte und dem Mann mit der Newman, auf die er immer noch scharf war, buchstäblich der Hals wegflog.

12

Genau in dem Augenblick, als Willem Hold Mahlzeit sagte, wollte Feuerbach aufspringen und im Sprung – wie man es häufig im Fernsehen sieht, Freitagabend, – die Weinflasche aus dem Kühler reißen und auf den Maskierten schleudern, nachdem ihm Helen schon zweimal, ermunternd, gegen das Schienbein getreten hatte, doch da fiel bereits der Schuß mit den verheerenden Folgen. Teile des Halses landeten an der holzgetäfelten Wand hinter Busche und seiner Frau, während der Blutstrahl aus der Arterie in einem Bogen – der Getroffene hielt sich noch kurz auf den Beinen – gleichsam die Runde machte, als der Mann nämlich mit einer ganzen Drehung in sich zusammensank und das Blut dadurch alle Tische im Umkreis erreichte, wie eine Sprinkleranlage die sie umgebenden Beete.

Die Schreie in dem kleinen Lokal überschlugen sich jetzt, und auch die Ereignisse schienen sich dadurch zu überschlagen, als hätten sich Ursache und Wirkung verkehrt. Willem Hold (den der Blutstrahl an die Hinrichtung in Dschidda erinnerte, zu der ihn sein Freund Czerny mitgenommen hatte) benötigte nur zwei Sekunden, um sich zu fassen, dann riß er dem tödlich Getroffenen die Uhr vom Gelenk – worauf der noch die Hand zum Hals führte, als ließe sich alles mit einem Griff wieder richten –, schob sie zu der anderen Uhr in die Jacke und fuhr, die Beretta schußbereit in der Linken, auf dem Absatz herum, gerade noch rechtzeitig, um den Blonden, der zum Weinkühler griff, in Schach zu halten, doch mit so geräuschvoller Sohle, daß einer wie Feuerbach auf die Schuhe mit Luftpolster aufmerksam wurde.

»Tun Sie's nicht«, zischte Helen, und Feuerbach atmete

aus, es war sowieso schon zu spät, zu spät für einen Heldensprung, er konnte nur stillsitzen und warten; die Gäste schrien immer noch durcheinander, ein schrilles Auf und Ab, je nachdem, wo das Blut gerade hintraf, und fast hätte er selbst geschrien, wie vor einem Jahr, als er ein halbes Kind, das ihn bedroht hatte, vor lauter Panik niederschoß, da quoll es auch aus einer Arterie, und er schob einen ganzen Finger hinein, um das Gesprudel zu stoppen, und schrie dabei *Stirb nicht!*, bis er die Plastikpistole am Boden sah und sein Ende als Kriminalbeamter und nur noch *Nein* schrie. Der Maskierte kam auf ihn zu, in der einen Hand die Beutetüte, und was er da in der anderen hielt, schön gerichtet auf ihn, war zweifelsohne aus Stahl, eine Beretta Cougar fünfundvierzig, die berühmte Braut der Mafia.

»Du kommst nicht weit«, sagte Feuerbach, als der Maskierte, in einem Bogen um ihn und den Weinkühler, Richtung Tür ging.

»Das hat der Typ am Boden auch gedacht.«

»Was hat er dir getan?«

»Er wollte mich umlegen.«

»Woher wissen Sie das?« fragte Helen.

»Mach einfach sein hübsches Jackett auf, da findest du eine entsicherte Waffe.«

»Dann machen wir doch die Probe«, schlug Feuerbach vor. Der Maskierte schien für eine Sekunde verwirrt, er sah zur Tür, die er fast erreicht hatte, dann auf sein Opfer, und dieses Hin und Her reichte Feuerbach, um sich die Flasche zu greifen. Alles Weitere ging so schnell, daß es jeden durchschnittlichen Filmregisseur zum Mittel der Zeitlupe verführt hätte. Willem Hold schoß nämlich auf Feuerbach und traf die Flasche, ein Zufall, aber kinoreif, während der nächste Schuß, am Knie vorbei, sicher gesessen hätte, wäre da nicht schon die Flasche, am Boden scharfkantig abgerissen, auf ihn zugesaust. Sie traf sein verhülltes Gesicht, ihre längste Spitze drang durch die Wollmütze und die darunterliegende Wange, ehe die Flasche oder ihr Rest einfach herunterfiel und zerschellte, während sich Hold, reflexhaft, an die durchbohrte Wange griff, wofür nur die Hand mit der Beutetüte in Frage kam, nicht die Hand mit der Waffe. Die Tüte fiel also zu Boden, und Helen, geistesgegenwärtig, kickte sie unter den Tisch des Erschossenen. »Nicht schlecht«, flüsterte Feuerbach, ehe es still wurde in dem kleinen Lokal, totenstill.

Der Maskierte stand vor einer neuen Situation. Aus seiner Wange oder Mütze floß das Blut, als gäb's noch nicht genug davon ringsherum, und die gesamte Beute lag für ihn außer Reichweite; er holte tief Luft und zielte auf das Pärchen, das ihm geschadet hatte, abwechselnd auf den Mann und die Frau.

13

Hold dachte nach. Er hatte die Newman und eine Baume&Mercier, aber die Piaget, das Herrentäschchen mit dem Geld und die Libellenschuhe waren noch in der Tüte, sein Geschenk für Lou, von dem ja nur er etwas wußte, während jedem, der zählen konnte, dem Blonden bestimmt, klar wäre, wie viele Patronen er noch im Magazin hatte, vier. Er wog die Dinge blitzschnell ab und kam zu dem Ergebnis, daß ein Busche, der noch unter den Lebenden war, anstatt, wie geplant, unter den Toten, einen Trumpf darstellte, mit dem sich der Inhalt der Tüte vervielfachen ließe. Er würde den Auftrag schon noch erfüllen, aber zu seinen Bedingungen.

Und mit dieser Chance vor Augen stürmte Hold – nach einem Schuß zwischen Feuerbachs Schuhe, um ihn auf Distanz zu halten – auf den abendlichen Opernplatz, genau auf einen Mann zu, der ein Luxusrad neben sich herschob, schwarz wie sein Anzug mit Stehkragen. Willem schmiß ihn zu Boden und schwang sich auch schon auf den schnabelförmigen Sattel, hinter sich wütende Rufe, *Drecksack, Schwein, ich bring dich um!*, rasch leiser werdend, so trat er in die Pedale, bis er nur noch das Laub in der Anlage unter den Reifen hörte und dann sein eigenes Stöhnen vor Schmerz; er verstaute die Beretta und rollte die Mütze hoch, er griff an die glühende Stelle, in der anderen Hand den Lenker; seine Fingerspitze stieß an einen Zahn, den man üblicherweise nur durch den Mund erreicht. Die Wange hatte ein Loch, und in sein Keuchen auf dem Rad – er fand keinen niedrigen Gang – mischten sich jetzt Laute des Schreckens, doch zu dem Schrecken über den Grad der Verletzung kam sofort die Gewißheit, daß nun alles auf Lou zulief.

Hold griff in seine Jackentasche, nach der Serviette mit ihrer Handynummer, aber sie war nicht da, und ihm fiel ein, daß er in den Taschen der Jacke nach Münzen gesucht hatte, ehe er sein Zimmer im Hotel Burger verließ, Münzen für Trinkgeld, und da mußte sie herausgefallen sein, die Serviette, also lag sie wohl noch in dem Zimmer, das ihm ja bis zum Morgen gehörte, irgendwo auf dem Filzboden mußte sie sein, vielleicht halb unterm Bett, es gab keine andere Erklärung oder nur diese eine, die ihn nicht zur Verzweiflung brachte.

Er hatte die Neue Mainzer erreicht und radelte, zwischen den Banken, Richtung Theater, während eine weitere Gewißheit den Schmerz in der Wange erträglich machte. Er würde die Nacht in seiner alten Gegend zubringen und das, mit etwas Glück, nicht allein. Willem fuhr mitten auf der Straße, die leer war, leer wie an Sonntagen, doch es war Dienstag abend, und auf einmal kam ihm Polizei entgegen, ohne Sirene, während woanders schon Sirenen zu hören waren, sie suchten ihn also, aber die Besatzung schaute nach hinten, anstatt zu ihm, und plötzlich war da ein Rauschen, und aus der Kaiserstraße bog eine schwarze Masse wie auf Schienen in die Neue Mainzer: Hunderte, wenn nicht Tausende, die hinter dem Polizeiwagen, Helm auf dem Kopf, in Spezialschuhen herrollten – Skater, die jetzt auch schon durch Manila flitzten, tollkühn im Nachtverkehr –, und er wich auf den Bürgersteig aus und war schon so gut wie verschwunden neben der sausenden Menge. Das gab es hier also inzwischen, daß die Polizei solche Typen eskortierte und ihn gleich mit. Unbehelligt erreichte Willem die Kreuzung vor dem Theater, neuerdings Willy-Brandt-Platz, und bog in die Braubach, während ihm das Blut warm am Hals entlanglief.

Immer noch führte sie leicht bergan, die Braubachstraße, wenigstens das hatte sich nicht geändert, er mußte noch heftiger treten im hohen Gang, und der Schmerz in der Wange war auf einmal wie Glockenschlag; ihm brannten die Augen, er schwitzte und weinte, letzteres eher vor Wut. Nichts war einfach in seinem Leben, alles ging erst einmal schief, aber immerhin hatte er schon die AOK hinter sich und kam in sein altes Ostend, wo es noch etwas mehr bergan ging, die Hanauer hinauf; Ecke Zobelstraße stieg er ab und warf das Luxusrad und den H & M-Mantel in den offenen Laderaum eines Lasters, der einsam vor einer Ampel stand, mit stinkendem Diesel, und beides gleich sonstwohin mitnehmen würde; das schien zu klappen.

Eine Hand auf der Wange, ging er das letzte Stück zu Fuß, vorbei am alten Geschäft seiner Eltern, an der Hauswand noch der Abdruck eines Schriftzugs, *Reparaturen*, er konnte kaum hinsehen; davon hatten sie im Grunde gelebt, vom Reparieren alter Uhren, bis endlich Weihnachten oder Konfirmationszeit war und eine Junghans mit Datumsanzeige aus dem Fenster geholt werden konnte. Willem zog jetzt die Wollmütze über das Klaffen in seiner Wange, zum Glück in der rechten, denn die kleine Rezeption lag zur Linken, wenn man das Hotel Burger betrat. Er nahm die Stufe zu der trübverglasten Tür, öffnete sie mit dem Ellbogen und murmelte auch schon einen Gruß und die Zimmernummer.

Der Mann am Empfang schaute *Das Traumschiff* und hob nur den Kopf etwas, sagte aber: »Gute Nacht, Herr Pallas«, als er ihm den Schlüssel gab, und Hold lief in den ersten Stock; er schloß das Zimmer auf, machte Licht und sah die Serviette mit dem Lufthansa-Emblem auf dem Boden, alles war gut, selbst das Glühen in der Wange. Willem sperrte die Tür hinter sich ab und holte die Newman und die Mercier aus seiner Jacke und warf beide aufs Bett. Und dort lagen sie wie ein Paar, eine schöner als die andere. Er hob die Serviette auf und deckte die zwei damit zu; dann riß er sich die Mütze von Wange und Kopf und stampfte vor Schmerz mit dem Fuß. Und die Mütze noch in der Faust, trat er vor den Waschbeckenspiegel, sah das Loch und übergab sich.

14

Helens Exkollege Baltus – altes Kripogestein mit Schnauzer, dabei kein Schnauzertyp, eher die Sorte mit gebügeltem Jeanshemd – war schon nach zehn Minuten in dem Lokal, sichtlich erleichtert, weil ihn die Meldung aus einer Aufführung des Frankfurter Schauspiels geholt hatte. Aus seinen ersten Ermittlungen ergaben sich allerdings ebenso viele Ungereimtheiten wie Anhaltspunkte. Bei dem Erschossenen war nämlich unter der Jacke eine SIG Sauer neun Millimeter aufgetaucht, die neueste Polizeiwaffe, durchgeladen und entsichert, noch mit Finger am Abzug. Seinen Papieren nach war der Mann, zu Lebzeiten, Privatdetektiv, registriert in Köln, Baltus ging jedoch davon aus, daß der Ausweis gefälscht war. Die nächste Ungereimtheit betraf die gestohlene Uhr des Toten, von Vanilla Campus – sie gab bereits Autogramme – als die sauteure Newman von Rolex erkannt; denn wie Helens Baume&Mercier war sie nicht in die zurückgelassene Hertie-Tüte gewandert, zu Busches Herrentäschchen, das sich beim unsanften Erbeuten geöffnet hatte: Zehntausend Euro, über den Daumen gepeilt, den Daumen von Feuerbach, der Hauptkommissar Baltus ungeniert über die Schulter sah.

Für Helens Exkollegen lag auf der Hand, daß der Täter von dem Batzen gewußt hatte, zumal Busche angab, das sei seine übliche Klimpergeldmenge; andererseits hätte der Maskierte die Tüte dann unter allen Umständen mitgenommen, eine weitere Ungereimtheit, die Baltus beschäftigte und Helen Gelegenheit gab, ganz andere Spuren zu verfolgen. Sie sprach unauffällig mit dem Wirt des Charlot und fand heraus, wann der Mann aus Köln den Tisch bestellt hatte, schon vor vier Tagen, mit anderen Worten, recht früh. Noch etwas früher, vor fünf Tagen, war der Busche-Tisch reserviert worden, während Feuerbach, das wußte sie, vor genau einer Woche zugeschlagen hatte, nach dem Vorstellungsgespräch bei ihr. Es gab also eine Art Reihenfolge, die aber nichts bedeuten mußte; etwas mehr Bedeutung kam da schon den sichergestellten Geschossen zu, Kaliber fünfundvierzig spezial.

»Beretta Cougar«, flüsterte Feuerbach, »ich bin sicher.«

Helen nahm ihren Partner beiseite. »Also nur acht Schuß, jeder wie für ein Nashorn. Ungewöhnlich, oder? Wer ein Lokal überfällt, muß sich doch notfalls den Weg freischießen, dann sind elf Patronen im Magazin besser als acht. Er will die Leute in Schach halten, er will sie ja nicht zerfetzen.«

Busche trat auf sie zu, seine wenigen Haare standen zu Berge, er drückte Feuerbach die Hand und nannte ihn *Held,* er fragte ihn, ob er Wünsche habe: »Vielleicht eine Reise?«

»Eine Reise ...«

»Wir sollten jetzt verschwinden«, zischte Helen, denn schon kreuzte das erste Fernsehteam auf, drei Frauen und ein Mann, während Vanilla Campus zu dem Tisch mit der blutigsten Decke ging, um dort ihr Buch zu plazieren, und der Wirt des Lokals seine Kellner in Aufstellung brachte.

Das Durcheinander am Tatort war auf dem Höhepunkt, als sich Helen und ihr Untermieter zur Erleichterung von Baltus absetzten, beide auf dem laufenden, ohne selbst etwas preisgegeben zu haben. Weder hatte Feuerbach ausgesagt, wie heftig er den Maskierten verletzt haben mußte, noch hatte er irgendein Wort über dessen Schuhe verloren; erst als sie sich einen Weg durch die Schaulustigen vor dem Lokal gebahnt hatten, sagte er zu Helen: »Der hatte die gleichen Schuhe an wie der Typ auf dem Flughafenvideo.«

»Solche Schuhe sind heute Mode.«

»Ich glaube, er trug auch die gleiche Jacke unter dem Mantel. Darf ich eine Vermutung äußern?«

»Bitte«, sagte Helen.

»Erst legt er Louis Freytag um, dann überfällt er ein teures Lokal. Der gekränkte Autor beim Amoklauf.«

»Sie glauben, dem ging es gar nicht um Geld?«

»Er war höchstens auf Uhren scharf.«

»Schriftsteller haben kein Verhältnis zur Zeit, sie verschwenden sie einfach. Und schießen können sie schon gar nicht.«

»Das war doch ein Glückstreffer.«

»War es nicht«, sagte Helen und lenkte Feuerbach in die

Goethestraße. »Der hat genau gesehen, daß der andere im Begriff war, eine Waffe zu ziehen.«

»Dann wäre es ja Notwehr gewesen.«

»Ja, so was Ähnliches.«

»Aber warum hat dieser Mann aus Köln sein Leben riskiert? Bloß wegen einer albernen Uhr?«

Helen blieb stehen. »Das war eine Daytona Newman – Sie verstehen nichts von Uhren. Die Newman und die Mercier meines Vaters, das waren die Knaller in dem Lokal.«

»Dann wird er versuchen, die Dinger zu verkaufen. Darüber kriegen wir ihn.«

»Ich will die Uhr zurück, Carl, sonst nichts.«

»Wir kriegen auch die Uhr. Und nennen Sie mich nicht Carl.«

Helen ging weiter, vor Lindas Schuhsalon blieb sie erneut stehen und packte ihren Mieter am Arm. »Da, Feuerbach ...«

»Was da?«

Helen zeigte auf ein Paar Schuhe.

»Das Paar, das in der Tüte war, nur in Schwarz.«

»Und das heißt?«

»Das heißt, er hat vor dem Überfall hier eingekauft«, sagte Helen. »Um seine Nerven zu beruhigen. Und Schuhe kaufen, das tut man in der Regel ohne Maske. Und wenn es sich um Damenschuhe handelt, dann hat man eine Freundin.«

»Oder trägt sie selbst.«

»Wir sollten uns lieber vorstellen, was für eine Art Freundin das sein könnte. Und ich sollte mir morgen ein paar Schuhe gönnen. In Lindas Salon.«

»Ich denke, diese Freundin ist blond«, sagte Feuerbach. »Blond und groß und nicht dumm.«

15

Lou Schultz – tatsächlich blond, aber nur mittelgroß, jedoch mit so hohlem Kreuz und erhobenem Kopf, daß sie jedem hochgradig scharf erschien, und das, obwohl sie sich nicht einmal ihre Nägel lackierte – schloß gerade eine Tube Fissan-Creme, mit der sie strapazierte Körperstellen gepflegt hatte, und öffnete dafür ein Buch, wie man es nur in ihrem Lieblingsladen, dem Antiquariat Rüger gleich neben dem Harmonie-Kino fand, eine Branzger-Novelle von neunzehnhundertneunundsiebzig mit dem Titel Salò.

Sie kannte Branzger oder hatte ihn gekannt, aber nicht als Schriftsteller, nur als Mann, in den sie verliebt war, einen September lang am Gardasee, der einzige Urlaub mit ihrer Mutter, eine Busreise nach Malcesine, billiger ging's nicht, aber an diesem See hatte sie ihn, bei einem Ausflug nach Gargnano, getroffen, oder besser gesagt, er hatte sie dort angesprochen, als sie ein Buch las, ein Mann von fünfzig eine Fünfzehnjährige. Branzger hielt sich zurück, er redete nur mit ihr, über Bücher und die Farben des Sees und später auch über die Liebe, und sie ließ sich immer mehr darauf ein, während ihre Mutter damit beschäftigt war, braun zu werden. Nach einigen Tagen besuchte er sie sogar in Malcesine, für ihn das größte Opfer, das man an diesem See bringen konnte, und sie setzten ihr Gespräch vor einer Würstel-Bude fort, schon die Finger ineinanderverhakt, und zuletzt trafen sie sich noch einmal in Torri, seinem Lieblingsort, und aßen am Wasser mit Blick auf die sinkende Sonne. Dann war der Urlaub zu Ende, und sie stieß erst wieder auf ihn, als sie im hinteren Teil einer Zeitung sein kleines Schwarzweißfoto fand, darunter Name und Daten und die Titel zweier Bücher sowie die Mitteilung, er sei in London vor ein Taxi gelaufen.

Das war ein Schock, und Lou begann noch am selben Tag, Gedichte zu schreiben, die sie später an verschiedene Kritiker im Pensionsalter schickte. Nichts reimte sich in diesen Gedichten, und doch reimte sich irgendwie alles, und die Frankfurter Allgemeine druckte in ihrer Beilage schließlich drei davon ab. Lou war noch keine zwanzig, aber schon eine Dichterin, jedenfalls in den Augen von Louis Freytag, und der mußte es wissen; sie war aber auch schön – Tochter eines US-Soldaten, Latino, der sich davongemacht hatte nach seinem Spaß mit einer blonden Serviererin, die auf billige Busreisen stand – und wollte ihrer Schönheit gemäß leben, doch das Honorar für die gedruckten Gedichte reichte gerade für ein einziges Paar Schuhe. Im Kulturteil einer großen Zeitung vorzukommen, war sicher wertvoll, aber in der Goethestraße ließ sich nichts damit anfangen. Und so inserierte sie eines Tages, *Lou – Begleitungen aller Art*, und kam dadurch bald in die Oper und in feine Lokale, ja lernte Brüssel und Zürich kennen und alle Schwächen von Männern mit Familie und Geld. Sie machte, was anfiel, und sie machte es gut und fühlte sich gar nicht als Hure, viel eher als Moderatorin: zwischen ihrem Körper und den Brieftaschen der Kunden, zwischen deren Wünschen an sie und dem schlechten Gewissen dabei. Ihr Bedauern oder Mitleid und ihr Interesse am Geld der Bedauernswerten hielten sich die Waage. Einige Jahre ging das so, eine irgendwie gute Zeit, die wie alle irgendwie guten Zeiten eher schleichend als jäh ihr Ende fand: mit dem Erscheinen eines neuen Kunden.

Dr. Cornelius Zidona verfügte nicht nur über viel Geld, er hatte auch mit Geld zu tun, war aber kein Banker – alle Banker waren rundherum steif oder fast rundherum –, er verstand sich aufs Reden und das in jeder Lage; es gab nichts, das er nicht irgendwie herbeireden konnte, bis hin zu einer Erektion. Schon nach dem ersten Mal hatte sie ihn für einen Anwalt gehalten, was er nicht dementierte, für einen dieser Typen, die erst für eine Frau die Scheidung durchziehen und dann im Unternehmen ihres neuen Mannes Berater werden, bis sie am Ende alle Fäden in der Hand halten; ihre Fäden hielt er jedenfalls schon nach einem Jahr in der Hand. Sie begleitete ihn auf Geschäftsreisen und sorgte für seine Entspannung, entspannte aber auch das Klima bei den ausgedehnten Arbeitsessen mit seinen Partnern, zuletzt in Manila. Er ließ sie erster Klasse fliegen, nicht nur, wenn sie neben ihm saß, und bezahlte sie bar, tausend pro Tag plus Spesen; ihre Wohnung lief auf seinen Namen, und sie war krankenversichert, das Warten auf Kunden in irgendwelchen Hotelhallen hatte ein Ende. Nach dem Tod des Picasso-Besitzers war Zidona praktisch ihr letzter Kunde, mit einer Ausnahme, und für die hatte er selbst gesorgt. Auf seine Empfehlung kam alle zwei Wochen ein Mann, den sie noch nie gesehen hatte, weil sie ihm nur mit verbundenen Augen die Tür öffnen durfte.

Wer bezahlt, bestimmt die Regeln, so lief es nun einmal, und im Prinzip mochte sie dieses Leben, ja, begann es sogar für sich zu erobern, und führte dadurch fast ein Doppelleben, eins voller Fragen an sich und die Welt, und eins, in dem sie keine Fragen stellte, wie etwa nach dem Picasso – den hatte nämlich Zidona für sie verkauft, davon erzählte er jedenfalls, von einem Deal mit einem Singapur-Chinesen, *hübsche Anzahlung, cash*; der schwarze Rest, vierhunderttausend Dollar, werde noch hin und her verschoben, er kümmere sich; für den mittleren Teil der Geschichte gab es immerhin ein Zehntausend-Dollar-Bündel als Beweis, versteckt in dem roten Lackmantel. Zidona kümmerte sich um alles und verlangte dafür nur, daß sie mit ihm ins Bett ging und seinen Reden zuhörte, wobei er weder beim einen noch beim anderen viel von sich selber preisgab.

Und um so überraschter war sie, als er ihr vor ein paar

Abenden, an der Bar des Manila-Oriental, ein heimliches Vergnügen gestand, verbunden mit der Bitte um einen Gefallen. Er wollte, daß sie auf dem Rückflug nach Frankfurt – planmäßig zwei Tage früher als er – ihren Sitznachbarn, einen Mann namens Pallas, bereits gebucht auf den entsprechenden Platz, so beiläufig anmachte, daß er am Ende glücklich wäre, ihre Handynummer zu bekommen. Pallas sollte für ihn in Frankfurt etwas Delikates erledigen, und auf die Weise hätte er ihn an der langen Leine, falls es Probleme gäbe, er traue ihm nicht, und bei diesem Stichwort, Vertrauen, war er auf sein Verhältnis zu ihr gekommen: Ihr vertraue er immer mehr, und darum sollte sie auch ein kleines Geheimnis erfahren, wenn sie ihm diesen Gefallen erweise.

Er hatte sie eingeseift, statt irgend etwas zu unternehmen gegen die Erben, die hinter ihr her waren: Lou unter Mordverdacht, das schien ihm fast Spaß zu machen, und trotzdem hatte sie zugestimmt – Männer auf Nachtflügen anzumachen, war ja ein Kinderspiel –, und so erfuhr sie, daß ihr Gönner auf der jetzigen Buchmesse mit einem ersten Roman vertreten war, einem Buch unter anderem Namen, das bereits größtes Aufsehen erregte. Den Namen verriet er ihr nicht und folglich auch nicht den Titel, er deutete nur das Genre an, ein Skandalwerk, auf jeder Seite skandalöser als alles, was es an Skandalösem gebe.

Damit war das Thema beendet, und sie hatte ihm auch, wie gewohnt, keine Fragen gestellt, er sagte nur, was er sagen wollte; allerdings hatte er mindestens einmal zu oft das Wort *Skandal* gebraucht, und so ließ sie sich, nach der geglückten Flucht am Flughafen, vor dem Antiquariat Rüger absetzen, nicht weit weg von ihrer Wohnung, und doch schon eine falsche Fährte. Und von Rüger, erfreut, sie zu sehen, kam auf die Frage nach den großen Skandalbüchern der letzten Jahrzehnte – irgendwo hatte Zidona geklaut, da war sie sicher – nur ein mattes Lächeln; bewandert und sortiert wie kein zweiter, war er gleich mit fünf Erstausgaben gekommen, darunter die frühe Novelle *Salò* ihres einstigen Verehrers Branzger, signiert, wie alles bei Rüger.

Es war das erste Buch von ihm, das sie in Händen hielt, sie wußte ja erst seit der Todesmeldung, daß er überhaupt Bücher geschrieben hatte, *Einer unserer Vergessensten*, wie Rüger ihr mit auf den Weg gab, und je mehr sie in dem Buch las, desto mehr begriff sie, warum ihn das Gedächtnis der Leute nie richtig aufgenommen hatte oder gleich wieder ausgespuckt. Für Branzger war der Skandal eine ernste Sache, hatte Rüger erklärt, etwa wie jene Grabmalereien, die alle erotischen Genüsse und Abgründe zeigen, mit dem immer gleichen Ausdruck der Gesichter, einer seligen Müdigkeit, die den Tod ahnt.

Sie konnte sich einfach nicht vorstellen, daß Zidona, bei aller Eloquenz, auch nur entfernt zu so etwas imstande wäre. Andererseits traute sie ihm viel zu; er war auf eine disziplinierte Art größenwahnsinnig, verlor also nie den Überblick bei Geschäften, Geschäften mit Bohrern, die Kabel verlegten, ohne den Straßenverkehr zu lähmen, *without any collaps*, wie er gern sagte, als Vertreter einer Leasing-Firma, die eben diese Bohrer besaß, auch wenn die meisten immer zu irgendwelchen Zielen unterwegs waren. Zidona präsentierte Papiere und Videos, alles hatte seine Richtigkeit, nur daß die Bohrer auf sich warten ließen, und schon kam er mit neuen Geschichten, bis endlich einer da und dort eintraf und eine Meldung über seine gewaltige Kraft um die Welt ging. *Fuck machines* sagte man auf den Geschäftsessen hinter vorgehaltener Hand, das hatte sie immer wieder aufgeschnappt, alles andere sich eher zusammengereimt. Dieser Mann war ein Hund, keine Frage, aber ein sensibler Hund, er spürte es sogar, wenn sie ihre Periode bekam, denn er hatte selbst so etwas wie einen Zyklus:

Als er ihr von dem heimlichen Schreibvergnügen erzählt hatte, war er wohl auf dem Höhepunkt seiner Monatskrise gewesen. Natürlich beunruhigte sie das riskante Hobby ihres besten Kunden, sie wollte sein Geld, sonst nichts, mit etwas Talent gesegnet und unglücklich war sie selber; mit dem Geld des Unbekannten, den sie zweimal im Monat empfing, war es kein übles Gehalt. Noch ein paar Jahre, und es reichte für immer.

Lou trat an eins der großen Fenster ihrer Wohnung mit Blick auf die Hochhäuser, alle noch erleuchtet; bis in den späten Abend wurde dort Geld gemacht, wie bei ihr, so anders waren die gar nicht, Banker und Anwälte, die sich an Firmen verkauften. Aber sie mochte die Hochhäuser auch, weil sie kaum etwas übriggelassen hatten von der Stadt ihrer Kindheit, mit dem Latino-GI-Vater, der sich davonmachte, und einer Mutter, die zu trinken begann, einem Sozialamt, das sie ins Heim überwies, und den bärtigen Therapeuten, die am liebsten über Sex sprachen mit ihr und sie noch lieber gebumst hätten. An ihrem sechzehnten Geburtstag entschied sie sich für die Selbstheilung und brannte durch. Sie fuhr nach Berlin und blieb dort, versteckt von einem Künstler, der sie fotografierte und aushielt. Und mit einem Packen von Abzügen und einem Packen Gedichte, zudem befreit von Jungfernschaft und Babyspeck, kehrte sie erst nach dem Tod ihrer Mutter zurück und gab schließlich die Annonce auf.

Mehr, dachte Lou, hätte sie gar nicht erreichen können in den letzten Jahren, und für die Ausbalancierung ihrer Seele tat sie neuerdings auch noch etwas, sie besuchte eine Selbsterfahrungsgruppe im Rahmen der Volkshochschule, einmal pro Woche, morgen war es wieder soweit; der heutige Abend gehörte ihr also ganz allein, und sie wollte gerade, zur Feier des Augenblicks, Musik anmachen, Dusty Springfield – beste Hinterlassenschaft eines GI-Vaters –, als ihr Handy tönte, ebenfalls Dusty, der Anfang von *Son Of A Preacher Man,* garantiert einmalig. Am anderen Ende war ein Mann, er konnte nur flüstern: »Ich bin der aus dem Flugzeug, der Ihnen geholfen hat. Jetzt müssen Sie mir helfen.«

Sie wußte sofort, wer er war, und wußte auch, daß sie ihm einiges schuldete, nachdem er jetzt einen Totschlag am Hals hatte; sie hatte den ganzen Tag im Radio von Freytags tragischem Ende gehört, doch erst durch Fernsehbilder den Zusammenhang begriffen, und natürlich tat ihr das alles schrecklich oder doppelt leid, denn von ihm war ja damals die entscheidende Zeile gekommen: *Sie werden lachen, aber ich bringe Ihre kleinen Gedichte! Wie wär's mit einer Tasse Tee im Frankfurter Hof?* Der Antwortbrief lag immer noch in ihrem Schreibtisch, eine vorsichtige Zusage.

»Was kann ich tun?« fragte sie.

»Kommen Sie ins Hotel Burger, Zobelstraße, und bringen Sie Pflaster, Wundspray und Nähzeug mit.«

»Warum gehen Sie nicht zum Arzt?«

»Warum wollten *Sie* heute früh entkommen?«

»Wissen Sie überhaupt, wen Sie dafür umgehauen haben ...«

»Ja, verdammt.«

»Okay, Hotel Burger.«

»Mit Pflaster und Nähzeug. Haben Sie ein Fahrrad?«

»Soll ich mir die Blase verkühlen?«

»Dann nimm ein Taxi«, flüsterte Hold. »Aber steig nicht vor dem Hotel aus. Und bring noch Aspirin mit.«

»Gegen Schmerzen?«

»Ja, verdammt.«

»Dann lieber Paracetamol.«

»Meinetwegen.«

»Das hilft viel schneller«, sagte Lou. »Aber ich hab bloß die Zäpfchen.«

»Scheißegal. Zimmer vierzehn, erster Stock!«

16

Willem saß vor einem Teller mit dem berühmten Europa-Toast, gepreßter Schinken-Käse-Mischung, und keuchte vor Wut. Er hatte zunächst den Mann am Empfang, inzwischen auch Nachtportier, telefonisch um Nähzeug gebeten, doch der konnte nicht mit Nähzeug dienen; statt dessen brachte er den einzigen Snack des Hotels samt seinem Vornamen ins Spiel: »Wie wär's dafür mit dem Europa-Toast, Rudis Spezialrezept«, und aus lauter Verzweiflung hatte er zugestimmt. »Stellen sie ihn vor die Tür, Rudi, und noch ein Bier dazu.«

Aber er konnte ja gar nicht kauen, das hatte er vergessen, und so saß er nun vor dem berühmten Toast – schon lange vor den Einigungsschritten nach Europa benannt, kein Tribut an Kohl, den Riesen, oder Mitterand, den Schürzenjäger – und roch das Spezielle daran, einen Zwiebelring, aber mehr noch das Gewöhnliche, den verschmolzenen Schinken und Käse zwischen den knusprigen Scheiben, so, wie es sein sollte. Doch ein einziger Bissen, das spürte er, würde ihn umbringen, und von dem Bier konnte er auch nichts trinken, denn keiner, der etwas anderes kennt, rührt ein Binding-Bier an; er konnte sich damit bloß die Hände waschen, weil es Seife enthielt, oder sich an der Dose abreagieren: die Wut auf sich selbst, der hereingelegt wurde, verringern.

Hold ging mit dem Toast ins Bad, warf ihn ins Klo und spülte. Dann ließ er Wasser in eine Sitzwanne hinter einem knochenfarbenen Vorhang. Er hätte es wissen müssen, hinter einem Mann wie Narciso konnte nur ein noch größeres Schwein stecken, aber immerhin lebte er noch, wenn auch mit Loch in der Wange. Willem gab sich einen Ruck und trat erneut vor den Spiegel. Das Blut um die Wunde stockte bereits, ein roter Klumpen, den man spreizen mußte, um in die Mundhöhle zu sehen; ein paar Stiche, und die Sache käme in Ordnung. Er zog sich aus.

Schon etwas weniger wütend – Hold neigte gar nicht zur Wut, eher zur Melancholie –, ging er ins Zimmer zurück und holte die Mercier und die Newman aus seiner Jacke; manche Dinge klappten nie, anderen fielen einem einfach zu. Er hatte eine seiner Traumuhren, und die andere war auch nicht schlecht, Tankgehäuse, Gold, von neunzehnhundertsiebzig, auf der Rückseite, in Sütterlin, ein Name, Heinrich Stirius, vermutlich Vater der Bestohlenen; ihr blonder Freund – zufällig in dem Lokal oder nicht, das war die Frage – würde also einiges tun, den Dieb mit dem Loch in der Backe zu finden, solche Privatbullen konnten hartnäckiger sein als die ganze Polizei. Hold griff zum Telefon und wählte die Neun, der Nachtportier nahm gleich ab.

»Noch ein Wunsch, Herr Pallas?«

»Hören Sie mal, Rudi, da kommt jetzt bald eine Dame, die will zu mir, das geht in Ordnung. Zeigen Sie ihr einfach den Weg.«

»Selbstverständlich. Möchten Sie vielleicht vorher einen Piccolo, den hätte ich kalt.«

»Ich werde mich melden, Rudi.«

»Wie war der Toast, wenn ich fragen darf?«

»Ausgezeichnet. Und wie war das Traumschiff?«

Der Nachtportier holte tief Luft, und Willem begriff zu spät, daß er besser geschwiegen hätte.

»Ganz wunderbar, Herr Pallas. Sie waren erst in Australien, am Großen Barrierriff, und da ist fast ein Mord passiert, aber der Kapitän und Sabine haben's verhindert, und Eddi Arent hat auch mitgeholfen, wie früher bei Edgar Wallace, wenn's knapp war am Ende, und dann sind sie weiter nach Bali, da ist der Wussow eingestiegen, als Heiratsschwindler, und die Berben ist auf ihn reingefallen, aber nur während des Landgangs, später nicht mehr, da hat der Doktor mit ihr geredet, nachts an der Reling, ihr die Augen geöffnet, meine Güte, und ausgestiegen sind schließlich alle in Singapur ...«

»Eine Kackstadt.«

»Aber, Herr Pallas, keine andere Großstadt ist so sauber wie Singapur, der Kapitän hat sich sogar, beim Schlußbild, in seiner weißen Hose auf eine öffentliche Treppe gesetzt, machen Sie so was mal in Frankfurt.«

»Stimmt, Rudi. Haben Sie das mit der Frau noch im Kopf? Die ist groß und irgendwie blond, aber keine mit roten Nägeln und so. Eine Dame, also höflich sein, verstanden.«

Hold legte auf, das Sprechen tat weh, er hatte zuletzt nur geflüstert. Mit seiner Waffe in der Hand ging er ins Bad zurück, stellte das Wasser ab und stieg in die kleine Wanne mit Hocksitz; gut temperiertes Wasser, um die vierzig Grad, entspannte seine Haut wie nichts anderes, er konnte sich dann sogar ein paar schöne Gedanken erlauben, ohne daß es gleich weh tat zwischen den Beinen. Willem deponierte die Cougar neben der Wanne, lehnte sich zurück und schloß die Augen.

Wer auch immer hinter alldem steckte, wäre jetzt sicher nervös und würde sich an Narciso, den Mittelsmann, wenden: Den bräuchte er also nur anzurufen, dann ließe sich der Kreis wieder schließen, unter neuen Bedingungen, wenn er die Sache zu Ende bringen sollte. Denn das Schwein im Hintergrund hätte nach Busches Tod ausgesorgt, mit ziemlich vielen Millionen, und davon würde er sich einige holen, und je länger er darüber nachdachte, desto sicherer war er, daß Busches Frau in der Sache mit drinhing. Vor dem Schuß war sie blaß gewesen, blaß und starr, danach puterrot, aufgewühlt und in Panik, wie die Besitzer von Kampfhähnen, wenn ihr Liebling plötzlich am Hals aufgeschlitzt ist, er würde sie im Auge behalten, diese Pussy mit ihrer Sexfibel, die eher auf hübsch und jung machte, als daß sie wirklich hübsch und jung war, wie sie bestimmt auch nur auf Liebe machte, mit heilerischem Getue, Gesäusel und Diätplänen, und einer Form von Sex, die einem nur die Wahl ließ, zu saufen oder darauf zu warten, daß sie sich im Dunkeln die Handschuhe abstreifte. Ihr Mann konnte einem leid tun, und er tat ihm fast leid, dieser bedrückte Koloß, der nur aufgrund seiner Augenblicksentscheidung und Schießkunst noch lebte und die berühmte Frau also noch etwas ertragen müßte, bis die Erlösung käme, in welcher Form stand noch nicht fest, ein Unfall vermutlich, im häuslichen Bereich am besten, so was kam alle Tage vor.

Er hörte Schritte im Gang und griff nach der Waffe. Jemand ging auf sein Zimmer, ein anderer Gast. Die Wände waren dünn im Hotel Burger, der Ton eines Fernsehers drang jetzt herüber, irgendeine Lachsendung, die er nicht kannte; oder wollte man ihn ablenken? Willem lud die Waffe durch, er zielte kurz Richtung Tür. Mit ihren knapp tausend Gramm lag die Cougar so perfekt in der Hand, daß man sie gar nicht loslassen mochte, und schön war sie auch noch, wahrhaft schön, im Gegensatz zu Busches Frau, und ihre Länge vom Hahn bis zur Mündung war ideal, genau wie seine, vor der Spannlackkur, denn seitdem tat es weh, wenn die Sache zu groß wurde, verdammt weh, und er war auf diese unmögliche Menge an Zärtlichkeit angewiesen, damit der Schmerz am Ende übertroffen wurde, eine Menge, die nicht zu bezahlen war, für die man mehr aufbieten mußte als Geld: eine Unmenge verdammter Liebe, wenn er es richtig sah.

Die Lachsendung war vorbei, und Hold legte die Waffe zurück auf den Boden und zog die Fußmatte darüber; die Metallstimme eines Nachrichtensprechers drang jetzt durch die Wand, die Israelis schossen wieder um sich und verursachten Reisekosten für die Amerikaner, irgendein Beauftragter flog hin und her, und die Deutschen hatten zu all dem auch eine Meinung; dann Tarifgeschichten, Gespräche in Frankfurt am Main, und gleich noch einmal Frankfurt, die Sache am Flughafen, der Rachemord an Louis Freytag. Eine Tragödie, hieß es allgemein, ja, der Bundespräsident sprach sogar von *Nationaler Tragödie*, und ihm verging der Spaß am Baden. Er hatte doch nur helfen wollen, vielleicht etwas eigennützig, aber im Grunde doch helfen, es war nicht gerecht, weder für diesen Bücherpapst, wie man ihn nannte, noch für ihn, der seinen Ellbogen letztlich aus einem menschlichen Motiv benützt hatte. Am Schluß dann noch, ganz aktuell, die Meldung von einem Raubüberfall auf ein Frankfurter Lokal, ebenfalls mit prominenten Opfern, neben einem unbekannten Erschossenen, Opfern, die mit dem Schrecken davongekommen seien, allen voran die frühere Tagesschausprecherin und heutige Autorin Vanilla Campus sowie ihr Mann, der Leasing-Unternehmer Busche; von dem maskierten Täter, geflüchtet auf einem Rad, fehle jede Spur.

Willem Hold lachte, auch wenn es ihm fast die Wange zerriß: Da kehrte einer, nach x Jahren, für einen Tag in seine Stadt zurück und mischte gleich alles auf! Er zog den Stöpsel heraus und stieg aus der Wanne, er trocknete sich ab im Bad. So schlecht waren die Dinge gar nicht gelaufen für ihn, er konnte ganz ruhig sein und war es auch, bis er ein sachtes Klopfen hörte, ein Klopfen an der Zimmertür, und Richtung Herz griff, statt zur Waffe, und von der nackten Brust, kühl überlegt, in sein Gepäck auf dem Boden, zu einer frischen Unterhose.

17

Helen beobachtete ihren neuen Partner und Mieter, der einfach weiterging, sobald sie stehenblieb. Er schien es nicht einmal zu merken, daß sie gar nicht mehr neben ihm lief. Sie hatte das schon bei ihrem Mann gehaßt, aber Feuerbach war nicht ihr Mann, und warum sollte sie gleich am Anfang an ihm herumerziehen? Bei der Flughafensache war immerhin ein Video herausgesprungen, und in dem Lokal vorhin hatte er sein Leben riskiert. »Könnten Sie auch mal stehenbleiben, wenn ich stehenbleibe«, rief sie schließlich.

Feuerbach drehte sich um. »Tut mir leid. Ich denke nach …«

Helen schloß auf, und sie gingen ein Stück nebeneinander, jetzt schon Richtung Main. »Und worüber?«

»Dieser getötete Detektiv hatte kein Handy bei sich, aber einen gefälschten Ausweis und besaß eine Profiwaffe, für die seine Reaktion etwas langsam war. Als hätte er gar nicht damit gerechnet, daß der Maskierte auf ihn schießen könnte.«

»Wie kommen Sie darauf, Feuerbach?«

»Das war mein Eindruck. Er schien mir völlig überrascht, als es ihn erwischte.«

»Das ging doch alles viel zu schnell.«

»Ich habe in seine Augen gesehen. Ich mache das immer in entscheidenden Momenten.«

»Ach ja?«

Feuerbach schaute zum Nachthimmel über der Stadt; ein Flugzeug stieg gerade auf, irgendwohin, und er wünschte sich mitzufliegen. »Beruflich auf jeden Fall.«

»Dann bleiben wir beim Beruf.« Helen ging jetzt schneller, sie wollte das Tempo bestimmen. »Er war also überrascht …«

»Weil er wohl davon ausging, daß er zuerst schießen würde.«

»Und der Maskierte hat ihm das angesehen?«

»Schon möglich«, sagte Feuerbach. »Vielleicht hat er nur zuviel Überlegenheit ausgestrahlt und wurde deshalb erschossen.«

»Das macht keinen Sinn.«

»Dann müssen wir es eben durchdenken, bis es Sinn macht.«

Helen ging über die Uferstraße und nahm die Treppe zum Eisernen Steg, der die Stadt mit Sachsenhausen verbindet; mitten auf dem alten Mainübergang blieb sie stehen.

»Um besser zu sein als unsere Exkollegen?«

»Ja.«

»Ich habe keine Rechnung offen«, sagte Helen.

»Dann wären Sie heut noch im Dienst.«

»Mir hat der Ton nicht gepaßt. Und was war bei Ihnen?«

»Das wissen Sie doch.«

»Ich weiß nur, daß Sie einen Jungen erschossen haben, der im Dunkeln mit einer Pistole auf Sie gezielt hat.«

»Einer Plastikpistole!«

»Das konnten Sie aber nicht sehen!«

»Ich hätte es dem Jungen ansehen müssen!«

»Ein bißchen viel verlangt, oder?«

Feuerbach beugte sich über das Geländer; ein Schiff fuhr unter der Brücke hindurch, mit leerem Laderaum, zwei langen schmutzigen Becken. »Nein«, sagte er.

»Dann springen Sie doch, wenn es Sie so bedrückt. Oder beantworten Sie mir eine Frage: Glauben Sie, daß Sie das irgendwie gutmachen können?«

»Vielleicht.«

»Ich glaube es nicht. Man kann nur gut arbeiten. Sie haben jemanden erschossen, der eine Waffe hatte, und nun versetzen Sie sich in den Maskierten hinein: Warum hat *er* so reagiert?«

»Panik. Er hat gedacht: Der erschießt mich. Und schoß selbst.«

»Ich glaube, daß er die Waffe von diesem Mann gar nicht gesehen hat. Er hat nur die Absicht erkannt.«

»Man erkennt die Absicht und ist verstimmt ...«

»So ungefähr.« Feuerbach löste sich vom Geländer, er ging langsam weiter, Helen hielt für einen Moment seinen Arm: »Und was noch ungefähr?«

»Vielleicht kannten sich die beiden.«

»Und weiter ...«

»Und der Maskierte wollte etwas ganz anderes in dem Lokal. Großkalibrige Berettas sind die beliebtesten Waffen für Morde unter italienischen Gangstern.«

»Daran dachte ich auch schon.«

»Warum fragen Sie mich dann überhaupt?«

»Weil Sie mein Partner sind. Und Mieter.«

Feuerbach ging jetzt schneller; Helen blieb an seiner Seite. Er zeigte auf ein Hochhaus: »Vielleicht finde ich da was ...«

»Wenn Sie sich das leisten können. Sie denken also, daß der Maskierte ein Killer war.«

»Ich denke nur, was wir gesehen haben, war nicht das, was sich in Wahrheit abgespielt hat. Dieser bewaffnete Mann im Lokal war kein Zufall. Und im übrigen gab es zwei prominente Gäste zu erschießen, Vanilla Campus und diesen Busche.«

»Höchstens einen. Die Campus will keiner erschießen, die will jeder nur umlegen.«

»Ich nicht«, sagte Feuerbach. »Oder wollten Sie mit Busche?«

»Bei soviel Geld?« Helen nahm ihr Gesicht in die

Hände, sie bog in den Museumspark. »Würden Sie da nicht schwach?«

»Nein. Wo gehen Sie hin?«

»Es gibt da ein Lokal in dem Museum, oder möchten Sie schon ins Bett? Wir haben Buchmesse: Da wird aus Frankfurt, einmal im Jahr, eine echte Stadt!«

18

Rudi, der Nachtportier, hätte mit geschlossenen Augen sagen können, welche der großen Messen gerade in Frankfurt lief. Er hörte es an den Geräuschen im Haus, wenn gesungen und gekotzt wurde, IAA, die Autodeppen, oder roch es am Männerparfum, Ambiente, die Geschenketunten, ja, er spürte es in seiner Loge, die er sich während der Buchmesse mit einem japanischen Kleinverleger teilte. Herr Sato schlief dort auf dem Sofa, und er begnügte sich mit dem Stuhl. Seine Chefin, die alte Frau Burger, irgendwie Witwe seit jeher, merkte nichts von den Nebenverdiensten, wann immer sie vorbeikam, war sie beeindruckt von der Tüchtigkeit ihres Portiers, denn das Hotel war auch Agent für allerlei Touren, und es verging keine Woche, in der Rudi nicht irgendeinem Asiaten die Heidelberg- und Helgoland-Tour als Paket andrehte.

Er diente dem Hotel jetzt schon länger, als Kohl seinem Vaterland gedient hatte, ihm war nichts fremd zwischen Himmel und Erde, und die Lücken schloß *Das Traumschiff*; leider waren seine weiblichen Gäste selten so reizvoll wie die an Bord, schon gar nicht zur Buchmessezeit, um so erfreulicher die Person, die nach Mr. Pallas gefragt hatte. Rudi war ihr auf Zehenspitzen gefolgt, er machte das immer, wenn Damenbesuch im Haus war, ein wenig vor der Tür zu lauschen, nur was an dem Abend seiner Phantasie helfen sollte, war eher ein Klatsch- als Sexprogramm.

»Wie? Sie wissen nicht, wer die Campus ist?« rief die blonde Frau, und Mr. Pallas murmelte eine Entschuldigung, er treibe sich eben zuviel im Ausland herum, worauf sie lachte und damit kam, wer die Campus sei: eine Exnachrichtenmaus, berühmt geworden durch einen eigenmächtigen Live-Kommentar zu Clintons Oral-Office-Affäre, *Ich hätt ihm sein Ding abgebissen*, seitdem gewissermaßen in aller Munde und in x Werbespots. Sie lachte noch immer, und Rudi war sich nicht sicher, worauf das Ganze hinauslaufen würde, die übliche Nummer schien sich da jedenfalls nicht anzubahnen, und er zog sich zurück, bevor das Lachen in einen leisen Schrei mündete.

Willem Hold, bisher eine Hand auf der Wange, hatte genug von der Konversation über Busches Frau, er nahm die Hand herunter, und Lou begriff, was das Nähzeug sollte; ihr Schrei war mehr ein Ausdruck des Mitgefühls als des Schreckens, an einem Loch in der Wange starb schließlich niemand. »Aber eine Nähnadel ist nicht steril«, sagte sie.

»Das verbindet mich mit ihr, her damit.«

Lou, noch in ihrem roten Mantel, legte das Nähzeug aufs Bett, Willem reichte ihr seinen Rasierspiegel.

»Halten Sie ihn ruhig.«

»Wie ist das passiert?«

»Frag lieber, *wo* es passiert ist. Auf dem Flughafen heute früh. Ich mußte ja dann auch abhauen, und irgendein Kerl mit einem Schweizer Messer war dagegen.«

»Und alles meine Schuld ...«

»Na und. Du bringst es ja gerade in Ordnung.« Hold legte die verschiedenen Garnrollen nebeneinander. »Welche Farbe?«

»Das müssen Sie schon selbst entscheiden.«

»Dann nehmen wir rot. Wie dein Mantel, der gefällt mir.«

Willem riß ein Stück Faden ab, führte die Spitze durch das Öhr und machte sofort den ersten Stich. Schmerzen verschlimmerten sich, wenn man über sie nachdachte, und der Stich durch den entzündeten Wundrand war schlimm genug. Der Schweiß brach ihm aus, und das Haar an seinen Schläfen stellte sich auf, das konnte er sehen, das und eine Wange, die nicht seine war. Wie eine Hand hielt Lou den Spiegel halb vor ihr Gesicht.

»Tut es sehr weh?«

Hold stach noch einmal zu und zog den Faden durch die zwei Löcher: »Es gibt Schlimmeres.« Er dachte an die alte Geschichte, die hätte er jetzt bringen können, dann wäre das schon erledigt, falls sie im Bett landeten, er haßte es, diese Dinge im letzten Moment zu erklären. Der Schweiß rann ihm in die Augen, er mußte fertig werden, bevor er gar nichts mehr sah.

»Haben Sie das irgendwo gelernt?« fragte Lou.

»Warum? Schaut es so gut aus?«

Ihr Augenpaar erschien über dem Spiegelrand, und er nutzte den schönen Moment für zwei weitere Stiche, die letzten.

»Den Rest mache ich«, sagte sie.

Hold schloß die Augen, er atmete gegen den Schmerz an. »Sehr freundlich. Hast du die Dinger dabei?«

»Eine ganze Packung.«

Er spürte jetzt ihre Hände, sie verknotete die Enden der Fäden, er spürte auch ihr Haar, es kitzelte ihn an der Nase. »Tut mir leid, wie ich aussehe«, flüsterte er.

»Macht nichts, ich hab Sie ja auch vorher gesehen, Willem ohne H, oder soll ich Herr Pallas sagen?«

»Ich heiße Hold.«

»Ist Pallas ein falscher Name?«

»Ja.«

»Und warum verraten Sie mir das?«

»Weil ich dich mag. Du bist schön, tut mir leid.«

Lou schnitt die Enden der Fäden ab. »Dann wär ich berühmt, wie Vanilla Campus.«

»Ich meine, du bist wirklich schön.«

Er sah, wie sie Mull und ein Fläschchen aus ihrer Tasche holte, sie schwitzte jetzt auch.

»Ich mach die Wunde sauber, ja?«

Hold nickte ihr zu, er versuchte jetzt, nicht mehr zu reden, obwohl er noch einiges sagen wollte. Doch je länger er sie ansah, desto schwieriger schien es ihm auch, das Schöne an ihr zu erklären, wenn es überhaupt erklärt werden mußte. Für ihn stand es einfach fest, wie das Schöne oder Lockende eines Berges feststeht; sie mußte es schon selbst begreifen, daß ihr Gesicht eine Art Droge war, für die sie Verantwortung trug.

»Diesen berühmten Kritiker«, sagte sie plötzlich, »hast du den gar nicht erkannt, Willem?«

»Es ging alles zu schnell. Und es tut mir leid. Ich hoffe, du hast nicht für ihn geschwärmt.«

»Doch, einen Tag lang. Freytag hat mal Gedichte von mir in die Zeitung gebracht.«

»Du schreibst Gedichte?« Hold zuckte vor Schmerz.

»Heute nicht mehr, früher. Ich glaube, sie gefielen ihm nur, weil unsere Vornamen ähnlich sind, Lou und Louis. Oder wegen des Fotos, das ich dazugelegt hatte. Er schrieb mir auch etwas Persönliches: Und sollte aus Lou Schultz keine Dichterin werden, bliebe ihr der Trost der Schönheit … Dazu noch eine Einladung zum Tee. Und nun bin ich schuld an seinem Tod.«

»Blödsinn. Was geschah *nach* dem Tee?«

»Es kam nicht einmal zum Tee, so ist das Leben. Jetzt noch das Pflaster, und wir haben's, Willem.« Lou plazierte das Pflaster und drückte es vorsichtig an. »Als hättest du dich nur beim Rasieren geschnitten. Und nun die Nachbehandlung.« Sie holte die Paracetamol-Packung aus ihrem Mantel, legte sie auf den Tisch und blieb beim Du. »Du, ich dreh mich um, okay?«

»Nein«, sagte Willem. Er wollte kein Zäpfchen, und er wollte auch nicht, daß sie sich umdrehte, seine Mutter hatte eines Tages angefangen, sich umzudrehen, wenn er sich auszog, als sei auf einmal etwas anders an ihm, wie bei den Leuten, auf die der Tod erstmals ein Auge wirft. Entweder teilte man alles mit einer Frau oder gar nichts. »Hast du morgen abend etwas vor?« Wie aus einem zweiten, kühneren Herzen kam das: als hätte er nicht vor, so schnell wie möglich abzuhauen.

»Morgen?« Sie machte den Fernseher an und machte ihn gleich wieder aus, das half ihr beim Nachdenken. »Morgen abend bin ich in meiner Gruppe.«

»Was heißt das?«

»Da treffen sich Leute und erfahren etwas über sich selbst. Wie man auf andere wirkt und so weiter. Und wie überhaupt Menschen so sind.«

»Wie sind sie denn? Gibt's da was Neues?«

Lou machte schon wieder den Fernseher an, ohne Ton, es kamen Spätnachrichten. »Ich kann's nicht erklären«, sagte sie. »Das muß man erleben. Du kannst ja mitkommen, das ist erlaubt. Jeder darf mal einen Gast mitbringen.«

»Und dieser eine Gast wäre ich?«

»Ja. Ich sage einfach: Das ist Willem Hold.«

»Klingt gut. Ich kann aber kaum reden.«

»Die meisten schweigen sowieso dort.«

»Und der Chef?«

»Es gibt keinen Chef, es gibt nur eine Leiterin, Frau Schmalstieg-Reusch oder Ute. Dünn wie ein Besen, aber Haare wie ein brennender Busch. Sie schweigt auch.«

Lou stellte den Ton an, es kam ein Nachruf auf Louis Freytag, ein Verleger, Dr. Dr. Hesselbrecht, mit Freytag seit jeher in kritischer Freundschaft verbunden, wie er hervorhob, würdigte ihn als *Nathan unserer Tage* und sprang dann auch schon zu den eigenen Vorzügen, nämlich denen seines Verlags, den Freytag gleichgesetzt habe mit Kultur überhaupt; es war eher ein Selbstgespräch, feierlich vorgetragen, als ein Nachruf, *Louis Freytag und ich* begann jeder Satz.

»Wer ist Nathan?« fragte Hold, aber Lou verfolgte gebannt den Nachruf, der keiner war, und so nahm er die Zäpfchen vom Tisch und erledigte die Sache im Bad. Als er wieder ins Zimmer kam, war der Verleger endlich fertig, und die Nachrichtensprecherin verlas Neuigkeiten über ihre Exkollegin Campus als Opfer eines Raubüberfalls, bei dem es sogar einen Erschossenen gegeben habe, als ahnte sie den Zusammenhang zwischen dem prominenten und dem unprominenten Toten. »Das mit diesem Freytag«, sagte Willem, »das tut mir wirklich leid.«

Lou stellte den Fernseher ab.

»Mir auch, aber dafür ist er jetzt ein Held.« Sie nahm ihm die Packung mit den eingeschweißten Zäpfchen aus der Hand und löste eines unbeschadet aus der Folie, während es bei ihm im Bad zerbröckelt war. »Ich leg's auf den Nachtisch, für später.«

Und Willem Hold schaute ihr zu, wie sie Vorkehrungen für seinen nächtlichen Frieden traf, nicht nur ein Schmerzmittel bereitlegte, sondern auch das Bett aufschlug und für griffbereites Wasser sorgte, ja sogar den Vorhang schloß, wo noch ein Spalt war, und ein fast vergessenes Gefühl stieg in ihm auf, so schön wie schmerzlich, das fast vergessene Gefühl, umsorgt zu sein, selbst wenn man schläft, und mit der Sicherheit in den Schlaf zu fallen, morgens als erstes in zwei freundliche Augen zu sehen.

Er nahm seine Hände auf den Rücken – um nichts Vorschnelles zu tun – und betrachtete ihr Gesicht. Irgend etwas darin kannte er schon ganz lange oder glaubte, es schon ganz lange zu kennen, die Augen, die Wangen, er wußte es nicht genau, vielleicht war es auch nichts als der Blick, der vor seiner Stirn haltmachte; er wußte nur, daß er ihr am liebsten von dem Auftrag erzählt hätte.

»Willst du, daß ich hier übernachte?« fragte sie plötzlich.

»Willst du's?«

»Ich würde es tun.«

»Dann tu es.«

Lou zog den Mantel aus, endlich. »Aber eine richtige Antwort war das nicht …«

»Es war ja auch keine richtige Frage.«

Willem berührte kurz ihre Schulter, dann ging er ins Bad. Er wollte sich die Zähne putzen, aber das ließ seine Wange nicht zu, also wusch er sich nur unter den Armen, pinkelte und kämmte sich, um Lou etwas Zeit zu geben; beim Verlassen des Bades hustete er, aber das war gar nicht nötig: Sie lag schon unter der Decke, nackt offenbar, denn ihre Jeans, ihr Slip und der BH bildeten ein Häufchen auf dem Plastikstuhl, und schon wieder sah sie fern, irgendeine *Fall-für-Zwei*-Wiederholung, Matula, der Kleine – dem hatte schon sein Vater die Daumen gedrückt –, rannte gerade eine Treppe hinauf, gefolgt von dem Anwalt, also war der Fall gleich gelöst. »Lou«, sagte er, »mach das aus.«

»Wenn's dich stört.« Sie schlug die Decke zurück, um an die Fernbedienung zu kommen, und er sah ihr gepflegtes Dreieck, das zum Glück nicht blond war. Lou machte den Fernseher aus, mit der anderen Hand zog sie die Decke bis über die Brust, wie die Frauen in alten Liebesfilmen. »Leg dich hin, da wirkt das Mittel besser. Und das Licht löschen wir auch.«

»Und dann?«

»Dann sehen wir weiter«, sagte sie.

Er löschte das Licht und zog sich aus, er hörte ein

Feuerwehrauto, von der Feuerwache am Ostbahnhof, woher sonst, und für einen Augenblick dachte er, er könnte einfach nach Hause gehen, in die Ostbahnhofstraße neun und bei Hold klingeln, und alles wäre wie früher. Sein nächster Gedanke galt schon dem Exmajor: den müßte er anrufen, um die neuen Bedingungen auszuhandeln. »Bist du nicht müde, Lou?«

Er flüsterte wieder, weil ihm die Wange weh tat, sie aber erwiderte dieses Flüstern wie eins, das zärtlich gemeint war: »Nein, bin ich nicht. Du machst jetzt die Augen zu, schläfst, und ich telefonier noch etwas.«

»Mit wem?«

Sie fuhr besänftigend über sein Haar, mit der anderen Hand stellte sie ihr zierliches Telefon an, der Schein des Displays fiel in ihr weiches Gesicht. »Spielt das eine Rolle?«

Hold faltete die Hände über der Brust, so hatte er sie auch unter Kontrolle. »Hast du einen, der auf dich aufpaßt?«

»Das tue ich selbst.«

»Aber es gibt Typen, die dich bezahlen ...«

»Eigentlich nur einen. Und der ist im Moment nicht da.«

»Und wo trifft sich diese Gruppe morgen abend?«

Lou nannte ihm die Adresse, Oederweg, Ecke Glauburg, und die alten Straßennamen öffneten eine Art Schleuse in ihm. Einzeln und langsam liefen ihm zwei Tränen die Wangen hinunter, die eine genau unter das Pflaster, das Frankfurter Kind in ihm schlummerte nur, ein Nichts genügte, es zu wecken. Gleich morgen früh würde er Narciso anrufen und seine Bedingungen nennen; als nächstes ein Kontakt mit Busches Frau, falls sie da mit drinhing, und sie hing da mit drin, und noch vor dem Wochenende wäre er wieder zurück. »Wolltest du nicht telefonieren?«

»Später, wenn du schläfst.« Lou beugte sich über ihn. »Soll ich dich streicheln?«

»Wozu?«

»Ich kann dir auch einen blasen.«

»Dafür kennst du mich zu kurz. Aber du könntest mich morgen um sieben wecken, ich muß in Manila anrufen.«

»Okay, dann schlaf jetzt.«

Lou deckte ihn noch zu, dann hörte sie ihre Mailbox ab.

»Irgendwas Besonderes?« fragte Hold.

»Nein. Nur so ein Mann aus meiner Gruppe grüßt mich. Hast du noch Schmerzen?«

»Wie heißt dieser Mann?«

»Er heißt Ruben.«

»Wieso heißt er Ruben, kein Mensch heißt Ruben.«

»Er heißt aber so.«

»Alle haben jetzt Idiotennamen.«

»Er kann ja nichts dafür.«

»Hast du was mit dem?«

»Nein, warum?«

»Weil er dich anruft.«

»Er sagte nur, er kann morgen nicht. Schlaf jetzt.«

Und damit drehte sich Lou zur Wand, und Willem Hold versuchte einzuschlafen, weder an sie noch an sich zu denken und schon gar nicht an sie beide, bis ihr Fuß auf einmal kam, sich kühl an seinen legte, und er sie flüstern hörte, als gäb's Gedankenpost. »Ob irgendwas wird aus uns ...«

»Warum fragst du das?«

»Weil ich's nicht weiß.«

»Dann hättest du nicht gefragt.«

Sie drehte sich noch mehr zur Wand und schien zu nicken, er sah ihren Nacken im Licht, das vom nächtlichen Ostend durch die Vorhänge fiel, dem billigen Licht seiner Kindheit, genau auf dem Nacken, den er schon immer gewollt hatte, frei und hell, mit flaumiger Mulde, und er meinte, darin etwas zu sehen, das größer war als er selbst, vielleicht nicht gleich den Sinn des Lebens, aber doch den dieses Tags, der so anders gelaufen war, als geplant. Er hätte sterben sollen, aber lebte, mit der Aussicht, auch noch zu lieben, oder was sollte sonst daraus werden?

19

Kasimir Huemmerich – der lieber den Namen seiner Mutter geführt hätte, Stirius, weil er sich schneller schreiben ließ – saß auf dem abgeschliffenen Parkett von Helens Eckzimmer in der kostspieligen Altbauwohnung, Morgensternstraße, und rauchte die letzte Zigarette aus einer Packung Gitanes, die schon zerdrückt neben einer Flasche Portwein lag, so alt wie er selbst, fünfzehn Jahre, gefunden neben dem Bett, zwischen einem Buch über Steuertricks und einem Roman, Madame Bovary.

Der ölig süßherbe Port schmeckte ihm, und Kasimir dachte gar nicht daran, daß es Wein war, stärker als normale Weine, wie er auch keinen Moment daran dachte, daß Helen die Flasche vielleicht für besondere Anlässe reserviert haben könnte. Er dachte nur daran, daß sie einen neuen Mieter hatte, jünger als sie und auch noch beruflich mit ihr verbunden, in diesem Abenteuer eines Detektivbüros: als ob es solche Leute überhaupt noch gebe, außer in alten Fernsehserien. Und irgend etwas lief da schon mit diesem Neuen, der Feuerbach hieß, etwas, von dem er nichts wissen sollte, denn sie hatte ihm ein komplettes Wochenende versprochen, mit Kino und Essengehen, wenn er unter der Woche nicht auftauchte, und darum war er natürlich aufgetaucht; nur Idioten und Verliebte machten denselben Fehler zweimal, er nicht. Genauso war es nämlich gelaufen, als das mit ihrem Pathologen, Dr. Eick, angefangen hatte, einem Typ wie aus dem Vorabendprogramm, Klinik-Drama, und am Ende die Scheidung.

Aber sein Vater hatte auch nicht gekämpft, dachte Kasimir, er war eben ein guter Mensch, gut und arbeitslos, immerhin auch gut abgefunden, einer, der ständig von den großen Zeiten bei McCann im Westend erzählte, als Artdirector Huemmerich; alles Scheiße, wie dieser ganze Abend in der leeren Wohnung. Er hatte gehofft, Nola, die Theologin, zu treffen, sie ein bißchen auf seine Seite ziehen zu können, die Seite des Enttäuschtseins vom Leben (das er noch gar nicht kannte), aber Nola war sonstwo, womöglich bei einem, der ihr besser gefiel als Jesus, und im Kühlschrank war auch nichts, nur eine Salatgurke und Milchreis von Müller. Der Neue schien keinen Appetit zu haben oder bloß Appetit auf seine Vermieterin, wie er auch keine Möbel besaß; in dem Zimmer – seinem Zimmer – stand nichts als eine Sporttasche vor dem Bett. Wenn *er* in dem Alter noch so hauste, könnte er sich gleich erhängen. Voller Abscheu drückte Kasimir die Zigarette aus, als er endlich die Wohnungstür hörte.

Helen kam nicht allein, der Neue war offenbar bei ihr. Kasimir stellte den Portwein wieder neben das Bett. Dann trat er an die Tür und öffnete sie, als seine Mutter schon eine Hand an der Klinke hatte; ihr Aufschrei tat ihm gut.

»Ich bin's nur.«

»Du hast mich erschreckt. Außerdem haben wir gesagt …«

»*Du* hast gesagt.« Kasimir sah, daß sich der Neue davonmachen wollte. »Warum haut er ab?«

»Er haut nicht ab.«

Feuerbach drehte sich um. Helen hatte auf dem Heimweg von ihrem Sohn erzählt, sie hielt ihn für hochbegabt, das war soweit normal, konnte jedoch nicht sagen, wo diese Begabung lag oder welche Art Nobelpreis für ihn später in Frage käme, statt dessen hatten sich ihre Augen mit Tränen gefüllt – aber vielleicht war das ja auch normal, dachte er.

»Du bist Kasimir, oder?«

»Nur Kasimir, ohne oder. Wieso hast du ihm von mir erzählt?«

»Das ist doch klar«, sagte Helen, »von seinem Sohn zu erzählen. Hast du getrunken?«

»Ja.« Kasimir wandte sich wieder an Feuerbach. »Und werden Sie hier länger wohnen?«

»Nur bis ich etwas anderes habe.«

»Du weißt doch, ich wollte eine Frau«, sagte Helen. »Was hast du getrunken?«

»Da war eine Flasche an deinem Bett.«

»Mein Portwein! Weißt du, was da jeder Schluck kostet? Hättest du lieber den Kühlschrank geleert.«

»Der war schon leer.«

»Unsinn.« Helen ging in die Küche, während ihr neuer Mieter im Bad verschwand.

»Er schließt nicht einmal ab«, sagte Kasimir.

»Wir haben gesehen, wo er hin ist, das reicht. Willst du Eier?«

»Es sind keine Eier da.«

»Du siehst nicht richtig nach.« Helen öffnete den Kühlschrank und holte ein Paket Eier aus dem Gemüsefach.

»Wie viele?«

»Alle.«

»Vielleicht will Carl auch noch was.«

»Wieso nennst du ihn Carl?«

»Ich nenne ihn gar nicht Carl; also jeder von uns bekommt drei Eier. Ich hab auch noch Gyros, im Tiefkühlfach.«

»Ich esse kein Fleisch.«

»Seit wann ißt du kein Fleisch mehr, Kasi?«

»Seit heute.«

»Dann nehme ich das Gyros«, sagte Feuerbach noch auf dem Flur. Beide Hände im Haar betrat er die Küche, und Kasimir, bereits größer als er, wenn auch viel dünner, musterte ihn.

»Sie tragen keine Waffe?«

»Nein. Außerdem waren wir privat unterwegs.«

»Wir waren essen«, sagte Helen.

»Und warum dann jetzt noch Eier?«

Feuerbach setzte sich. »Weil das Essen gescheitert ist. In dem Lokal wurde vor unseren Augen ein Mann erschossen.«

»Da wäre eine Waffe doch nützlich gewesen«, sagte Kasimir.

»Ich trage grundsätzlich keine Waffe mehr.«

»Dann haben Sie den falschen Beruf.«

»Es gab schon eine Waffe zuviel bei diesem Mord.«

»Im Moment noch ein Raubüberfall mit Todesfolge«, verbesserte Helen ihren Partner und erzählte dann beim Eierbraten, was sich abgespielt hatte. Kasimir hörte sich die Geschichte an, ohne Feuerbach aus den Augen zu lassen. »Und hast du wenigstens ein Autogramm von der Campus?« fragte er.

»Nein, wozu?«

»Wozu? Das könnte ich morgen verkaufen und dir neuen Portwein besorgen.«

»Diese Frau taugt doch nichts«, sagte Feuerbach.

»Warum will dann jeder ihr Autogramm?«

Helen verteilte die Eier. »Immerhin hat sie ein Buch geschrieben, so blöd kann sie also nicht sein.«

»Jedenfalls muß sie keine Untermieter aufnehmen.«

Helen wurde rot und schwieg. Sie hätte ihren Sohn jetzt gern vor die Tür gesetzt, doch dann käme er nicht wieder, und sie liebte ihn; sie liebte ihn sogar, wenn er solche Bemerkungen machte, nur etwas weniger. Ihr Stolz auf ihn war immer gleich: Er sah gut aus, fand sie, blaue Augen, schwarzes Haar, welcher Junge hatte das schon, dazu gerade Zähne. Kasimir hatte nie eine Spange gebraucht, sich aber immer wie mit Spange gefühlt, seine Spange, sagte er, sei sein Name, den hatte sie ihm eingebrockt, Tribut an einen Paten, der längst tot war. Und so wurde er ein Eigenbrötler, rauchte und trank, las aber viel und ging oft ins Kino; die Filme waren unter seinem Niveau, die Bücher darüber. Irgendwie paßte er selbst auf sich auf und vermied dazu alles, was ihn in die Fußstapfen seines Vaters geführt hätte, auch wenn er bei ihm lebte, aus eigener Entscheidung. Noch immer war Helen getroffen durch dieses *Ja* für ihren Exmann, und Kasimirs Argument war so einfach: Er hat Zeit und du nicht. Das war's, was Kinder wirklich wollten, Elternzeit, die ihnen gehörte, und da konnte sie nicht mithalten, sie konnte nur bei Gelegenheit ihre Liebe für Kasi, wie sie ihn nannte, verspritzen, in Verbindung mit Spiegeleiern, die ihr allerdings besser gelangen als einem Mann, der in seiner vielen freien Zeit neuerdings Kochbücher schrieb, was ihn wenigstens davon abhielt, die Erinnerungen eines Werbekünstlers zu Papier zu bringen.

»Willst du noch ein Brot?« fragte sie, und die Art, wie Kasimir ein Stück seiner Zunge sehen ließ und dabei sachte nickte, eine Hand an der schon etwas dunklen Wange, nährte wieder einmal ihre geheimste Befürchtung, was ihren Sohn betraf, daß er am Ende schwul sein könnte.

»Raubüberfälle auf ein Lokal laufen anders ab«, sagte Feuerbach etwas verspätet. »Der Maskierte ist nicht logisch vorgegangen, von hinten nach vorn, um alles im Auge zu behalten, im Gegenteil, er hat sich gleich auf Ihre Uhr gestürzt, Helene.«

»Wie? Opas Uhr ist weg?« Kasimir ergriff die rechte Hand seiner Mutter. »Wir müssen alle Hehler abklappern, am besten heut nacht noch, ich hab morgen erst zur zweiten Schule.«

»Warum?«

»Deutsch fällt aus.«

»Und warum fällt Deutsch aus?«

»Weil es schon seit einer Woche ausfällt. Weil die Deutsch-Schlampe auf Fortbildung ist.«

Helen reichte ihrem Sohn ein Butterbrot. »Sag nicht Schlampe.«

»Da fehlt Salz.«

Sie schob ihm das Salz hin, während ihr Blick zu Feuerbach ging: »Und Sie sagen nicht mehr Helene.«

»Es gibt da aber dieses e an Ihrem Namen ...«

»Nein, ich hab's abgemacht. Allerdings gut aufgehoben.«

»Es ist ihr Joker«, sagte Kasimir. »So ist sie, meine Mutter.«

Feuerbach schwieg jetzt. Er wollte auf keinen Fall streiten, wie er auch auf keinen Fall an das Gyros erinnern wollte, auf das er immer noch scharf war.

»Also zur zweiten«, sagte Helen. »Dann könntest du heute hier schlafen, willst du?«

»Kommt drauf an«, erwiderte Kasimir und warf Feuerbach einen Blick zu, der weit über sein Alter hinausging.

20

Lou Schultz lag auf dem Rücken und versuchte nachzudenken, keine einfache Sache, denn der Mann mit dem Loch in der Wange imponierte ihr. Wer so ein Angebot, geblasen zu werden, ausschlug, hatte in ihren Augen Format; was immer sich Zidona von Holds Kontakt mit ihr versprochen hatte, die Mitwirkung in dieser Sache gefiel ihr nicht.

»Schläfst du?« fragte sie.

»Nein.«

»Dann erzähl, was du in Manila gemacht hast.«

»Gelebt«, sagte Hold. »Zehn Jahre lang.«

»Mit einer Frau?«

»Ich hatte einen Freund, aber nicht, was du denkst. Der Czerny und ich, wir waren Partner.«

»Und was ist mit ihm?«

»Mit dem Czerny? Er starb an Aids.«

Lou sah ihn fragend an, und Hold erzählte, wie er den Czerny in Dschidda kennengelernt hatte, als sie dort beide beim Bau waren, er erst seit kurzem, Czerny seit langem, zwei Einzelgänger, die sich abends im Videoshop trafen, aber nach einem Monat war Czerny auf ihn zugekommen, nach der Frühschicht, mit einem Vorschlag, und er hatte ja gesagt; in den Wochen danach waren sie Freunde geworden.

»Was war das für ein Vorschlag?«

»Kein schöner.«

»Wenn's dir nichts ausmacht, möcht ich ihn hören.«

»Es macht mir nichts aus, Lou. Aber komm nah heran, ich kann nur flüstern.« Hold wartete, bis ihr Ohr an seinem Mund lag, dann begann er mit einer Geschichte, die er noch nirgends erzählt hatte, schon gar nicht neben einer Frau im Bett.

»Also der Czerny Kurt, der ja aus Wien kam, sagt eines Morgens zu mir: Du, heut is wieder Enthauptung in Dschidda, wenn's Zeit und Lust hast, gemma hin, darfst allerdings net knipsen und mußt dir a Saudi-Nachthemd und a Sonnenbrillen anziehen, damits die net merken, dast von Hochtief kommst. Und ich kauf mir also so ein Hemd im Souvenirladen, dachte, das nimmste mal mit, eine Enthauptung, und wir fahren da gegen Mittag hin, der Kurti und ich, zu dem Platz vor der großen Moschee oder so, wo schon Tausende von Saudis warten, als gäb's ein Fußballspiel, und dann wird's still, kurz vor zwölf, und vier Soldaten schleifen die arme Sau auf den Platz, soll irgendwen erstochen haben, und verbinden ihm die Augen, während so ein Obertyp was vorliest, Koran, denk ich mal, und der mit der Augenbinde, der zittert am ganzen Körper, wie ich noch nie einen habe zittern sehen, und ich, ich zitter auch gleich mit. Und da taucht plötzlich ein Riesenkerl auf, ganz in Weiß, nur mit Sehschlitz, und in der Hand ein Schwert, lang wie ein Besen, A Sudanese, raunt mir der Kurti zu, die machen den Scharfrichter hier, jetzt geht die Hetz los … Und dieser Sudanese, ja, schreitet ganz ruhig auf die arme Sau zu, die sich nun hinknien muß, während die Soldaten beiseite treten, und es auf dem Platz noch stiller wird, und da ist es genau Punkt zwölf, größte Hitze, fünfzig Grad, und die Saudis in ihren Nachthemden sind wie eine weiße Wand mit schwarzen Tupfern, von den Sonnenbrillen, und dieser Sudanese nimmt sich Zeit, macht nen kleinen Probeschlag, wie der Becker vorm Match, und dann piekst er auf einmal dem Typen mit der Schwertspitze ins Kreuz, und die arme Sau bäumt sich, vor Schrecken, und in dem Moment holt der Sudanese wie verrückt aus und schlägt im Fünfundvierzig-Grad-Winkel zu, säbelt den ganzen Kopf sauber vom Hals, und das Blut kommt senkrecht raus, wie beim Springbrunnen, und durch die Menge geht ein Seufzen, ich hätte fast in mein Hemd gekotzt.«

»Aber der Becker«, sagte Lou, »hat aufgehört mit Tennis.«

Willem richtete sich auf.

»Wann?«

»Schon vor Jahren.«

»Scheiße.« Willem sprang aus dem Bett, er lief zum Fenster und sah auf die Straße, in der die Eltern ihren Laden hatten, klein wie eine Puppenklinik. »Ganz aufgehört?«

»Ja.«

»Das war immer schön am Sonntag. Kaffee, Kuchen, Tennis, stimmt's?«

»Ja, aber komm ins Bett«, sagte Lou.

Willem legte sich wieder hin, er war irgendwie enttäuscht von Becker, man hörte doch nicht so einfach auf, wenn so viele Spaß daran hatten; Lou beugte sich über ihn. »Und du hast wirklich in dein Hemd gekotzt auf diesem Platz?«

»Nein, mir war nur schlecht, und ich hab gedacht, ich fall um, und der Czerny hat immer geflüstert, Schau halt nicht hin, du, denk halt ans Pudern.«

»Und? Hast du?«

»Ich denk nie an so was.«

»Jetzt auch nicht?«

»Nein«, sagte Hold, er hatte es gerade geschafft, seinen Unterleib außerhalb ihrer Reichweite zu plazieren, der einzige Weg, die Ruhe zu bewahren.

»Wirklich nicht?«

»Wo denkst du hin?« Er legte eine Hand zwischen ihre Beine, seine linke, geschicktere, der beste Weg, von sich abzulenken, und spielte an ihren Lippen, zog sie leicht auf und pustete auf die kleine Spitze wie auf ein Kinderwehweh.

Lou zog ihn am Ohr: »He, wo hast du das gelernt, Mann, du machst es wie eine Frau.«

Willem schloß die Augen, er wollte sie küssen dort unten, aber es ging nicht. Irgendein Geheimnis hatte sie da eben gelüftet, das seiner Unvollkommenheit, die keine war.

»Du hättest den Mund halten sollen«, sagte er.

»Ja, mein alter Fehler.« Lou griff in sein Haar, sie drehte ein Büschel und rollte ihren Finger hinein, wie er es selbst früher getan hatte, als Kind, bis aus dem Büschel eine kleine schwarze Wurst wurde, Zopf wäre zuviel gesagt. »Es tut mir leid, Willem, aber ich bin wohl noch unerfahren.«

»Bei deinem Beruf?«

»Wenn's einer ernst meint, wird es schwierig.«

»Du bist noch jung, Lou.«

»Nein. Ich war jung, als ich Gedichte schrieb. Leichtgläubig, hochherzig, ungerecht.«

»Red keinen Blödsinn«, flüsterte Hold. »Sag mir lieber eins deiner Gedichte.«

Lou entwirrte sein Haar wieder, sie richtete sich auf, einen Arm über ihren Brüsten. »Ich weiß keins mehr. Ich erinnere mich nur an das Gefühl, als die Gedichte eines Morgens in der Zeitung waren. Drei Stück, untereinander, auf Seite neun.«

»Weil Louis Freytag sie mochte – der jetzt tot ist, meinetwegen –, schlecht, oder?«

»Ja, das ist schlecht. Jedenfalls hielt ich mich einen ganzen Tag lang für eine Dichterin, die auch noch Erfolg bei Männern hatte, und verhöhnte innerlich all die anderen, die ebenfalls schrieben, aber nur, weil sie häßlich waren, Weg da, rief ich, weg ihr Weiber, jetzt komm ich. Platz für die Schultz mit den schönen Augen, die auch noch dichten kann! Ihr werdet mich schon noch alle anbeten, ihr Idiotinnen und Idioten, die ihr nur meinen Arsch seht und nicht mein Herz – ich nenne euch so, weil ich höflich bleiben will. Das waren so meine Gedanken. Aber es kam alles ganz anders, frag nicht, warum.«

»Wenn du es nicht magst ...« Willem griff nach ihrem Arm, er bog ihn sanft nach unten, bis die Brüste nicht mehr bedeckt waren, helle Brüste mit kleinen Spitzen, wodurch sie etwas größer wirkten, als sie es tatsächlich waren; er wog und streichelte sie. Wie lange war das her, daß er helle Brüste gestreichelt hatte, fast fünfzehn Jahre, die einer Frau aus dem Nordend, einer Studentin, sie hatten sich am Mainufer kennengelernt, im Sommer, seine einzige große Sommerliebe, mit den Augen einer Heldin, die seine Liebe ertrug, während Lou die Augen einer Katze hatte, grün wie der Atlantik, unsinnig schön, fand er, abwechselnd weich und hart, ohne Übergang, gewohnt, dachte er, dahin zu blicken, wohin sie wollten, ohne zu wissen, warum, süchtig nach Neuem, wie ihr Mund, den er noch nicht zu küssen wagte, nur zu betrachten, wie viele Jahre zuvor, am Gardasee, im einzigen Urlaub mit den Eltern, den Mund eines Mädchens, mit dem er Tretboot fuhr. Gewisse Bilder kehren zurück wie Bettler, die einen bedrängen, er kannte das schon und wehrte sich auf seine Weise; trotz des Glühens in der Wange beugte er sich jetzt über sie und setzte fort, was er unterbrochen hatte, zuerst mit den Händen, dann mit der Zunge, mehr ein Sprechen als ein Lecken, Willem flüsterte in ihren Schoß. »Warum tut lieben mehr weh als töten?« flüsterte er und im selben Atemzug: »Du hast die schönste Möse der Welt.«

»Kennst du so viele?«

»Nein, aber es liegt auf der Hand.«

»Das ehrt mich, Hold.«

Und so machte er weiter, buchstäblich glühend, und empfand einen Stolz, wie er ihn zuletzt als Junge empfunden hatte, nachdem es ihm gelungen war, die erste auseinandergenommene, in jeder Hinsicht ernstzunehmende Uhr auch wieder zusammenzufügen, eine Lange & Söhne, Glashütte, die berühmte L eins mit doppeltem Federhaus, die hatte bei Tennenloh, dem einzig Reichen in der Klasse, zu Hause gelegen, und er hatte sie sich, ohne zu fragen, für zwei Tage geliehen – ein Stolz, wie der, als all ihre Werke wieder gleichmäßig tickten. Mehr konnte eine Frau einem Mann gar nicht geben, als ihn das Geheimnis ihrer Freude entdecken zu lassen, so wie die Uhr das Geheimnis der Zeit, ohne Schaden für beide. Lou streichelte dankbar sein

Haar, sie vertrieb ihm den Schmerz, und so hätte es immer weitergehen können, aber alles Natürliche hat sein natürliches Ende, und ihres vollzog sich geradezu würdevoll. Sie hielt den Atem an und zitterte, ihr Nabel sprang auf und ab, und wieder gelang es ihm nicht, das kleine Tattoo zu betrachten; als es vorbei war, ließ er sich nach hinten fallen und zog Luft durch die Zahnlücken gegen das Glühen in der Wange, während Lou immer noch atmete, als sei sie gerannt. Mochte sie ihn, oder mochte sie nur seine Zunge, was sollte er glauben? »Ich bin nicht immer so«, erklärte er vorsichtshalber.

»Das würde ich auch nicht aushalten.«

Hold sah sie von der Seite an. »Ich wollte damit sagen, ich bin nach Frankfurt geflogen, um für Geld einen Mann zu erschießen. Der Raubüberfall in dem Lokal mit dieser Campus und dem Toten, das war ich. Es ging leider schief. Ich sollte nämlich ihren Mann umlegen, aber man hat mich reingelegt: Gleich danach wäre ich an der Reihe gewesen, und ein Held wäre übriggeblieben, doch der Held hat nicht aufgepaßt, ich hab ihn durchschaut und früher geschossen und bin davon. Leider saß in dem Lokal auch der Typ, der dich am Flughafen erwartet hat, ich weiß nicht, warum, Zufall vielleicht. Von ihm stammt das Loch in meiner Wange, eine abgebrochene Weinflasche, ich werde mich bei Gelegenheit revanchieren.« Damit war alles gesagt, und eine umfassende Ruhe befiel ihn, die umfassende Ruhe, die einen befällt, wenn der andere nur noch gehen oder bleiben kann.

»Du vertraust mir zu sehr«, sagte Lou, doch es klang wenig überzeugend, für sie selbst. Sie drehte sich zur Seite, weg von ihm, und spürte auch schon seinen Mund im Nacken. Es war gut, ihn hinter sich zu wissen, auch wenn er heute schon zwei Menschen getötet hatte – beide ja nicht absichtlich, dachte sie, ein Versehen war es am Flughafen, und in dem Lokal war es Notwehr; noch nie hatte sie so einen Mann gehabt, höflich und geil, auch das ging ihr durch den Kopf, einen Mann, bereit, den eigenen Schmerz zu vergessen, um ihr eine Freude zu machen. Sie hatte immer nur Männer von niederschmetternder Brillanz gehabt, Herren wie Zidona, die Lust mit Freude verwechselten und das rund um die Uhr. Und es wurde langsam Zeit, über Cornelius Zidona zu reden, dachte sie noch, ihre Rolle aufzudecken, bevor Hold sie womöglich herausbekäme; sie fürchtete sich vor seiner Verachtung, und auch das war gut. Denn wer nie gefürchtet hat, dem zu mißfallen, den er liebt oder lieben möchte, muß erst noch lernen, was Liebe überhaupt ist. Im Prinzip hatte sie das schon gelernt, damals an dem See, dessen winziger Umriß ihren Bauch zierte, gelernt bei einem viel älteren Mann, jenem Schriftsteller Branzger, vielleicht gerade wegen des Abgrunds von Jahren zwischen ihnen, sie mußte es nur wieder auffrischen.

»Schläfst du?« fragte sie, und eine Hand griff um ihre Rippen und legte sich warm auf die linke Brust.

21

Dr. Leo Eick, schönster Pathologe Frankfurts, zählte zu den Männern mit schauerlichen Berufen, die keine Gelegenheit auslassen, mit den unappetitlichen Details ihrer Arbeit bei Frauen Punkte zu machen. »Schau«, sagte er zu seiner Exgeliebten, »es hat ihn genau dort am Hals erwischt, wo du mich immer geküßt hast.« Und damit zog er die Lampe über dem Seziertisch etwas tiefer, und Helen suchte die erwähnte Stelle, sah aber nur ein paar Sehnen und Hautlappen, die den Kopf des erschossenen Privatdetektivs und seinen Rumpf allenfalls symbolisch verbanden. Früher wäre sie bei so einem Anblick gegangen, später setzte eine gewisse Gleichgültigkeit ein, die ihr im Grunde zuwider war; und an diesem Morgen war sie schlicht zu müde für jede Art von Auflehnung, außerdem mußte sie froh sein, daß Eick sie vor Dienstbeginn in sein Reich ließ, das sie ja gar nichts mehr anging. »Was glaubst du«, fragte sie, »war das ein gezielter Schuß?«

»In den Hals? Wenn es ein Profi war, ja. Die schießen in die Stirn, ins Herz oder in den Hals, meine Liebe. Und der Hals ist am sichersten. Auch wenn du nicht genau triffst, verbluten die Leute. Aus Herz und Kopf wurden schon viele Kugeln herausgeholt, aus dem Hals noch keine, schon gar nicht ein Großkaliber. Schau dir nur den Austritt an, da ist alles weg.«

»Wie bei uns«, sagte Helen.

Dr. Eick streichelte mit einer braunen Hand seine andere braune Hand. »Warum muß ich mir das anhören?«

Helen sah auf den weißen Fußboden und überlegte sich eine Begründung, die Leo Eick noch eine Chance ließe, ihr auch weiterhin Zutritt in sein aseptisches Revier zu gewähren. Es war der erste Besuch bei ihm, seit ihrem Ausscheiden aus dem Dienst, und sie empfand nichts als Peinlichkeit und fragte sich, was da so schiefgelaufen war in ihr: daß sie sich in solch einen Mann, eitel und kalt, verlieben konnte, so sehr, daß sie die Scheidung in Kauf nahm und die Trennung von ihrem einzigen Kind und am Ende die Wohnung untervermieten mußte, und das alles für einen idiotischen Sommer in einem idiotischen Haus irgendwo oberhalb der ligurischen Küste, man sah nicht einmal das Meer, und mit dem Nachlassen der Hitze war das Beste vorbei, ihr Gefallen an seinem Genußmenschentum, einer Art, die als italienisch durchging, obwohl sie nur dem südlichen Baden entsprang; er kam vom Bodensee, Konstanz, ein Spezialist der Freizeit, und sein rauhweicher Dialekt, mit dem er zu immer neuen Schlemmertouren verführte, hatte wohl auch eine Rolle gespielt.

»Mir fällt nichts ein«, sagte sie. »Zeig mir jetzt Freytag.«

Dr. Eick ging zu einem Tisch, der nach Vorbild eines Altars an der Rückwand des großen Raumes stand, und rollte ihn ein Stück auf Helen zu. Wie auf Eis glitt der Tisch, ohne Geräusch, Eick legte Wert darauf, daß alles in seiner Abteilung lautlos rollte, er hatte sämtliche Rädchen an Bahren und Tischbeinen erneuern lassen.

»Voilà, un homme!« sagte er.

Helen bremste den Tisch, sie beugte sich über den Toten. Wie viele Gesichter hatte sie schon in der Pathologie gesehen, alle leer und still, wie die von Invaliden ohne Ehrgeiz. Freytags Gesicht aber schien noch besessen, von der Literatur wie vom Leben, sie konnte kaum hinsehen, sie sah auf seine Füße. Die Nägel, nach den Seiten gewölbt, waren gelb und glänzten; der Glanz kam ihr absurd vor, absurd wie der Tod dieses Mannes.

»Das war kein Unfall«, sagte Dr. Eick.

»Wieso nicht?«

»Wer diesen feinfühligen Charakter kannte, dem war klar, daß eine solche Attacke, in aller Öffentlichkeit, zu einer Katastrophe führen muß.«

»War es ein Faustschlag?«

»Nein. Es wurden Partikel einer schwarzen Lederjacke gefunden – feinstes Büffel, ziemlich teuer –, Partikel, wie sie für den aufgerauhten Ellbogenbereich typisch sind.«

»Und war es ein kräftiger Mann?«

»Ein entschlossener. Der sein Ziel kannte: das Nasenbein. Er hatte es auf einen Schock angelegt.«

Helen betrachtete jetzt doch das Gesicht von Louis Freytag. Die eingeschlagene Nase gab ihm etwas von einem in Würde gealterten Boxer, und vielleicht war er das auch. Erst vor ein paar Wochen hatte sie ihn auf einer Lesung erlebt, mit anschließender Diskussion, *Die Zukunft des Buchs*. Seine Leidenschaft hatte sie beschämt, sein plötzliches Schweigen in der Debatte berührt. Wenn einem wie ihm die Worte fehlten, was mußte da für ein Abgrund sein, war ihr durch den Kopf geschossen. »Was heißt Schock?«

Dr. Eick trat neben seine Exgeliebte.

»Das müßtest du eigentlich wissen.«

»Ich spreche nicht von uns.«

»Schade. Also erklär ich es dir. Louis Freytag war so sehr ein Mann der Symbole, daß ihn ein Hieb ins Gesicht ins Mark treffen mußte. Das Nasenbein zerbrach nur nebenbei, in Wahrheit zerbrach seine Welt. Daran starb er.«

»Eine besonders medizinische Erklärung ist das nicht.«

»Nein«, sagte Dr. Eick. »Was machst du heut abend?«

»Nichts.« Helen ging um den Tisch herum; sie wollte nicht neben Leo Eick stehen, auch wenn ihr wieder klar war, was sie an ihm begehrt hatte, seine ganz eigene Art, die Dinge zu sehen, auch die im Bett. Sie berührte die Wange des Toten, sie konnte nicht widerstehen. Immer mußte sie es unter den Fingern spüren, daß jemand wirklich nicht mehr lebte, am liebsten hätte sie ihm noch einmal die Augen geöffnet, aber der Blick starb als erstes, auch ein so untrüglicher wie der von Louis Freytag.

»Hattest du soviel für ihn übrig«, fragte Dr. Eick, »oder ist es seine Berühmtheit, daß du ihn anfassen mußt?«

Helen gab keine Antwort, sie hatte keine. Aber ihr schauderte bei dem Gedanken, daß auch eine Leiche noch prominent sein konnte. Natürlich hatte Freytag, zu Lebzeiten, Kapital jeder Art aus seiner Berühmtheit geschlagen, aber ein gewisser Erfolg in der Liebe, um den sich Gerüchte rankten, wie war der zu erklären? Gewiß nicht mit dem, was da lag. Ein Blick mag Berühmtheit erlangen, ein weicher feuchter Mund niemals, und doch habe Freytag erotischen Witz gehabt, hieß es. Helen konnte sich das kaum vorstellen, aber wer Dichterworte entrollte wie prächtige Teppiche, dem mochte auch einiges mehr glücken.

»Ich bin müde«, sagte sie.

»Dann geh wieder ins Bett.«

»Das werde ich tun.«

»Allein?«

Helen warf noch einen Blick auf den Körper, der dem großen Kritiker gehört hatte, dann schob sie beide Hände in die Taschen ihrer seidenen Hose und ging, den Kopf leicht gesenkt, auf die Schwingtür zum Korridor zu, bereit, sie mit der Schuhspitze aufzutreten. »Ja«, sagte sie, »ganz allein.«

22

Schönheit sieht man in der Regel nicht, man spürt sie eher, wie man die Sympathie oder Wärme des anderen spürt, aber nach einem ersten Erwachen, wenn plötzlich Sonne ins Zimmer fällt, ein Streifen auf dem Gesicht neben einem, kann sie ins Auge springen, daß man kaum hinzuschauen wagt, als könnte man etwas kaputtmachen mit seinem Blick. »Guten Morgen«, flüsterte Willem, und von Lou kam ein Satz, als würde sie noch träumen oder nichts auslassen, um einen Traum zu verlängern. »Wie warst du, als du jung warst?« fragte sie schläfrig.

»Ich war das Idol meiner Straße. Der Straße hier gleich vor dem Fenster. Wie spät ist es?«

»Halb neun. Du wolltest telefonieren.«

»Ja, aber um sieben.« Er nahm ihr Gesicht zwischen die Hände, er drückte es, und sie lächelte. Ihre Zähne waren ein wenig matt, sie pflegte sie falsch, regelmäßig sicher, aber falsch. Er hatte sich das angewöhnt in den Tropen, die Zähne zu pflegen; Czerny war zahnlos gestorben.

Lou sah unter das Pflaster auf seiner Wange.

»Du mußt zum Arzt.«

»Das geht nicht, ich werde gesucht.«

»Mich suchen sie auch.«

»Dich suchen ein paar Erben, mich sucht ganz Frankfurt.«

»Und wie lang willst du hierbleiben, in diesem Zimmer?«

»Bis es dunkel wird.«

»Vielleicht könnten wir dann noch etwas schlafen.«

»Du kannst schlafen, ich werde nachdenken.«

Willem legte sich auf den Rücken, Hände hinter dem Kopf gefaltet, während Lou sich zur Wand drehte. Sie spielte die Schlafende, und er begann gleich ihren Nacken zu streicheln, sie sollte gar nicht erst glauben, er fiele auf so etwas herein. Oder war er längst hereingefallen, auf etwas ganz anderes? Gut, sie war ihm einiges schuldig, aber vielleicht mochte sie ihn auch wirklich, nur mit ihm abhauen nach Manila, das würde sie kaum. Und er wollte sich das auch gar nicht erst vorstellen, ein gemeinsames Leben mit ihr in dieser heißen, in jedem Winkel geschundenen Stadt, die ihn einst aufgesogen hatte wie ein Schwamm; natürlich würden sie weit draußen wohnen – wenn hier alles erledigt wäre –, Richtung Quezon, bei den Reichen, ein schönes luftiges Holzhaus, mit Generälen und Fernsehstars als Nachbarn, Schönheiten wie Chin Chin Gutierez. Willem legte Lou eine Hand auf die Schulter, bis sie sich auch auf den Rücken drehte. »Mit wem hast du in Manila *was* und *wofür* gemacht?« fragte er – das einzige, das ihn im Moment interessierte.

»Was spielt das für eine Rolle? Wir sind quitt.«

Lou spielte nun die Geschäftliche, aber sie konnte sich in dieser Rolle kaum selbst überzeugen. Im Grunde wollte sie gar nicht quitt mit ihm sein, nämlich fertig, seit ihrem Berliner Fotokünstler hatte sie keinen so zärtlichen Mann mehr erlebt, auch wenn das ein blödes Wort für sie war, sie sagte lieber *süß*, keinen so *süßen* Mann mehr wie diesen Hold oder Pallas mit seinem Loch in der Wange, ihretwegen, und das ohne zu jammern und ohne Vorwürfe, ja, er hatte es sogar selber genäht und nicht etwa sie das erledigen lassen, *Komm, näh das mal zu ...* Kein falsches Wort war bisher aus seinem Mund gekommen, einem Mund, der so blaß und so weich war, daß sie mit dem Finger darüberstrich, bis er sich öffnete und seine Zähne erschienen, sanft nach ihr schnappten. »Daß du im Flieger letzte Nacht neben mir gesessen hast«, sagte sie, »das war kein Zufall. Jemand hat das so gewollt, damit wir uns kennenlernen.«

Hold atmete ein und atmete aus. »Wer wollte das so?« Er legte den Kopf zurück, die Fäuste an den Schläfen: »Wer?!«

Lou sah an ihm vorbei und schwieg; sie war blaß geworden, sehr blaß, Grund genug für Hold, ihre weiße Nase zwischen Daumen und Zeigefinger zu nehmen. »Wer, verdammt?«

»Ich hätte auch gar nichts sagen können.«

»Stimmt. Aber jetzt hast du's gesagt.«

»Du tust mir weh!«

»Ich fange erst an.« Und er drehte die Spitze der Nase wie einen altmodischen Lichtschalter um neunzig Grad und dämpfte mit der anderen Hand Lous Schrei. »Wer?!«

»Der Mann, den ich nach Manila begleitet habe.«

»Und der dich noch bezahlt, bis er zurückkommt?«

»Ja.«

»Wie heißt er?«

»Du machst meine Nase kaputt.«

»Dein Beruf funktioniert auch ohne Nase.«

»Das tut er nicht!«

»Für diesen Kerl wird's reichen.«

»Er zahlt auch für mein Gesicht!«

Willem lockerte den Griff und sah in ihre grünen Augen, die wie in einer Lösung schwammen, in Tränen der Wut.

»Wie heißt dieser Mann?«

»Er heißt Zidona, mehr weiß ich nicht.«

»Cornelius?«

»Kann sein.«

»Kann es sein, oder kann es nicht sein?« flüsterte Hold.

»Ja, Cornelius. Dr. Cornelius Zidona.«

»Warum nicht gleich.« Er ließ ihre Nase los und streichelte die Spitze. »Und kommt er aus München?«

»Er ist mal da, mal dort«, sagte Lou. »München, Frankfurt, Singapur, was ist mit dir? Du kennst ihn? Bitte nicht.«

»Kennen?« Willem sprang aus dem Bett, er ging auf und ab. Er wollte es nicht glauben, auch wenn er es immer gespürt hatte, daß Zidona nicht weit weg war. Die Begegnung in Hongkong, zwischen zwei Flügen, war der Beweis. »Ich kenne seine Eingeweide. Er hat dich also auf mich angesetzt ...«

»Ja, aber ich hab's dir erzählt.«

»Etwas spät.«

»Ich würde sagen, ziemlich früh.«

»Gemessen an dem, was er dir zahlt?«

Lou schloß die Augen, sie nickte.

»Was bedeutet er dir?«

»Ich lebe von ihm.«

»Was er dir bedeutet?!« Willem stürzte zum Bett zurück, er schüttelte Lou, bis sie ihn ansah. »Verstehst du die Frage?«

»Nein, ich verstehe sie nicht.«

»Liebst du diesen Mann?«

»Nein, wieso?« Sie lachte plötzlich, und Willem konnte nicht anders, als ihren Mund zu berühren. »Zidona ruft an, er taucht bei mir auf, er geht wieder. Ich arbeite für ihn.«

»In seiner Fuck company, ja? Und was hat er in Manila sonst noch gemacht?«

»Er schließt Verträge ab, irgendwas mit Leasing. Er erzählt den Leuten von riesigen Bohrern, bis sie die Dinger unbedingt haben wollen. Ich war mal in Marrakesch, da gibt es einen Platz mit Märchenerzählern – so einer ist Zidona. Man glaubt ihm einfach alles. Woher kennst du ihn?«

»Ich kenn ihn von früher. Hat er sich in Manila mit einem Mann getroffen, einem gewissen Narciso? So ein Filmschweintyp, wie der alte Estrada, weißer Anzug, schwarzes Haar . . .«

»Das weiß ich nicht. Wir waren nur im Hotel zusammen.«

»In welchem?«

»Sheraton«, sagte Lou und vergoß jetzt eine einzelne Träne.

»So, im Sheraton, ein gutes Hotel, da hört man dein Stöhnen nicht durch die Wand.«

»Ich stöhne nicht.«

»Und wofür bezahlt er dich dann?« Hold ging zum Fenster, er sah durch den Vorhangspalt auf die Straße.

»Wir machen nur dies und das, er kommt leicht aus der Puste.«

»Dies und das. Und worauf steht er?«

»Ist das so wichtig?« fragte Lou.

Willem ging zum Bett, er setzte sich und griff an sein Pflaster; es war feucht und warm. »Ja«, sagte er.

»Worauf alle stehen.« Lou sah ihn an. »Es blutet wieder.«

»Das merk ich selbst. Worauf *er* steht, will ich wissen.«

»Er steht auf meinen Arsch, okay? Magst du ihn dir anschauen? Dann kapierst du's.«

»Ich kapier's auch so.«

»Du kapierst gar nichts. Von irgendwas muß ich leben. Früher hab ich Gedichte geschrieben, aber Gedichte bringen kein Geld. Mein Arsch bringt in einer einzigen Stunde mehr Geld als die Gedichte einer ganzen Jugend, falls sie überhaupt jemand will.«

»Freytag hat sie gewollt.«

»Freytag ist tot. Kommt jetzt Zidona dran?«

»Ich bin kein Mörder.«

»Du fliegst nur nach Frankfurt, um einen Mann zu erschießen.«

»Ich bin sowenig ein Mörder, wie du eine Nutte bist.«

Lou nahm seine Hand.

»Ich vertrau dir. Verzeih.«

Willem sah zur Decke, die voller Risse war, er kämpfte gegen eine Welle aus Dank, wie die, als ihn sein Vater eines Sonntags in die winzige Werkstatt mitgenommen hatte und ohne Übung einen Wecker auseinandernehmen ließ, voller Vertrauen, daß jedes Schräubchen wieder an seinen Platz käme, und es kam wieder an seinen Platz. »Schon gut«, sagte er.

Lou zog ihn ins Bett, sie schlug die Decke zurück. Einen Fuß über dem anderen lag sie da und sah ihn abwartend an. Ihre Nacktheit war überwältigend, als gäbe es eine Steigerung dieses Zustands, und er beugte sich über ihren Bauch und begriff das Tattoo am Nabel; von einem Augenblick zum anderen wurde aus einem Stückchen Pornographie ein Stückchen Geographie. »He, das ist doch der Gardasee«, sagte er.

»Ja. Kennst du ihn?«

»Ich hab dort Urlaub gemacht, als Junge.« Willem legte sich neben sie. »Und mich verliebt.«

»Ich hab dort auch Urlaub gemacht, als Mädchen. Und mich ebenfalls verliebt.«

»In die Kleine mit dem blöden Vornamen«, flüsterte Hold.

»Für mich war er nur Signore Branzger, der Vorname spielte keine Rolle, ein Schriftsteller. Er ist seit kurzem tot.«

»So muß es sein, ein richtiger Schriftsteller ist immer tot.« Willem küßte ihr Ohr. »Da kennen wir also beide den Gardasee, von früher. Und beide Zidona – aber nur ich von früher.«

»Fang nicht wieder an.«

»Ich muß.«

»Du mußt mich nur wollen«, sagte Lou.

»Später, jetzt muß ich telefonieren.«

»In Manila ist tiefe Nacht.«

Hold faßte sich an den Kopf. »Nacht gibt es nur hier drin. Und für Leute wie Zidona wird es nie richtig hell. Von ihm stammt dieser Mordauftrag, er bezahlt mich. Das muß dir doch bekannt vorkommen, das traust du ihm doch zu?« Er sah, wie Lou die Augen schloß, aber unter den Lidern schien es hoch herzugehen, wie beim Alptraum. »Du traust es ihm zu, das beruhigt mich. Ja, Zidona ist gefährlich. Aber seit gestern abend bin *ich* auch eine Gefahr für *ihn*, also werden wir neu verhandeln. Und unser Kontaktmann sitzt in Manila.«

»Er sitzt dort nicht, er liegt dort im Moment und schläft. Und das sollten wir auch machen, schlafen.«

»Ich bin nicht müde, ich hab Hunger«, erwiderte Hold, und Lou griff über ihn hinweg in ihre Tasche, die auf dem Boden stand, eine Tasche mit tausend Dingen darin, wie es sich gehört.

»Du kannst gar nicht kauen.«

»Ich kann vieles.«

Lou sah ihn an, ihre Pupillen gingen hin und her, als suchten sie dieses Viele noch, und mit der traumhaften Geschicklichkeit aller Verliebten fischte sie aus den tausend Dingen in der Tasche auf Anhieb zwei Snickers heraus.

23

Feuerbach haßte es, mit Menschen zu frühstücken, die er nicht kannte, und nahezu unerträglich wurde ein Frühstück, bei dem er sich auch noch um Unbekannte kümmern mußte. Nachdem Helen so früh in die Pathologie aufgebrochen war, hatte er zunächst ihren Sohn auf dem Hals, der gar nicht daran dachte, in die Schule zu gehen, auch nicht zur zweiten Stunde. Kasimir saß in der Küche und aß die Hörnchen, die Nola gekauft hatte, schnorrte bei ihr Zigaretten und ließ sich Kaffee einschenken, ein Anblick, der den neuen Mitbewohner schließlich ins Bad trieb, vor ein Waschbecken voller Haare und Zahnpastareste.

Nichts wie weg, dachte Feuerbach beim Blick in den Spiegel. Familienleben stellte er sich anders vor, mindestens zeitweise paradiesisch. Also betrachtete er Haare und Zahnpastareste als Teil seiner Arbeit, die im übrigen Fortschritte machte: Hartnäckiges Telefonieren am Morgen hatte ihn auf eine Spur gebracht, die zu der flüchtigen Schultz führen könnte.

Als er geduscht und rasiert in die Küche zurückkam, war Nola verschwunden – ihr Eifer war beängstigend, sie zog ins Seminar wie in eine Schlacht, die Schlacht ums Theologie-Examen –, und an Nolas Stelle saß Richard Huemmerich am Tisch, Kasimirs Vater, in einer lächerlich modischen Jacke aus besseren Tagen, den besseren Tagen als Art-director, inzwischen die Sorte Mann, die ihre Handynummer im Kopf hat.

»Sie sind also der Neue«, sagte er.

»Der neue, vorübergehende Mieter«, verbesserte ihn Feuerbach.

»Aber dauerhafte Geschäftspartner – heißt das, Sie glauben an die Zukunft einer Detektivagentur?«

»Ich glaube an meine Zukunft.«

»Und ich würde gern an die Zukunft meines Sohnes glauben. Aber er hängt hier herum, statt in die Schule zu gehen.«

Feuerbach nahm sich das halbe Hörnchen, das Kasimir übriggelassen hatte. »Sind *Sie* nicht verantwortlich für ihn?«

»Reden Sie über mich?« fragte Kasimir. »Das sollten Sie lassen, Herr Feuerbach.«

»Feuerbach!« Kasimirs Vater, mit Dreitagebart wie aus verschüttetem Pfeffer und Salz, stand auf. »Berühmter Name...«

»Und?«

»Gibt es eine Verwandtschaft? Mit dem Philosophen?«

»Ich glaube kaum.«

»Das heißt, Sie wissen es nicht. Sie haben sich nie dafür interessiert? Natürlich haben Sie das.«

»Das habe ich nicht«, sagte Feuerbach. »Und jetzt will ich frühstücken.« Er griff zur Kaffeekanne, in der noch ein Rest war, und schenkte sich den Rest in die letzte saubere Tasse.

Richard Huemmerich steckte sich einen Zigarillo an.

»Ich suche Ihnen alles über Feuerbach aus dem Internet raus, rufen Sie mich morgen an, null eins sieben neun...«

»Ich will Ihre Nummer nicht«, sagte Feuerbach.

»Meine Frau hat sie sowieso.«

»Ihre Exfrau.«

»Die ich wohl leider anzeigen werde.«

»Oho«, rief Kasimir.

»Ja. Deine Mutter hat gegen Sorgerechtsbestimmungen verstoßen, mich nicht informiert, daß du über Nacht bei ihr bleibst. Sie ist dazu verpflichtet, sie muß es tun.«

Feuerbach setzte die Tasse ab.

»Und *Sie* müssen hier qualmen?«

»Das ist meine Wohnung, *ich* habe sie gekauft.«

»Aber Ihre Exfrau zahlt sie ab.« Feuerbach öffnete das Küchenfenster. »Unter anderem mit meiner Miete.«

»Eine gewisse Logik«, sagte Kasimir, und der Zigarillo in der Hand seines Vaters begann zu zittern. Richard Huemmerichs ohnehin roter Kopf wurde noch röter, er litt unter Hochdruck und Übergewicht, sein Gesicht vertrug allerdings eine gewisse Masse; alles war groß darin, die Nase, der Mund, die Augen, kein schöner Mann, aber ein imposanter, dem die Frauen vertrauen, ohne zu wissen, warum. Feuerbach mochte ihn nicht, diesen Typ des lieben Bären, der sich am Ende als schwach erwies, er nahm sich die Zeitung vor, die Nola vom Bäcker mitgebracht hatte, und las die Berichte über das Attentat am Flughafen und den Überfall auf das Lokal. Es gab keine neuen Erkenntnisse, die Namen der Prominenten, Louis Freytag und Vanilla Campus, beherrschten die Schlagzeilen. In dem einen Fall sprach man von Rache, im anderen von Raubmord.

»Haben Helen und Sie denn schon einen Auftrag?« fragte Richard Huemmerich zwischen zwei Zügen.

»Ja.«

»Aber darüber sollten wir hier nicht reden.« Helen stand plötzlich in der Tür, in der Hand einen Becher Milchreis.

»Was willst du hier«, sagte sie zu Kasimirs Vater, »willst du Geld?«

»Wer will kein Geld …«

Feuerbach ging seine Tasse spülen. »Er will Sie anzeigen. Wegen Verletzung von Sorgerechtsbestimmungen.«

»Ach ja?« Helen stellte den Milchreis auf den Tisch, sie wandte sich an ihren Sohn. »Warum bist du nicht in der Schule?«

»Ich hab erst zur dritten Stunde.«

»Gestern war's noch die zweite.«

»Er nutzt deine Schwäche aus«, sagte Richard Huemmerich.

Helen nahm ihrem Exmann den Zigarillo aus der Hand und warf ihn aus dem Fenster: »Sag, was du willst, und dann geh.« Sie haßte es, wenn er sein eigenes Schwachsein auf sie abwälzte, natürlich wollte er Geld, er wollte immer Geld, seit er keins mehr verdiente. Es war gar nicht so sehr ihr Verhältnis mit Eick, das sie beide entzweit hatte, es war der Verlust seiner Arbeit, seine immer mehr hervorbrechende Weichheit und Passivität. Sie verabscheute diese Züge an ihm, mußte aber anerkennen, daß sie für Kasimir eine Art Geborgenheit darstellten, sie wurden für ihn zur Geduld, der Geduld, die ihr fehlte.

»Am besten, Ihr geht jetzt beide«, sagte sie und schob ihrem Exmann einen Hunderter zu, den er blitzschnell in seiner modischen Jacke verschwinden ließ, während Kasimir schon aufbrach. »Vergelt's Gott«, hauchte sein Vater und folgte ihm mit der ballettösen Eleganz des geistreichen Dicken, denn das war der Mann, den Helen geheiratet hatte: An ihn dachte sie, als die Wohnungstür zufiel.

»Irgend etwas Neues?« fragte Feuerbach, und sie erzählte von der Pathologie, von Freytags Ausdruck, als lebte er immer noch für die Literatur, bis sie plötzlich ans Fenster trat, abgewandt.

»Was ist los?«

»Etwas, das Sie nicht sehen sollen.« Durch Helens Schultern ging ein Zittern, und Feuerbach zwang sich, sitzen zu bleiben.

Er fegte die Krümel auf dem Tisch zusammen und berichtete von den Fortschritten beim Aufspüren der Schultz; er hatte endlich den Taxifahrer, einen Ägypter, gesprochen, mit dem sie vom Flughafen in die Stadt gefahren war, leider nicht zu einer Wohnung, dazu war sie zu klug. »Sie ließ sich vor einem Antiquariat absetzen, Rüger, Dreieichstraße, und ging da auch rein, und ich telefonierte mit diesem Rüger, aber er kannte nur ihren Namen und sagte, sie habe mal Gedichte geschrieben und kaufe bei ihm ab und zu vergriffene Bücher, Sachen über Kunst, Psychologie und Erotik. Eine, die an sich arbeitet, sagte er wörtlich, die sogar eine Selbsterfahrungsgruppe besucht und darüber erzählt. Also noch ein paar Telefonate mehr, und wir haben sie!«

Helen drehte sich um. »Wissen Sie, wie viele Psychogruppen es in Frankfurt gibt? Da können Sie ewig telefonieren.«

»Das hängt ganz davon ab, wo man anfängt.«

»Hauptsache, Sie fangen an.«

»Und Sie?«

»Ich hau mich jetzt erst mal vor den Fernseher«, sagte Helen, »und hol meinen Morgenschlaf nach.«

24

Vanilla Campus sah in eine Kamera wie andere in ein Gesicht, das sie lieben, sie gab das erste lange Interview nach dem Überfall. Seit ihrer Zeit als Nachrichtensprecherin in der heiligen Tagesschau hatte sie nicht damit aufgehört, bei solchen Gelegenheiten das Publikum anzusehen, als seien die Mitteilungen über sich selbst oder ihre Ehe mit Big Manni Busche nur die natürliche Weiterführung der Weltberichte, die sie einst verlesen hatte. Die Fragen stellte Jan C. Bartels aus der Schule des ZDF-Sportstudios, eine blonde Strähne frech in der Stirn, was sein Alter ebenso verwischte wie das von Vanilla, irgend etwas zwischen dreißig und fünfzig. »Und du bist sicher, der Maskentyp hat dich nicht erkannt?« fragte er gerade (als Willem Hold im Hotelzimmer den Fernseher andrehte und in den Sat.1-Kanal kam).

»Er hätte ganz anders reagiert.«

»Um ein Autogramm gebeten ...«

Vanilla sah auf ihre Hände, in dünnen schwarzen Handschuhen, wie immer. »Zumindest hätte seine Waffe etwas gezittert. Hat sie aber nicht.«

»Und dann hat er ja auch einen Mann erschossen«, sagte Jan C. Bartels und senkte dabei die Stimme.

»Ja. Einen Menschen.«

»Wie war das für dich?«

Vanilla wollte in die Hände klatschen, hielt aber noch rechtzeitig inne und führte die verhüllten Fingerspitzen an ihre Schläfen. Sie schaute jetzt über die Kamera hinweg, ein Blick ins weite Feld des Lebens, während sich ihre kapitalen Augen, wie von einem Chip gesteuert, genau mit soviel Tränen füllten, daß es zu keinem Überlaufen auf die gepuderten Wangen kam.

Jan C. Bartels legte die Stirn in Falten, wie früher, wenn er zu den Spielen der Absteiger kam. »Ich glaube, das erzählt uns mehr als alle Worte«, sagte er.

Vanilla warf entschlossen den Kopf zurück. »Nein.«

»Nein?«

»Nein, dazu darf man nicht schweigen.«

»Dann solltest du dazu etwas sagen.«

»Ja«, sagte Vanilla und hob mit der Handschuhspitze des kleinen Fingers eine Träne vom rechten Lid. »Man muß dazu etwas sagen. Ein Mensch wurde erschossen, andere wurden beraubt.«

»Du auch.«

»Ja, er verlangte meine Uhr. Eine Piaget. Mit Diamanten.«

»Von der man sich nicht so leicht trennt.«

»Ich bin mit so etwas nicht aufgewachsen.«

»Du kommst aus eher bescheidenen Verhältnissen …«

»Meine Mutter arbeitete in einem Friseursalon bei Hanau, dort bin ich auch zur Schule gegangen.«

»In Hanau.«

»Ja. Mein Vater war Invalide.«

»Und *du* mußtest deine Piaget hergeben.«

»Ich hatte keine andere Wahl, er zielte auf meinen Kopf.«

Jan C. Bartels zupfte sich am Ohrläppchen und stellte die Frage, die er immer stellte, wenn sich die Gelegenheit bot.

»Was denkt man in so einem Augenblick?«

»Wenn der Typ jetzt den Finger krümmt, bist du tot.«

»Hast du gebetet?«

»Natürlich habe ich gebetet, Lieber Gott, hilf. Und an mein Buch gedacht. Das Buch einer lebendigen Frau, keiner toten.«

Bartels sah in seine Kärtchen. »*Bodymotion – eine Sexfibel,* wie lange hast du daran geschrieben?«

»Im Grunde, seit ich eine Frau *bin*.«

»Und dürfen wir erfahren, seit wann du das bist?«

Vanilla klatschte nun doch in die Hände und lachte hell; Jan C. Bartels zog die Frage zurück, er kam noch einmal auf den Überfall: Wie ihr Mann reagiert habe.

»Er war erschüttert, wie ich. Wir hatten den Tod vor Augen.«

»Glaubst du an ein Jenseits?«

»Im Moment glaube ich an mein Buch.«

»Ich meine, glaubst du an Gott, suchst du ihn?«

»Wieso? Wird er vermißt?« Sie strich sich erneut das Haar hinter die Ohren, und Bartels sah erneut in die Kärtchen, eine kurze Pause entstand, die kurze Pause, die den meisten Zuschauern schon als lange erscheint. Vanilla Campus hob wieder mit der Spitze des kleinen Fingers eine Träne von ihrem Lid, dann bat sie darum, eine persönliche

Erklärung abgeben zu dürfen, und wartete gar nicht erst auf die Erlaubnis; sie schaute in die Kamera und wandte sich ausdrücklich an den, der vor ihren Augen einen Menschen erschossen hatte. »Das war ein großer Fehler«, erklärte sie. »Und auch wenn man so einen großen Fehler nicht wieder gutmachen kann, sollten Sie es dennoch versuchen. Ich habe Ihre Augen gesehen und werde diese Augen niemals vergessen.« Und damit senkte sie den Blick, während Jan C. Bartels ruckartig von seinen Kärtchen aufsah.

»Ich glaube, das läßt keinen unberührt«, sagte er. »Danke, Vanilla, danke, daß du gekommen bist.«

»Ich hab zu danken«, erwiderte sie.

»Nein, wir haben zu danken.«

»Es war mir ein Anliegen, ich hab zu danken.«

»Dann bedanken wir uns für den Dank – und alles Gute für dein Buch. Vanilla Campus, *Bodymotion*!«

25

Pussy aus Hanau«, murmelte Willem Hold und stellte den Fernsehton ab, »dich erwisch ich …« Ihm war jetzt endgültig klar, daß sie mit der Sache zu tun hatte, eine Frau, die ans große Geld ihres Mannes wollte, den Hals nicht voll genug bekam, und das alles in Verbindung mit Zidona, der bestimmt auch ihr Liebhaber war, allein dazu gehörten schon Nerven; sie schien vor nichts zurückzuschrecken, diese Vanilla Campus-Busche, sie brachte es sogar fertig, ihm in aller Öffentlichkeit eine Botschaft zu übermitteln, aber wenn er erst damit anfinge, den großen Fehler auszubügeln, würde ihr wallendes Haar bald richtig zu Berge stehen, und was seine Augen betraf, die könnten sie am Ende noch schwach machen, womöglich schwächer als das ganze Geld.

Willem griff sich an die Wange, der Schmerz war wieder da, ein dumpfes Pochen, als hätte das Herz einen Ableger. Er suchte das Paracetamol in Lous Tasche und achtete darauf, nach nichts anderem zu suchen; irgend etwas drängte ihn, sie zu beschützen, sogar vor ihm selbst. Die Packung lag zwischen Schlüsseln und Zeitungsausschnitten, Artikeln über Busches Leasing-Reich. Er löste eins der Zäpfchen aus der Folie und wollte ins Bad, aber blieb auf dem Bett – an Schmerzmittel mußte man glauben, und er glaubte nicht wirklich daran, er glaubte nur noch an die Frau, die mit dem Gesicht zur Wand schlief. Beide hatten sie einige Stunden geschlafen, dann war er plötzlich aufgewacht, durch irgendwelche Laute, die er kannte, seine alten Ostendlaute, Tierschreie aus dem nahen Zoo vielleicht, die Wölfe, die Affen, wer weiß.

Ein Sonnenstrahl fiel durch den Vorhangspalt und krümmte sich auf Lous Schulter. Es war früher Nachmittag, er konnte jetzt wieder in Manila anrufen, auch wenn dort erst die Sonne aufging, aber der einarmige Exmajor war kein Langschläfer. Willem versuchte es mit seinem Mobiltelefon, und es klappte – warum konnten Menschen nicht so perfekt sein wie die Dinge, die sie erfanden? Homobono Narciso ging gerade einer beliebten Männerbeschäftigung nach, er trainierte seinen Kampfhahn, dessen heiseres Krähen bis nach Frankfurt drang, und Hold überraschte ihn mit der Mitteilung, daß er bei dem durch ihn vermittelten Job nur knapp der eigenen Exekution zuvorgekommen sei.

»Mit wem redest du da?« fragte Lou. Sie war noch nicht richtig wach, mit geschlossenen Augen streckte sie sich unter dem Bettuch, und Willem ging ins Bad, wo die Verbindung schlechter wurde. »Sorry for that«, hörte er den Exmajor am anderen Ende, keine besonders glaubwürdige Entschuldigung; er machte ihm klar, wer ab jetzt die Bedingungen diktierte, und erfuhr, daß sein Auftraggeber schon angerufen habe, und zwar aus Deutschland, vor einer Stunde, vom Flughafen, um die neue Lage zu besprechen – »And he will call me again soon.«

Hold sah in den Badezimmerspiegel, in zwei dunkle Pupillen, kreisrund, fast die ganzen Augen füllend, und war sich seiner Entschlossenheit sicher. Er werde den Auftrag zu Ende führen, ließ er ausrichten, für eine zehnprozentige Beteiligung am gesamten Kuchen, anderenfalls lasse er alles auffliegen ... Der Exmajor schwieg, er schien nachzudenken, sein Kampfhahn gab einen knurrenden Laut von sich, und auf einmal das Versprechen, alles zu tun, was in seiner Macht stünde, gegen ein halbes Prozent von den zehn Prozent, und Willem rief: »Why not«, und unterbrach auch schon die Verbindung, während Lou ins Bad kam.

»Geht's dir gut?« fragte sie.

»Ja.«

Er löste das Pflaster und sah seine Wunde.

»Du mußt zum Arzt, Willem.«

Hold besprühte die zusammengenähten Ränder mit Desinfektionsmittel, bis sie glänzten.

»Ich bin glücklich, ich muß nicht zum Arzt.«

»Bist du sicher?«

»Ja, das bin ich.« Er ging jetzt ganz nah an den Spiegel und berührte das offene Fleisch.

»Gut, es ist dein Leben.« Lou begann sich zu kämmen. »Aber nicht mehr ganz dein Leben.«

»Was heißt das?«

»Daß ich dich mag. Also steht mir ein Stück davon zu.« Sie steckte den Kamm ein und griff um seine Hüften: »Sagen wir, das Stück, zu dem die Wunde gehört. Ich will, daß sie heilt.«

Willem spürte ihre Hand zwischen den Beinen. Was immer daraus würde, dachte er, der Schmerz dabei spielte keine Rolle – und wenn seine kaputte Haut danach in Fetzen hinge, wäre es immer noch Glück. Vielleicht konnte man Fortschritte in der Liebe machen, ohne zu lieben, es reichte, jede Nacht daran zu denken. All die durchwachten Nächte seines Exils in Manila – ja, es war ein Exil, alles Bangen, ob er je lieben könnte, schlaflos im Zimmer neben Czerny, der seine Kleine hatte, die ihm den Tod brachte – hatten plötzlich ihre Übermacht verloren. Zum ersten Mal wog die Gegenwart mehr als die Erinnerung an das Schlechte, angefangen mit der Spannlacksache: Haarfein, aber spürbar löste sich das Jetzt vom Einst, und der Unterschied, das war er. Er drehte sich um und sah Lou ins Gesicht und liebte. »Gehen wir ins Bett«, sagte er, und sie gingen ins Bett.

Lou beugte sich über ihn, sie sah ihm in die Augen, sie schien nichts anderes zu sehen. Willem wußte nicht, was sie von ihm hielt, er spürte nur, daß sie gern bei ihm war. Sie verlangte nicht einmal eine Erklärung für seinen Auftrag, einen Mann zu töten; das Geld war die Erklärung, für ihn und für sie, das Geld, und der Mann, der es zahlte. Sie legte ihre Lippen an seine, aber küßte ihn nicht. »Erzähl mir von deinem Freund«, flüsterte sie, als lägen seine Gedanken offen, und er sagte, daß er sich nie auf diesen Frankfurt-Trip eingelassen hätte, würde Czerny noch leben. »Unser Geschäft wäre dann nie den Bach runtergegangen, Czerny hätte aufgepaßt. Er war mein Gewissen, auch wenn er mich zu dieser Hinrichtung geführt hat. Ein Freund ist immer ein Gewissen.«

»Was war das für ein Geschäft?« fragte Lou.

»Ein Vermittlungsservice. Wir haben Geldleute, die nach Manila kamen, mit den Personen zusammengebracht, die sie treffen wollten, vom General bis zur Schönheitskönigin.«

»Und was ging nach Czernys Tod schief?«

»Die Kirche bekam mehr Einfluß, Estrada wurde gestürzt, er war für so ein Geschäft der ideale Präsident. Die

Sitten besserten sich. Zidona ist übrigens schon in Frankfurt, ich habe es gerade erfahren. Der Mann, über den er mich angeworben hat, hat es am Telefon angedeutet. Zidona hat dich also genauso belogen wie mich. Wo könnte er jetzt sein?«

Lou legte ihr Gesicht an Willems heile Wange. »Wahrscheinlich in dieser Wohnung, die ich benutze. Was hast du vor?«

»Ich werde mit Vanilla Campus reden.«

»An die kommst du nicht ran.«

»Ich komme an sie ran.«

Lou küßte ihn auf die Schläfe.

»Du unterschätzt die Stärke dieser Frau.«

»Sie will ihren Mann loswerden, sie will sein ganzes Geld. Das macht sie schwach.«

»Immerhin hat sie gerade ein Buch veröffentlicht.«

»Das macht sie noch schwächer.«

»Sie ist prominent ...«

»Das war ich selbst mal. Der Mann, der zwischen die Augen schießt – Bild-Zeitung, ganz fett. Aber es war Notwehr.«

»Die meisten Morde geschehen aus Notwehr, Willem.«

»Wer hat dir das erzählt, dein Gönner?«

»Keiner, ich denk's mir.«

»Und ich denk mir, daß diese Campus und Zidona ...«

»Nein«, sagte Lou, »das wüßte man. Vanilla tut so was nicht, sie umgibt sich nur mit schwulen Künstlern.«

»Ich krieg's raus«, Willem rollte sich über sie, »aber nicht jetzt. Jetzt mach ich etwas anderes, wenn du das willst.«

Und Lou Schultz ließ sich von Willem Hold küssen, er faßte es kaum, und so war es nicht ihr Mund oder der Geschmack ihrer Zunge, die den Schmerz in der Wange betäubten, es war allein dieses Wollen, das ihn küssen und glauben ließ, die Welt zu besitzen. Himmel und Erde waren wie eins, ein langes, warmes Ineinander, und wenn es ein Paradies gab, dann lag es für einen Tag im ersten Stock des Hotels Burger, Zobelstraße, Ostend.

26

Liebe bedarf keiner Kulisse, außer im Fernsehen, sie bedarf nur der Beteiligten und der Zeit; am Ende des paradiesischen Tages hatten sich Willem und Lou vor dem Hotel getrennt, für zwei Stunden, sie wollte sich umziehen und dann in ihre Gruppe gehen, er wollte sie dort abholen.

Mit der Beschwingtheit aller Verliebten ließ sich Hold inzwischen über die abendliche Hauptwache treiben, hinein in den Kaufhof, auf dem Weg zur Schreibwarenabteilung, und fragte sich, was in Lou vorgehen mochte; man wußte ja nie, was in Frauen wirklich vorging. Mit Freund Czerny war er manchmal von Dschidda nach Addis geflogen, wegen der Äthiopierinnen, belohnt hatten sie diese Kinderbibelschönheiten mit Dollars, aber glücklich gemacht mit Überraschungseiern, die hatten sie immer im Gepäck, zu Dutzenden, wer vom Heimaturlaub kam, mußte sie mitbringen, und die Saudis durchleuchteten alle. Sie brauchten eine Weile, bis sie begriffen, wie harmlos diese Eier mit ihren kindlichen Überraschungen waren, und am Ende bekam man sie sogar in Dschidda am Flughafen, bestens gekühlt. Noch immer fragte sich Hold, worin das Glück eigentlich bestanden hatte für diese jungen Frauen, die so schön waren, daß man kaum wagte, sie zu berühren, nur ihren Fingern half, das winzige Auto oder Schiffchen, dessen Einzelteile unter der Schokoladenschicht wie durch Zauberei aufgetaucht waren, gemäß dem Plan zusammenzubauen, bis zu einem *That's it* von seiner Seite, und einem immer nur geflüsterten *Thanks* oder *Grazie* von ihrer.

Er war jetzt im Untergeschoß und trat vor eine Glastheke, unter der die besseren Kugelschreiber lagen, die aus silbrigem Metall mit langer Spitze und einem Griff, der es erlaubte zuzustoßen. Willem ließ sich einen Lamy twin pen IT zeigen, Kugelschreiber und Druckbleistift in einem, das Ganze im Gehäuse aus rostfreiem Stahl, nicht gerade billig, aber stabil.

»Nehmen Sie auch Dollars?« Er hatte noch die Dollars bei sich, die von jedem Nachtflug irgendwie übrigbleiben, und die Verkäuferin nahm sie zu miserablem Kurs, er schob den Stift in die rechte Innentasche seiner Classic V2.

Hold verließ den Kaufhof und ging in einem Bogen – über die Fressgass – Richtung Oederweg; er wollte zu Fuß bis Ecke Glauburg gehen, wo Lou ihren Kurs hatte. Es war dunkel geworden, aber überall wurde noch eingekauft auf der Fressgass mit ihren feinen Läden und feinen Lokalen, die für ihn alle neu waren. Seinerzeit, vor dem U-Bahn-Bau, als hier noch Autos fuhren, hatte diese Straße fast etwas Verruchtes gehabt, mit dem Café Schwille und seiner geschwungenen Treppe und dem alten Operncafé voll dicker Pelzdamen vor ihrem Kuchen. Wer dort herumlief, im Anzug mit Aktentasche oder aus einem schwarzen Taxi stieg und den Nachmittag über irgendwo saß, mit Bluse und Brosche, dem war es ernst, dort zu sein, wie es seinem Vater mit den Uhren ernst war, die man ihm brachte, weil sie die Zeit nicht mehr richtig anzeigten. Und jetzt, dachte Hold, ist alles nur noch ein Spiel, bloß für ihn nicht.

Er hatte seine Cougar bei sich, das Magazin aufgefüllt, acht Schuß müßten reichen, um aus alldem herauszukommen, der letzte ginge zwischen Zidonas Beine, nachdem er für Busche kassiert hätte, ihm müßte nur noch einfallen, wie er diesen Mann elegant beseitigen könnte, und wie die zehn Prozent vom großen Kuchen am besten auf den Caymans landeten.

Auch der Oederweg, merkte er, hatte sich stark verändert, das alte Nordend war dort verschwunden, allein die Bäume hatten durchgehalten, und er spürte, daß es ein Fehler war, hier zu laufen, mit dem Pflaster auf der Wange und der Waffe am Bauch, er paßte hier nicht hin, wie ein Affe nicht auf eine Linde paßte, ein Wunder, daß noch keiner mit dem Finger auf ihn zeigte. Willem ging jetzt schneller, als folge ihm jemand, und bog dann fast erleichtert in die Glauburgstraße. Die Hausnummer, die ihm Lou genannt hatte, gehörte einem Institut, benannt nach einer Frau, und ein paar Frauen standen auch vor dem Eingang, es war kurz vor acht. Er wechselte die Straßenseite und stellte sich hinter einen Minivan mit Kindersitzen; überall sah man sie jetzt, diese Kleinbusse, zugeschnitten auf Familien mit einem Vater, der wenigstens sein Sechsganggetriebe plus Klimaanlage wollte.

Es waren überwiegend Mütter, die den Kurs besuchten, praktische Kleidung mit einem Schuß ins Schicke, weil es ja Abend war und sie etwas für sich taten in dieser Gruppe, so hatte es Lou erklärt, und dann sah er sie auch schon: Sie kam mit dem Taxi, das gefiel ihm, denn die anderen waren mit ihren Vans oder auf Rädern angerückt und das in flachen Schuhen, bunt und sportlich, während Lous Absätze gereicht hätten, um sich an dem Blonden zu revanchieren. Die Gruppe aus acht Frauen und drei Männern betrat jetzt das Institut, ein Gebäude wie ein verschmutztes, nach außen gestülptes Schwimmbecken, und Willem kam hinter einem Binding-Bier-Laster, der gerade vorbeifuhr, ungesehen bis zur Tür, die noch aufstand, und trat auch schon ein; nun mußte er nur noch ihrem Duft folgen, der sich gut abhob von den Gerüchen der Mütter nach Spaghetti und Seife.

Der Raum, in dem die Gruppe zusammenkam, lag im

zweiten Stock, immer ein Problem, wenn man polizeilich gesucht wurde, aber irgendeine Stimme sagte Hold, daß er an Lou dranbleiben müßte. Es reichte nicht, sie nach der Gruppe abzuholen, es erschien ihm richtiger, auch während der Sitzung, oder was sie da abhielten, schweigend, in ihrer Nähe zu sein. Die Gruppenleiterin, tatsächlich mit Haaren wie ein brennender Busch, ging auf den Raum zu. Plötzlich wandte sie sich um: »Möchten Sie zu uns? Die Gruppe ist heute noch offen. Aber ich will Sie nicht überreden.«

»Braucht man kein Abitur?«

»Nein. Sie haben immerhin hierhergefunden.«

Willem wußte nicht genau, was die Frau mit dem roten Haarbusch damit sagen wollte, aus den Jahren im Heim wußte er nur, daß Leiterinnen gern mit Tricks arbeiten, und wer weiß, womit sie noch käme, wenn er erst einmal in diesem Raum säße; andererseits wäre er dort in Lous Nähe, und sie würde schon aufpassen, wie sie auch im Bett aufgepaßt hatte.

»Also schön«, sagte er.

Sie saßen im Kreis, auf Stühlen, das hatte Lou ihm gar nicht erzählt, sie hatte ihm bloß, zwischen zwei Küssen, verraten, daß es bereits ihre dritte Gruppe sei, nach gescheiterten Versuchen, gescheitert an ihr, die sie die männlichen Teilnehmer zu sehr verstört habe, eine Gruppe, die noch in den Anfängen steckte und aus Prinzip im Kreis saß, und als Lou ihn sah – er kam als letzter herein, wie abgeführt von der Leiterin –, schob sie langsam ihr Haar hinters Ohr; das war alles, aber das allein war schon gut.

Willem setzte sich ihr gegenüber, neben eins der Fenster Richtung Straße, zwischen zwei Mütter, etwa sein Alter, in Hosenanzügen mit Sandalen, die Zehennägel schrill lackiert, vielleicht waren es auch nur Frauen, die vorhatten, Mütter zu werden, oder sich von ihren Männern zu lösen, jedenfalls wirkten sie sehr entschlossen auf ihn, wie sie so dasaßen, Füße verhakt, Fäuste im Schoß, entschlossen, sich selber zu achten um jeden Preis, angefangen mit dem für den Kurs, vierhundert pro Semester, das hatte Lou auch erzählt; ein ganz hübscher Batzen für Frauen mit rosa Nagellack.

»Das ist Herr Pallas«, sagte die Leiterin – sie hatte sich mit Ute vorgestellt, nicht mit Schmalstieg-Reusch –, »mit ihm wäre die Gruppe komplett, falls er bei uns bleibt. Wenn Sie möchten, können Sie jetzt selbst ein paar Worte sagen, Herr Pallas.«

Er hatte ihr seinen Manila-Namen genannt, der kam immer gut an bei Frauen, jedenfalls bei solchen, die auf einen gewissen Glanz Wert legten. »Ich bin ledig«, sagte er, »und arbeitete als Reiseleiter in Südostasien, und ich bin hier« – mit irgendeiner Katastrophe mußte jeder früher oder später herausrücken, hatte ihm Lou erklärt –, »weil ich als Junge verbrüht wurde. Seitdem bereitet mir das Mannsein Schmerzen. Und das ist kein Bild.«

Dieser kleine Zusatz war ihm noch eingefallen, und ausgerechnet damit schien er auf alle Eindruck zu machen, besonders auf Ute, die Leiterin. »Ich glaube, für jeden hier ist Mann- oder Frausein keine Metapher«, sagte sie, und der ganze Kreis schien sachte zu nicken, nur Lou nicht; sie schneuzte sich laut und lachte dabei in ihr Taschentuch.

»Ich sagte nicht Leiden, ich sagte Schmerz«, wandte Willem ein und hätte, als Beweis, fast das Loch in der Wange erwähnt.

»Leiden ist vielleicht etwas Umfassenderes«, bemerkte die Hübschere der beiden Frauen, die ihn flankierten. »Ich leide an vielem, kann den Schmerzpunkt aber nicht genau feststellen.«

»Ich schon«, sagte Hold und versuchte, etwas von den Formen der Frau, die an so vielem litt, zu erkennen. Hatte sie eine Taille, das war die Frage, denn ihre Hüften, das sah er auf Anhieb, wären ohne Taille bestimmt ihr größtes Problem.

»Und dieser Schmerz konzentriert sich bei dir auf das, was man allgemein Männlichkeit nennt ...« Eine Frau neben Lou hatte das, ohne aufzuschauen, in den Kreis geworfen, als Frage an ihn, den sie einfach duzte, und Willem Hold rutschte mit dem Stuhl ein wenig zurück, als wolle er der Frage ausweichen, und gleich fragte auch einer der Männer, ob er etwa ausweiche, und Willem sagte: »Ja« und wich noch weiter aus, was ihm gleich zweierlei einbrachte, nämlich das Mitleid der Frau mit den problematischen Hüften und einen Blick aus dem Fenster, hinunter auf die Straße, zu einem Mann auf einem Damenrad, der jetzt nach oben sah: Steve McQueen im grauen Anorak, die Kapuze halb auf dem blonden Haar – der konnte also nicht nur Weinflaschenhälse werfen, der schien auch als Spürhund nicht schlecht zu sein, wenn er Lou so schnell gefunden hatte.

»Die Frage ging an Sie, Herr Pallas«, sagte die Leiterin. »Aber steckt denn nicht etwas Allgemeines dahinter, Männlichkeit und Schmerz, ob das überhaupt zusammenpaßt?«

Willem kratzte sich im Nacken, was ihm erlaubte, noch einmal nach unten zu schauen. Der Blonde stieg jetzt vom Rad und wollte die Kette um einen Pfahl schließen, hatte aber offenbar keinen Schlüssel dabei für das Schloß. »Warum nicht Weiblichkeit und Schmerz«, sagte er, »das paßt doch viel besser.«

Rings um ihn jetzt kleine Laute der Mißbilligung, danach gespanntes Schweigen. Leiterin Ute schloß die Augen, sie wollte den Dingen ihren Lauf lassen, schien es. »Ich will etwas erzählen«, warf eine der Sandalenmütter in die Stille, »von meiner Tochter, sie kam letzte Nacht in mein Bett und weinte, und ich mußte auch weinen.«

»Oh, Scheiße, Scheiße«, flüsterte die Nachbarin der Sandalenmutter, eine Frau mit Micky-Maus-Uhr.

»Ja, find ich auch«, sagte Willem Hold und sah, wie der Blonde sein Damenrad auf das Institut zuschob. »Wenn beide weinen, das bringt's ja nicht.«

»Was meinen Sie damit?« fragte die Leiterin.

»Was ich gerade gesagt habe, daß es nichts bringt.«

»Und was könnte es bringen?«

»Keine Ahnung.«

Die Duzerin schüttelte den Kopf, die Augen geschlossen. »Du weichst schon wieder aus.«

Willem schaute zu Lou, die sich noch immer ein Taschentuch vor den Mund hielt, und stand auf.

»Ich meine, daß ich mal an die Luft muß. Läßt sich das machen, Frau Ute?«

»Sie sind hier frei, Herr Pallas.«

»Das hat man selten. Es war sehr nett bei Ihnen.«

»Das heißt, Sie kommen nicht wieder?«

»Vermutlich nein.«

»Du mußt es wissen«, sagte die Duzerin.

»Wer sonst«, erwiderte Hold und verbeugte sich knapp – unter allen Blicken, die jetzt auf ihm, dem Irrläufer lagen – und ging auch schon langsam hinter den Stühlen Richtung Tür, vorbei an der einzigen schönen Teilnehmerin, die einen Arm hob und niesen mußte, als sein Ellbogen ihr Haar streifte, sodann die Hand in den Nacken legte und eine Achsel entblößte, wie man sie wohl selten in diesem Haus sah, hell und haarlos, eine blasse Mulde, die Willem noch im Auge hatte, als er bereits im Flur vor dem Gruppenraum stand und zentimeterweise die Tür schloß.

27

Feuerbach, vor sich hin murmelnd, stellte das Rad ins Treppenhaus; es gehörte Nola, leider konnte er vorher nicht fragen. Sein Gemurmel wurde leiser, aber es hörte nicht auf. Schon während der ganzen Fahrt ins Nordend hatte er versucht, sich Zahlen einzuprägen, die Drei, die Acht und die Elf, die Zweiundzwanzig, Neunundzwanzig und die Vierzig. Beim Aufräumen in der Küche, als das Radio lief – einer mußte solche Dinge ja tun in der Wohnung –, hatte er die Zahlen gehört, aber ihre Bedeutung erst auf dem Fahrrad erkannt, es war um Statistik gegangen, wie viele Kinder auf der Welt pro Minute geboren wurden und pro Minute verhungerten, als ob das jemand ernsthaft zählte, das Ganze gestaffelt nach Erdteilen. Er war sicher, daß wenigstens fünf der Zahlen stimmten, wenn nicht sechs, doch in dem Anorak, der von der Reinigung kam, waren weder Stift noch Papier, also mußte er sie sich einhämmern, die Zahlen, die ihn vielleicht nicht reich, aber wohlhabend machen würden, wohlhabend genug, um sich ein gutes Hotel leisten zu können, bis er die Wohnung hätte, die zu ihm paßte. Feuerbach wollte heraus aus dieser WG mit zwei Frauen, die eine schön und jünger, die andere schön und etwas älter, er wußte nicht, was ihn mehr verwirrte, er wußte nur, es konnte nicht gutgehen. Und so murmelte er noch auf dem Weg in den ersten Stock des Ursula-Schmid-Instituts vor sich hin, »drei, acht, elf, zweiundzwanzig, neunundzwanzig, vierzig«, keine besonders originellen Zahlen, aber welche Lottozahlen waren schon originell oder anders gedacht, welches Glück war originell; alles Glück war Zufall, ebenso alles Unglück, daran glaubte er fest, seit er den Jungen mit der Plastikpistole erschossen hatte. Und man mußte es wohl auch Glück nennen, sein Glück, daß die Schultz ihren Selbsterfahrungskurs nicht privat, sondern bei der auskunftsfreudigen Volkshochschule belegt hatte.

Feuerbach hörte Schritte und dachte an seine Zielperson, die sich schon wieder aus dem Staub machen wollte. Unbegreiflich, was sie überhaupt suchte in diesem Milieu, Traumhuren wie sie leiden gewöhnlich nicht an ihrem Beruf oder leisten sich einen Psychoanalytiker mit grauen Schläfen und Volvo, irgend etwas paßte da nicht. Ein Mann in schwarzer Lederjacke kam die Treppe herunter, eine Hand auf der Wange, als sei er auf dem Weg zum Zahnarzt, und Feuerbach sah eine letzte Chance hinsichtlich der Zahlen; spätestens die Gegenwart der Zielperson Schultz würde sie löschen.

»Hätten Sie vielleicht kurz einen Stift?«

»Einen Stift«, wiederholte Hold und griff in die Versace-Jacke, während Feuerbachs Blick auf ein Paar Sportschuhe mit Luftpolster fiel, Schuhe, wie die auf dem Flughafenvideo und bei dem Restaurantüberfall: eine Verknüpfung, die genau den Zeitraum in Anspruch nahm, den Hold benötigte, seinen spitzen Lamy zu zücken, schon mit einem *Bittesehr* auf der Zunge, ehe ihm wieder einfiel, wofür er einzig und allein gedacht war, der Stift, und wer ihn da um eine Gefälligkeit bat, und seine Hand zur Faust wurde, die aber nichts unternahm, gebremst von einem Instinkt, der die andere Hand Richtung Beretta lenkte.

Und auch der Blonde oder Feuerbach – noch davon besessen, sich die sechs Zahlen zu notieren – konnte und wollte einen Herzschlag lang gar nicht begreifen, wen er da um Schreibzeug anging, und begriff es dann doch, anhand der Schuhe, oder endgültig, als sich die Hand, die eben noch Wange und ein Pflaster bedeckt hatte, auf einmal nach unten bewegte, den mutmaßlichen Mörder von Louis Freytag und maskierten Todesschützen aus dem Charlot; doch da war schon wieder eine wertvolle Sekunde verstrichen, wertvoll für Willem Hold, der sich gefaßt hatte und erneut seinen Ellbogen einsetzte, nun aber nicht Richtung Nase, sondern horizontal, wobei ihm der Lamy aus der Hand flog und über die Treppenstufen kullerte, weiter und weiter.

Der Ellbogen traf Feuerbach genau im Magen, er brach zusammen wie ein Rind nach dem Bolzenschuß, und Hold sprang über ihn hinweg. Er eilte die Treppe hinunter und griff sich den Stift, überlegte noch einen Moment, ob er umkehren sollte, und packte dann das Damenrad, das still im Hausflur stand.

Eine zufallende Tür und der kindliche Ton einer Fahrradklingel waren das erste, das Feuerbach nach einer Art Ohnmacht, begleitet von Japsen und Würgen, hörte. Immer noch nach Luft schnappend, mühte er sich ins Erdgeschoß und von dort auf die Straße, wo von dem Mann mit dem Pflaster auf Nolas Rad nichts mehr zu sehen war. Der Verkehr floß ruhig, die Passanten gingen ihres Wegs, eine Frau in hohen Schuhen lief auf ein Taxi zu und stieg auch schon ein, die Edelnutte Schultz, wer sonst, vermutlich per Handy aus ihrer Gruppe gerufen und gerade noch an ihm vorbeigekommen. Er hatte verloren, auf ganzer Breite, sogar die Zahlen waren weg, wie zertrümmert durch den Stoß, geblieben war nur eine Erkenntnis, wenn nicht Gewißheit: Der Ellbogenmann hatte etwas zu tun mit der Person, hinter der die Picasso-Erben her waren, vielleicht war er sogar der Verkäufer des Bildes, jedenfalls hatte er die Schultz jetzt schon zum zweiten Mal herausgehauen, in dem Fall nur mit einem Halbtoten, nämlich ihm. Louis Freytag war also gar nicht ermordet worden, er war bloß Opfer eines tragischen Zufalls, und für diese zweite Erkenntnis müßte, im Gegenzug, einiges zu holen sein, dachte Feuerbach, als er mit der U-Bahn zurückfuhr, beide Hände am revoltierenden Magen.

Erst auf dem Weg zur Wohnung fiel ihm Nolas Rad wieder ein, das schöne Damenrad mit Alurahmen, und er legte sich geniale Ausreden für dessen Verlust zurecht, bis er die Küche betrat; dort saßen Nola und Helen am Tisch, vor einer Pfanne mit aufgebratenen Nudeln, und der Empfang für ihn war so schwesterlich, daß er nur noch die Wahrheit loswerden konnte.

28

Das heißt nicht Nutte«, sagte Nola, als seine Geschichte beendet war, »das heißt Prostituierte. Und mein Fahrrad hatte Format ...«

»Ich kauf dir ein neues. Und eine Prostituierte ist etwas anderes als diese Schultz. Die ist ein Hammer, die ...«

»Ein Hammer«, unterbrach ihn Helen, »wieso?«

»Weil sie jeden umhaut.«

»Meinen Sie das wörtlich?«

»Ich meine es in jeder Hinsicht, sonst wäre sie nicht an den Picasso gekommen. Eine umwerfende Frau.«

»Und der Typ mit den Luftpolsterschuhen und dem Loch in der Wange und meiner schönen Uhr«, Helen sah ihrem Partner in die Augen, »der soll der Komplize der Schultz sein?«

»Ja, davon gehe ich aus.«

Feuerbach stand auf. Er nahm die Pfanne mit den restlichen, kalt gewordenen Nudeln und stellte sie auf den Gasherd; sein leerer Magen hatte sich wieder beruhigt, aber er wollte nicht lang herumkochen, schon gar nicht unter den Augen der Frauen, und drehte daher die Flamme voll auf. Es zischte und krachte in dem Nudelgeflecht, und schon ergab sich eine Art Verdrahtung.

»Ich würde das jetzt abdrehen«, sagte Nola.

Er ließ es aus Trotz noch etwas brutzeln und kippte dann das steife Geflecht auf einen Teller. »Was hat das Rad gekostet?«

»Ich möchte kein neues, ich möchte mein altes.«

»Dann muß ich den Typ wohl finden.«

»Oh, das sollten Sie«, sagte Helen. »Wenn wir ihn haben, haben wir vermutlich auch die umwerfende Frau.«

»Ich frage mich« – Feuerbach, den Teller in der Hand, begann im Stehen zu essen –, »warum eine wie die Schultz so eine Psychogruppe besuchen muß.«

»Darf eine umwerfende Frau keine Probleme haben?« Nola bot Feuerbach einen Stuhl an, er winkte ab.

»Immerhin ist sie auch eine Prostituierte«, sagte Helen.

»Falsch.« Die Nudeln knirschten in Feuerbachs Mund. »Eine Edelnutte.«

Nola öffnete eine Flasche Rotwein.

»Ich sehe da keinen Unterschied.«

»Das ist ein Unterschied wie zwischen einer richtigen Pasta und diesen Drahtnudeln«, sagte Feuerbach und wollte sie in den Müll kippen; Helen ergriff seinen Arm.

»So was heben wir auf.«

»Und wie lang?«

»So lang wie möglich.«

»Drei Tage«, sagte Nola. »Oder auch acht Tage.«

Feuerbach stellte den Teller ab und lief in sein Zimmer; mit einem Schlag waren die Zahlen wieder da, alle sechs. Er riß ein Blatt von einem Briefblock und notierte sie rasch und steckte das Blatt in die Tasche, als es an der Wohnungstür klingelte. Helen ging zur Sprechanlage, er hörte ihr ruhiges *Ja bitte?*

Es war der Exkollege Baltus, sie schien mit ihm gerechnet zu haben, jedenfalls klang sie nicht überrascht; kaum hatte er die Wohnung betreten, lotste sie ihn auch schon in ihr Zimmer, und Feuerbach fühlte sich etwas abgeschoben.

Er ging leise zur Küche zurück und schnappte dabei ein Wort auf: Baltus interessierte sich für das verschwundene Videoband vom Flughafen, besser also, wenn er gar nicht erst in Erscheinung trat. Nola kam ihm auf dem Flur entgegen. »Gehen wir zu mir«, flüsterte sie.

Ihr Zimmer lag am anderen Ende des Flurs und war größer als seins, kein ehemaliges Kinderzimmer, sondern der frühere Kreativraum von Richard Huemmerich, dem Art-director, hell und mit Blick auf Bäume. »Nicht schlecht«, sagte Feuerbach.

Es gab keine Stühle, und Nola bot ihm ihr Bett an, er setzte sich auf die Kante, während sie auf dem Teppich Platz nahm, zwischen Büchern und Zeitschriften, CDs und Papieren, ein paar Wäschestücken, kleinen Flacons und verstreuten Faxen, dem üblichen, etwas faulen Zauber jedes Studentenzimmers – davon ließ er sich nicht anmachen oder beeindrucken, wie ihn auch ihr Duzen nicht darüber hinwegtäuschen konnte, daß sie verschiedenen Welten angehörten, ihre war weich und offen, seine hart und zu, und überbrücken ließ sich das nur mit Blindheit. Man mußte schon lieben und am Ende bezahlen, das wußte er aus seiner Militärzeit, zwei Jahre Luftwaffe, ein Ausbildungsregiment auf der Schwäbischen Alb; er war als Oberleutnant ausgeschieden, aber hatte schon als Fähnrich zwei Leute ins Unglück gestürzt, eine Frau, die er nie hätte duzen dürfen, und sich selbst.

»Woran denkst du?« fragte Nola, und er machte eine Handbewegung. An nichts. Wenn solche Fragen kamen, mußte man aufpassen. Und durfte schon gar nicht die Wahrheit sagen. Er dachte nämlich an Inge Osterfeld, die Witwe eines abgestürzten Piloten, die er getröstet hatte, irgendwo im Neubaugebiet von Herbertingen, einem Kaff unweit des Standorts, getröstet an Sonntagnachmittagen zu den Songs von Tina Turner.

»An nichts, das gibt es nicht«, sagte Nola.

»Also gut, ich habe an meine Militärzeit gedacht.«

»Du warst Soldat?«

»Ja, ich habe Rekruten gedrillt.«

Er wollte sie jetzt provozieren, aber Nola lächelte nur und kam auf ihr Rad zurück, während im Flur plötzlich Stimmen zu hören waren; Helen verließ mit Baltus die Wohnung.

»Das Rad ist ja nicht weg«, sagte Feuerbach schließlich. »Es hat nur den Fahrer gewechselt. Ich denke, er hat es nach seiner Flucht irgendwo stehenlassen.«

Nola schaute ihn an.

»Mein Name ist eingraviert. Und die Nummer von hier.«

»Das hilft uns weiter, denn mit so einer Gravur klaut es nur ein Profi. Der wird Name und Nummer wegfeilen und das Rad auf dem Flohmarkt anbieten. Und dort kauf ich es zurück.«

»Du hast gar nicht das Geld«, sagte Nola. »Sonst würdest du hier nicht wohnen.«

Damit hatte sie seinen empfindlichsten Punkt berührt, und Feuerbach wollte sich gerade ein für allemal abgrenzen, als sein Handy läutete. Es war Helen, sie rief von der Straße an. Baltus hatte tatsächlich nach dem Band gefragt, immer wieder, bis er am Ende bekam, was er wollte, für eine kleine Gefälligkeit. Er habe ihr auf dem Weg zu seinem Wagen verraten, daß sich die Ermittlungen im Fall Freytag jetzt auch auf einen neuen Autor mit Namen Ollenbeck konzentrierten.

»Ollenbeck, nie gehört.«

»Der Skandalautor. Seit diesem Spiegel-Artikel neulich, Das neue Männerwunder. Riesen-Aufsehen mit einem Erstling, *Die traurige Haut* – von Louis Freytag ignoriert.«

»Dann müßte er doch froh sein.«

»Aber Feuerbach, Sie verstehen nichts von Menschen.«

»Soviel wie Sie von mir verstehen.«

»Sie könnten mir ja Nachhilfe geben«, sagte Helen und schlug vor, sich später, nach elf, zu treffen, in einer kleinen Bar in der Oppenheimer Straße, der Orion-Bar, da hingen auch immer Autoren herum. »Wer weiß, vielleicht treffen wir Ollenbeck dort.«

»Nach elf? Und was machen Sie bis dahin? Warum kommen Sie nicht wieder nach oben?« Feuerbach wollte nicht mit Nola allein sein; sie hatte inzwischen ein Glas Rotwein in der Hand und hielt es ihm hin, mit versöhnlichstem Lächeln.

»Ich gehe spazieren.«

»Wir könnten zusammen spazierengehen«, sagte Feuerbach.

»Warum unterhalten Sie sich nicht mit Nola?«

»Und worüber?«

»Wie wär's mit Literatur?«

»Wie wär's, wenn wir Schluß machten.« Feuerbach begriff, daß er Nolas Weinangebot nicht abschlagen könnte, solange er telefonierte, sondern im Gegenteil, ihr endlich das Glas abnehmen sollte, was ohne eine Berührung seiner und ihrer Hand kaum zu machen wäre, denn es war zierlich, das Glas, und etwas zu vollgeschenkt, die Frage war also, wen er brüskieren wollte, Helen oder Nola, und er entschied sich, durch einen Tastendruck, gleich für beide, auch wenn ihm mit der anderen Hand das verneinende Winken mißlang.

»Ach, lieber Weißwein«, sagte Nola und holte auch schon ein frisches Glas und eine geöffnete Flasche, die gekühlt auf ihrem Balkon stand – er hatte keinen Balkon, bei gleicher Miete –, und füllte das Glas. »Ich bleibe beim Roten, ich kann nicht schlafen auf Weißwein, mich macht er unruhig.«

»Was heißt unruhig?« Feuerbach probierte den Wein, irgendein Rheingauzeug, edel und sauer, und begriff, daß die Frage ein Fehler war, ein Stich ins Nest ihrer Seele.

»Unruhig heißt unruhig«, sagte sie. »Ich glaube übrigens, daß dieser Ellbogentyp und die Umwerfende gerade in irgendeinem Hotelbett liegen. Die Frau ist ihm dankbar und wird bestimmt sanft mit ihm umgehen, auch wegen des Lochs in der Wange. Und er wird es mögen.«

»Das fürchte ich«, sagte Feuerbach und leerte sein Glas.

29

Willem Hold hatte es geschafft, sein Zimmer im Hotel Burger für eine Nacht zu verlängern, trotz Buchmesse, ein kenianischer Autor, Johnson Bikuju, Mombasa, hatte sich für fünfzig Dollar überreden lassen, neben dem japanischen Kleinverleger auf dem Boden von Rudis Portiersloge zu schlafen, was noch einmal zwanzig Euro für Rudi bedeutete, für ihn aber weitere acht Stunden in ein und demselben Raum mit Lou, durch ihre Gegenwart in eine Suite mit Whirlpool und Meerblick verwandelt.

Er war gut durchgekommen bei seiner Flucht und hatte das hochwertige Damenrad mit dem eingravierten Namen der Besitzerin und sogar ihrer Telefonnummer nicht etwa abgestellt, sondern aufs Zimmer getragen, wo es jetzt zwischen Bett und Schrank dermaßen im Weg stand, daß man nicht mehr ins Bad kam, ohne sich daran zu stoßen. Lou war nur eine Stunde später als er im Hotel Burger erschienen, allerdings mit einer schlechten Nachricht, Zidona hatte ihr gerade eine SMS geschickt: *Bin in Deiner Wohnung und warte …*

»Warten worauf? Und was sollen die drei Pünktchen?« fragte Willem zum wiederholten Mal, während Lou sein Haar mit den Fingern kämmte. Sie saßen nebeneinander im Dunkeln; das Straßenlicht, das durch den Vorhang drang, lag als schwacher Glanz auf Lenker und Sattel des Rads.

»Er wartet auf mich, ist doch logisch.«

»Und die Pünktchen? Sind die auch logisch?!«

»Er stellt sich eben was vor.«

»Was stellt er sich vor?«

»Mein Gott, er mag meinen Arsch.«

»Das weiß ich schon, aber was heißt mögen?«

»Er schaut ihn sich an.«

»Und warum?«

Willem griff nach der Fernbedienung, er suchte irgendwo Spätnachrichten, aber für Spätnachrichten war es noch etwas zu früh, es saßen noch Leute bei Biolek, zwei Frauen und ein Mann, das ließ er ohne Ton laufen, sah jedoch hin, weil es ihn glauben ließ, zehn Jahre jünger zu sein: Da hatte Biolek schon dasselbe Lächeln gezeigt, scheinbar erstaunt über das Wesen seiner Gäste, die auch schon dasselbe gesagt hatten, und eine idiotische Dankbarkeit stieg in ihm auf, als könnte er dort wieder anknüpfen, wo er sich damals alles versaut hatte.

»Darum«, sagte Lou und löste ihren Krokogürtel und zog sich die Jeans und einen weißen Slip aus, beide Hosen mit einer einzigen fließenden Bewegung, wobei sie auf den Rücken sank und die Beine anhob, die Hände um die Kniekehlen schlang.

Hold schwankte kurz zwischen Biolek und Lous Hintern, entschied sich dann aber sentimental – einer der weiblichen Gäste war Uschi Glas, die kannte er auch von früher, ganz früher sogar.

»Du zeigst ihm das also – und weiter?«

»Das Übliche.«

Willem spürte sein Herz, es schlug fast im Hals, das mußte der Streß sein, in kürzester Zeit war schließlich eins zum anderen gekommen, nur das First-Class-Ticket für den Rückflug beruhigte ihn etwas, er konnte jede Lufthansa-Maschine damit besteigen. Die nächste nach Manila ging morgen abend, bis dahin mußte er eine Lösung für Busche finden und sich danach von der Witwe ein paar Millionen besorgen, andere hätten da längst einen Infarkt. »Und was wäre das Unübliche?«

Lou rollte sich auf die Seite, sie deckte ihren Hintern zu. »Das, was alle wollen.«

»Ich nicht.«

»Also gut, die meisten. Ich erzähle dir jetzt etwas, dann verstehst du's vielleicht. Ich habe noch einen Kunden, aber nur zweimal im Monat, einen Mann, den ich nicht kenne, denn ehe er kommt, muß ich mir die Augen verbinden. Und auch er hat mich bisher nie gesehen, nur von hinten, denn ich bin schon gebückt auf dem Bett, wenn er zur angelehnten Wohnungstür hereinkommt. Nach einer Stunde geht er wieder, und ich finde zwei Fünfhunderter hinter mir auf der Decke.«

»Und was geschieht in dieser Stunde?«

»Keine Ahnung, ich sehe ja nichts«, sagte Lou.

»Interessant.« Willem stellte den Ton leise an, Biolek wandte sich schon ans Publikum, gleich wäre die Sendung zu Ende, und die Nachrichten folgten, auf die ARD war Verlaß, eigentlich müßte sie längst in einem Heimatlied vorkommen. »Aber irgendwas wirst du doch spüren ...«

»Nein, kaum was.«

»Und das dauert eine Stunde, dieses Kaumwas?«

»Er ist nicht mehr so jung.«

»Woraus schließt du das?«

»Aus seinem Parfum, ich bin sicher, er schwitzt stark. Jedenfalls tupft er sich ständig ab, mit Kleenex, und läßt die Tücher dann einfach los, sie kitzeln mich beim Herunterfallen an den Hüften. Ich habe schon zwanzig Stück gezählt, er sammelt sie hinterher alle ein. Es bleibt nie etwas zurück, nur die zwei Scheine.«

»Aber wofür?«

»Ich weiß es nicht.«

»Du meinst, er macht nur an sich herum, schwitzt wie verrückt und gibt nach einer Stunde auf?«

»Ja, so was in der Art.«

»Armes Schwein.«

»Das denke ich auch.«

»Und Zidona weiß von dem Typ?«

»Er fragt mich sogar aus nach ihm.«

»Dann hat *er* das eingefädelt. Der will den Mann in der Hand haben, so läuft das.« Hold stemmte sich auf. »Zweimal im Monat, sagst du ...«

»Ja. Und immer zur selben Zeit. Diese Woche wieder, morgen abend um acht.«

»Aber da sitzen wir schon im Flieger.«

»Was soll das heißen?«

»Daß ich uns reich mache.« Er stellte den Ton lauter, die Nachrichten liefen. »Oder nicht?«

»Aber ich sollte jetzt trotzdem gehen.«

»Wenn Zidona dich erwartet: auf jeden Fall.«

»Was soll ich ihm sagen?«

»Gar nichts. Sag ihm, ich hätte dich abblitzen lassen. Was er wissen muß, weiß er bereits, nehm ich an.«

»Vielleicht genügt es auch, wenn ich morgen früh bei ihm auftauche«, flüsterte Lou.

»Wenn du eine hübsche Begründung hast.«

»Ich war unterwegs, mit den Frauen aus der Gruppe. Bis zum Morgen!«

»Du lügst ziemlich gut«, sagte Hold und zeigte auf den Fernsehschirm. Der Mord an Louis Freytag beherrschte noch immer die Nachrichten, die Polizei ging weiter von einem Racheakt aus, der Name Ollenbeck fiel, ein Foto wurde eingeblendet, verwischter Schnappschuß, ein Mann mit Sonnenbrille und Hut, im schärferen Hintergrund Wasser und hohe Zypressen, also eventuell ein See oder Meer, das

Ganze urlaubshaft, aber gedämpft weil unterbelichtet, gedämpft auch das Lächeln des Autors, allein mit den Brauen, ein Stück dämonisches Glück, offenbar heimlich aufgenommen. »Das kann doch nicht sein«, murmelte Willem.

»Was kann nicht sein?«

»Das weißt du.«

»Du denkst immer, ich weiß alles. Ich weiß nicht mal, wie's jetzt weitergeht.«

»Aber ich.« Hold stellte den Fernseher ab.

30

Die kleine Orion-Bar in der kleinen Oppenheimer Straße lag nur in Rufweite zu dem Hochhaus mit Blick auf die City, in dessen teuerster Wohnung Lou Schultz erwartet wurde, während Feuerbach, eingeklemmt von fröhlichen Leuten mit kurzem Haar, alle jünger als er, um einiges jünger, die Cocktailkarte studierte; Helen war unpünktlich, das paßte zu ihr.

Er hatte sich noch nie viel aus Drinks gemacht, diesem Martini-Rum- und Rohrzuckerzeug und all dem gestoßenen Eis auf Wodka mit Himbeergeschmack, einem Gesauge und Gelutsche wie einst am Brausepulver in der Handschale. Irgend etwas stimmte an solchen Bars nicht, es fehlten die Erwachsenen, die einsamen Trinker, und einen Augenblick wünschte er sich, der Typ, der ihn abgehängt hatte, würde sich neben ihn setzen, ein gescheiterter Killer, der sich vollaufen läßt, und sie kämen, von Versager zu Versager, ins Gespräch. Die Musik riß ab, und er hörte, wie eine Frau neben ihm dem Barmann einen Sonderwunsch erklärte – auf der Karte vorgesehen als *Konkreter Sonderwunsch* –, sie war ganz stolz auf ihr privates Rezept, und er wünschte ihr eine Krankheit, Rheuma oder Schuppenflechte. »Bekomm ich auch so was?« fragte jemand hinter seinem Rücken. Feuerbach drehte sich um.

»Wie war der Spaziergang?«

»Danke, gut.«

»Was heißt gut?«

»Ich habe viel nachgedacht«, sagte Helen, »und bin viel gelaufen.« Sie hatte noch rote Wangen, eine Frische, die nicht ganz paßte zu dem schwarzen Rollkragenpullover, den sie über einer beigen Cordhose trug. »Was schauen Sie mich so an?«

»Ich schaue Sie nicht an.«

»Dann muß ich betrunken sein.« Helen zwängte sich jetzt zwischen ihn und die Frau mit dem privaten Rezept, sie bat sie um die Karte und ließ sich auch schon in eine Beratung verwickeln, mit dem Ergebnis, daß ihr die Frau das Rezept auf eine Serviette schrieb; Feuerbach mußte die Bestellung aufgeben, unter den triumphierenden Augen der Frau, er wünschte ihr jetzt Wasserbeine.

»Wie war's noch mit Nola?« fragte Helen.

»Wir haben zusammen die Küche geputzt.«

»Das war alles?«

»Was haben Sie erwartet?« Die Musik setzte wieder ein, irgendein Tangogeschrummel, das nicht nach Frankfurt gehörte, auf gar keinen Fall, und Feuerbach schlug vor zu gehen.

»Wollten wir nicht nach Schriftstellern schauen?«

»Hier stehen nur Analphabeten.«

»Woher wissen Sie das?«

»Ich spüre es«, sagte Feuerbach, »können Sie das respektieren? Auch wenn das hier Ihre Stadt ist und nicht meine.«

Der Barmann, ein sanfter, immer nur flüsternder Türke mit Mandelaugen und hoher Stirn, brachte das Bier und den Sonderwunschdrink, Helen zog Geld aus der Tasche.

»Die Vermieterin zahlt.«

Feuerbach fügte sich, er hatte sich immer älteren Frauen gefügt, auch wenn sie nur älter auftraten, nie aber einer schönen Frau, die ihm an Jahren voraus war, drei oder vier, dachte er, höchstens fünf, und er wußte nicht, was ihm lieber wäre, noch mehr Jahre zwischen ihnen oder gar keine. Er trank sein Bier, während Helen an dem Drink nippte, offenbar enttäuscht. »Taugt nichts«, sagte Feuerbach, »wie?«, und zerknüllte unter den Augen der Erfinderin die Serviette mit dem Rezept. »Gehen wir.«

Sie mußten sich regelrecht durchkämpfen bis zur Tür, so voll war die Bar inzwischen, und Helen entdeckte nun doch ein bekanntes Gesicht, einen Dichter mit glühender Stirn und lautem Gelächter, auch Zeichner und Trinker, ja überhaupt Künstler, einer der letzten womöglich, seit dreißig Jahren vielversprechend, seine Titel hätte sie aufsagen können, sein Name lag ihr nur auf der Zunge (besser als andersherum) und blieb dort hartnäckig liegen, auch noch als Feuerbach Richtung Main ging. Nun war sie es, die sich fügte, sie ging einfach neben ihm her, wie sie zuletzt neben Dr. Eick hergegangen war, dem schönen Pathologen, ein großer Fehler, das hatte sie später erkannt und sich geschworen, es nie wieder zuzulassen, daß ein Mann ihre Richtung bestimmte. Aber ein jüngerer, dachte sie, zudem noch ihr Mieter, fiele nicht unter dieses Gebot, das wäre ein Ausnahmefall, wie ein entfernter Verwandter, und als hätte sie laut vor sich hin gesprochen, laut die ersten Altersprobleme gewälzt, blieb ihr Juniorpartner plötzlich am Ende der Schifferstraße stehen.

»Sagen Sie, Helen, welcher Jahrgang sind Sie eigentlich?«

»Warum wollen Sie das wissen?«

»Wenn wir zusammen arbeiten«, sagte Feuerbach, »gehört das dazu.« Er streckte eine Hand und ging weiter; es hatte zu regnen begonnen. Helen blieb an seiner Seite.

»Ich bin vier Jahre älter als Sie.«

»Ach so?«

»Dachten Sie weniger?«

»Ich dachte gar nichts.«

Helen hielt ihn am Arm, »Natürlich dachten Sie etwas.«

»Was dachte ich denn?«

»Sie dachten, ich sei vielleicht schon ein bißchen alt, während Sie sich noch ein bißchen jung fühlen.«

Feuerbach zog seine Jacke aus, der Regen nahm zu. »Ziehen Sie die an«, sagte er.

»Wozu soll ich die anziehen? Glauben Sie, daß mir der Regen mehr anhaben kann als Ihnen?«

»Er kann Ihrem Pullover mehr anhaben.«

Dem konnte Helen nur zustimmen, sie ließ sich die Jacke umhängen, ging dann allerdings so schnell, daß man nicht auf den Gedanken kam, ihr einen Arm um die Schulter zu legen. Sie umlief den Museumspark, die Versuchung stehenzubleiben, im Schutz eines Baumes, mit Blick auf die Lichter der Stadt, das kannte sie alles, und bog in die Schweizer Straße. »Möchten Sie nicht wissen, worüber ich nachgedacht habe?«

»Dann hätte ich Sie gefragt.«

»Sie lügen, Feuerbach, Sie wollen es wissen.«

»Also gut, erzählen Sie es mir.«

»Ich dachte nur, wenn dieser Typ, der mit der alten Uhr meines Vaters herumläuft, Louis Freytag umgehauen hat, damit die Schultz entkommen kann, und vorhin auch noch *Sie* umgehauen hat, um ihr schon wieder zu helfen, könnte er tatsächlich etwas mit dem Picasso-Verkauf zu tun haben. Und inzwischen denke ich sogar, die beiden haben in derselben Maschine gesessen. Wir müßten jetzt nur den Namen von dem Kerl herauskriegen.«

Feuerbach legte nun doch einen Arm um Helens Schulter, aber nur für einen Moment, um ihren Schritt zu bremsen. »Ich hab eine Idee«, sagte er, »die Schultz ist erster Klasse geflogen, soviel wissen wir. Und da sitzen höchstens ein Dutzend Leute, die vielleicht von zwei Stewardessen oder Flugbegleitern betreut werden. Ich muß nur eine davon finden, ich bin sicher, sie kann sich an die Schultz und ihren Begleiter erinnern.«

»Und was hätten wir davon?«

»Wir könnten unseren Auftraggebern sagen, daß die Schultz einen Komplizen hat und daß die Sache nicht so einfach wird.«

»Das hab ich Ihnen schon gesagt. Ich hab den Sohn des Toten vorhin angerufen, er ist wie verrückt hinter dem Geld her. Und jetzt halt dich fest. Er hat die Prämie auf sechzigtausend hochgesetzt.«

Feuerbach blieb stehen, zwischen dem Tchibo-Laden und einem Wäschegeschäft, er sah Helen an, mehr unter dem Eindruck des versteckten Du als der höheren Summe. »Ach ja«, sagte er.

»Was heißt ach ja? Sie könnten sich dann eine Wohnung nehmen. Und ich könnte meine allein bezahlen.« Helen zeigte auf ein Gebläse mit Handkurbel zum Entfachen von Grillfeuern für vier Euro sechzig. »Praktisch, oder?«

»Wenn man Grillfleisch mag.«

»Mögen Sie keins?«

»Ich hasse Grillfleisch.«

»Was mögen Sie überhaupt?«

Helen ging weiter, vorbei am Metzger Meyer mit seinem Feinkostgetue und einem weiteren Wäscheladen, neben den Telefonläden der verbreitetste Geschäftszweig auf der Schweizer Straße, als würden die Frauen im Stadtteil Sachsenhausen in immer neuen Dessous mit immer neuen Handys telefonieren. »Angenommen«, sagte sie auf der Höhe des Tengelmann-Ladens, wo man nie etwas kaufte, was man nicht unbedingt brauchte, »wir hätten einen Beweis, daß der Kerl vom Flughafen und der Maskierte, der das Lokal überfallen hat und jetzt meine Uhr trägt, ein und derselbe ist und auch noch mit der Schultz im Flugzeug saß, was könnten wir daraus schließen?«

»Daß ihm das Geld aus dem Bildverkauf nicht reicht. Daß er von Manila kam, um hier etwas zu erledigen, was viel mehr abwirft.«

»Sie meinen den Überfall – aber warum sollte jemand von Manila nach Frankfurt fliegen, nur um hier ein paar Uhren abzugreifen?«

»Richtig. Und deshalb glaub ich, daß es gar kein Überfall war. Es ging um etwas anderes. Um einen Mord.«

»Dann hätten wir schon zwei Morde, den an Louis Freytag und an diesem Detektiv.«

»Nein«, sagte Feuerbach. »Freytag war reiner Zufall, und bei dem Detektiv war es eine Art Notwehr. Ich denke, er hatte es auf jemand ganz anderen abgesehen.«

»Busche und die Campus ...«

»Und für wen wird wohl mehr bezahlt?«

»Also Busche«, flüsterte Helen und bog in die stille Morgensternstraße. »Dann wären wir ja an einer Riesensache.«

»Falls Ihr Exkollege nicht auch soweit denkt.«

»Baltus? Der denkt überhaupt nicht.«

»Nur kommen wir mit unseren Gedanken auch nicht weiter. Warum hat der Maskierte Busche dann nicht erschossen? Als er von dem Detektiv bedrängt wurde, wäre ja ein scheinbar verirrter Schuß möglich gewesen.«

»Aber der nächste«, sagte Helen, »hätte ihn vielleicht selbst getroffen: ihre Notwehrtheorie, Feuerbach. Und wissen Sie, was mir da gerade durch den Kopf geht?« Sie schloß die Haustür auf und flüsterte wieder. »Daß dieser Detektiv mit falschem Namen an der Sache beteiligt war, aber irgend etwas schiefging. Die Frage ist nur, welche Rolle die Schultz dabei spielt.«

Sie gingen leise die Treppe hinauf, aus der Wohnung kam Musik. »Mozarts Klarinettenkonzert«, sagte Helen, »Nola fährt darauf ab. Alle drei Tage müssen Sie das aushalten.«

»Aber ich mag das Stück.«

»In einem Monat nicht mehr.«

»Dann haben wir vielleicht schon die Prämie.«

»Dann *müssen* wir sie haben«, flüsterte Helen und trat in die Wohnung; das Klarinettenkonzert kam aus dem Bad.

Feuerbach horchte auf das sanfte Konzert, das er mit Sonntagsfrühstück im Bett verband, er war noch bei dem Scheinüberfall und der Rolle der Schultz und dämpfte jetzt auch die Stimme. »Wir sollten nicht nur an die Schultz denken. Es gibt da noch eine Frau, die in der Busche-Sache viel tiefer drinstecken könnte ...«

»Sie meinen, die Campus?«

»Die saß jedenfalls so am Tisch, daß sie bei einem Schuß auf ihren Mann nicht getroffen werden konnte. Und weinte auch etwas zu schön.«

Helen sah ihren Mieter an. »Dann sollte man sich vielleicht an die Dame heranmachen.«

»Sie überschätzen mich.«

»So?«

»Ich fürchte ja.«

»Ich fürchte nein.« Helen ging in ihr Zimmer, sie ließ die Tür auf. Feuerbach zog seine Schuhe im Flur aus.

»Bist du das, Carl?« rief Nola aus dem Bad. »Bist du allein?«

»Bin ich nicht – warum?«

Die Musik brach ab, leises Plätschern drang durch die Tür.

»Ich dachte nur ...«

Helen erschien in der Tür, eine brennende Zigarette in der Hand. »Ihr duzt euch?«

»Wir saßen nachts in der Küche – warum rauchen Sie?«

»*Weil* ich Sie überschätze. Gute Nacht.«

31

Sie hatten eine Weile im Dunkeln gelegen, ohne zu reden und ohne den Trost des Fernsehens, bis Lou – vom Schweigen, dachte Hold, in eine Art Verzweiflung gestürzt – mit ihrem Mund gekommen war, ein Start an seinem Nabel, von da stetig abwärts, und er eine erste Andeutung machte, daß dort unten nicht alles in Ordnung sei. Normalerweise genügte so ein Wink, aber Lou gab sich damit nicht zufrieden, sie beugte sich über ihn; bis auf ihre Reverso mit dem gelben Lederband war sie jetzt nackt. »Bitte die ganze Geschichte«, sagte sie, und er fing einfach an.

Wie von selbst kamen auf einmal die Worte, während er sonst lieber tausend Ausreden erfand, als die Dinge so wiederzugeben, wie sie sich abgespielt hatten, damals im Heim, in den Toiletten neben dem Turnraum, an einem siebzehnten Juni, als sie draußen ein Feuer abbrannten, zur Mahnung, damit das Land wieder eins würde, was es inzwischen längst war, während durch ihn noch immer ein Riß ging. Geprasselt hatte das Feuer im Hof, und jeder Schüler und Lehrer hatte Einigkeit und Recht und Freiheit gesungen und keiner dabei seine Schreie gehört, als die Spannlackkur anfing: So hatte Zidona die Sache genannt, eine Kur, und nach dieser Ankündigung mit einem Suppenlöffel den Lack über seine Kuppe geträufelt, unter den Augen von Wolke und Kickler, die ihn an Armen und Beinen hielten, und die glasige Lösung später mit einem Pelikan-Pinsel penibel verstrichen, im Schein einer Kerze, bis alles getrocknet war, und er, halb verrückt vor Schmerz, hatte immer wieder *Warum* geschrien und als Antwort nur ein ruhiges *Darum* gehört, *Darum, Hold.*

Jede Einzelheit erzählte er ihr, kurz und klar waren die Sätze, fast nüchtern, und diese Nüchternheit, sein ganzer Mangel an Übung im Erzählen der alten Geschichte bewegte Lou, sie nahm seine Hände. »Versuchen wir's trotzdem, Willem?«

»Wenn du das willst.«

»Mich mußt du nicht fragen – ich frage dich.«

Und an Stelle einer Antwort kniete er sich vor sie und legte ihre Beine auseinander, das eine nach links, das andere nach rechts, schön symmetrisch; dann beugte er sich über sie und küßte das kleine Tattoo, ihre Bauchdecke zitterte, und er zitterte mit, während auf der nahen Hanauer eine Straßenbahn fuhr. Das mußte die Vierzehn sein, auf der langen Geraden zur Station Bärenstraße, er kannte ihr schneller werdendes Rumpeln, das überging in ein Stampfen und Rauschen, *ta-damm, ta-damm,* es hatte seinen Kinderschlaf begleitet. »Hör nicht auf«, flüsterte Lou, »mach weiter.« Sie hob die Hände jetzt etwas an, ihre Finger bewegten sich, jeder einzeln, ein winziges Ausbalancieren.

Willem griff sich an die Wange, er sagte kein Wort mehr, der Schmerz darin, dachte er, wäre stärker als alles andere. Die Wange war seine Chance, wie es beim ersten Mal die Aufregung war, vermischt mit Stolz und Freude, er war schon dreiundzwanzig, überfällig, unberührt trotz Militärdienst in Somalia, erst ein Trip von Dschidda nach Addis hatte die Dinge vorangebracht, eine Nacht im Harambi-Hotel mit einer äthiopischen Christin, nur am Anfang auf seine Dollars aus, später nicht mehr; erst auf dem Rückflug, über dem Roten Meer, war der Schmerz gekommen. Lou glänzte zwischen den Beinen, er sah ihren zitternden Bauch, ihren Mund, der ihn suchte, sie war so offen für ihn, daß er in ihr versank. »Stoß mich ins Herz«, sagte sie, und er zog ihren Kopf an seinen. So lagen sie einige Zeit, drei oder vier Bahnen fuhren vorbei; ganz still lagen sie, fast starr, bis auf kleinste Bewegungen, ein sachtes Rucken, von ihm oder ihr, kaum zu unterscheiden, Rucken wie das im Bauch einer Schwangeren, und mit jedem weiteren sachten Rucken verwischte sich in ihm immer mehr der Grund, warum er eigentlich in Frankfurt war. Erst im letzten Moment schwoll er an zwischen ihren Beinen und kam in einem Strahl, der ihn mitriß, bis er jäh vor sich selbst zu stehen schien, seiner müde, das kannte er; es war vorbei.

Hold streichelte Lous Haar, ihren Hals, die Arme, die ihn hielten, als könnte er das Müdesein damit wegstreicheln, den Anflug von Kälte, der nie ausblieb danach: wie ein Grundgesetz allen Tuns im Bett neben dem Schlafen.

»Wo ist die Wohnung, in der Zidona wartet?«

»Gar nicht weit von hier, aber auf der anderen Mainseite, Gartenstraße, in einem Hochhaus, unten Büros, oben Wohnungen.« Lou nahm ein Stück vom Bettuch, sie tupfte ihn ab. »Liebst du mich?«

»Ja.«

Sie blies auf die kaputte Haut wie auf eine Verbrennung.

»Ist das wahr?«

»Ja. Und jetzt laß uns verdammt noch mal von etwas anderem reden. Von deinen Gedichten, kennst du noch eins?«

»Nein, ich hab alle vergessen.«

»Und dieser Freytag mochte sie also …«

»Dafür schrieb ein anderer, sie taugten nichts.«

»Wer war das?«

»Er hieß Kussler. Es stand in der Süddeutschen.«

»Deine Gedichte hast du vergessen, aber diesen Namen weißt doch noch. Kussler, dem schieß ich ins Knie.«

»Nein«, sagte Lou, »das ist in der Branche nicht üblich.«

»Dann führ ich's eben ein.« Hold griff nach seiner Kleidung, er suchte die Beretta. »Der Typ ist doch bestimmt auf der Buchmesse.«

»Du wirst ihm nicht ins Knie schießen!«

»Aber er hat dich beleidigt, Lou. Und ich liebe dich.«

»Das ist völlig normal, daß ein Kritiker so etwas schreibt.«

»Ist es nicht. Die Leute haben sich nur dran gewöhnt.«

»Es *ist* normal.« Lou stieg aus dem Bett, sie ging ins Bad. »Was glaubst du, was Freytag alles geschrieben hat!«

»Dann hat er den Tod ja verdient.«

»Das hat er nicht!«

»Schön, es tut mir leid«, rief Hold. »Warum wäscht du dich?«

»Weil ich jetzt gehen muß.«

Lou erschien wieder, sie zog sich an.

»Wenn Zidona nichts merken soll von uns, darf ich ihn nicht länger warten lassen. Sobald du das Geld hast, hauen wir ab.«

»Du würdest mitkommen?«

»Ja.«

Sie holte Schminksachen aus ihrem roten Lackmantel und verteilte mit einem Pinsel Goldstaub auf beiden Lidern; plötzlich sah sie ihn an: »Aber es muß sich lohnen.«

»Das wird es.« Willem ging zum Fenster, er schaute auf die Straße. »Zidona denkt ja auch, er käme, wenn Busche erst einmal tot ist, mit Hilfe der Witwe an Hunderte von Millionen, Gelder, die ohne seine Märchenstunden wohl kaum auf irgendwelchen Konten gelandet wären. Ich muß nur schneller sein.«

»Noch ist die Campus aber keine Witwe ...«

»Glaubst du, Zidona hat was mit ihr?«

»Frauen, die ewig jung sein wollen, schonen sich im Bett.«

»Und wie hält Busche das aus?« fragte Hold.

»Ich denke, wie Zidona.«

»*Er* ist dieser andere Kunde, den du morgen erwartest?«

»Ich weiß es nicht, ich muß los.« Lou trat von hinten an Willem heran, sie küßte ihn in den Nacken. »Dreh dich erst um, wenn ich draußen bin. Und schau auch nicht auf die Straße.«

»Wann sehen wir uns?«

»Ruf mich morgen an«, sagte sie, »am frühen Abend.«

Und Willem hörte noch ihre Absätze und dann schon die Tür, ein Schleifen am Boden, bevor sie ins Schloß fiel, danach wieder die Bahn und schließlich sein Herz, *ta-damm, ta-damm*.

32

Helen rauchte Gitanes, ohne Filter, wie in der Schule und später im Dienst, wenn schon, denn schon, dachte sie, und überhaupt könnte man als Exbeamtin mehr wagen, zum Beispiel die Campus nervös machen, tun, als wüßte man etwas, und auch Busches Frieden stören, oder den Staatsanwalt, der hinter ihm her war, verführen... Sie hatte die Vorhänge geschlossen und rauchte im Stehen; vor Kasis Geburt waren es dreißig am Tag, jetzt war es die zweite im Lauf eines Abends, nach einer Pause von Monaten. Irgend etwas war seit Feuerbachs Einzug aus dem Ruder gelaufen, jedenfalls ging ihr Mozarts Klarinettenkonzert weit mehr auf die Nerven als noch vor einer Woche. Sie hatte gar nichts gegen Nola, sie hatte nur etwas gegen Nola und Feuerbach und die gewissen Strapse der Theologie. Nola wußte ihn schon zu nutzen, den Appeal ihrer Berufung, sie waren sich zu ähnlich in diesem Punkt. Die Gitane in der Hand, stand Helen nackt vor einem Schrankspiegel und betrachtete sich.

Ihre Beine waren etwas zu kurz, dafür gut geformt, nicht zu dünn, nicht zu dick, mit gepolsterten Knien, das war wichtig, dort keine Pflastersteine zu haben. Und sie besaß eine Taille, ohne dünn zu wirken, eine Taille bei rundem Bauch, das kam bei allen an, die nicht heimlich schwul waren, ebenso die Brüste mit ihrem unübersehbaren Gewicht. Ein Körper ohne die Zeichen von Gravitation war nicht von dieser Erde, sie mochte auch keine Männer, an denen nichts hing, sie waren ihr unheimlich wie Designerhotels: Wenn man dort einen Toten fand, schien er immer zum Interieur zu gehören. Helen trat etwas zurück und drehte sich langsam, ein Jammer, daß man sich nie ganz von hinten sah, denn was die anderen sagten, zählte auch nur halb; welchem Mann war schon zu trauen, wenn er einen Hintern pries. Sie sah jetzt über die Schulter und wollte sich gerade ins Licht bücken, da ging ihr Telefon – Kasimir, dachte sie und nahm ab.

»Ich habe Ihr Rad«, sagte jemand.

»Nein, das haben Sie nicht.« Helen drückte die Zigarette aus. »Es gehört der Frau, die bei mir wohnt. Auf dem Rahmen steht unsere gemeinsame Nummer.«

»Sagen Sie dem Typ von ihr, der es gefahren hat, er soll zu Hause bleiben, sonst mach ich ihn fertig.«

»Sie reden von meinem Partner.«

»Mit dem Sie am Tisch saßen, in dem Lokal?«

Helen ließ sich nackt aufs Bett fallen. »Ja.«

»Okay, ich habe nicht Ihr Rad – ich habe Ihre Uhr.«

»Die Uhr meines verstorbenen Vaters!«

»Eine alte Mercier, Tankgehäuse, dreiundzwanzig mal einunddreißig, Blattgold, ziemlich selten.«

»Ich hätte sie gern zurück.«

»Was bieten Sie dafür?«

»Was ich dafür biete ...« Helen wiederholte seine Worte, so hatte sie's gelernt, so hielt man Anrufer hin. Aber wozu, dachte sie und suchte ihren Pyjama. »Warum rufen Sie hier überhaupt an?«

»Um Sie zu warnen.«

Sie fand ihn nicht, den Pyjama, und trat in den Flur, sie schlich zu Feuerbachs Tür, er sollte wenigstens mithören.

»Zu warnen, wovor?«

»Vor mir«, sagte Hold. »Wenn ich Ihren blonden Partner noch einmal treffe, bekommt er ein Loch in die Wange.«

»So wie Sie?«

»Nicht ganz – es wird größer. Was bieten Sie für die Uhr?«

Helen drückte die Klinke der Tür, vom Flur fiel etwas Licht ins Zimmer, eine Hand vor den Schenkeln, die andere über der Brust, den Hörer zwischen Schulter und Ohr, ging sie auf Zehenspitzen zum Bett; ihr Mangel an Kleidung war nicht das Problem, das Problem wäre Feuerbachs möglicher Aufschrei.

»Was ich biete«, wiederholte Helen noch einmal und sah das leere Bett und atmete auf. »Nun, ich könnte bezeugen, daß Sie in dem Lokal aus Notwehr geschossen haben.«

»Und weiter?«

Helen verließ das Zimmer, sie schlich ans Ende des Flurs.

»Ich könnte Ihre Wunde versorgen ...«

»Verstehen Sie was davon?«

Sie drückte die Klinke von Nolas Tür: »Ich bin Ärztin.« Ganz leicht fiel ihr diese Lüge, während sie alle Kraft für die Wahrheit zusammennahm, Feuerbach in Nolas Bett, doch dieser Anblick blieb ihr erspart. Nola lag ganz unschuldig da, entblößt bis zum Nabel, das eine Bein abgewinkelt, und schnarchte; sie deckte sie zu und zog sich zurück.

»Es hat sich entzündet«, sagte Hold. »Ich hab's nämlich selbst genäht, wissen Sie.«

»Das war ein Fehler. Wir ziehen die Fäden und machen es neu. Sie kommen her und bringen die Uhr mit.«

»Ort und Zeit bestimme ich.«

Helen ging zur Garderobe. Feuerbachs Jacke fehlte – wann käme er zurück, das war die Frage.

»Vielleicht haben Sie nicht mehr viel Zeit.«

»Zeit ist Ansichtssache, ich bin mit Uhren aufgewachsen. Ihre Mercier ist ziemlich wertvoll.«

»Die Gesundheit auch. Wissen Sie, was eine Blutvergiftung in der Wange bedeutet? Sie jaulen vor Schmerzen.«

»Das tu ich schon.«

»Und können dran sterben.«

»Okay«, murmelte Hold, »geben Sie mir Ihre Handynummer.«

»Warum machen wir nicht gleich etwas aus?«

»Wollen Sie die Uhr oder nicht?«

Helen überlegte einen Moment, aber es gab nichts zu überlegen. Wenn es etwas gab, daß sie an ihren Vater erinnerte, so war es diese Uhr, die er immer getragen hatte. »Ja«, sagte sie.

»Also müssen Sie mir wohl die Nummer geben.«

»Warum treffen wir uns nicht sofort?«

»Weil ich noch andere Dinge zu tun habe. Außerdem sollten Sie ausgeschlafen sein vor so einer Operation.«

»Ich bin aber jetzt hellwach, immer um die Zeit.«

»Und was tun Sie dann?«

»Radio hören, lesen.«

»Ich liege einfach nur wach«, sagte Hold. »Wie heißen Sie überhaupt?«

»Ich heiße Helen Stirius – wollen Sie jetzt die Nummer? Null eins sieben zwo, eins neun sechssechs, vier sechs acht.«

»Danke. Kennen Sie das Buch von Vanilla Campus?«

»Ich hab davon gehört.«

»Und interessiert Sie so was, Helen?«

»Nicht im geringsten.«

»Wenn das so ist, verstehen wir uns. Und nun wiederholen Sie die Nummer.«

Und Helen wiederholte die Nummer und hörte auch schon das Geräusch des Einhängens, als hätte er ein altes, klassisches Telefon benutzt, schwarz mit Scheibe, eins, wie es bei ihrem Vater am Bett stand, bis zuletzt, als nicht sie den Kranken getröstet hatte des Nachts, sondern der Kranke nur sie, die untröstlich war.

33

Sex, das ist was für andere«, pflegte Vanilla Campus, angeblich geboren im Jahr der Mondlandung, zu ihrem Mann im Bett zu sagen – von ihm, in schwacher Stunde, weitergegeben –, während sie im Fernsehen keine Gelegenheit ausließ, körperliche Liebe als Elixier zu preisen, dem sie allein ihre Frische und neuerdings auch Inspiration verdanke. In Wahrheit hatte sie noch vor dem Mauerbau das Licht der Welt erblickt und verbarg unter ihren Gewändern die Hüften einer mehrfachen Mutter, ein Schicksal, von dem sie so weit entfernt war wie ihr ständiger Begleiter, der neue Skandalautor Ollenbeck, von den Wurzeln der Schreibkunst. Sie zog es vor, sich allein zu vergnügen, das ließ sich ihrer Sexfibel entnehmen, man spürte die forcierte Leichtigkeit bei diesem Thema, dargestellt in einem eigenen Kapitel, auf das sich die seriöse Kritik besonders gestürzt hatte – man hielt es weder für kenntnisreich noch komisch (Frieda Mueller, Die Zeit) und weit entfernt von der Tiefe entsprechender Bücher oder Texte aus Frankreich, in denen der weibliche Schoß allemal als Metapher fungiere (Dietrich von Egahl, Der Spiegel). Nicht einmal an dieser Praxis schien die Campus also ungeteilte Freude zu haben, als bliebe immer nur die quälende Gewißheit, daß es da etwas gab zwischen Himmel und Erde, aus dem man mehr machen könnte, wäre man nur bereit, ein Stück der eigenen Fasson zu opfern.

Aber eher hätte sich Vanilla Campus wohl in den braunen Main gestürzt, als mit einem Mann die Regel Nummer eins ihrer Fibel zu befolgen, *Gib dich hin!*, denn entgegen sämtlichen Erläuterungen zu dieser Regel konnte das ja nichts anderes bedeuten, als sich in einen Zustand jenseits aller Maskerade versetzen zu lassen, mit roten Flecken am Hals und verschwitztem Haar und Lauten wie aus dem Tierreich; statt groß, schön und gescheit wäre man verkrümmt, verkrallt und von Sinnen, ein keuchendes Bündel: Da zog sie sich lieber einmal am Tag in ihren herzförmigen Whirlpool zurück.

Vanilla – in einem bittergrauen Anzug von Jil Sander, darüber eine Fliegerjacke – stand an der Reling von Big Mannis jüngst erworbener Motoryacht, einer Fairline 55 Squadron, und sah die Banken an sich vorbeiziehen, von rechts nach links, das hieß, sie fuhr stromaufwärts oder ließ sich stromaufwärts fahren, Busche selbst bediente sein hochseetüchtiges Spielzeug, das er ihr zuliebe angeschafft hatte, um den Main in Höhe Frankfurt sozusagen gesellschaftsfähig zu machen. Er plante geschäftliche Essen mit den Vertretern aller Parteien bis hin zu den Grünen auf der Vanilla's Affair, wie er die Yacht getauft hatte, und anläßlich der Messe und dem Erscheinen von *Bodymotion* war in dieser Nacht – für Anfang Oktober überraschend mild – eigentlich eine Fahrt mit den wichtigsten deutschsprachigen Kritikern vorgesehen, ein sogenannter Bordempfang mit Lesung, der durch den tragischen Tod von Louis Freytag, auf Empfehlung des Verbands deutschsprachiger Kritiker, leider geplatzt war. »Dann fahren wir eben allein«, hatte Big Manni gesagt, und so kreuzten sie zwischen Raunheim und Offenbach mit dem Höhepunkt des Frankfurt-Abschnitts vorbei am berühmten Museumsufer, wo sich bis Mitternacht Neugierige gedrängt hatten.

Die waren inzwischen alle weg, einschließlich zweier Fernsehteams, und Vanilla schaute etwas wehmütig zur gegenüberliegenden Seite, dem Ufer vor den Geldtürmen, einer eher trostlosen Grünfläche mit Bierbude und einer Bank, auf der ein einzelner Mann saß, blond und in der Hand einen Zettel, das konnte sie sehen. Kaum waren die letzten Vanilla-Fans abgezogen, hatte sie nämlich ihre Brille aufgesetzt, von der nur eine Handvoll Leute wußten, darunter ihr Londoner Optiker.

Ein Ruck ging durch die ganze Yacht, und Vanilla, nunmehr an die Reling geklammert, sah, wie der Mann auf der Bank plötzlich kleiner wurde, weil Busche, vor dem Eisernen Steg, noch einmal den Gashebel drückte, und wären dabei nicht Hunderte von PS zum Einsatz gekommen, mit der Folge einer mächtigen Heckwelle hinter der Squadron, hätte sie vielleicht noch erkannt, daß es der Blonde aus dem Lokal war, der mit seinem Flaschenwurf das ganze Fiasko an jenem Abend gekrönt hatte. Sie schloß die Fliegerjacke und schaute zum Cockpit, auf den Stiernacken von Big Manni, der laut vor sich hin juchzte, als sein Spielzeug schneller und schneller wurde, den Main, die Luft, die Nacht durchpflügte: Ein juchzendes Riesenkind, das nur ans Löcherbohren und Geldmachen dachte. Schon im Sandkasten hatte er, wie alte Fotos bewiesen, nichts als Löcher gegraben, inzwischen wollte er die ganze Welt durchbohren, ferngesteuert von einem Schreibtisch im Frankfurter Nordend; seine Geräte standen, in schwer erkennbarer Zahl, als zusammengerückte bizarre Familie, auf dem Gelände einer stillgelegten US-Kaserne bei Friedberg, haushohe Bohrer, die er persönlich getauft hatte, mit den Namen langersehnter Einzelkinder, Sebastian, Moritz, Gabriel. Er war wahnsinnig, dieser Mann, auch deshalb mußte sie ihn loswerden.

34

Feuerbach hatte – müde vom Tag, aber auch müde vom Hoffen auf bessere Tage – den Zettel mit den Lottozahlen angestarrt, das schöne Boot war an ihm vorbeigezogen wie ein Stück Traum; inzwischen schlief er im Sitzen, nach einem Jahr Weltreise nichts Besonderes, man mußte nur müde genug sein. Am späten Abend hatte er, noch von der Wohnung aus, eine Reihe von Telefonaten geführt, mit Dienststellen am Flughafen und einem Catering-Service, und schließlich den Namen einer Stewardess erhalten, die auf dem letzten Lufthansaflug Manila–Frankfurt in der First war, alles Weitere fand sich im Telefonbuch. Sie wohnte im Westend, Bettinastraße, und hieß Heike Puschmann, eine Adresse und ein Friseusenname, die ihn so nervös gemacht hatten, daß er das Haus verließ und am Main spazierenging.

Die Stewardess Puschmann, hatte er herausgefunden, flog am Morgen nach Barcelona, mußte also sehr früh aufstehen, etwa um sechs, und das hieß – als er im Nebel erwachte und auf die Uhr sah – in knapp einer Stunde. Um kurz nach sechs könnte er also schon klingeln bei ihr, Hausnummer elf, und vor dem Frühstück mit Heike Puschmann ginge es noch rasch in die Lottobude: Es paßte alles, auch die Zahlen auf dem Zettel, bis hin zu der Elf!

Mit einem Ruck kam Feuerbach von der Bank hoch und entschloß sich zu einer Runde, um warm zu werden, über die Alte Brücke, dann am Museumsufer entlang bis zum

Holbeinsteg und hinüber ins Bahnhofsviertel und von dort ins nahe Westend. Er begann in leichtem Tempo und zog es bald an und fühlte sich gut. Dieser Tag, kaum angebrochen, schien ihm zu gehören, ganz allein. In all den Jahren als Beamter hatte er nie so eine Empfindung gehabt, fast ein Gefühl der Erhabenheit, das sich jäh in nichts auflöste, als er vor dem Städel-Museum in etwas Weiches trat, einen gewaltigen Haufen, noch dampfend, und schon sah er auch den Verursacher, der Kalbshund aus der nahen Morgensternstraße, ohne Frauchen, wie er sich hündisch trollte.

Feuerbach warf ihm einen Stein hinterher, er fluchte in die Nebelluft, dann riß er Blätter ab, um den dicksten Batzen abzuschmieren, aber die Blätter taugten nichts, sie waren schon zu welk, und das einzige Papier, das er bei sich hatte, war das mit den Zahlen. Er überflog sie noch einmal, die Drei, die Acht, die Elf, Zweiundzwanzig, Neunundzwanzig, Vierzig, wie könnte man das vergessen. Das meiste ging ab mit Hilfe des Zettels, den er nur noch in den Main werfen konnte, doch ein unschöner Film blieb zurück, auf dem Leder nagelneuer Laufschuhe.

Selbst später, in den Toiletten des Hauptbahnhofs, gelang es ihm nicht, die letzten Spuren abzuwischen, trotz Wasser und Seife, und Feuerbach überlegte sich Wege der Rache. Schon immer waren ihm ja Hunde zuwider, auch wenn man sich damit unbeliebt machte, sie waren dumm und unterwürfig, im Gegensatz zu Katzen, die verehrte er; und noch ganz in seinen Rachegedanken betrat er die erste offene Lottobude unter dem Bahnhof und wurde endlich die Zahlen los, die er im Kopf hatte. Den Abschnitt schob er ins Portemonnaie, zwischen die letzten Geldscheine – höchste Zeit, dachte er, an das versprochene Honorar zu kommen. Dann rief er Heike Puschmann an, die gerade Kaffee aufsetzte, und überfiel sie mit der Wahrheit: Daß er Privatdetektiv sei und sie allein sein berufliches Schicksal in

Händen halte, und um Viertel nach sechs führte ihn die First-Class-Stewardess, schon in Uniform, aber barfuß, das Haar noch feucht vom Duschen, in eine sogenannte durchgestylte Wohnung.

»Was trinken Sie?« fragte Heike Puschmann.

»Alles außer Orangensaft von Dittmeier.«

Feuerbach folgte ihr in einen Raum, der vermutlich die Küche war, und stieß sich am scharfkantigen Schirm einer Lampe. Die Stewardess Puschmann zauberte Eiswürfel aus einer verchromten Maschine und hielt sie ihm hin: »Das hilft.« Ihre praktische Art war bestechend, sie gehörte zu den Frauen, die Feuerbach sprachlos machten; erst als er sich die Eiswürfel an die Stirn hielt, fiel ihm wieder ein, was er eigentlich von ihr wollte. »Es geht um eine bestimmte Passagierin«, sagte er, »auf dem letzten Nachtflug Manila–Frankfurt, groß, brünett. Grüne Augen, geiler Mund ... Ihr Name ist Schultz.«

»Das war kein geiler Mund«, sagte Heike Puschmann.

»Was denn sonst?«

»Die hatte nur große Lippen. Und benehmen konnte sie sich auch nicht, kein einziges Danke während des ganzen Flugs, dauernd die Schlafbrille auf. Der Typ neben ihr hatte bessere Manieren.«

»Wie sah der aus?«

»Ziemlich gut, auch wenn er Falten hatte. Aber Augen, sag ich Ihnen, wie Richard Gere.«

»Der hat doch diese kleinen Gucker.«

»Ja, aber fast ausgefüllt von der Pupille. Und dieser Typ hatte rabenschwarze Pupillen.«

»Erinnern Sie sich an seinen Namen?«

»Pallas.«

»Das wissen Sie noch?« Feuerbach setzte sich vorsichtig auf den Stuhl, an einen Tisch in der Form eines Sterns.

»Das gehört dazu. Coffee or tea?«

»Tee, schwarz, ohne Zucker. Der Typ gefiel Ihnen also.«

»Er hatte was. Warum stellen Sie mir überhaupt all diese Fragen? Eigentlich darf ich Ihnen gar keine Auskunft geben.«

»Ich weiß es zu schätzen, Frau Puschmann.«

»Sagen Sie ruhig Heike.«

»Heike – kommen Sie aus Frankfurt?«

»Groß-Gerau.«

»Groß-Gerau – so was wie Hanau, oder?«

»Sie haben meine Frage nicht beantwortet, Herr Feuerbach.«

»Carl. Mit C. Dieser Mann mit den Richard-Gere-Augen ist ein Mörder, er hat unseren besten Kritiker auf dem Gewissen.«

»O Gott, diese Geschichte«, sagte Heike Puschmann und goß den Tee in eine eierbecherartige Tasse. »War das *der*?«

»Ja. Mögen Sie Bücher?«

»Wenn sie nicht zu dick sind. Und von Liebe handeln.«

»Von Liebe? Verstehen Sie was davon?«

»Was man so mitkriegt«, sagte Heike Puschmann.

»Gut. Dann überlegen Sie mal: Hatte dieser gutaussehende Killer, Pallas, etwas mit der Frau neben ihm, mit dieser Schultz?«

»Ich würde sagen, durchaus. Da hat sich was angebahnt.«

Heike Puschmann verließ die Küche und kam in spitzen Schuhen zurück, in der Hand einen Kamm; sie begann ihr feuchtes blondes Haar zu frisieren.

»Also haben sich die zwei auf dem Flug kennengelernt?«

»Das war mein Eindruck.«

Feuerbach stand auf. Er ging um den Tisch herum und stieß sich an einer der Sternzacken. Der ganze Fall erschien mit dieser Wendung in einem neuen Licht. »Kommt so was öfter vor?«

»Laufend«, sagte Heike Puschmann. »Vielleicht gehen wir nach nebenan, ich muß packen.«

Feuerbach folgte ihr in ein Wohn- und Schlafzimmer und sah sich nach einer Sitzgelegenheit um, aber alles, was in die Richtung ging, erinnerte an große Insekten. »Wich es denn irgendwie ab vom Normalfall?«

»Dazu müßten Sie wissen, was auf Nachtflügen in der First üblicherweise so läuft, wenn nach dem Film alle Lichter aus sind und unten der Atlantik glänzt ...«

»Ich höre«, sagte Feuerbach.

Heike Puschmann legte blaßblaue Wäschestücke in ihr Stewardessengepäck. »Jedenfalls wollen die Herren zwischendurch Rotwein.« Sie schloß die Tasche und ging mit Feuerbach wieder in die Küche. »Mögen Sie Rührei?«

»Spiegeleier wären mir lieber.«

»Kein Problem.« Sie holte Besteck, das so aussah, als sei es kaputt, und deckte für zwei Personen. »Im Grunde«, sagte sie ,«sind wir nachts nur mit Wegschauen beschäftigt.«

»Aber diesen Pallas haben Sie beobachtet ...«

»Ich habe ihn bedient.« Heike Puschmann schlug vier Eier in eine Pfanne und kämmte sich dann weiter. »Wie gesagt, ein höflicher Mann.«

»Der Leute tötet – nicht nur diesen Kritiker.«

»Was glauben Sie, wer sonst so in der First fliegt.«

»Und die treiben's dort wirklich?« fragte Feuerbach.

»Die warten nur auf Turbulenzen. Sobald es wackelt, können sie ungeniert loslegen. Jetstream love nennen wir das.«

»Ist das wahr?«

»Leider ja. Ich hoffe, Sie behalten es für sich. Hier sind Ihre Eier.«

»Selbstverständlich. Danke.«

Feuerbach nahm das Besteck, das so aussah, als sei es kaputt, und kostete; die Eier waren perfekt.

Heike Puschmann schenkte sich Kaffee nach, mit der anderen Hand wand sie ihr Haar zu einem Pferdeschwanz. »Da fällt mir noch ein: Diese Schultz saß auch auf dem Hinflug in der First, als ich Dienst hatte, da war sie Begleiterin eines älteren Business-Typs mit Sonnenbrille, schwarze Ray Ban.«

»Begleiterin oder Geliebte?«

»Ich würde sagen, Privathäschen.«

»Teurer Spaß, wenn er den Flug zahlt. Und sein Name?«

»Ich bin kein Computer«, sagte Heike Puschmann und zog einen roten Ring um ihren Pferdeschwanz.

»Zweifellos.« Feuerbach stand auf, er hatte genug gefrühstückt, er hatte auch genug erfahren. »Denken Sie trotzdem nach.«

»Er ist weg, der Name, nichts zu machen. Aber es war jemand, der nachts nur Kaffee trinkt und Bücher liest. Gute Bücher.«

»Woher wissen Sie das?«

»Weil ich keins davon kannte«, sagte Heike Puschmann, und Feuerbach, drauf und dran, sich in soviel Offenheit zu verlieben, erfand eine Ausrede, um sich davonzumachen.

35

Willem Hold biß die Zähne zusammen, er zog das Pflaster von der Wange. Die Zäpfchen waren verbraucht, auch das Wundspray und überhaupt sein Optimismus, was dieses Loch betraf. Es tat immer noch weh und sah böse aus, besonders im rötlichen Licht eines Stundenhotelzimmers unweit des Bahnhofs, Elbestraße. Die einzige Bleibe, die sich trotz Buchmesse auftreiben ließ, zum Preis von hundert Euro für ganze vier Stunden, einschließlich eines Stückchens Seife, rosa, und eines schon durchsichtigen Handtuchs, ein hellhöriger Raum mit schräger Decke und Blick auf die Dresdner Bank. Der Naßbereich lag hinter einem grünen Plastikvorhang, am Waschbeckenspiegel klebte das Logo von Microsoft, und über dem Klo hing ein Werbeposter der Stadt Frankfurt, die City in der Dämmerung. Willem sehnte sich nach seinem Ostendzimmer, das inzwischen der kenianische Autor Bikuju bewohnte, auch gegen weitere Devisen nicht bereit, noch eine Nacht neben dem japanischen Kleinverleger auf dem Boden zu verbringen. Der afrikanische Stolz war also schuld, daß er sich in dieser Umgebung mit der Frau treffen mußte, die seine Wunde versorgen würde, wenn sie dafür ihre Uhr zurückbekäme.

Er hatte sie gleich nach Bezug des Zimmers angerufen und seine Lage erklärt – das Bett, auf dem er liege, müsse er schon am Nachmittag wieder räumen, sie müsse sich also eilen – und ihr dann klargemacht, was mit der schönen Uhr ihres Vaters passieren würde, falls sie in Begleitung des Blonden käme oder gleich mit Polizei im Rücken, und schließlich war für zwölf Uhr mittags das Treffen vereinbart worden.

Inzwischen war es aber bald halb eins, und Hold wartete noch immer auf die angebliche Ärztin, während Helen – nach einem Blitzkurs in Wundversorgung und Injektionspraxis durch ihren Exlover Dr. Eick – auf der Taxifahrt ins Bahnhofsviertel noch einmal alles durchsah, was sie bei sich hatte, die Instrumente und Ampullen, die Salben, Klammern und das Verbandszeug, alles in der Reihenfolge seiner Anwendung geordnet auf dem Boden einer klassischen Arzttasche, zwischen einem Buch, Vanilla Campus, *Bodymotion*, und einer hübschen Springfield Target, neun Millimeter Luger, das Abschiedsgeschenk ihrer Kollegen.

Helen war auf der Hut. Sie hatte noch mit Feuerbach telefoniert und alles Wichtige aus seinem morgendlichen Gespräch mit der Stewardess Puschmann erfahren (soweit es den Fall betraf), und war darüber hinaus durch Dr. Eick über den Stand der Ermittlungen in der Raubmordsache informiert. Und nach alldem erschien ihr der Mann, der sie in ein Stundenhotel bestellt hatte, um die Uhr ihres Vaters gegen eine medizinische Versorgung zu tauschen, in jeder Hinsicht ungewöhnlich. Für die Zuneigung einer Reisebekanntschaft – der Hure Schultz, hinter der sie eigentlich her war – tötete er offenbar wahllos; und für Geld, sicher nicht wenig, Geld, das ihn von Manila nach Frankfurt gelockt hatte, erschoß er lediglich einen Mann, der darauf angesetzt war, ihn zu erschießen, nicht aber die Person, die er im Chaos des Überfalls hätte umlegen sollen. Und noch etwas hatte Helens Exlover Dr. Eick ihrem Exkollegen Baltus am Telefon entlockt: Der hatte sich nämlich – stur, aber hilfreich – alle Überfälle auf Frankfurter Schmuckgeschäfte seit der Wiedervereinigung vorgenommen; in nur zwei Fällen war der Täter nicht gefaßt worden. Der eine lag kein Jahr zurück und lief höchst professionell ab; der andere war vor zehn Jahren und endete mit einem Toten. Der Inhaber des Ladens besaß eine Uzi, aber bevor er zum Schießen kam, hatte er ein Loch zwischen den Augen. Gefahndet wurde damals nach einem Wilhelm Hold, dessen Eltern einen kleinen Uhrenladen im Ostend hatten. Seine Waffe war bei der Bundeswehr als gestohlen gemeldet worden, aus Beständen, die besonders guten Schützen vorbehalten waren.

Sie mußte also sehr auf der Hut sein und lud noch im Taxi ihre Springfield durch, verborgen hinter Vanillas Sexfibel, die sie auf dem Weg in die Pathologie bei Hugendubel gekauft hatte, um ein genaueres Bild von Busches möglicher Witwe zu bekommen; ihr Foto zierte den Umschlag: eine Frau mit wehendem Haar und Glutaugen, der volle Mund leicht geöffnet mit der Spur eines Lächelns. Kein dummer Ausdruck, im Gegenteil, dazu noch irgendwie fremd, jedenfalls nicht auf gewöhnliche Weise deutsch, ein Hauch von Minderheit, Pußta und Verfolgung. So muß man's machen, dachte Helen und schob die Waffe in ihren Mantel.

Ecke Elbestraße/Kaiserstraße stieg sie aus dem Taxi und ging das letzte Stück zu Fuß. Die Pension Apollo lag in einem ehemaligen Bordell, das sie noch als Beamtin gekannt hatte, fünf Stockwerke, kein Fahrstuhl. Der Schweiß brach ihr aus, aber nicht vom Treppensteigen; Hold hatte gedroht, die Mercier aus dem Fenster zu werfen, in hohem Bogen, falls sie irgendwelche Tricks versuchte, und sie fragte sich, was größer war, sein Selbstvertrauen oder der Schmerz in der Wange. Das Zimmer lag im obersten Stock, am Anfang des Flurs. Helen klopfte an die Tür, und schon sprang die Tür auf; sie sah in eine schwarze Mündung.

»Warum die Verspätung?« fragte Hold.

»Ich hatte noch zu tun. In meiner Praxis.«

»Was für eine Ärztin sind Sie?« Er sperrte die Zimmertür ab und ging dann ans Fenster, in der einen Hand jetzt die wertvolle Uhr, in der anderen seine Cougar, er sah auf die Straße.

»Ich bin allein«, sagte Helen.

»Das beantwortet nicht meine Frage.«

Helen stellte die Arzttasche ab, sie warf einen Blick auf die Wunde; auch an derartigen Anblicken war sie als Kriminalbeamtin gescheitert. »Ich bin Kinderärztin. Aber seien Sie unbesorgt, solche Dinge hab ich gelernt. Da muß erst mal das Garn raus.«

»Kinderärztin«, sagte Hold. »Und die Partnerin eines Privatbullen. Der weiß doch bestimmt, wo Sie sind.«

»Das weiß er nicht, sonst wäre er hier. Vielleicht legen Sie die Waffe weg und geben mir meine Uhr.«

»Die kriegen Sie, wenn meine Backe nicht mehr weh tut.«

»Es könnte aber jetzt erst richtig weh tun.«

»Dagegen gibt's doch was oder?«

Helen griff nach ihrer Tasche, Hold kam ihr zuvor.

»Das mache ich.« Er öffnete die Arzttasche und sah Vanillas Fibel. »Ich denke, dieses Buch interessiert Sie nicht – oder muß man so was als Kinderärztin wissen?«

»Schaden kann's nicht – ich hab's unterwegs gekauft.«

»Mal sehen, was Sie noch können, außer lesen.«

»Am besten, Sie setzen sich.«

Helen holte eine Spritze aus der sterilen Packung, köpfte eine Ampulle mit lokalem Betäubungsmittel und zog die Spritze auf, wie Leo Eick es ihr beigebracht hatte.

»Ich betäube zuerst Ihre Wange.«

»Sollten Sie mehr als die Wange betäuben, Helen, knall ich Sie vorher noch ab.« Hold zielte auf den Bauch seiner vermeintlichen Ärztin, während sie sich mit der Nadel über ihn beugte.

»Würden Sie mir auch *Ihren* Namen verraten ...«

»Willem, ohne H. Aber das hat ihr blonder Partner doch sicher schon herausgefunden.«

Helen stieß die Nadel in das Wangenfleisch neben dem Wundrand, und Hold gab einen Laut von sich, der sich mit Lauten aus dem Nebenzimmer, die plötzlich eingesetzt hatten, vermischte.

»Tut mir leid, das mußte sein, aber jetzt wird es gleich besser. Spüren Sie's schon?«

»Ich geh in die Luft! Und nebenan geht die Post ab.«

»So ist das Leben, Willem.«

Hold stand auf, er trat ans Fenster. »Ihr Leben vielleicht, meins nicht.« Er öffnete das Fenster und hielt Helens Uhr hinaus. »Sagen Sie mir, was Ihr blonder Partner über mich weiß, oder das gute Stück landet auf der Elbestraße.«

Helen holte Schere, Pinzette, Verbandszeug und Antibiotika aus der Arzttasche, sie sah, wie Hold die Mercier pendeln ließ.

»Okay. Sie reisen unter dem Namen Pallas, heißen aber Hold. Ihre Eltern hatten ein kleines Uhrengeschäft im Ostend – Ihnen war das offenbar nicht genug. Darum überfielen Sie, vor etwa zehn Jahren, einen Juwelier und erschossen ihn. Seitdem werden Sie gesucht.«

»Er hatte eine Uzi, das war Notwehr.«

»Das ist Ihre Version.«

»Es *war* Notwehr. Wie in dem Lokal vor zwei Tagen. Das haben Sie doch gesehen.«

»Unter Umständen. Setzen Sie sich wieder.«

Hold setzte sich wieder, die Hand mit der Uhr aus dem Fenster gestreckt. »Dann hat es sicher Ihr Partner gesehen. Der auch sicher da unten irgendwo wartet.«

»Das tut er nicht. Wird die Backe schon taub?«

»Gehen Sie ins Bett mit ihm?«

»Nein.«

Helen begriff, daß sie einen Fehler gemacht hatte, und begann mit der Behandlung. Zunächst mußten die Fäden heraus, manche schwammen schon im Eiter. Sie zwickte den ersten Knoten durch und setzte die Pinzette an.

»Das heißt, Sie sind als Kinderärztin Partner eines Privatdetektivs«, sagte Hold.

»Sie sollten besser nicht reden. Außerdem heißt es Partner*in*.«

»Und worin besteht diese Partnerschaft?«

»Das sehen Sie doch. Ich bringe die Dinge wieder in Ordnung. Und nun halten Sie den Mund.« Helen schloß die Pinzette und zog, die ganze Wunde beulte sich, und aus Holds Brust drang ein Laut, der alle Laute von nebenan übertraf; der Faden kam aus dem Fleisch, das Loch klappte auf, Helens Knie wurden weich. »Ach, du Scheiße«, flüsterte sie.

»Was heißt das?«

»Alles bestens, heißt das.«

Helen wiederholte die Prozedur mit den beiden übrigen Fäden, ihre Knie drohten nachzugeben, der Schweiß lief ihr hinter den Ohren herunter. Sie sah einen Backenzahn und holte tief Luft, bevor sie mit dem Reinigen der Wunde begann. Kleine spitze Schreie und eine Art Grunzen drangen jetzt durch die Wand.

»Wenn Sie das stört, kann ich rübergehen und sagen, sie sollen aufhören«, flüsterte Hold.

»Es stört mich nur, wenn Sie reden.«

»Heißt das, Sie finden das gut?«

»Nein, ich hab Verständnis dafür.« Helen bestrich einen Tampon mit antibiotischer Salbe und schloß damit die Öffnung; nun käme nur noch Klammern und Verbinden. »Sie nicht?«

»Wenn es nicht Liebe ist, soll man's lassen.«

»Und Sie lieben diese Frau, mit der Sie aus Manila kamen. Und haben deshalb getötet für sie. Und zwar gleich den wichtigsten deutschsprachigen Kritiker.«

»Das war ein Versehen.«

»Und wie wollen Sie das beweisen?«

Hold packte Helens Arm.

»Gut, ich liebe diese Frau, *das* ist der Beweis. Ich habe ihretwegen hinter der Zollkontrolle den nächstbesten Mann umgehauen, damit es ein Durcheinander gibt und sie diesem Blonden entkommt, der sie fertigmachen wollte – Ihrem Partner!«

Helen befreite sich aus dem Griff, sie fing mit dem Verbinden an. »Die Frau, die Sie lieben, Willem, hat in Manila einen angeblich geerbten, aber vermutlich durch Mord in ihre Hände gelangten Picasso verkauft. Mein Partner und ich arbeiten für die rechtmäßigen Erben. Wir gehen davon aus, daß es einen Komplizen gibt, der die Schultz hereingelegt hat. Er läßt sie die Sache hier ausbaden und verjubelt inzwischen das Geld. Ein echtes Schwein.«

»Das stimmt«, flüsterte Hold.

»Sehen Sie. Und darum müssen wir kooperieren. Bringen Sie mich mit der Schultz zusammen – nur über sie kommen wir an das Schwein heran.«

»Es genügt, wenn ich rankomme.«

»Aber jemand sollte bezeugen, daß Sie aus Notwehr geschossen haben in dem Lokal. Das haben Sie doch?«

»Ich schieße nur aus Notwehr.« Hold hielt noch einmal Helens Arm fest. »Kein Verband. Ein großes Pflaster, das reicht.«

»Wie Sie wollen – werden Sie uns helfen?«

»Sie sind keine Ärztin, stimmt's?«

»Bekomm ich trotzdem die Uhr?«

»Irgendwas scheinen Sie ja zu können.« Hold nahm die ausgestreckte Hand herein und reichte Helen die Mercier. »Wann haben Sie das gelernt?«

Helen küßte die Uhr und band sie sich um. »Vorhin.«

»Dann sind Ihre Kenntnisse wenigstens frisch. Okay, ich überleg mir das Angebot, Helen.«

»Das freut mich, Willem.«

Hold lächelte, soweit seine Wange es zuließ. Nichts machte ihn mißtrauischer als Freundlichkeit. »Sind Sie bewaffnet?«

»Selbstverständlich.«

»Und wo ist die Waffe?«

»In meiner Manteltasche.«

»Wie einfallslos. Sie holen die Waffe jetzt langsam heraus und werfen sie aufs Bett.«

»Aber ich hänge daran.« Helen plazierte das Pflaster über einer Lage Mull. »Sie ist ein Geschenk.«

»Tun Sie, was ich sage.«

Helen griff in die Tasche, sie zog die Pistole am Lauf hervor und warf sie aufs Bett. Hold hob die Brauen, er nickte knapp.

»Neun Millimeter Luger, ein hübsches Geschenk.«

»Das Geschenk einer Männerabteilung mit schlechtem Gewissen. Wie geht's jetzt weiter?«

»Das Problem ist Ihr Partner. Ich habe das Verlangen, mich zu revanchieren.«

»Er mußte so handeln. Aber es tut ihm leid.«

Hold stand auf. Er nahm die Springfield vom Bett und trat vor das kleine Waschbecken mit dem Spiegel darüber, er besah sich die Mullschicht mit dem Pflaster.

»Gute Arbeit, Frau Doktor.«

»Danke.«

»Wenn ich Ihren Partner sehe, bekommt er sein Loch in die Wange, fertig – besser also, ich sehe ihn nicht.«

»Okay, wir beide ziehen die Sache allein durch.« Helen packte die Instrumente ein, ihre Knie waren immer noch weich. »Wann und wo kann ich die Schultz treffen?«

»Wenn überhaupt, treffen wir uns zu dritt«, sagte Hold und hob den Mull etwas an; es sah tatsächlich besser aus als vorher, das Loch, irgendwie aufgeräumt, und sein Optimismus kehrte zurück. »Und falls wir das tun«, fügte er hinzu, »dann nur an einem Ort mit vielen Leuten. In einem Stadion, einer Halle ...«

»Wie wär's mit der Buchmesse?«

Hold drehte sich um.

»Das klingt gut.«

»Halle sechs«, sagte Helen und zog aus ihrer anderen Manteltasche eine Zeitung. »Am Bertelsmann-Stand, gleich heute nachmittag, fünfzehn Uhr, da gibt Vanilla Campus Interviews.«

»Wem?«

»Jedem, der wichtig ist. Aber Hunderte werden sich dort drängen. Sie kommen mit der Schultz, ich stoße dazu.«

»Was haben Sie vor mit ihr?«

Helen ging zur Tür, sie dachte nach, soweit ihr Kopf

schon wieder frei war nach dem Trip in die Chirurgie. Natürlich könnte sie ihr einen Deal vorschlagen, das wäre normal, nicht in der Polizeiarbeit, aber sicher normal in ihrem neuen Beruf, dachte sie, ein Detektivbüro war keine Behörde, und schon in Behörden lief ja vieles unter der Hand; sie müßte der Schultz also geradezu einen Deal vorschlagen. »Passen Sie auf, wenn die Frau, in die Sie sich verliebt haben, zwei Drittel des Geldes herausrückt, garantiere ich ihr Ruhe vor den Erben.«

Hold sperrte die Zimmertür auf. »Ich werde Lou anrufen, versprechen kann ich nichts.«

»Für *Sie* springt dabei immerhin eine Entlastung heraus.«

»Falls ich die brauche. Gehen Sie jetzt.«

»Nicht ohne meine Waffe.«

»In dem Punkt verstehen wir uns bereits«, sagte Hold. Er ging zum Bett und nahm die silbrige Pistole, holte das Magazin heraus und warf sie Helen zu. »Schießen Sie oft damit?«

»Ich schieße überhaupt nicht.« Helen trat in den Flur. »Um drei am Bertelsmann-Stand, Halle sechs. Und besorgen Sie sich das Buch von der Campus, dann können Sie sich ein Autogramm geben lassen. Und nichts essen, Willem, damit es schön heilt.«

»Ich werd's mir merken, Frau Doktor.«

Hold schloß die Tür und horchte auf Helens Schritte; sie ging rasch davon, fast im Rhythmus des knarrenden Betts nebenan.

36

In den folgenden Nachmittagsstunden dieses zweiten, bekanntermaßen nervösesten Tages der Buchmesse überschlugen sich sowohl die öffentlichen wie die verborgenen Dinge zwischen Westend und Apfelweingegend, dem Bahnhofsviertel und dem Frankfurter Norden, wo mit Anbruch der Dunkelheit auf dem berühmten Kritikerempfang durch den Verleger Dr. Dr. Hesselbrecht des so tragisch umgekommenen Louis Freytag gedacht wurde, indem die Gattin des Verlegers an sie gerichtete Briefe von Freytag verlas, während an anderer Stelle der Stadt ein grausamer Mord entdeckt wurde – doch bis dahin sollte in Frankfurt noch einiges mehr geschehen.

Gleich von der Pension Apollo aus hatte Hold nämlich mit Lou Schultz telefoniert und sie von dem vorgeschlagenen Treffen am Bertelsmann-Stand überzeugt. Danach hatte er gründlich geduscht und seine letzte frische Wäsche angezogen. Zwei Stunden vor der Zeit verließ er dann die Pension und ging zum nahen Bahnhof, wo er sein Gepäck samt der Waffe in ein Schließfach gab; und ohne jeden Ballast, abgesehen von der dicken Backe, betrat er gegen halb drei den Buchladen in der B-Ebene unter dem Bahnhof, um sich gewissermaßen fit zu machen für seinen Abstecher auf die Buchmesse.

Die meisten Autoren waren ihm unbekannt, aber umgekehrt wußten ja auch sie nichts von ihm, sie ließen ihn gleichgültig, all diese Bücher, die schon morgen von gestern wären. Jeder Schlager hat mehr Chancen auf einen zweiten Frühling, dachte er und langweilte sich, bis ihm ein blaßrotes Buch in die Augen sprang wie ein Hintern, Ollenbeck, *Die traurige Haut*. Er griff es sich und wollte damit gerade zu einem mannshohen Stapel von Vanillas Sexfibel, als ihm ein schwitzender Mann mit Laptop- oder Tonbandtasche über der Schulter entgegen trat, am Revers einen Presseausweis, darauf in Druckschrift sein Name, elektrisierend wie das blaßrote Buch: Ein Kritiker mit Schutzengel, jedenfalls was sein Knie betraf, denn die Cougar lag ja im Schließfach.

Hold ging noch ein Stück und sah dann über die Schulter. Der Schwitzende stand jetzt bei dem *Bodymotion*-Stapel; bis auf die Frau an der Kasse, versunken in ein Telefonat, waren sie allein in dem Laden, und er kehrte in einem Bogen – vorbei an der Lifestyle-Abteilung – zurück. Offenbar interessierte sich der Herr Kritiker auch für Vanilla Campus und war schon im Begriff, ihr Werk aufzuklappen, als ihn ein Ellbogen am Ohr und im Nacken traf. Er sackte zusammen, und Hold fing ihn auf, löste den Ausweis vom Revers und nahm sich die Umhängetasche, ehe er sein Opfer auf den Bauch legte und dessen Schädel unter dreißig Exemplaren von *Bodymotion* begrub, als sei der ganze Stapel auf ihn gestürzt. Danach vergingen nur Sekunden, bis Willem Hold, hinter einem Fähnlein Japaner, das gerade den Laden betrat, unerkannt im Menschenstrom unter dem Bahnhof verschwunden war, um keine halbe Stunde später als Dr. Kussler von der Süddeutschen in der Messehalle Sechs am Bertelsmann-Stand wieder aufzutauchen, wo Vanilla Campus, flankiert von Leibwächtern, in schwarzen Handschuhen ihre Sexfibel signierte.

Der Andrang war so groß, daß Willem sofort den neuen Ausweis ins Spiel brachte und dadurch bald in die erste Reihe kam. Er hatte sich mit Lou, die jedes Jahr auf die Buchmesse ging und dort Bescheid wußte, genau im Zentrum des großen Standes verabredet, aber sie war nirgends zu sehen, was ihn nicht weiter wunderte bei all dem Gewühl.

Es war, wie gesagt, der zweite Tag der Messe, Fernsehgrößen und Politiker gaben einander die Ehre, immer ein Buch in der Hand oder noch besser einen berühmten Autor im Arm, doch von solchen Sitten wußte Hold nichts, er wunderte sich nur, als plötzlich ein Mann erschien, der wie der deutsche Bundeskanzler aussah, ihm ja nur bekannt aus verwitterten Spiegel-Ausgaben, die es bis in die German Bars von Manila geschafft hatten. In kleinster Begleitung kam der Mann zügig daher und gab jedem die Hand, *Hallo, wie geht's so*, während Vanilla schlagartig das Signieren unterbrach und aufsprang, um mit Hilfe ihrer lebensgefährlich hohen Schuhe etwa die Augenhöhe des Kanzlers zu erreichen, der jetzt auch zu Hold *Hallo, wie geht's so* sagte und mit Blick auf den Ausweis ein vertrautes *Lieber Kussler* hinzufügte, aber offenbar durch die Tatsache einer Antwort, vor allem aber durch die Antwort selbst, nämlich *Danke, und selbst?* zeitweilig aus dem Konzept kam. Er blieb unwillkürlich stehen, was in der Umgebung von Vanilla Campus mit ihrer Sexfibel nicht vorgesehen war, indes die Begleitung schon planmäßig weiterging, und stellte eine Frage, die ebenso aus dem Programm fiel, welches Buch er denn in diesem Herbst für das wichtigste halte, und Hold zögerte keinen Moment, *Bodymotion* zu nennen. Dem folgten ein hysterischer Laut aus dem Hintergrund, wie bei Mädchen, die ein Kuscheltier auspacken, und ein *Soso-Aha-Naja* des Kanzlers, mit Wink an einen Referenten, sich die Empfehlung zu merken, und noch in derselben Minute saß Willem Hold als Kritiker der Süddeutschen der prominenten Autorin Vanilla Campus zum Zwecke eines Interviews gegenüber, fast Knie an Knie in einer dafür vorgesehenen Kabine des Bertelsmann-Stands von der Größe und Temperatur einer Heimsauna.

»Was ist mit Ihrer Wange passiert?« fragte Vanilla Campus als erstes, wobei sie mit einer Handbewegung in Richtung der eigenen Wange ihrer falschen Sorge einen echten Ausdruck verlieh.

Hold stellte das Tonbandgerät an, das tatsächlich in der Tasche gesteckt hatte. »Nur ein später Pickel. Und jetzt kommen wir mal auf ihr Buch, worum geht's da?«

»Es geht um die Liebe.«

»Ich dachte, ums Vögeln.«

»Aber Herr Kussler!« Vanilla zog sich die Handschuhe aus wegen der Hitze, wobei sie sofort ihre Daumen in den Fäusten verbarg. »Mein Buch geht in die Tiefe.«

»Und Sie haben dort recherchiert, in der Tiefe?«

»Oh, ja, ich habe Leute befragt.«

»Vorher oder nachher?«

»Es waren nur Gespräche, mit Prominenten.«

»Aber den Kanzler kannten Sie nicht.«

»Er ist sehr beschäftigt, und ...«

»Wir kennen uns schon länger«, sagte Hold.

»Dafür kenne ich zwei seiner Minister.«

»Wie gut?«

Vanilla schloß die Augen.

»Ziemlich gut. Was soll das hier, was ist das ...«

»Ein Interview. Versuchen Sie nur zu sagen, wer Sie sind.«

»Wer ich bin ... Jeder weiß, wer ich bin. Sonst säßen Sie gar nicht hier. Und ich kenne jeden.«

»Mit Ausnahme des Kanzlers.«

»Sie vergessen die zwei Minister.«

»Die erwähnten Sie schon. Wen kennen Sie noch, den Herrn Bohlen?«

»Wer kennt ihn nicht.«

»Hatten Sie was mit ihm?«

»Bitte?«

»Wart ihr Teppiche kaufen? Glauben Sie, in Manila gibt's keine Zeitung?«

Vanillas weiches Kinn begann zu zittern, und sie verlor vorübergehend die Sprache, jedenfalls die hochdeutsche. »Jetzt gehen Se ma aber fort, Herr Kussler«, zischte sie in vollendetem Hanauer Hessisch, »mein Mann werd Se verklache.«

»Ihr Mann kann froh sein, daß er noch lebt.« Hold blätterte in *Bodymotion.* Vor jedem Kapitel kam ein Bild der Autorin, mal am Schreibtisch, über Büchern, mal am Meer, mit wehendem Haar; er schaute auf und sah in zwei funkelnde Augen. »Ich bin nämlich der, der ihn umlegen sollte.«

Die Kabine schien jetzt in der Wüste zu stehen, einsam, heiß und still. Vanilla Campus, beide Fäuste am Kinn und eine wachsende Zahl kleiner Perlen auf der Stirn, hauchte nur noch. »Sie sind nicht Herr Kussler von der Süddeutschen aus München …«

»Nein, Pussy aus Hanau. Und ich sag dir trotzdem was zu deinem Buch. In deinem Buch steht nur Mist, Mist über Sex, der nicht weh tut. Den alle gern haben, wie Rudi Völler.«

»Seit wann muß Sex weh tun?«

Hold deckte das Mikro kurz zu. »Er muß nicht gleich weh tun. Aber wenn man ihn wirklich erlebt hat, liebend, dann tut er früher oder später weh – sobald du an ihn zurückdenkst.«

Vanilla Campus preßte jetzt die Fäuste gegeneinander, sie rang um ihre Fassung. »Ich brauche nur zu schreien, dann haben Sie meine Bewacher auf dem Hals. Und auch gleich die Polizei.«

»Die uns *beide* festnehmen wird. Und deinen Liebhaber und Komplizen, Dr. Zidona, dazu.«

»Dr. Zidona ist die rechte Hand meines Mannes. Eine Hand, die Sie mühelos zerquetschen könnte.«

»Pussy aus Hanau, ich kenne diese Dreckshand länger

als du. Und inzwischen ist es wohl auch die Dreckshand, mit der er Bücher signiert – unter dem Namen Ollenbeck, könnte das sein? Ich bin gar nicht so blöd, stimmt's? Ich sollte wirklich Doktor heißen. Ihr wolltet mich reinlegen, aber ich hab's in letzter Sekunde kapiert und war schneller. Für mich war's der richtige Tote, für euch der falsche. Also verhandeln wir neu.«

Die Tür der Kabine ging auf, und eine Angestellte des Verlags brachte Mineralwasser und zwei Gläser. Hold sah für einen Augenblick die Menge der Neugierigen, die darauf wartete, daß sich Vanilla Campus wieder zeigte; in der ersten Reihe entdeckte er Helen. »Es wird hier noch etwas dauern«, sagte er. »Keine Störung mehr, wenn's geht.«

»Selbstverständlich, Herr Kussler.«

Die Angestellte zog sich zurück, und Willem bemerkte Tränen der Ohnmacht in den Augen von Busches künftiger Witwe. Sie hatte sich ihre Fibel genommen und klammerte sich nun förmlich an das eigene Werk, wodurch einer der Daumen zum Vorschein kam, ein Daumen fast ohne Nagel, mit stummelhaftem weißem Ende, mehr Kralle als Finger, wie bei Affen, dabei keineswegs verwachsen, was unter Umständen sein Mitleid erregt hätte, sondern einfach nur häßlich, in entlarvendem Gegensatz zu ihrem etwas ältlichen Puppengesicht.

»Ich weiß gar nicht, wovon hier die Rede ist«, flüsterte sie.

Hold hielt ihr seine Wange hin. »Das ist kein Pickel, Pussy, das ist ein Loch, von einem Privatbullen, der in dem Lokal saß, in das ihr mich bestellt habt, ein Loch, das bei jedem Wort weh tut, das stell ich dir extra in Rechnung. Und nun hör gut zu. Ich bringe die Sache mit deinem Mann noch heute zu Ende, und keiner wird dir auf die Schliche kommen, weil keiner an Mord denkt. Also gehen all seine Millionen an dich, sagen wir, fünfzig. Und davon will ich zehn

Prozent, das ist bescheiden. Und davon wiederum ein Zehntel noch vor morgen früh, cash. Der Rest geht auf die Caymans, da laß ich dir Zeit. Sind wir uns einig?«

Vanilla Campus zitterte jetzt im ganzen Gesicht, fast tat sie ihm doch noch leid mit ihren Daumen. »Ja«, hauchte sie.

»Gut. Wo finde ich deinen Mann heute abend?«

»Auf dem Bertelsmann-Empfang.«

»Was ist das?«

»Da treffen sich alle, im Interconti. Ich werde auch da sein.«

»In Begleitung von Ollenbeck, nehme ich an. Der Künstler als Hausfreund, gute Idee.«

»Ich werde mit meinem Mann kommen.«

Willem packte einen der Daumen, er bog ihn zurück, und es grauste ihn.

»Du und Ollenbeck, ihr treibt es doch, oder?«

Vanillas Glutaugen füllten sich jetzt mit weiteren Tränen, aber sie vergoß keine einzige, sie schaute durch sie hindurch.

»Also ja«, sagte er und ließ den Daumen los. Ihr weicher Mund ging auf, sie lächelte schwach, mit einer Spur von Verachtung auf den Lippen, die ihm gefiel.

»Denken Sie, was Sie wollen«, erwiderte sie.

»Ich denke nur, daß ich mir von Ollenbeck ein Buch signieren lassen sollte.«

»Er hat vor dem Empfang eine Lesung.«

»Wo?«

Vanilla fuhr sich mit der Faust ins Haar, sie hatte ihre Fassung wieder. »In der Galerie Rothe. Danneckerstraße, Sachsenhausen. Auf der anderen Mainseite.«

»Ich komme von hier, Pussy aus Hanau. Das hat Zidona wohl nicht erzählt.«

»Nein.«

»Aber er wird dir erzählt haben, was du dir von vielen Millionen alles kaufen kannst, zum Beispiel eine Yacht ...«

»Hab ich schon«, sagte Vanilla und zog einen Spiegel aus ihrer Tasche. »Ich muß da jetzt raus, da warten Leute auf mich.« Sie hob mit dem Nagel des kleinen Fingers – dem einzigen Nagel, der ihr offenbar wuchs – die Tränen von ihren Lidern, ebenso verfuhr sie mit den Schweißperlen.

Hold sah ihr staunend zu; erst als sie seinen Blick bemerkte, nahm er das Heft wieder an sich. »Du siehst hübsch genug aus. Und sogar klüger als dein Buch. Ich hoffe, du bist es auch – mach keinen Versuch mehr, mich auszuschalten. Das geringste in der Richtung, und ich tue mich mit deinem Mann zusammen, auch wenn ich damit einen Westernklassiker nachspielen würde.«

Die Campus stand auf. Sie türmte sich noch das Haar mit den Fingern, dann schaute sie zu dem laufenden Tonband.

»Das vernichte ich, sobald alles bezahlt ist«, sagte Hold.

»Sie müssen gute Nerven haben.«

»Und noch einiges mehr ...«

»Das kann ich mir denken. Wie hör ich von Ihnen?«

»Wir tauschen jetzt unsere Nummern aus, Pussy aus Hanau.«

»Ich heiße Vanilla.«

»Ich heiße Willem.«

Und beide sahen sich einen Augenblick an, fast ein wenig erschrocken, und tauschten dann rasch ihre Mobilnummern aus, ehe sie gemeinsam aus der Kabine traten und Vanilla zu ihren wartenden Fans ging und Hold zu seiner falschen Ärztin, ohne Erklärung, warum Lou Schultz noch immer nicht da war.

Willem konnte es sich selbst nicht erklären, und es beunruhigte ihn, weil Lou versprochen hatte zu kommen; er schlug Helen vor, das Treffen einfach auf den Bertelsmann-Empfang zu verlegen. »Wissen Sie, da gehen ja alle hin«, sagte er, »auch der Kanzler, wir haben uns vorhin unterhalten – tüchtiger Mann.«

37

Feuerbach stand vor der Halle des Frankfurter Hofs, die am späten Nachmittag einem Heerlager glich, nämlich zur Stunde zwischen dem harten Geschäft auf der Messe und den Stehempfängen am Abend, wo es genügte, Freund und Feind zu unterscheiden. Auf dem Boden saßen Kamerateams und warteten auf große Autoren, die noch im Stau steckten oder sonstwo drin steckten, während alle Sessel von qualmenden Agentinnen belegt waren, die mit irgendwem irgendwie telefonierten; es schien, als tobe in Frankfurt ein Krieg, und im Grunde war es auch einer, der Fünftagekrieg um das abnehmendste aller irdischen Güter, die Bedeutung.

Man wartete vor allem auf Vanilla Campus, die hier jeden Moment eintreffen sollte, und vertrieb sich die Zeit mit dem Kolportieren von Gerüchten, darunter auch dem, daß der Skandalautor Ollenbeck nicht mehr im Verdacht stehe, Louis Freytag erschlagen zu haben, aufgrund eines Alibis durch die Campus; und dann ging noch die Nachricht um, daß der Kollege Kussler unter einem zusammengebrochenen Stapel von *Bodymotion* aufgefunden worden sei, man jedoch von einem Anschlag auf ihn als Kritiker spreche, mit der Folge, daß sich inzwischen die ganze Zunft bedroht fühlte und der berühmte Kritikerempfang beim Frankfurter Verleger Hesselbrecht erstmals unter Polizeischutz stattfand. Es seien eben nicht mehr die alten Zeiten, hieß es, ja, manche nannten Freytags Todestag schon den elften September der Branche.

All das bekam Feuerbach nur am Rande mit. Das ganze Milieu war ihm fremd, genaugenommen stieß es ihn sogar ab. Was mußten das für Leute sein, die stundenlang auf eine Frau warteten, der kein einziger neuer Aspekt zum Thema Sex eingefallen war. Er hatte ihre Fibel erst in einem sogenannten Lesecafé, bei ökologischer Torte, und danach in einer Apfelweinwirtschaft, beim dort üblichen Stoff oder Stöffsche, überflogen, um sich ein Urteil bilden zu können, aber Torte und Apfelwein – am ehesten letzteres – hatten bald jede weitere Lektüre behindert; und so erschien es ihm nötig, die Autorin selbst zu erleben, damit er ein Gefühl dafür bekäme, ob sie in den Überfall auf das Lokal verwickelt war oder nicht. Fast eine Stunde stand er nun schon im Gedränge der Halle und verschob den nötigen Gang zur Toilette: undenkbar für ihn in solch nervöser Umgebung. Und als die Campus auch nicht einer Stretchlimo entstieg – sondern statt ihrer der Fernsehmensch und Buchautor Wickert in Begleitung von Dolly Buster und Christa Wolf –, verließ Feuerbach gegen achtzehn Uhr das feine Hotel.

Er ging zu Fuß Richtung Morgensternstraße, das war das beste im Abendverkehr, und als er endlich vor dem Haus stand, schon von Krämpfen gequält, sah er Licht im Bad der Wohnung und hörte bis zum Eingangstor Mozarts Klarinettenkonzert, Zeichen, daß Nola wohl in der Wanne saß, neben dem einzigen brauchbaren Klo; das andere diente der Katze Naomi. Feuerbach machte kehrt, sein Ziel war jetzt das Restaurant Emma im Museumspark, wo ein einigermaßen privates Klima auf den Toiletten herrschte, und als er in die Metzlerstraße mit ihren schönen alten Häusern am Park kam (Häusern, auf die man von Lou Schultz' Wohnung aus sehen konnte), war er nicht mehr weit entfernt von einer für sein Alter unangemessenen Katastrophe: die über ihn hereinzubrechen drohte, als er das Parkrestaurant ohne Licht sah.

Feuerbach konnte jetzt nur noch zurückeilen und erreichte die immer etwas novembrige Morgensternstraße in einem Zustand äußerster wie innerster Entschlossenheit, genau in dem Moment, als das Kalb von Hund samt Frauchen an der Leine hinter einem Familienbus hervorkam. Was dann folgte, war die Sache weniger Augenblicke, vielleicht auch nur eines einzigen, und geschah wie von höherer Stelle gelenkt, jedenfalls ließ Carl Feuerbach auf dem stets mit Vierbeinerkot beschmierten Gehsteig blitzartig die Hosen herunter, um sich mit zitternden Wangen – statt den zitternden Lefzen des Hundemutanten – vor dessen Frauchen in hockender Position nicht weniger blitzartig zu entleeren.

Er stand so rasch wieder angezogen aufrecht, daß sie gar nicht zum Schreien kam; sie verharrte nur mit offenem Mund, das Kalb an kurzer Leine, vor dem frischen Haufen, während sein Verursacher schon weiterging, um dem Familienbus herum, und dann in den Hauseingang bog, wo er fast auf seine junge Mitbewohnerin prallte. Sie hatte es offenbar eilig mit ihrem noch nassen Haar zu irgendeiner Verabredung zu kommen. »Hallo«, sagte er nur und zuckte zusammen, als Nola stehenblieb.

»Wie war dein Tag?«

Sie schien plötzlich gar keine Eile mehr zu haben, und Feuerbach konnte nur seinerseits den Gehetzten spielen, während das Kalbsfrauchen jetzt doch noch schrie, *Elendes Schwein!* hallte es durch die sonst immer ruhige Morgensternstraße. »Die Dinge spitzen sich zu«, sagte er, »ich muß schnell nach oben ...«

Nola zeigte Richtung Geschrei.

»Sollten wir da nicht helfen?«

»Nein, die schreit nur mit ihrem Hund.« Feuerbach bemühte sich zu lächeln. »Wohin gehst du?« fragte er.

Nola senkte den Kopf; der Geruch ihres Haars war so heftig, daß er den Atem anhielt.

»Zu einer Lesung, ganz in der Nähe, Danneckerstraße, Galerie Rothe. Dieser neue Autor, Ollenbeck, liest aus seinem Buch. Das wird knallvoll, ich geh rechtzeitig hin.«

»Ollenbeck«, sagte Feuerbach, »was weißt du über den?«

»Erstes Buch und gleich ganz oben. Das neue Männerwunder.«

»Soweit bin ich auch schon. Was weißt du noch?«

»Er soll der ständige Begleiter der Campus sein. Hab ich gelesen.«

»Und wo steht so was?«

»Im Spiegel.«

»Und die müssen's wissen. Also eine Art Schoßhündchen.«

»Am besten, du kommst mit zu der Lesung«, sagte Nola.

»Ich würde gern vorher duschen, ich komme nach.«

Nola hob den Kopf, sie sah ihrem Mitbewohner in die Augen, und Feuerbach holte schon Luft, um etwas gefährlich Nettes zu sagen, als es noch einmal, nun schon entfernt, zwischen den alten Fassaden hallte, *Elendes Schwein!*

»Meint die wirklich ihren Hund?«

»Wen sonst«, sagte Feuerbach und eilte zur Tür.

38

Willem Hold hatte seine Waffe geholt, sicher war sicher; mit der gewohnten Ruhe drückte er die Klingel einer Zahnarztpraxis im ersten Stock des Hochhauses, in dem Lou ihre Wohnung mit Blick auf die Stadt hatte, und gelangte ohne weiteres in das Gebäude. Eine Klingel mit dem Namen Schultz gab es nicht, und ihr Mobiltelefon war abgeschaltet. Hinter einem Vorraum mit den Briefkästen – auch dort kein Name, den er kannte – kam ein Foyer mit drei Fahrstuhltüren und einem Spiegel als Rückwand; Hold betrachtete sich, bis eine der Türen aufglitt. Seltsam, daß Lou ihn so mochte, seltsam, aber schön, dachte er, als der Aufzug sachte anfuhr; bisher war kaum etwas schön, das ihn betraf, und mit einem Mal alles. Er strich sein Haar aus der Stirn und schloß den obersten Hemdknopf, er legte sich eine Begrüßung zurecht, Tut gut, dich zu sehen. Seine Art von Leben war immer eine Insel gewesen, keine Frage, und seit den Nächten mit Lou war diese Insel sogar bewohnbar.

Im neunten Stock verließ er die Kabine, den Kopf gesenkt, falls ihm jemand entgegenkäme. Gläserne Brandschutztüren rechts und links trennten den Fahrstuhlbereich von den Fluren, und Hold entschied sich für die linke; sie führte zu der Wohnung, die den besten Blick haben mußte, auf dem Schild neben der Klingel standen nur Initialen, *L S.* Er drückte den Knopf und erschrak über den schnarrenden Ton. Falls sie da war, schlief sie vermutlich; und jemanden ohne Not aus dem Schlaf zu reißen, zählte für ihn zu den Todsünden. Andererseits war sie vielleicht in Gefahr. Er ging ein Stück durch den Flur, der noch zu zwei rückwärtigen Wohnungen führte, und versuchte nachzudenken, doch es gelang ihm nicht; entweder war man verliebt und in Sorge, oder man dachte nach. Schließlich klingelte er an den beiden Türen, und keiner machte ihm auf. Alles Weitere lag für Hold auf der Hand. Er zog die Beretta hervor, rollte die Filzmatte vor Lous Wohnung darum und jagte eins der fünfundvierziger Geschosse, bei gedämpftem Knall, in das Schloß. Die Tür sprang auf.

Von einer kleinen Diele ging es geradeaus in die Küche und rechts in einen Wohnraum, der an drei Seiten nur Fenster hatte, bis zur Decke reichend. Die erleuchteten Hochhäuser auf der anderen Seite des Mains warfen soviel Licht in den Raum, daß Hold alles erkennen konnte. Bis auf ein Sofa und einen Fernseher mit Musikanlage darunter war der Raum leer; auf dem Sofa lag eine Zeitschrift, TV/Spielfilm, neben einer alten Single-Platte, *Son Of A Preacher Man.* Und vor dem Sofa lagen zwei Kleidungsstücke, das weiße Herrenhemd, das Lou im Flugzeug getragen hatte, zerrissen, sowie ihr glänzend roter Mantel. Er ging zurück in die Diele. Weder die Küche noch der Wohnraum hatte eine Tür; es gab nur die Tür zum Bad, weit offen, und im rechten Winkel dazu eine zweite Tür, geschlossen, wohl die zum Schlafzimmer. Willem legte sein Ohr daran, aber hörte nichts. Er hörte nur, von fern, den Abendverkehr und, ganz von nah, ein Geräusch aus ihm selbst, eine Art Flattern, bevor er die Tür heftig aufstieß.

Das erste, was er im Licht aus dem Flur erkannte, war ein Besen, mit den Borsten in der Luft, während der Stiel – und im nächsten Moment gaben schon seine Knie nach – in Lous Hintern steckte; sie lag über einem Berg blutiger Kissen, die Augen weit aufgesperrt, über der Wange ein grünes Haarteil. Hold hielt sich am Türrahmen fest, er spürte etwas Warmes am Bein, es lief aus ihm heraus und war nicht mehr aufzuhalten, er zitterte wie einst in Dschidda, als der Sudanese das Schwert hob. Lou war tot, und er liebte sie immer noch, das war nicht mit getötet worden, das lebte einfach weiter. Rings um das Bett lagen Videokassetten, Zeitschriften, Schuhe, Papiere, und die Schubladen einer Kommode waren aufgerissen. Wie konnte man eine Frau auf solche Art umbringen, und dann noch so bei Verstand sein, einen Raubüberfall vorzutäuschen? Das alles war unbegreiflich, und er stieß seine Stirn gegen die Wand, bis die Wange wieder aufriß.

Schließlich zog er die nasse Hose aus und ging damit in

die Küche. Unter der Spüle fand er zwei Tengelmann-Tüten, er nahm sich eine und stopfte die Hose hinein und versuchte erneut nachzudenken, aber damit war es nun ganz vorbei. Weinend ging er ins Schlafzimmer zurück und schloß Lou die Augen. Das war ein Fehler, doch ein Fehler, der sein mußte. Auch das Laken unter ihrem Kopf war blutig, obwohl der Mund mit Slips gestopft war, und die ans Bettgestell gefesselten Hände waren zu Fäusten geballt, ihre Reverso fehlte. Vermutlich war sie erst niedergeschlagen worden und dann gefesselt, vor der Tortur; Willem kannte nur einen einzigen Menschen, dem er so etwas zutraute. Er lief ins Bad und erbrach sich, noch ein Fehler. Selbst wenn er jetzt davonschweben könnte, irgendeine Spur von ihm würde man finden, also konnte er sich auch gleich in der Wohnung umsehen. Er begann mit der Küche. Der Kühlschrank war so gut wie leer, eine Flasche Hassia-Sprudel, Margarine, Frischkäse, ein Joghurt. Hold wechselte ins Wohnzimmer. Die Fernsehzeitung lag aufgeklappt da, mit den Programmseiten nach unten. Er drehte sie um und sah, daß für den heutigen Abend ein Film über Walfische angekreuzt war, aber von wem? Interessierte sich Zidona für Walfische oder sein Opfer? Er trat an eins der Fenster und sah auf die gleichgültigen Hochhäuser, die erleuchtete Stadt; sein Haß und seine Verzweiflung hielten sich auf einmal die Waage, und irgendwie gelang es ihm dadurch wieder zu denken. Er dachte an die Nächte mit Lou, doch nicht an ihre Küsse oder leisen Wörter, sondern an das, was sie von dem zweiten, anonymen Kunden erzählt hatte: daß der morgen abend um acht – also heute, in gut einer Stunde – wieder zu ihr komme, und mit einem Schlag waren Haß und Verzweiflung wie weggeweht. Er war jetzt nichts als kalt, mit klopfendem Herzen, dem kalten klopfenden Herzen des Jägers.

Willem Hold lief in die Küche und suchte nach Farbe,

einer Farbe, wie die der Wohnungstür, und fand in einem Schränkchen Filzstifte und ein Malerband, das er färbte, so holzbraun, daß sich das Einschußloch in der Tür damit tarnen ließ, nicht perfekt, aber perfekt genug für einen Mann, der die Tür nur aufdrücken wollte, um sich seinem heimlichsten ein und alles zu nähern. Das war getan, und immer noch blieb ihm Zeit, Zeit, in der er auf keinen Fall seine Kälte einbüßen wollte. Hold lehnte die Wohnungstür an, dann ging er in das Zimmer mit dem Blick auf die Stadt. Dort trat er vor den Plattenspieler und versuchte sich zu erinnern, wie so ein Gerät funktionierte, wenn die Platte nicht groß war, keine LP, sondern klein, doch kam nur darauf, wie die alte Single begann. *The only one who could ever reach me was the son of a preacher man, damm damm,* sang er leise und griff dabei nach der Fernbedienung. Schwer, aber hohl, wie ein Toter, ließ er sich in das Sofa fallen und verfolgte auch schon, weinend, wie ein Briefträger bei RTL Millionär werden wollte.

39

Dr. Eick, der schöne Pathologe, bremste vor einer roten Ampel und beugte sich zu seiner Exgeliebten, seine Hand berührte ihr Haar, eine kleine zärtliche Geste, schien es, in Wahrheit nichts als ein Sprungbrett, um die Hand gleich in Helens Schoß fallen zu lassen. »Also«, sagte er, »ich erzähl dir jetzt etwas über den toten Kunstsammler und Freier dieser Frau Schultz« – allein damit hatte er Helen in seinen Porsche gelockt, dazu das Angebot, sie zum Bertelsmann-Empfang zu chauffieren.

»Ich höre«, sagte Helen und wartete auf das Umspringen der Ampel, aber die Rotphase war lang, viel zu lang. Leos gebräunte Hand lag schon in ihrem Schoß, die erste Hand seit Monaten an dieser Stelle, und dann sagte er auch noch: »Darf ich?«, und sie sagte gar nichts, und er oder seine warme Hand streifte ihren schwarzen Rock zurück, den schwarzen Rock für alle Gelegenheiten, knielang, aus leichtem Jersey, und nun lag er wie ein unförmiger Schwimmring um ihren Bauch, während die Hand bereits unter der Strumpfhose war und auch blieb, als die Ampel endlich auf Grün sprang, denn Dr. Eick hatte, umsichtig wie er war, den zweiten Gang eingelegt, und im zweiten käme er locker bis achtzig, die rechte Hand war also frei, schon machte er Gebrauch davon. »Eh, eh, was soll das«, sagte Helen in Höhe Opernplatz, als noch drei Ampeln und eine Baustelle zwischen dem Porsche und dem Interconti und einem möglichen Rückfall ihrerseits lagen.

Leo Eick drehte den Kopf etwas und zeigte sein umwerfendes Bodensee-Freizeitlächeln. »Rede nicht soviel, konzentriere dich lieber, und hör mir nebenbei zu. Dieser Freier und Sammler starb zwar an einem Infarkt, aber juristisch interessant ist allein der Auslöser. Ich hab da eine neue Vermutung.«

»Für eine Vermutung bin ich nicht in dein Auto gestiegen.«

»Ich habe ihn mir noch einmal genau angesehen, und es spricht sehr viel für diese Vermutung.« Eick fuhr jetzt langsamer, er spekulierte auf eine weitere Ampel und schaffte es auch, Ecke Kaiserstraße schon wieder halten zu müssen. »Der Bedauernswerte hatte nämlich sein eigenes Sperma im Rachen.«

»Ach ja?« Helen rutschte bis an die Kante des Schalensitzes; sie hatte längst die Augen geschlossen und stellte sich vor, irgendwo im Süden zu sein, weit weg von allen, die sie kannten.

»Nur hatte er es dort nicht freiwillig, nehme ich an.

Nachdem es in ihrem Mund gelandet war, sozusagen auf vertraglicher Basis, hatte sie ihn offenbar, außerhalb jeder Übereinkunft, geküßt und dabei alles in seinen Mund laufen lassen, das ganze kühle, bitzelnde Zeug.«

»Woher weißt du das?« fragte Helen.

»Es muß so gewesen sein.«

»Ich meine, daß es kühl ist und bitzelt.«

»Das weiß man halt so.«

»Das weiß man halt nicht so.«

»Bleiben wir beim Thema«, sagte Leo Eick. »Dieser Freier und Sammler wußte es nicht. Es war ein Schock für ihn. Und dann gab es auch Spuren an seiner Wange. Da hat sie ihm eindeutig den Mund zugehalten, und er hat es in seiner Not zu schlucken versucht, aber nicht herunterbekommen. Also panisches Würgen mit Erstickungsangst, die Folge: ein ohnehin fälliger Infarkt.«

»Und wie kann man beweisen, daß sie's darauf angelegt hatte?«

»Da sind die Druckspuren an der Wange, ihre Kenntnis seiner Herzprobleme. Und sie wußte natürlich auch, was ihn besonders ekelte. Es war ein Mord – und das Motiv der Picasso, den sie laut Testament bekommen sollte.«

Die Ampel sprang auf Grün, und Leo Eick blieb jetzt nur noch ein Stück aufgerissener Straße auf dem Weg zum Interconti. Helen kannte die Baustelle, es gab dort nur kurze Staus. »Ich glaube, wir lassen es«, sagte sie und zog seine Hand hervor, eher etwas traurig als beschämt über den Rückfall, der ihr so sanft gedroht hatte. »Aber deine Vermutung gefällt mir.«

40

Der allgemein als publikumsscheu geltende neue Skandalautor Ollenbeck trug aus Anlaß seiner Lesung in der völlig überfüllten Galerie Rothe, Danneckerstraße, eine Sonnenbrille, Dichtermodell mit rundem Glas, dazu jedoch ein weißes Hemd mit Stehkragen unter einem schiefergrauen Gucci-Anzug, und da er ohnehin einen kurzen Hals hatte, wuchs ihm der Schädel sozusagen übergangslos aus dem Hemd; sein Gesicht erschien einem jedenfalls wie ein toter Planet mit zwei Kratern – den runden Augengläsern – über dem weißen Kragen. Es war groß, bleich und etwas aknenarbig, mit einer irgendwie raumgreifenden, weichen Nase, dafür aber sehr ausgeprägten, wie mit einem Schnitzmesser gezogenen Lippen, die ihn einzig und allein als Verfasser eines Romans voller Erfahrungen mit dem eigenen und anderen Geschlecht legitimierten, seinem Erstling Die *traurige Haut*, aus dem er mit überraschend männlicher Stimme vorlas.

»Der neue Typ des Autors«, sagte Nola leise zu Feuerbach, und ihr Mitbewohner, nach gründlicher Dusche gerade noch zu Beginn der Veranstaltung eingetroffen, nickte ihr zu, auch wenn er sich darunter wenig vorstellen konnte, eigentlich gar nichts.

Gut, so sahen sie also heute oder auch überhaupt aus, diese Schriftsteller, die jeder bestaunte. Er hatte sie sich immer anders gedacht, eher wie die Kritiker, die man im Fernsehen sah, gut durchblutet vom Trinken, mit wirrem Haar oder gar keinem, weichen Händen und Sprachfehler. Ollenbeck indessen schien weder zu trinken noch zu rauchen, und was sein rötliches Haar betraf, so war es noch voll und dabei straff nach hinten gekämmt, sicher um die breite, nur von einer einzigen, waagerechten Falte geteilte Stirn noch größer oder nackter erscheinen zu lassen; ja, sein Gesicht hatte im Prinzip etwas Nacktes, und was so über seine Lippen kam, war auch nicht gerade jugendfrei.

»Auf meiner Haut an diesem Sommertag nur eine einzige Lage Stoff«, las er gerade, »Stoff, der sich wölbte, sobald ich hinter dem Pult stand und die neue Zuhörerin wie immer zu spät in den Kurs kam. Erst ging sie die Saaltreppe hinunter, als sei in der ersten Reihe noch etwas frei, nur um die Treppe dann wieder hinaufgehen zu können, Stufe um Stufe, mich zu quälen, mir blieb nur, in meinen Text zu sehen, doch ließ sich die eigene Schrift nicht mehr lesen. Sie zerstoben vor mir, die Buchstaben, wie die Asche einer erloschenen Stimme ...«

»Der von Branzger«, sagte Nola. »Das ist doch alles nicht neu, was wir da hören, so hat längst einer vor ihm geschrieben«, flüsterte sie, und Feuerbach zog die gebildete Mitbewohnerin sachte in den Vorraum der Galerie; dort zählte er die Autoren auf, die ihm vertraut waren: »Crichton, Brecht und King. Und die mit dem Äffchenblick, Isabel oder so.«

»Allende«, flüsterte Nola. »Aber lies mal Branzger. Ollenbeck bedient sich bei ihm, das spürt man.«

»Ich spür nur meinen Magen.« Feuerbach sah auf die Uhr. Die Lesung mußte bald zu Ende sein, dann könnte er sich an Ollenbeck heranmachen, als Fan, ihm nebenbei ein paar Fragen stellen, etwa welche Rolle er im Leben der Campus spiele – die womöglich immer noch ihren Mann loswerden wollte und in irgendeiner Verbindung zu dem Maskierten stand –, aber auch, was er von dem Autor Branzger halte, obwohl diese Frage etwas riskant war. Vielleicht sollte er Branzger erst lesen; oder überhaupt mehr lesen. Er hatte die Literatur verpaßt, wie andere in ihrer Jugend das Trampen, und schuld war Frau Dr. Schieritz, sie hatte ihn in der Schule mit Brecht und Beckett verfolgt, er hatte geträumt von den Kerlen, Brecht saß auf einem grauen Thron, dem Grau seiner Werkausgabe, und bewarf ihn mit seinen zahllosen Stücken, daneben Beckett auf einem blauen Thron, den dürren Finger auf ihn gerichtet, *Lies das, Schwein!* Mit einem Mal war das alles wieder da, und als nach einem Augenblick der Stille der Applaus kam, zuckte er zusammen, wie seinerzeit im Unterricht, wenn die Schieritz ihn von hinten gepackt hatte, *Feuerbach, die Kreidekreis-Parabel, auf geht's!*

»Ist dir nicht gut?« fragte Nola.

»Mir ist nur schlecht, von dem Getue hier. Wir sehen uns ...«

Feuerbach bahnte sich einen Weg durch die immer noch applaudierenden Zuhörer in die Nähe des Autors, der schon sein Buch signierte, und wartete, bis er an die Reihe kam, in der Hand einen Geldschein, für ein Autogramm mit Widmung. »Oder machen Sie so was grundsätzlich nicht?«

Ollenbeck lächelte wie im Schlaf und nahm die hundert Euro.

»Ich mache grundsätzlich alles – Ihr Name?«

»Carl Feuerbach.«

Der Autor beugte sich über den Geldschein und schrieb.

»Und Sie sind ohne Frau Campus hier«, sagte Feuerbach.

»Vanilla muß sich heute um das eigene Werk kümmern.«

»Aber wohl kaum Sorgen machen – bei ihrer Ehe.«

»Geld, lieber Feuerbach, hilft nicht beim Schreiben, es wärmt nur die Finger. Hat Ihnen die Lesung gefallen?«

»Erinnerte etwas an Branzger«, sagte Feuerbach leise.

Ollenbeck lächelte wieder, er reichte den Schein zurück.

»Alles stammt irgendwoher, mein Freund, selbst die Stücke von Shakespeare.«

»Finden Sie?«

»Ja. Und nun muß ich leider gehen.«

»Auf den Bertelsmann-Empfang?«

»Nein, ich trete heute nacht eine Reise an. Aber *Sie* sollten auf den Empfang.« Ollenbeck sah über den Rand seiner Sonnenbrille. »Vielleicht treffen Sie ja dort Ihren verstaubten Branzger. Hat er nicht gerade den hübschen Preis vom Verband deutschsprachiger Kritiker bekommen?«

»Oh, ja, schon möglich«, stammelte Feuerbach.

Ollenbeck lächelte ein weiteres Mal wie im Schlaf. »Nun, dann wäre er postum verliehen worden, was bei diesem Preis glücklicherweise keinen Unterschied macht, denn er ist nicht dotiert. Viel Spaß auf dem Empfang – Sie wissen ja, wer sich dort trifft: Jeder, der irgendwie lesen und schreiben kann!«

41

Willem Hold ärgerte sich, trotz aller Verzweiflung. Er hätte mindestens eine Frage mehr beantworten können als der Briefträger aus Düren: Ein Fähnrich war ein Offiziersanwärter, was sonst, er hatte sie schließlich gehaßt, diese Fähnrichstypen mit näselnden Stimmen, immer adrett wie der Quizmasterstreber, den Fähnrich Kresse hätte er erschlagen können, und heute war damit Geld zu machen, wenn man mit diesem Wort etwas anzufangen wußte; natürlich war ein Fähnrich kein Fahnenverwalter, einhundertfünfundzwanzigtausend hätte er damit auf einen Schlag in der Tasche gehabt, ohne irgendwem ein Haar krümmen zu müssen, dazu noch Beifall und ein schönes Hotelzimmer plus Spesen ...

Erst das leise Klingeln bei Ankunft des Fahrstuhls riß ihn aus seinen Gedanken. Er kam vom Sofa hoch und stellte den Fernseher ab, er eilte auf Zehenspitzen ins Schlafzimmer und schloß die Tür hinter sich, er trat in ihren Winkel; sein Herz raste, als er zum Bett sah. Der Besen ragte immer noch in die Luft, aber die Neigung zum Bett erschien ihm etwas größer als vorher – der Stiel, dachte er, reichte womöglich bis in Lous Magen. Ihm wurde ganz schwach bei dem Gedanken, und er riß sich zusammen, als die Wohnungstür zufiel. Danach ein Rascheln von Kleidung und der Atem eines angespannten Menschen, ehe die Klinke der Schlafzimmertür nach unten ging, wie in billigen Filmen, und die Tür langsam geöffnet wurde, so langsam, daß Willem die Luft anhielt, bis er einen nackten Fuß sah, mit rindigen Nägeln, und ein herbsüßes Parfum roch und noch im selben Moment den erwarteten Schrei hörte, heiser, erstickt, und seinerseits die Tür jetzt aufriß.

Johann Manfred Busche (manchmal hilft der volle Name, wenn man etwas erzählt, aber hier markiert er nur eine Schrecksekunde) trug noch eine zierliche Lesebrille und in der Hand zwei Geldscheine, als er sich plötzlich einem angezogenen Mann mit einem Pflaster auf der Wange gegenübersah, während die Frau, die er begehrte, statt gebückt auf ihn zu warten, tot auf dem Bett lag, gepfählt mit einem Besen.

»Sie kommen zu spät«, sagte Hold und ging, hinter Busche vorbei, an eins der beiden Fenster. Er zog die Jalousie herauf, und der Leasing-Krösus hielt sich die Geldscheine vor seine Blöße.

»Haben *Sie* das getan?«

»Die Fragen stelle ich, Herr Busche.«

»Woher kennen Sie meinen Namen? Wer sind Sie?«

Willem sah kurz nach unten, auf eine Zufahrt mit Mülltonnen, klein wie Spielzeug von oben. »Ich bin der Mann, der diese Frau geliebt hat – die jetzt leider nichts mehr tun kann für Sie.«

»Ich hab schon bessere Storys gehört.«

Busche nahm die Brille ab; er wußte nicht, wohin damit, und setzte sie wieder auf.

»Wollten Sie hier Zeitung lesen?« fragte Hold.

»Zeitung, ja, allerdings. Aber das geht Sie nichts an.«

»Doch. Denn Ihre Zeitung war der Hintern dieser Frau, die ich geliebt habe. Sie sind ein Schwein.«

»Ich warne Sie«, flüsterte Busche und nahm die Brille wieder ab. Diesmal behielt er sie in der Hand, in Höhe einer behaarten und doch hellen, ja weißen Brust; alles an ihm wirkte weißlich, die knochigen Beine, der Spitzbauch, das lange Gesicht (manche verglichen ihn mit einem vorzeitig gealterten Lipizzaner, trotz aller Erfolge oder gerade deshalb irgendwie lebensmüde).

»Warnen, wovor?« Willem zeigte auf die Scheine, mit denen Busche sein Geschlecht bedeckte. »Vor den Möglichkeiten Ihres Geldes? Mit dem man auch Alibis kaufen kann – wo waren Sie, als diese Frau starb?«

Busche strich sich eine Haarbahn, die ihm bis auf die Nase gefallen war, zurück; seine Frisur war überaus kompliziert, einzelne, über den Ohren noch kräftig sprießende Strähnen wurden mit Strähnen von der anderen Seite in Höhe eines imaginären Mittelscheitels zusammengefügt. »Ich komme soeben vom berühmten Kritikerempfang«, sagte er triumphierend.

»Was hatten Sie da verloren?«

»Ich verehre Dr. Dr. Hesselbrecht.«

»Wer ist das?

»Der größte aller Verleger. Wir liegen auf einer Welle. Er hat seine Autoren, ich habe meine Bohrer.«

»Nur daß es die Autoren wirklich gibt.«

»Die meisten sind tot«, sagte Busche. »Darum liebt man die Literatur ja so – ich liebe sie jedenfalls.«

»Interessant, wie funktioniert das?«

»Das kann man niemandem erklären. Wer sind Sie überhaupt? Könnten wir nicht den Ort wechseln?«

»Nein«, sagte Hold. »Versuchen Sie's zu erklären.«

»Schriftsteller sind einfach große Leute.«

»Wie Ollenbeck?«

»Ja, ein gutes Beispiel. Sie erfinden ganze Welten – nichts als Lügen und dafür am Ende noch das Bundesverdienstkreuz!«

»Schläft Ollenbeck mit Ihrer Frau?«

»Mit der schlafe nicht mal ich.«

»Ist das der Grund Ihrer Besuche hier?«

»Was soll das? Sind Sie von der Staatsanwaltschaft? Was verdient man da in Ihrem Alter?«

»Genug.«

An diese Variante – er als Vertreter einer Ermittlungsbehörde, ein Staatsdiener – hatte Hold noch gar nicht gedacht, aber sie erschien ihm sofort als sicherster Weg zu dem, was er vorhatte. Er öffnete das Fenster mit der hochgezogenen Jalousie.

»Warum tun Sie das?« fragte Busche. »Mir wird kalt.«

»Ich tue das, um Ihnen eine Chance zu geben.« Willem zeigte auf die Kassetten am Boden. »Wissen Sie, was da liegt? Videos von allem, was sich hier abgespielt hat. Leider fehlen die, die den Mörder betreffen – er hat sie gesucht, gefunden und mitgenommen. Und die mit Ihnen, Busche, die liegen in meinem Büro.«

»Was reden Sie da ...«

»Ich rede von der Tätigkeit unserer besten V-Frau. Lou Schultz hat für meine Dienststelle gearbeitet, bei der Gelegenheit haben wir uns verliebt, die einzige Panne.«

»Was ist das für eine Dienststelle?!«

»Lassen Sie mich ausreden. In diesem Raum gab es eine kleine verborgene Kamera – dort, im Schlüsselloch des Schranks –, der Mörder hat sie ebenfalls mitgenommen.«

»Woher wissen Sie das?«

»Weil Sie nicht mehr da ist, Herr Busche.« Willem ging zu der Schranktür und zog den Schlüssel heraus. »Sehen Sie selbst – das Loch ist leer. Aber noch bei Ihrem letzten Besuch, genau heut vor zwei Wochen, enthielt es noch dieses winzige elektronische Wunder, mit drahtloser Übertragung auf den Videorecorder im Wohnzimmer. Besonders anregend sind die Filme nicht, dafür um so peinlicher, für Sie. Einmal habe ich zwanzig Taschentücher gezählt – schwitzen Sie immer so?«

»Diese Hexe«, keuchte Busche. »Wer kennt die Bänder noch?«

»Es kennt sie niemand außer mir. Und ich bin unbestechlich.«

»Blödsinn. Haben Sie kein teures Hobby?«

»Nur eine Schwäche für Uhren.«

»Nennen Sie mir Ihre Traumuhr, ich werd sie besorgen.«

»Ich hab sie schon.« Willem zog die Daytona Newman aus der Tasche. »Nichts zu machen.«

»Was wollen Sie dann?«

»Ich will Ihnen helfen.« Hold zeigte zum Fenster. »Ein Schrittchen über diese Kante, schon wären Sie aus allem heraus.«

Busche griff sich ins Brusthaar, ein Beben ging durch seinen weißlichen Körper. »Sie sind ja wahnsinnig«, flüsterte er.

»Weil ich Ihnen entgegenkomme?«

»Wollen Sie vielleicht etwas Passendes zu der Uhr? So eine Rolex braucht Umgebung, wie wär's mit einer hübschen Yacht? Meine Squadron wird gerade verlegt, sie ist nur momentan vergeben, eine Woche Gardasee, kleiner Bonus für meinen besten Mann. Aber danach, wenn Ihnen an einer Yacht liegt ...«

»Wie heißt dieser Mann?«

»Dr. Zidona, er macht für mich die Verträge im Ausland.«

Willem sah zu der Leiche.

»Ein Kunde von ihr – der Name tauchte mehrfach in ihren Berichten auf –, und Sie kamen durch ihn an Frau Schultz.«

Busche wurde, durch alle Blässe hindurch, rot.

»Ja, er erwähnte diesen Kontakt. Und gab mir eine Nummer. So was kommt vor unter Männern.«

»Mir ist es fremd«, sagte Hold.

»Aber Sie denken doch nicht etwa, daß Zidona von der Tätigkeit dieser Dame als V-Mann wußte?«

»V-Frau heißt das in unserer Dienststelle. Nein, er wollte Sie damit nur in der Hand haben.«

»Das glaube ich nicht«, keuchte Busche. »Zidona ist loyal. Wir haben vorhin erst telefoniert.«

»Wo ist er im Moment?«

»Soweit ich weiß, schon unterwegs zum Gardasee. Das Boot wird heute oder morgen überführt. Es soll dort ja noch schön sein im Oktober. Sie könnten die Vanilla's Affair dann gleich übernehmen. Also, wie wär das?«

»Wie wär's, wenn Sie springen?«

Busche ließ die Geldscheine los, aber sie hatten auch nur ein bleiches Etwas inmitten grauer Fäden bedeckt. »Sie müssen verrückt sein«, stammelte er.

»Nein, es ist eine Kulanz, meinerseits. Und für Sie die einzige Möglichkeit, einem Skandal zu entgehen, einem so leidvollem Ende wie dem unserer Mitarbeiterin auf dem Bett. Sie können das nur vermeiden, indem Sie's nicht mehr miterleben.«

Busche rann jetzt der Schweiß, er ging zu einem Tischchen am Fuß des Bettes, dem Tischchen, auf dem die Taschentücher für ihn bereitlagen. Er bediente sich und trat dann ans Fenster.

»Ich werde Ihnen etwas verraten – ich habe manchmal selbst schon an diese Möglichkeit gedacht.«

»Denken genügt nicht«, sagte Hold, »nur die Praxis zählt. Ein kleiner Schritt, und Sie könnten so vieles erreichen.«

»Aber die Nachwelt, die Nachwelt ... Auch Dr. Dr. Hesselbrecht sprach heute auf seinem Empfang fast nur von der Nachwelt – was soll sie denken von mir?«

»Tot ist tot. Und ich bin sicher, die Hölle ist voller Ärsche.«

»Dann wär's der Himmel«, flüsterte Busche, und durch seine behaarte Brust ging ein Ächzen, wie durch einen Baum, kurz bevor er fällt.

»Es spricht also immer mehr dafür«, bemerkte Hold.

»Können wir uns nicht anders einigen?!«

»Das offene Fenster ist mein äußerstes Angebot.«

Busche beugte sich über den niedrigen Sims, er sah in die Tiefe. »Ich bin dazu nicht fähig, mir fehlt dieser Wille ...«

»Wenn Sie einer Erfahrung vertrauen: Für den Willen kommt es nicht auf die wirklichen Fähigkeiten an, sondern auf die vermeintlichen. Glauben Sie an sich und Ihren Sprung!«

»Nein«, keuchte Busche, »nein, nein, nein.«

»Doch«, sagte Willem, »doch, doch, doch«, und der Leasing-Krösus warf den Kopf hin und her wie ein Löwe im Käfig, während Hold schon zur Tür ging. »Ich werde Sie jetzt allein lassen, weil ein Mann in Ihrer Lage das Recht hat, allein zu sein. Sperren Sie die Tür hinter mir ab, und dann tun Sie, was Sie tun müssen.«

»Und was wird aus meinen Bohrern ...«

Busche weinte auf einmal, sein ganzer Leib zitterte.

»Die verrotten auf Erden«, sagte Hold und trat in den Flur.

»Vernichten Sie die Bänder, und alles wird gut!«

»Unsere V-Frau mußte dafür ihr Leben lassen! Denken Sie, ich würde die Früchte ihrer Arbeit wegwerfen? Das geht jetzt alles seinen Weg. Gleich am Montag Der Spiegel und dieses andere Blatt, Focus, und später der Stern, wenn's den noch gibt. Dreimal Ihr Kopf als Titel, aber Bilder unserer Mitarbeiterin, ohne Ihre Frisurtricks. Und innen dann, schön nebeneinander mit Uhrzeit und Datum, die Aufnahmen von den Doktorspielchen, zum Beispiel dieses eine, auf dem Ihre Augen – vor Anstrengung, nehme ich an – wie zwei Murmeln hervortreten ... Und am Sonntag abend schließlich, als Höhepunkt, Sabine Christiansen ...«

»Nein!« Busche vergrub sein Gesicht in den Händen, er schluchzte. »Ich hab ihr doch gar nichts getan ...«

»Das dürfte sie anders sehen, samt ihren Gästen, vorwiegend weiblichen. Ich möchte nicht in Ihrer Haut stecken, Busche.«

»Ich auch nicht mehr«, kam es, gehaucht, durch die Hände, und Willem drückte behutsam die Tür zu.

Sein Kopf glühte, die Wunde pochte, die Kälte des Jägers war aufgebraucht; erst das Schlüsselgeräusch von innen erlöste ihn. Sekunden später dann ein zerrissenes Heulen – wie es kein Tier ausstößt, nur ein Mensch, der im letzten Moment sein Leben beklagt –, dazu das Krachen der Jalousie, die eine Hand noch zu fassen versuchte, ehe Stille eintrat. Kaum noch fähig zu denken, zählte er mit den Fingern bis fünf. Der Aufschlag klang dumpf.

Alles Weitere war einfach. Willem zog seine Schuhe aus und verließ die Wohnung, er entschied sich für die Feuertreppe. Die ging er rasch, aber nicht hastig auf Socken hinunter, niemand begegnete ihm, auch nicht im Foyer. Erst als er in einem kleinen Park mit Blick auf das Hochhaus stand und dort Fenster aufgingen und Rufe laut wurden, boxte er sich in die Hand.

42

Auf dem Bertelsmann-Empfang drängten sich, wie jedes Jahr, mehr Leute als geladen waren, die üblichen Prominentenschlecker und Parasiten des Ruhms, irgendwie eingedrungen, die einen mit Hilfe von Pressekärtchen, andere unter Einsatz ihres allgemein bekannten oder überhaupt allgemeinen Gesichts. Helen gelang es durch Vorzeigen ihres überholten Dienstausweises, und vom Eingang lief sie direkt zum Champagner-Buffet, was ihr die persönliche Begrüßung durch den jugendlichen Vorstandsvorsitzenden ersparte; der sah aus wie ein Vikar, und die hatten meist feuchte Hände.

An dem Buffet stand Vanilla Campus an der Seite eines kleinäugigen Mannes, dem der Speichel lief. Er trug einen teuren, aber krumm sitzenden Anzug, aus dem der Hemdkragen hervorstand, und redete auf sie ein, während er Lachsröllchen vertilgte. Helen näherte sich in einem Bogen und konnte noch hören, was er zusammenfassend mit vollem Mund sagte: »Ollenbeck ist genial, er hat den Sex ans Licht der Welt geholt wie keiner zuvor.«

»Weil er sein Baby ist«, rief Vanilla, worauf der Speichler lachte, daß ihm die Tröpfchen von der Lippe flogen; eins landete auf Helens Mund, und sie hob es mit dem Nagel des kleinen Fingers ab – eine Geste, die Vanilla auf sie aufmerksam machte.

»Ach, waren Sie nicht in dem Lokal am Opernplatz, das überfallen wurde?«

»Wir beide haben uns dort sogar unterhalten.«

»Ich erinnere mich, die Begleiterin des blonden Herrn, der am Ende so beherzt eingegriffen hat. Ohne ihn stünde ich jetzt ohne Uhr da. So aber ging ja alles noch gut aus.«

»Bis auf den Toten«, warf Helen ein.

»Ja, gräßlich, ein Toter.« Vanilla – sie trug wieder ihre schwarzen Handschuhe – zeigte auf den Speichler. »*Ihn* muß man wohl nicht vorstellen.«

Ein Kellner bot Champagner an, und Helen bediente sich. Sie hatte Vanillas Gesprächspartner nicht gleich erkannt, weil er im Fernsehen irgendwie trockener aussah, außerdem hatte er dort immer in Freytags Schatten gestanden. »Nein«, erwiderte sie und trank einen Schluck und kam dann auf den Skandalautor. »Muß man das Buch von diesem Ollenbeck wirklich lesen?«

»Lesen und befolgen«, sagte Vanilla.

»Was rät er uns denn?«

Der Speichler legte eine warme Hand auf Helens Arm. »Es in jedem Fall trotzdem zu tun!« Seine kleinen Augen wurden noch kleiner, gleichzeitig blähten sich die roten Backen, und im nächsten Moment platzte er los, ein Lachen, das bis zum Vorstandsvorsitzenden drang und so plötzlich abbrach, wie es begonnen hatte, als er nämlich mitten im Saal jemanden sah, den anzusteuern ihm offenbar lohnender erschien als weiterzulachen. Er murmelte noch einen Namen, wie man eine Absolution murmelt, *Hesselbrecht*, und entschwand auch schon.

»Ist er nicht süß!« rief Vanilla und orientierte sich schon woandershin, zu einem Mann mit weißer Prinz-Eisenherz-Frisur und dem Blick eines Außerirdischen; Helen blieb nur die Notbremse, um nicht allein dazustehen.

»Ich mag Ihr Buch«, sagte sie.

»Mein Buch!« Vanilla drehte sich auf dem Absatz herum und wäre fast umgeknickt, was sie um einen halben Kopf kleiner gemacht hätte, und Helen kam auf den Überfall zurück. Ob ihr Mann nicht das Ziel des Ganzen gewesen sein könnte ...

»Das kann ich mir nicht vorstellen, dann hätte doch der Maskierte mit dem zweiten Schuß den Auftrag zu Ende geführt«, sagte Vanilla, als unterhielten sie sich nach einem Kinobesuch über Sinn und Unsinn der Handlung. Helen – noch aus anderem Grund sprachlos – konnte nur nicken, während ihr die Ohren anliefen; der andere Grund war Willem Hold, der auf sie zukam.

»Die Welt ist klein«, sagte er, »klein und von Übel.«

Hold gab Helen die Hand, er grinste an ihr vorbei, in die Augen von Vanilla Campus, die ihre Fäuste unters Kinn nahm.

»Unser Herr Kussler«, flüsterte sie.

»*Dr.* Kussler. Ich lese gerade Ihr Buch.«

»Und?!« Wie ein banger Lustschrei kam diese Frage, und schon waren Fotografen und ein Team der ZDF-Sendung *aspekte* zur Stelle, für Willem Gelegenheit, Helen etwas zuzuraunen: daß sie zur Bar am Ende des Saals gehen sollte, er gleich nachkomme.

»Wie finden Sie die Buchmesse?« fragte die ZDF-Kulturredakteurin. »Sehr interessant«, sagte Vanilla, während sich Helen zurückzog und das Interview schon beendet war.

Die Fotografen schossen noch Bilder, für Willem gleich die zweite Chance, etwas loszuwerden; er stellte sich einfach neben Vanilla, in die Zone der Luftleere, die alle provisorischen Stars umgibt, und sprach leise auf sie ein. »Pussy aus Hanau«, sagte er, »dein lieber Mann ist tot. Er ist vor einer Stunde aus dem neunten Stock eines Hochhauses gesprungen, aus einem von innen abgesperrten Zimmer. Perfekter geht's nicht. Morgen vormittag um zehn erwarte ich die Anzahlung. Autobahn Würzburg, die erste Raststätte hinter Frankfurt. Fünfhunderttausend.«

»Ist er wirklich tot?« Vanilla, zwar blaß geworden wie Löschpapier, gelang fast ein Geschäftston.

»Ja. Und du kommst allein mit dem Geld, in deinem Auto. Du hast doch ein Auto? Und ein schnelles, nehme ich an.«

»Sehr schnell. Aber ich kann nicht so schnell soviel ...«

»Treib auf, was du kannst«, flüsterte Hold. »Aber sei um zehn mit deinem Wagen an dieser Raststätte. Sonst bist du spätestens nach den Zwölf-Uhr-Nachrichten erledigt.«

Und damit ließ er sie stehen und wechselte quer durch den Saal zu der Bar, während sich Busches Witwe ins Haar griff, um es etwas aufgelöster zu gestalten, für den Fall, daß Big Mannis Ende schon durchgesickert war und eins der TV-Teams nur darauf lauerte, sie zu fragen, was sie von seinem Selbstmord so halte.

Die Bar war von abgehalfterten Moderatoren umlagert, weißhaarigen Pilstrinkern, die Willem irgendwie wiedererkannte, weil sie die leeren Sonntage seiner Jugend mit Sportberichten gefüllt hatten, und nun schauten sie wie alte Hunde, voller Hoffnung auf einen Knochen: das Lächeln der Erinnerung von ihm. Helen saß am Rande der Gruppe, sie rauchte, und überhaupt rauchte jeder, für Hold die Chance, ein paar Tränen ihren Lauf zu lassen, als er in Helens immer noch rotes Ohr flüsterte, was geschehen war, wobei er noch nicht von Lou erzählte, nur von Busche: schon zerschmettert am Boden, als er auf das Haus zugegangen sei, um Lou noch zu einem Einlenken in der Picasso-Sache zu bewegen. Natürlich lag ein Risiko in dieser Version, sie konnte Zidona ganz von dem Mord entlasten, den man jetzt Busche anhängen würde; aber andererseits wäre dem Mann auch bis zum Gardasee niemand auf den Fersen. Und er gehörte ihm.

Helen drückte ihre Zigarette aus. »Aber warum hat Busche das getan? Wegen der Schultz, aus Verzweiflung? Ich muß mit ihr reden, Willem – und mein Angebot steht: Ich entlaste Sie.«

»Ich will sehen, was ich tun kann«, sagte Hold und nickte dem Kanzler zu, der gerade mit Gefolge an der Bar vorbeiging.

»Ich finde, er hat was«, sagte Helen.

»Ja, von Estrada. Wenn Sie mich jetzt entschuldigen würden.«

Willem löste sich von der Bar, er ging geradewegs auf einen Gang zu, an dessen Ende die Toiletten lagen.

»Estrada?« rief Helen ihm nach und überhörte ihr Telefon in der Tasche, »wer ist das?« Hold drehte sich um; eine berechtigte Frage, auf die er gerade antworten wollte, als ein Schrei das Geplapper aus tausend Mäulern durchdrang.

Vanilla Campus hatte, offiziell, die Todesnachricht empfangen, und der ganze Saal blickte auf die verzweifelte Witwe, der wie durch ein Wunder das Haar zu Berge stand, selbst der Kanzler änderte die vorgeschriebene Route; alles stand sozusagen unauffällig Kopf, und Helen, ebenfalls beeindruckt, nahm erst im letzten Moment das Telefongespräch an.

»Was ist los mit Ihnen, bieten Sie gerade Ihre Memoiren an«, sagte Feuerbach am anderen Ende. »Kommen Sie sofort in die Gartenstraße. Die Schultz ist von Busche umgebracht worden!«

43

Willem stand an einer Spiegelwand gegenüber den Pissoirs, die leider alle besetzt waren, und überlegte, wo und wie er die Nacht verbringen sollte, als ein Mann mit dem Teint einer lackierten Ente flankiert von zwei Leibwächtern die Toiletten betrat. Er bemerkte sofort eine Rolex Oyster an ihm und murmelte unwillkürlich *Hübsche Uhr*, worauf der Lackierte wie aus der Pistole geschossen zu einem Vortrag über Zeit und Vergänglichkeit ausholte, bis Willem sah, daß endlich ein Becken frei wurde.

»Ich geh erst mal pinkeln.«

Es war eine jener großen Erleichterungen, die von der Blase sofort aufs Hirn überspringen und auch alles Denken erleichtern; er würde die Nacht in einer Kirche verbringen: So gehörte es sich, wenn man einen Menschen verloren hatte, und schlafen könnte er dort auch. Die Becken links und rechts von ihm wurden ebenfalls frei, und der Lackierte erschien auf der einen Seite, während an das andere Becken ein vor sich hin flüsternder Mann mit braunem Cordanzug trat, aschfahl im Gesicht.

»Meinen Namen kennen Sie ja«, sagte der Lackierte mit einem Mandarinlächeln, »Ihren kenne ich leider nicht.«

Willem schloß die Augen, so pißte es sich noch besser.

»Ich kenne Ihren leider ebensowenig.«

»Sie kennen meinen Namen nicht?«

»Nein.«

»Er behauptet, er kennt meinen Namen nicht«, sagte der Lackierte zu dem Aschfahlen im Cordanzug, der immer noch flüsterte und dabei etwas Platz machte, für jenen leicht Außerirdischen mit dem weißen Prinz-Eisenherz-Haar, dem die Campus zugewunken hatte. »Und dabei kennt er ihn natürlich genau!«

»Ich kenne ihn nicht«, sagte Hold und horchte jetzt auf den Flüsterer, der irgend etwas nicht zu fassen schien.

Der Lackierte beugte sich vor, er sah zu dem weißen Prinz.

»Können Sie das verstehen? Er kennt mich nicht.«

»Unbegreiflich«, erwiderte der.

Willem begann mit dem Abschütteln. »Ich kenne diesen Mann wirklich nicht.«

»Wo kommen Sie denn her?« fragte Eisenherz.

»Jedenfalls nicht vom Mars.«

Auch der Lackierte schüttelte jetzt, hinter vorgehaltener Hand, ab. »Machen Sie sich doch nichts vor, Sie kennen mich.«

»Das gibt's nicht, das gibt's nicht«, flüsterte der Aschfahle immer wieder.

Der Lackierte hob den Zeigefinger. »Da hören Sie es.«

»Der meint was anderes«, sagte Hold. »Los, was bedrückt Sie?«

Der Flüsterer schloß die Cordhose.

»Wir waren zu viert«, sagte er – und war auf einen Schlag bei Stimme, einer Stimme, die alle in der Toilette aufhorchen ließ, selbst das Papierrascheln in den Kabinen ließ nach –, »vier deutsche Schriftsteller, die hier jeder kennt. Und da kam Hesselbrecht mit dieser Chilenin im Chanel-Kleid, nicht wahr, und stellte uns vor: Some German authors, Isabel!«

»Tja«, sagte Eisenherz. »Die großen Zeiten sind vorbei.«

Hold trat an ein Waschbecken, der Lackierte trat neben ihn.

»Ich weiß, daß Sie mich kennen.«

»Ich kenne Sie nicht. Warum sind Sie so braun?«

»Braun?« Der Lackierte zuckte zusammen, während der Aschfahle jetzt wieder flüsterte: »Some German authors, Isabel.«

»Aber wir holen auf«, sagte der außerirdische Prinz, und aus einer der Kabinen rief jemand mit rollendem R: »Denken Sie nur an Ollenbeck!«, worauf aus einer anderen Kabine, unterlegt mit Papiergeraschel, Widerspruch kam: »Der klaut doch bloß!«

»Bei wem?« rief Hold.

»Lesen Sie mal den frühen Branzger, da steht das alles schon drin, über die Kälte der Lust!«

»Und warum schreibt das keiner?« Willem ging jetzt nah an den Spiegel, er sah unter das Pflaster, der Schmerz kam zurück.

»Weil alle froh sind, daß wir Ollenbeck haben!«

»Man muß immer abwägen«, erklärte der Prinz und wusch sich so heftig die Hände, daß die weiße Haarhaube über seinen Ohren ins Zittern geriet. »Wollen wir Größe oder die Wahrheit?«

»Große Literatur lohnt sich nicht«, rief jemand aus einer anderen Kabine, »die kleine tut's genauso.«

»Ich hör *ganz* auf«, sagte der Fahle.

»Die Wahrheit ist, daß Sie mich ganz genau kennen«, zischte der Lackierte jetzt Hold von der Seite zu.

»Ich kenne Sie nicht.«

»Dann wird es Zeit.« Und damit schien er sich irgendwie geschlagen zu geben, denn er begann mit einem Vortrag, der seine Person betraf, seine Person innerhalb der heutigen Zeit, aber auch der Zeitgeschichte, wie er in fertigen Sätzen ausführte, während Willem auf das immer noch entzündete Loch sah und plötzlich begriff, weshalb Lou sterben mußte: Weil sie Ollenbeck und damit Zidona entlarvt hatte, als das, was beide waren, Betrüger. Er kämmte sich noch, dann ließ er den Vortragenden stehen.

»Aber ich bin noch nicht fertig«, rief der, »Sie kennen mich noch immer nicht, was rede ich hier ...«

Willem zog die Toilettentür auf, die Luft schien rein, er drehte sich noch einmal um.

»Druckreifen Mist.«

44

Man mußte schon sehr genau hinsehen, um Johann Manfred Busche noch zu erkennen, sein Hinterkopf war geplatzt, das Gesicht lag gleichsam ausgebreitet da, wie eine preiswerte Gruselmaske, wenn auch mit Augen, zwei erdbeerroten Halbkugeln.

Hauptkommissar Baltus und seine Leute drängten ein junges Sat.1-Team ab, die Reporterin stampfte vor Wut mit ihren Springerstiefeln, der Kameramann stieg bereits auf ein Auto, während immer mehr Schaulustige die Gartenstraße blockierten und Feuerbach den allgemeinen Tumult nutzte, um mit seiner Vermieterin, die gerade eintraf, in das Haus zu gelangen. Er war als einer der ersten bei Busches Leiche gewesen, alarmiert von Sirenengeheul, die Galerie, in der Ollenbeck seinen Auftritt hatte, lag nur zwei Straßen weiter. »Einer von uns muß sofort in die Wohnung von der Schultz«, sagte er leise zu Helen, und da umarmte sie auch schon zwei frühere Kollegen, die vor den Fahrstuhltüren wachten. Gelegenheit für Feuerbach, um seitlich zu entschwinden, zu der Treppe nach oben, über die Willem Hold auf Socken nach unten gelangt war.

Es waren die Streifenbeamten, die sich noch vor dem Notarzt über Busche gebeugt hatten, Helen kannte sie von Einsätzen, gute Männer, die sie früher trotzdem nie umarmt hätte, beide waren so überrascht, daß sie gar nicht auf die Idee kamen, nach Gründen ihrer Anwesenheit zu fragen. »Mir habbe den Typ gleich erkannt«, sagte der eine, »da kann noch soviel Matsch sein, des Typische bleibt«, worauf sein Kollege »Ei, geh fort!« rief und eine Platin-Amex-Karte hervorzog. »Die habbe ma gefunde bei ihm. Da hatt einer alles und bringt sich um. Depressione, gell.«

Helen stimmte dem zu, und sie sprachen über Reichtum und Unglück und waren bald bei der Witwe, vermutlich Alleinerbin und Milliardärin demnächst. »Oder gibt's Zweifel an Busches Selbstmord?« Immer noch die Arme um beide Exkollegen, fragte sie das, eingebettet in ein bezwingendes Lachen, und hörte von dem zerschossenen Türschloß, als sei doch noch jemand im Spiel gewesen, womöglich der Besenstielmörder, und erfuhr so auch von der weggerissenen

Jalousie: als ob sich Busche nur zu weit aus dem Fenster gelehnt hätte, also ein Unfall, jedoch bei abgeschlossenem Zimmer. »Und zwar von innen«, sagten beide im Chor, als hinter ihnen die Glastür zum Treppenhaus aufging und Feuerbach, schweißgebadet vom Rennen, mit zwei Schritten den Ausgang erreichte und auch schon zwischen wartenden Journalisten verschwand – ein Bravourstück in Helens Augen. Sie fragte noch nach Frauen und Kindern der alten Kollegen und kam dann, durch einen Anruf, leichter davon, als erwartet.

Das Telefon am Ohr, bahnte sie sich einen Weg durch die Neugierigen vor dem Haus und sah sich nach Feuerbach um; er stand auf der anderen Straßenseite, an eine Ampel gelehnt, immer noch keuchend, und notierte sich etwas. Als Helen auf ihn zutrat, hatte sie für den späteren Abend eine Verabredung mit Willem Hold, der ihr offenbar wie seiner Hausärztin vertraute.

»Und?« fragte sie.

Feuerbach steckte seinen Notizblock ein, er wischte sich den Schweiß vom Gesicht. »Gehen wir erst mal ein Stück.«

Sie gingen Richtung Mainufer, schweigend zunächst, dafür fast Schulter an Schulter auf dem schmalen Gehsteig der Schifferstraße, aber kaum hatten sie die erleuchtete Stadt vor Augen, begann Feuerbach mit einer Geschichte, die Helens gestiegene Meinung von ihm in gefährliche Höhe trieb. Er hatte es nämlich hinbekommen, einen Moment mit der Leiche der Schultz allein zu sein, als sich der Spurensicherungstrupp von dem grausigen Bild durch einen Blick auf die Stadt aus dem Wohnraum erholte.

»Und da fand ich etwas in ihrer Faust«, sagte er und zog eine Schachtel Aspirin aus der Hose und schob vorsichtig die Hülle mit den Tabletten hervor; darauf lag eine abgerissene Ecke guten Papiers, kaum größer als ein Daumennagel, der Rest einer Buchseite, mit einem Wort und einer

Zahl, der Seitenzahl neunundzwanzig und dem Wort *Falte* genau darüber. »Der Täter muß ihr die Seite aus der Hand gefetzt haben«, erklärte Feuerbach, »aber zum Glück, für uns, nicht ganz.« Er schloß die Schachtel wieder und steckte sie ein und riß dann, wie von etwas gestochen, seinen Lottoabschnitt aus der Brusttasche. Er hatte die Achtundzwanzig angekreuzt statt der Neunundzwanzig, obwohl sie groß und deutlich auf dem Zettel stand, dem Zettel, mit dem er den Hundedreck vom Schuh gewischt hatte.

»Was ist los?« fragte Helen. »War der Anblick so schlimm? Überlegen Sie lieber, was wir mit dieser Information anfangen können. Ich sehe nämlich unsere Prämie davonschwimmen.«

»Ich auch. Aber noch könnte man hinterherschwimmen.« Feuerbach schloß die Augen, er nahm seinen ganzen Verstand zusammen. »Busche hat die Schultz nicht umgebracht, sonst hätte man die Seite bei ihm gefunden, außer er hat sie verschluckt, und das dürfte Ihr Exfreund bis morgen herausfinden.«

»Vermutlich«, sagte Helen. »Und weiter ...«

»Wenn es Busche aber nicht war, war es jemand anderer, der die Schultz gut genug kannte, um sie ans Bett fesseln zu können. Und für den diese Seite eine Mordsbedeutung hatte. Wir müssen herausfinden, zu welchem Buch sie gehört, und«, Feuerbach öffnete die Augen wieder, sie glänzten plötzlich, »mit wem die Schultz nach Manila flog. Ich glaube, ich hab noch was vor, das bis zum Morgen dauern kann.«

»So was Ähnliches wollte ich auch sagen«, erwiderte Helen, und ohne einander weitere Fragen zu stellen – vielleicht nicht professionell, aber menschlich –, gingen sie mit einer Verabredung zum gemeinsamen Frühstück auseinander, er Richtung Westend, sie Richtung Bahnhofsviertel.

45

Willem Hold, die Reisetasche mit dem First-Class-Ticket wieder bei sich, stand noch bei den Schließfächern, eine Hand auf der schmerzenden Wange, und stellte fest, daß er Hunger hatte. Eine große Leere war da im Magen – zuletzt auf dem Flug gefüllt, neben Lou –, aber auch oberhalb des Magens, wo eigentlich nichts hohl sein sollte, schien ein Loch zu sein. Er ging ein Stück und dachte an Gelbwurst, die Gelbwurst, die ihm seine Mutter immer für die große Pause eingepackt hatte. Später, wenn alles geregelt wäre, er das Geld hätte und seine Rache für Lou, würde er noch ein Stück Gelbwurst essen, vor dem Abflug nach Manila. Erst ein heiseres Lachen riß ihn aus seinen Gedanken.

Betrunkene verhöhnten eine lahmende Taube, sie zupften an ihren Flügeln und spuckten ihr auf den Kopf. Er trat dem einen in die Kniekehlen und dem anderen vors Schienbein, dann drehte er der Taube den Hals um. Das war gegen elf, auf einem Monitor in der Ebene unter dem Bahnhof liefen die Spätnachrichten, Louis Freytag war immer noch Top-Thema. Man sprach jetzt von bestelltem Mord und suchte den Auftraggeber in Autorenkreisen mit Kontakt nach Polen etc., also eher unter älteren Schriftstellern, von Freytag gedemütigt wie auch in den Himmel und höchste Steuerklassen gehoben, Kreisen, in denen angeblich ein Manuskript zirkulierte, *Tod eines Kritikers*, vermutlich Krimi mit Ambition, ARD-verdächtig. Es gebe schon erste Verhöre, hieß es, Namen wie Kristlein und Mahlke fielen – Pech für euch, dachte Hold und sah dann auch schon die Frau, mit der er verabredet war. In einem engen schwarzen Kleid kam sie daher, auf halbhohen Absätzen, um die Schultern einen leichten Mantel, Arme verschränkt.

»Wo haben Sie Ihre Arzttasche?« fragte er.

»Tut mir leid, ich kam nicht mehr nach Hause.«

»Dann müssen *wir* eben zu der Tasche.«

»Sie meinen, zu mir in die Wohnung?«

»Oder soll ich sagen, in Ihre Praxis?« Willem schob eine Hand unter Helens Arm, er ging mit ihr zur nächsten Rolltreppe, und schon waren sie auf der Münchner und spazierten dort wie ein Paar bis in Höhe einer Eckkneipe, aus der ein altes Traumlied kam.

»Trinken wir erst mal was«, sagte Helen, sehr um ihre Fassung bemüht. *Sweet little sixteen*, das hatte ihr Leo Eick eingebrockt, erst mit dieser Nummer war er richtig in Fahrt gekommen, als würde er Ski laufen, und hatte sie da mit hineingerissen, in seinen Jahrgang, händeklatschend zum Singen verleitet, *They're really rockin' in Boston,* das konnte sie noch und würde es immer können, auf den Teppich waren sie gesunken bei diesem Lied, mit den vielen Pausen im Refrain, da hatte er jedesmal innegehalten und sie weiter und weiter von ihrem Zuhause entfernt, von Kasi und ihrem Kreativ-Bären.

»He, was ist los«, fragte Willem, »ist Ihnen nicht gut?«

»Mir fiel nur was ein.«

»Das ist dieses Lied – trinken wir lieber.« Er hatte zwei Pils bestellt, und ein Kellner mit Ring im Ohr brachte sie auch schon an den Tisch, nirgends wurde so schnell gezapft wie im Moseleck, das war schon immer so. Er hielt sein Glas an das von Helen, die Schaumkronen mischten sich. »Und lassen wir das Sie mal weg, wenn wir trinken. Prost.«

Schnell und leise kam dieser Vorschlag, und Helen konnte nur nicken, während das kalte Bier schon in ihren Mund lief und das Lied gar nicht enden wollte und ihr klar wurde, wie weit sie sich schon von allem gelöst hatte, was einmal ihr Leben war, das einer Kriminalbeamtin mit Mann und Sohn in schöner Wohnung, jetzt am Kneipentisch mit einem Gangster, der sie duzte.

Willem stellte sein Glas ab, er legte einen Finger auf Helens Hand. »Ich habe Neuigkeiten für dich. Die Frau, die ich geliebt habe und hinter der du her bist, wurde vor ein paar Stunden auf bestialische Art umgebracht.«

»Woher wissen Sie das?«

»Ich heiße Willem.«

»Also gut, Willem, woher?«

»Ich habe sie selbst gefunden, in ihrer Wohnung – die ich leider etwas grob öffnen mußte. Sie lag gepfählt auf dem Bett. Nach mir kam Busche. Der Anblick war wohl zuviel für ihn.«

Helen spürte das Bier im Magen, es schwappte hin und her, der Schweiß brach ihr aus. »Und warum soll ich glauben, daß *du* sie nicht umgebracht hast?«

Willem nahm jetzt Helens Hand und schloß seine darum, er drückte sie zu. »So stark war das Glück mit ihr – kapiert?«

»Ja. Und wenn du nicht gleich aufhörst, kann ich mit der Hand nichts mehr für dich tun.«

»Das mußte sein«, sagte Hold und begann, die gedrückte Hand zu massieren. »Hör zu, wir zwei haben verschiedene Interessen. Du willst an das Geld von dem Bild, das Lou verkauft hat – ich will ihren Mörder. Meine Theorie: Beides hat miteinander zu tun. Und darum erledige ich auch gleich beides – allein. Also halte dich zurück, samt deinem blonden Partner.«

»Ich weiß gar nicht, wo der steckt.«

»Wo immer er steckt, er ist der Hund, der mir ein Loch in die Wange gemacht hat. Und Steve McQueen auch nur sehr entfernt ähnlich sieht. Er sieht beschissen aus, wenn du mich fragst.«

»Nein, er sieht ganz passabel aus.«

»Bist du scharf auf ihn?«

»Ich denke nicht«, sagte Helen.

»Das dachte ich bei Lou auch. Bis es krachte. Oder funkte. Wie heißt das?«

»Funkte.«

»Bis es funkte also.«

»Verstehe.«

»Du verstehst gar nichts. Aber das kommt.«

»Wann?«

»Wenn wir im Bett liegen.«

»Du mußt verrückt sein«, sagte Helen.

Willem Hold legte Geld auf den Tisch.

46

Feuerbach steckte bei Heike Puschmann, noch in der sogenannten Living zone, aber kurz davor, einen Platz in ihrem Designerbett im Schlafbereich zu erobern. Er hatte schon im Vorfeld, zwischen Erkundigungen über Busches Firmengeflecht, den aktuellen Dienstplan der Stewardess ermittelt. Sie war von Barcelona am Mittag nach Frankfurt zurückgeflogen und startete erst übermorgen wieder, Richtung Fernost.

Durch Kopfmassage und kleine Küsse in ihren flaumigen Nacken versuchte Feuerbach – sie standen hintereinander, auf dem Übergang vom Living- zum Schlafbereich – die Erinnerungsstörung zu beheben, die den Sitznachbarn der Schultz auf dem Hinflug nach Manila betraf. »Erinnere dich«, flüsterte er, »wie hieß dieser Typ?« und wechselte von ihren Schläfen zu den Brüsten, die aus zitronengelben Körbchen schauten, kein guter Einfall, denn statt noch angestrengter oder überhaupt nachzudenken, seufzte Heike

Puschmann und drehte sich schließlich um und nannte ihn einen *Blonden Hund,* was er zum Anlaß nahm, sie auf das runde Bett zu bugsieren, das sich auch noch zu drehen anfing. »Dann beschreib ihn wenigstens«, keuchte Feuerbach im ersten Ansturm.

»Ich sagte doch, Kaffeetrinker, der gute Bücher liest.«

»Ich will wissen, wie er aussah.«

»Er trug immer diese Sonnenbrille.«

»Auch beim Lesen?«

»Ich glaube, ja.«

»Was heißt, ich glaube?«

»Ja, er trug sie auch beim Lesen. Wollen wir's jetzt machen? Dann geh ich nämlich ins Bad.«

»Wir gehen beide. Eine kalte Dusche, und der Name fällt dir ein.«

Die Stewardess schlüpfte unter die Bettdecke. »Ich dusche nie kalt.« Sie zog ihre Wäsche aus und warf sie auf den Boden. »Wozu brauchst du überhaupt diesen Namen?«

Feuerbach beugte sich über Heike Puschmann, er sah auf ihre geschwärzten Wimpern. »Die Frau, die den Sonnenbrillentyp und Bücherfreund nach Manila begleitet hat, wurde heute auf eine ziemlich üble Weise ermordet, und das höchstwahrscheinlich von ihm – und jetzt erinnere dich. Oder treib die alte Passagierliste auf, da muß es doch eine Datei geben.«

»An die komm ich nicht ran.«

»Dann öffne die in deinem Kopf!«

»Nichts zu machen, die ist gelöscht«, sagte Heike Puschmann und setzte sich samt Decke auf. »Ich hatte seitdem x Flüge, ich weiß nicht mehr, wie der Mann hieß. Ich weiß nur, er hat ein Buch gelesen und zwischendurch in Unterlagen geblättert, mit Fotos von irgendwelchen Geräten.«

»Geräten ...« Feuerbach zog die Bettdecke sachte an sich und erschrak über die Perfektion von Heike Puschmanns Brüsten; obwohl voll und gerundet, standen sie, mit mädchenhaften Spitzen, in schöner Symmetrie nebeneinander, ja schienen sich ihm entgegenzurecken, und er wagte es nicht, sie zu berühren.

»Ja. So große Maschinen. Bagger oder Bohrer, mit Zangen und Sachen, die sich drehen.«

»Was denn nun?« fragte Feuerbach und sah langsam an ihr herunter, auf einen kaum gewölbten Bauch und was als nächstes so kam am Treffpunkt zweier Beine, die nach unten hin gar nicht enden wollten. »Bagger oder Bohrer?«

»Ich glaube, es waren Bohrer.« Heike Puschmann flüsterte auf einmal, »gewaltige Bohrer ... So eine Mischung aus Fotos und Animation. Wollen wir's jetzt machen?«

Feuerbach schloß die Augen, er begann sachte zu nicken. »Also ein Verkäufer von Riesenbohrern.«

Die Stewardess nahm ihre Uhr ab und legte sie auf die Andeutung eines Nachttischs. »Ich hoffe, du hast was dabei ...«

»Oder Vertreter für Riesenbohrer, der mit einer Edelnutte nach Manila fliegt«, murmelte Feuerbach, »und zwar mit der, aus deren Wohnung sich heute unser Leasing-Krösus Busche gestürzt hat. Und das heißt, ein Mitarbeiter von ihm.«

»Ich geh schon mal ins Bad«, erklärte Heike Puschmann. Sie wollte aufstehen, aber Feuerbach saß, immer noch murmelnd, auf ihren Füßen. »Und beide hatten sie was mit der Schultz. Also nicht irgendein Mitarbeiter, sondern jemand, der mit Busche die Nutte geteilt hat, ihn damit vielleicht in die Hand bekommen wollte. Und es offenbar auch geschafft hat.«

Feuerbach sprang aus dem Bett, er lief zu seiner Jacke und holte die Notizen über Busches Leasing-Imperium, ein paar Namen von Tochterfirmen und Banken, Standorten und Kunden, auch Ingenieuren und Anwälten, die für Busche tätig waren. Die Wirtschaftsredaktion der FAZ hatte ihm weitergeholfen, drei Artikel waren im letzten Jahr erschienen, fast mehr Bewunderung als Skepsis; seit der Hochzeit mit Vanilla auch Neid.

»Falls du nichts dabei hast«, rief Heike Puschmann aus der Dusche, »kannst du ja noch was holen!«

Feuerbach ging die Namen noch einmal durch, dann trat er ins Bad, das mehr einem Labor zur Umwandlung natürlicher Menschen in übernatürliche Wesen glich, als dem üblichen Ort für Ausscheidung und Körperpflege. Heike Puschmann stand in einer gläsernen Kabine, mit dem Rükken zur Tür, einem von Wasser und Seife glänzenden Rükken, und es fiel ihm nicht leicht, beim Thema zu bleiben.

»Ich lese dir jetzt ein paar Namen vor«, sagte er. »Sobald du dich an einen erinnerst, schreist du.«

Und er las die Namen in alphabetischer Reihenfolge, während die Lufthansa-Stewardess unter der Dusche nichts ausließ, ihn von dem Thema abzubringen; erst beim letzten Namen schrie sie, und auch dieser Schrei war noch taktisch, fast ein vorgezogenes Aufstöhnen. »Also Zidona«, sagte Feuerbach.

»Ja, ich glaube, so hieß er.«

»Der ist aber eigentlich Anwalt, kein Bohrervertreter.«

Heike Puschmann kam aus der Dusche, sie griff sich ein Badetuch. »Anwälte sind immer alles, wie Schauspieler. Er hat ja auch ein gutes Buch gelesen und keine Verträge.«

»Welches Buch?«

»Irgendeinen Roman – geht das die ganze Nacht weiter so? Die Dusche ist frei.«

Feuerbach zog sich aus. »Versuch dich an den Titel zu erinnern. Oder den Autor. Oder wenigstens an den Umschlag.«

»Und was hättest du davon?«

»Das kann ich jetzt noch nicht wissen.«

»Von mir hättest du mehr – das weiß ich jetzt schon.«

Heike Puschmann, noch ganz rot vom heißen Wasser, ließ das Handtuch fallen und krallte sich in die Brust ihres Gastes; offenbar zählte sie zu den Frauen, die jedes Abenteuer Richtung Notfall lenken. »Viel mehr sogar«, sagte sie.

Feuerbach nahm ihre Hände und reichte sie gleichsam zurück.

»Es geht mir darum, diesen Anwalt Zidona irgendwie einzuschätzen. Vermutlich hat er nicht nur einen Mord begangen, sondern auch einen Picasso verkauft, der ihm nicht gehört. Wir sind hinter dem Erlös her.«

Die Stewardess begann sich einzucremen, von den Füßen aufwärts, erst eilig, dann langsam.

»Wer ist wir?«

»Mein Partner und ich.«

Feuerbach trat in die Dusche, er suchte den Wasserregler, und wieder kam ihre Hand, jetzt feucht von Creme.

»Bevor du naß wirst, Carl, hast du nun was dabei oder nicht?«

»Wir können's ja irgendwie anders machen …«

»Das hätt ich gern genauer vorher.«

»Was weiß ich«, sagte Feuerbach und zeigte sein breitestes Lachen, aber das reichte nicht, nicht für die First Class der Lufthansa, und nun ließ er auch seine Zähne sehen, dazu die Hälfte der Zunge, und die Stewardess in ihrem Designerbad begriff noch immer nichts, sie sah ihn nur fragend an, bis er genug hatte. Er schloß die Augen und richtete einen Finger auf sich. »Da, mit dem Mund so …«

»Damundzio«, rief Heike Puschmann, »der Autor von diesem Roman hieß Damundzio!«

»He, das klingt gut!« Feuerbach schoß aus der Dusche, er küßte den Mund, der noch gespitzt war vom O. »Vielleicht hol ich uns doch schnell was …«

47

Helen hatte Willems Loch in der Wange noch einmal nach bestem Wissen verarztet – die Klammern gelockert und mit Hilfe einer Pinzette winzige Glassplitter entfernt, die noch im Fleisch gesteckt hatten – und suchte gerade seine Vene für eine weitere Gabe an schmerz- und entzündungshemmendem Mittel, als es klingelte. Sie saßen allein in der Küche; Nola war auf irgendeiner Messeparty, und ihr Mieter und Partner hatte angeblich eine Art Nachteinsatz. Hold griff mit links unter den Tisch.

»Wir sind nicht da, okay?«

»Das kann nur mein Sohn sein – wir *sind* da.« Helen stach zu, sie begann mit dem Einspritzen. »Bist du das, Kasi?!«

»Ja, mach auf!«

»Was wirst du ihm sagen?« flüsterte Hold.

»Die Wahrheit.«

»Dann muß ich euch beide umlegen.« Er holte die Waffe hervor, und Helen injizierte weiter. »Was ist da überhaupt drin?«

»Alles mögliche.«

Willem spannte den Hahn, er zielte auf Helen. Es klingelte zum zweiten Mal. »Sag mir, was da drin ist ...«

»Komm schon«, drang es durch die Tür, »mir geht's scheiße!«

Helen zog die Nadel heraus. »Die Amerikaner benützen dieses Zeug regelmäßig in ihren Gefängnissen, immer eine Minute nach Mitternacht. Es wirkt prompt.« Sie stand auf und ging rückwärts aus der Küche. »Ich komme, Kasi!«

»Was hab ich dir getan?« flüsterte Hold.

»Sie trauen mir nicht, das stört mich.«

»Wenn ich dir nicht trauen würde, wär ich nicht hier.«

»Warum erzählen Sie mir dann nicht alles, was Sie wissen? Alles über Frau Schultz oder Lou ...«

»Weil ich Frau Schultz oder Lou geliebt habe.«

Helen öffnete die Wohnungstür, und Kasimir kippte ihr förmlich entgegen, seine Pupillen waren groß und dunkel. »Hast du Besuch, Mama?« Er lallte jetzt, war aber noch so bei Verstand, sie Mama zu nennen, was er sonst nie tat – sie also zu reizen.

»Ja, geh in mein Zimmer.«

»Ist es ein Typ?« Kasimir taumelte Richtung Küche, sie konnte ihn nicht mehr aufhalten, beide erschienen sie im Türrahmen.

»Hi«, sagte Hold, und Kasimir erbrach sich mit einem einzigen Schwall, daß es nur so spritzte, auf den unbezahlten Terrakottaboden, auf Willems Hemd und Hose.

Helen schlug die Hände vors Gesicht, eine theatralische Geste, die ihr jedoch eine Pause verschaffte. Als sie die Hände wieder wegnahm, kniete der Mann mit dem Loch in der Wange – der einzige, der ihr vielleicht noch etwas sagen könnte über das Geld aus dem Picasso-Verkauf – schon auf den Fliesen, in der Hand einen Wischlappen statt der Beretta. Er lächelte und wischte; eine gefährliche Ruhe ging mit einem Mal von ihm aus, er kam ihr jetzt vor wie der Stier, der sich ohne Panik in die Arena begibt, weil er über ein Wissen verfügt: daß sein Gegner nicht das Tuch ist, sondern der Mann, der es bewegt. Ein Stier mit *sentido*, das hatte ihr Leo Eick, der Freizeit- und Spanien-Experte erklärt, und plötzlich fiel ihr das ein, und der Boden schien unter ihren Schuhen zu schwanken.

»Bumst er dich?« fragte Kasimir.

»Nein. Komm jetzt ins Bad.«

»Ihr bleibt beide da«, sagte Hold, »ich wisch hier nicht allein. Und man kann auch mal danke sagen.«

Helen holte tief Luft, sie bedankte sich, dann führte sie

ihren Sohn zum Spülbecken, und Kasimir, weiß im Gesicht, begann zu erzählen, heiser, spuckend, nicht zu bremsen. Er hatte seinen arbeitslosen Art-director-Vater mit einer Frau erwischt: »Sie war blond und fett und hat gejammert, als würde er sie schlagen, aber er hat sie gar nicht geschlagen.«

»So was gibt's«, sagte Hold. »Und dann kifft man sich zu.«

Kasimir erbrach noch etwas glasige Galle ins Becken.

»Schon wieder ein Arzt«, flüsterte er.

»Quatsch, er hat mit der Buchmesse zu tun.« Helen fiel nichts Besseres ein, sie schaute zu Hold, der immer noch wischte.

»Also ein Autor«, röhrte Kasimir und gab noch einen letzten Schwall von sich, während Helen schon seinen Kopf unter den kalten Wasserstrahl hielt.

»Ja, so was in der Art«, sagte Hold. »Ich schreibe.«

»Mach ich später auch noch«, kam es aus dem Becken.

»Und vorher?«

»Erst mal Fernsehen.«

»Konzentrier dich aufs Kotzen«, sagte Helen und sah auf die alte Uhr ihres Vaters; es war bald zwölf, und Nola kam selten später als zwölf. Irgendwie mußte sie diesen Bewaffneten, auch wenn er so selbstlos den Boden aufwischte, aus der Wohnung bekommen oder wenigstens in ihr Zimmer verfrachten. Sie drehte das Wasser ab und wickelte ein Geschirrtuch um Kasimirs Kopf und führte ihn in den sogenannten Gemeinschaftsraum, zu dem Sofa, auf dem sie so viele Jahre geschlafen hatte, zuerst allein und irgendwann nicht mehr allein; am Ende mit Kind im Arm. Ihr war schon lange klar, daß Kasimir alles mögliche ausprobierte, aber sie hatte früher selbst alles mögliche ausprobiert und lebte auch noch. »Leg dich da hin«, sagte sie, und er drückte einen Finger in ihren Bauch. »Ist er wenigstens ein guter Autor, wenn du schon was mit ihm hast …«

»Ich hab nichts mit ihm. Ich hab mit keinem was.«

»Dann tust du mir leid.«

»Schlaf jetzt lieber.« Helen bettete ihren Sohn auf das Sofa und deckte ihn mit einer Fußdecke zu. Sie schloß noch die Vorhänge und anschließend leise die Tür und ging ins Bad; dort fiel ihr auf, daß sie weinte. Irgend etwas, dachte sie, mußte passieren, in ihrem Leben und seinem, ja überhaupt in der Zeit, die sie noch hatten, als Mutter und Kind. In einem Jahr könnte es schon zu spät sein, zu spät für immer, fürchtete sie und wusch sich dabei das Gesicht, bis nichts mehr übrigblieb von all ihrem Bangen, bis es nur noch die Frage gab, wie sie den Mann mit dem Loch in der Backe zum Reden brächte, ohne ihm ein Bett anzubieten.

Als sie in die Küche zurückkam, saß Hold in Boxershorts am Tisch, seine Waffe in der Hand und die übrige Kleidung im Arm. »Hier gibt's doch sicher eine Waschmaschine.«

»Ja, aber unten schlafen Leute. Man wäscht nicht nachts.«

»Meine Sachen sind voller Kotze.«

»Die kann man ausbürsten, wenn sie getrocknet ist. Würden Sie sich jetzt wieder anziehen und Ihre Waffe weglegen?«

Willem legte die Beretta in seinen Schoß.

»Dein Sohn ist süchtig, weißt du das?«

»Mein Sohn ist nur neugierig.«

»Er ist verzweifelt. Warum wohnt sein Vater nicht hier?«

»Wir haben uns scheiden lassen.«

Willem breitete jetzt seine Kleidung auf dem Küchentisch aus. »War das *sein* Wunsch?«

»Nein, es war meiner.«

»Und warum?«

»Das geht Sie nichts an. Kommen wir mal besser auf Ihre Frau Schultz. Was hat sie von Manila erzählt?«

»Warum hast du dich scheiden lassen? Erst klären wir das.«

»Wegen eines Mannes«, sagte Helen. »Aber das ist vorbei.«

»Sah er gut aus?«

»Ein braungebrannter Arzt.«

»Das sind die schlimmsten.«

»Wahrscheinlich. Können wir jetzt weitermachen?«

»Meinetwegen. Aber sprich nicht von Frau Schultz. Sag Lou.«

»Ganz wie Sie wollen. Dann eben Lou.«

»Die ermordete Lou. Meine ermordete Lou, die ich geliebt habe, okay?«

»Okay, Ihre ermordete Lou, die Sie geliebt haben, hat doch in Manila oder sonstwo einen Picasso verkauft, stimmt's?«

»Gibt's hier einen Fön?« fragte Hold.

»Ja, natürlich.«

»Dann hol ihn.«

Helen biß sich in die Faust. Sie spürte, daß sie weiterkam, aber sie spürte auch, wie dünn der Boden unter ihr war, seit sie keine gültige Dienstmarke mehr hatte; schließlich holte sie den Fön und fragte dann, wie in guten alten Zeiten beim Verhör, ohne Umschweife nach dem Geld aus dem Bildverkauf, während Hold schon die Galle auf seiner Kleidung fönte.

»Lou hatte das Geld gar nicht dabei«, sagte er nach einer Weile. »Sie hat das wohl alles dem Mann überlassen, mit dem sie unterwegs war.«

»Was wissen Sie über diesen Mann?«

»Nichts«, sagte Willem.

»Und Ihr Gefühl?«

»Mein Gefühl«, er stellte den Fön ab, »ein Schwein. Jetzt wäre eine Bürste gut.«

Helen holte eine Bürste aus dem Flur, sie legte selbst Hand an; Kasimirs Mageninhalt flog in kleinen Wolken davon. Willem sah ihr aufmerksam zu. »Sehr freundlich«, sagte er.

»Keine Ursache. Was werden Sie jetzt tun?«

»Wollen Sie mich rausschmeißen?«

»Ihre Wunde ist versorgt.«

»Es gibt in ganz Frankfurt kein Zimmer.«

»Sie kriegen nicht mal eins in Mannheim während der Buchmesse. Es gibt aber Kneipen, die erst morgens schließen.«

»Ich hab's nur gern gemütlich.« Willem legte die Waffe auf den Tisch, er stand auf und begann sich anzuziehen.

»Wollen Sie mich erschießen?« fragte Helen.

»Mit einer Fünfundvierziger? Um die ganze Straße zu wecken?«

»Wenn Sie mich nicht erschießen, dann helfen Sie mir weiter.«

Hold begann sich anzuziehen. »Also paß auf, Lou hat mir nur erzählt, daß es diesen Picasso gab, daß sie ihn geerbt hat und im Koffer nach Manila mitnahm. Als ich sie fragte, wo er jetzt sei, sagte sie, keine Ahnung. Und als nächstes hieß es, verkauft. Jemand habe das für sie erledigt, auch das Geld angelegt. Aber da kannten wir zwei uns noch kaum. Ich glaube, sie hat gelogen. In Manila wird man keinen Picasso los.«

»Und wo ist dann das Bild?«

»Keine Ahnung.« Willem knöpfte sein Hemd zu, er sah an sich herunter. Socken, Hose, Gürtel, alles war irgendwie hell, bis auf die Lederjacke, und die sah auch nicht nach Trauer aus. »Ich bräuchte mal was Schwarzes ...«

»Wegen Lou?«

»Ja, verdammt.«

»Ich hab aber nichts.«

»Dann hol dein Nähzeug. Oder hast du auch kein Nähzeug?«

»Nur so was ähnliches.« Helen ging in den Flur und kam mit einem Schuhkarton wieder, sie stellte ihn auf den Tisch. »Da.«

Hold nahm den Deckel ab, es war ein Chaosnähzeug, Berge von Knöpfen und lose Nadeln, Wollknäuel, Garnrollen, Reißverschlüsse verwickelt in Stoffreste und ein Maßband, dazwischen Schnittmuster, Scheren, ein Puppenkopf. Und mit dem Scheuklappenblick des Trauernden fischte er aus all dem ein schwarzes Samtband hervor und hielt es sich als Krawatte vors Hemd.

»Gratuliere«, sagte Helen, »es gehört Ihnen, im Flur hängt ein Spiegel.« Sie stand noch am Küchentisch, Hände in den Taschen, und der Schweiß brach ihr aus, als der Trick offenbar funktionierte, er nämlich in den Flur ging und die Cougar auf dem Tisch liegenließ. Perlen liefen ihr kitzelnd über die Stirn, und alle Finger zuckten, noch vor paar Monaten hätte sie ohne nachzudenken gehandelt, jetzt aber dachte sie nach, das war der eigentliche Unterschied, diese Sekunden des Abwägens – natürlich wurde er polizeilich gesucht, wegen Mordes, aber war es nicht, in Wahrheit, um die Liebe und sein Leben gegangen? So konnte man es jedenfalls sehen, und über den Picasso wüßte er wohl auch mehr, als er zugab; und das betraf ihr Leben, das gerade neu anfing.

»Mach keine Dummheiten«, rief Hold.

»Ich mache keine Dummheiten. Hat Lou den Picasso womöglich wieder mitgebracht?«

»Gesehen hab ich ihn nicht.« Willem erschien in der Tür, das schwarze Band zum Schlips gebunden. »Und?«

»Sehr hübsch«, sagte Helen, »ich meine, sehr feierlich. Werden Sie zu ihrer Beerdigung gehen?«

»Nein, ich muß was erledigen.« Er holte die Waffe vom Tisch und steckte sie ein. »Gibt's hier irgendwo Bücher?«

»Was für Bücher?«

»Literatur und so Zeug. Ich brauch was Gutes zu lesen.«

»Kommen Sie mit.« Helen ging in Nolas Zimmer, dort gab es eine ganze Wand aus Büchern; Willem folgte ihr.

»Die gehören aber nicht mir«, sagte sie.

»Ich bring's ja zurück.«

»Was suchen Sie denn?«

Hold tat so, als würde er nachdenken.

»Krimis?«

»Nein, hab ich selbst.«

»Oder was mit Sex?«

»Ich sagte, etwas Gutes. Da gibt's jetzt einen neuen Roman, hab ich auf der Messe gesehen, von einem Ollenbeck oder so.«

Helen ging die Reihen durch, Nola war sehr ordnungsliebend, was ihre Bücher betraf. »Nein«, sagte sie, »da steht unter O nur *Die Geschichte der O.*«

Willem verbeugte sich. »Dann geh ich jetzt besser, danke für alles.«

»Vielleicht trinken wir noch was ...«

»Wenn Sie das meinen.« Mit einem Lächeln kehrte er zum *Sie* zurück, und Helen zwang sich, ihm in die Augen zu schauen.

»Ich meine genau und ausschließlich das.«

48

Je schlichter einem Gemüter erscheinen, desto komplizierter gestaltet sich oft die körperliche Liebe mit solch vermeintlich Lockeren, wenn sie denn sämtliche Geheimnisse des Lebens ausgerechnet in jenem Vorgang vermuten, der seit Menschengedenken immer dasselbe bereithält, allen Sexfibeln zum Trotz (und auch aller höheren Literatur – nur die gemeine weiß davon ein zutreffendes Lied zu singen). Die Stewardess Puschmann hatte, nachdem Feuerbach mit seiner kleinen Besorgung wieder aufgetaucht war, in allen Räumen Kerzen entzündet, bis die ganze Designerwohnung ein einziges verschachteltes Bescherungszimmer war, das er als nackter Engel – bekleidet nur mit einem Exemplar seiner Besorgung – durchschweben sollte, um schließlich zwischen ihren Schenkeln zu landen, doch auf dem letzten Abschnitt dieses erotischen Flugs, als auch noch Kuschelrock dazukam, hatte er gewissermaßen abgedreht, mit dem Argument einer plötzlichen Übelkeit – gar nicht so aus der Luft gegriffen –, und war derart eilig aufgebrochen, daß Heike Puschmann ihm sogar glaubte, um nicht den Glauben an sich selbst zu verlieren. Jedenfalls begleiteten ihn keine Verwünschungen, als er tief in der Nacht den Main überquerte, in frischer Luft und dem Gefühl einer knapp geretteten Freiheit, voll klarer Gedanken zu seinem ersten privaten Fall, der sich immer mehr auszuweiten schien.

Wenn dieser enge Busche-Mitarbeiter – dachte Feuerbach auf dem Eisernen Steg –, wenn dieser Zidona, den die Schultz nach Manila begleitet hatte, ihr Mörder war, dann war er auch der, der ihr vor seiner Wahnsinnstat noch ein Buch oder eine Buchseite aus der Hand riß, ohne zu merken, daß ein Schnipsel mit der Seitenzahl neunundzwanzig und dem Wort *Falte* zurückblieb. Folglich konnte es nur in höchster Erregung geschehen sein, jedoch keiner sexuellen, das ergab wenig Sinn, sondern einer des Ichs, in einem Anfall von Wut, aber *was* hatte ihn in derartige Wut versetzt, das war die Frage. Feuerbach verließ die alte Fußgängerbrücke und lief Richtung Schweizer Platz, er versuchte sich an die Indizien zu halten: Wut also – und die konnte nur im Zusammenhang mit Büchern oder dem Schreiben von Büchern zu diesem Ausbruch gekommen sein. Die Schultz hatte Zidona – falls er es war – vielleicht eine Seite gezeigt, die ihn bloßstellte, aber in welcher Eigenschaft, das war die nächste Frage, und da fiel ihm ein, was Nola während Ollenbecks Lesung gesagt hatte, wie wenig ihr das alles neu erscheine, weil es ein anderer längst geschrieben habe. Also unter Umständen ein Plagiatsbeweis, das hieß, die Schultz hatte ihrem Gönner und Möchtegernliteraten die von ihm besonders geplünderte Seite eines Buchs unter die Nase gehalten, verbunden mit der Drohung, den Betrug auffliegen zu lassen, wenn er nicht zahlte, was sie verlangte – gar kein so übles Mordmotiv, sagte sich Feuerbach, nun schon auf der Schweizer Straße (noch nächtlich ruhig, bis auf ein Taxi mit lesendem Fahrgast: Willem Hold, dem Helen die Sexfibel überlassen hatte, unterwegs ins Bahnhofsviertel).

Andererseits war ihm kein Schriftsteller mit dem einprägsamen Namen Zidona bekannt, dagegen stand in jedem Blatt, von Gala bis zum Spiegel, daß eben jener Ollenbeck mit seiner Blitzkarriere als Skandalautor und Wundermann auch häufigster Begleiter der Campus sei, neuerdings Witwe von Leasing-Krösus Busche, für den Zidona mit Bohrerlegenden auf Reisen ging. Alles in allem eine schillernde Konstellation, die Feuerbach zwangsläufig zu dem schillernden Schluß führte, daß der Autor Ollenbeck überhaupt nicht Ollenbeck war, sondern ein eloquenter Anwalt und

Geschäftsmann, nämlich Zidona, der sich, genialerweise, die Prominenz als Tarnung gewählt hatte, um am Ende an die verschobenen Milliarden aus dem Luftschlösserhandel zu kommen. Dazu müßten ja nur die Hauptbeteiligten unter der Erde sein, das hieß in erster Linie Busche, wofür es schon beste Voraussetzungen gab, und in zweiter der Drahtzieher des ganzen, also Zidona selbst, vermutlich schon längst von ihm vorbereitet.

Feuerbach bog in die Morgensternstraße und rannte das letzte Stück, voller Sorge, das kaum zu Ende gedachte, allein in ihm existierende Gedankengebäude könnte die Form verändern oder gar einstürzen, bevor er es seiner Vermieterin oder wenigstens Nola mitgeteilt hätte, denn aus Erfahrung wußte er, daß solche Momente verrückter Klarheit nie lange anhalten, und als er in die Wohnung kam und die beiden in der Küche antraf, bei Fruchtzwergen und Rotwein, Helen im bestickten Hausrock, geishahaft, das Haar hochgebunden wie für ein Bad, und Nola in Jeans und einem T-Shirt mit dem Aufdruck *Parlando*, legte er sofort los und hörte erst auf, als alles gesagt war.

Helen brach den vorletzten Fruchtzwerg von der Packung und hielt ihn Feuerbach samt ihrem Löffel hin, aber er wollte nichts essen, schon gar nicht Himbeerpampe, er spürte nur eine Lust auf den Löffel, den sie im Mund gehabt hatte, was er freilich nicht zugeben konnte, auf gar keinen Fall, da nahm er lieber das Weinglas, das Nola ihm anbot, und setzte sich. »Ich wüßte gern, was Sie denken«, sagte er zu Helen.

»Ich denke, Sie könnten recht haben – aber was heißt das für uns? Wir sind nur hinter diesem Picasso-Geld her.«

»Dann müssen wir uns an Zidona halten, und der ist sonstwo, um irgendwo als Ollenbeck wieder aufzutauchen.«

»Ich glaube nicht, daß er sonstwo ist«, sagte Nola. »Oder daß er sonstwo wieder auftaucht. Er wird an einem Ort auftauchen, der zu seinem neuen Leben paßt, zum Beispiel einem literarischen Ort. Vielleicht hilft uns dieses Stück Buchseite weiter.«

Feuerbach zog die Aspirinschachtel aus der Tasche und holte den Schnipsel heraus, er legt ihn vor Nola auf den Tisch. »Die Seitenzahl neunundzwanzig und das Wort Falte – wenn du damit weiterkommst, fall ich vor dir auf die Knie.«

»Vorsicht, Vorsicht«, murmelte Helen. Sie aß den Fruchtzwerg jetzt selbst, während Nola in ihr Zimmer verschwand und Feuerbach zum Kühlschrank ging. Er hatte am Mittag zwei Flaschen Bier gekauft, beim Tengelmann um die Ecke, aber sie lagen nicht mehr da, es gab nur noch Gesundheitswasser von Volvic und einen Becher Buttermilch. »Da lagen zwei Bier«, sagte er. »Becks.«

»Das stimmt.« Helen öffnete auch noch den letzten Fruchtzwerg. »Ich hab sie genommen.«

»Beide?«

»Ja. Und eins getrunken.«

»Und das andere?«

»Ich hatte Besuch«, sagte Helen. »Es hatte mit unserem Fall zu tun, also mußte ich etwas zu trinken anbieten. Sie haben dieser Stewardess doch sicher auch einen Kaffee bezahlt.«

»Ich war bei ihr zu Hause. Aber ich hab ihr eine Kleinigkeit mitgebracht ...« Feuerbach griff sich an den Kopf, er eilte zur Tür. »Du, Nola«, rief er in den Flur. »Du, da gibt es einen Autor, den dieser Zidona dauernd im Flieger gelesen hat, ein komischer Name, ich komm gleich drauf.«

»Warum bei Nola eigentlich das Du?« flüsterte Helen.

»Weil ich nicht mit ihr arbeiten muß.«

»Wir müssen ja auch nicht immer nur arbeiten ...«

»Aber im Moment arbeiten wir. Ich hab's, Nola, ich hab es: Damundzio!«

Helen sah ihn an. »Sind Sie da sicher?«

»Natürlich«, sagte Feuerbach, »so was merkt man sich. Diese Stewardess hat sich's ja auch gemerkt. Ich mußte da nur ein bißchen nachhelfen, damit's ihr wieder einfiel.«

»Und womit haben Sie da so nachgeholfen?«

»Nicht mit Bier.«

Nola kam mit zwei Büchern herein, einem schmalen, offenbar durch unzählige Hände gegangenen Band, der Novelle *Salò* des tödlich verunglückten Autors Branzger, und einem umfangreicheren, gut erhaltenen Buch, das sie Feuerbach entgegenhielt.

»Gabriele D'Annunzio, meintest du den? Der lebte nämlich lange am Gardasee, dort, wo die Branzger-Novelle spielt. Das Buch, dem Ollenbeck zuviel verdankt.«

»D'Annunzio, den meinte ich wohl«, sagte Feuerbach.

»Und was steht auf Seite neunundzwanzig?«

»Bei ihm steht dort eine Hymne auf die Kameradschaft, aber bei Branzger steht in der letzten Zeile, der Zeile über der Seitenzahl: *ich werde sie öffnen, diese Falte aller Falten, meinen Blick darin versenken und …* Das Wort Falte, im Nominativ, genau über der Neunundzwanzig.«

»Wir sollten vielleicht die ganze Seite kennen«, sagte Helen, und Nola reichte Feuerbach die aufgeklappte Novelle: »Sicher glaubhafter, wenn das ein Mann vorliest.«

»Ich konnte so was noch nie.«

Nola setzte sich. »Der Vortrag spielt keine Rolle.«

Helen schenkte sich Wein nach. »Der Inhalt zählt.«

Und Feuerbach fing einfach oben an, mitten im Satz, monoton, aber schon nach wenigen Worten viel weniger monoton, als ihm lieb war, »dürften Sie mir also zustimmen«, las er, »daß jede Verbindung zwischen einem Mädchen, das so zarte Briefe schreibt, auch wenn schon die Frau in ihm anklingt, und einem Mann, der sich vorwiegend mit Geld befaßt, immer zu Lasten des Mädchens geht, weil nämlich die Beschäftigung mit Geld einen Menschen in jeder Hinsicht dazu erzieht, auf seinen Vorteil bedacht zu sein, während das Leben einer kaum Siebzehnjährigen mit der Begabung, einen der besten Flecken der Erde, ihr paradiesisches Zuhause, ohne falschen Ton zu beschreiben, aus Klarheit und Hingabe besteht; aber lassen Sie es mich ganz geradeheraus sagen, als verzweifelte Warnung: Ich werde, sollte erst einmal die Tür in jenem kleinen Hotel am schönsten Punkt der Welt, wie Sie erklären, ins Schloß gefallen sein, alles unternehmen, um Sie an diesem Ort, den Sie für unser Treffen vorschlagen, im Angesicht des prachtvollsten Sees, den ich kenne, aufs Kreuz zu legen, wie es im Volksmund heißt. Ich werde Sie nehmen, meine Liebe, und das nicht nur einmal und nicht in der zarten Eindringlichkeit ihrer Briefe, sondern mehrmals und auf immer gröbere Weise, ohne Rücksicht auf Ihre Jugend oder Unerfahrenheit, im Gegenteil, ich werde mir diese Unerfahrenheit zu Nutze machen und Ihnen einreden, daß gerade die Dinge, die Sie am meisten erschrecken, für die Lust am unerläßlichsten sind; und glauben Sie mir, bella fata del lago, nicht einmal Ihr junger Hintern ist sicher vor mir, ich werde sie öffnen, diese Falte aller Falten, meinen Blick darin versenken und ...« Feuerbach holte Luft, er klappte das Buch zu, ein Hauch von Röte lag auf seinen Wangen.

»Puh«, sagte Helen, während Nola mit erhobenen Händen einen Applaus andeutete und die Küchentür aufging, Kasimir hereinwankte, als hätte er nur auf das Ende des Vortrags gewartet. »Wo ist dein Autor, Mama? Hat *er* den Scheiß geschrieben?«

Feuerbach legte das Buch auf den Tisch.

»Welcher Autor?«

»Der, der das Bier getrunken hat«, sagte Helen und fing ihren Sohn auf. »Warum schläfst du nicht?«

»Weil's nichts bringt.«

»Dann bringt's halt nichts.« Helen griff sich die Novelle und fächelte damit vor Kasimirs Mund. »Dieser Zidona oder falsche Schriftsteller Ollenbeck könnte doch an jenem schönsten Punkt der Welt sein.«

Kasimir drohte jetzt zusammenzubrechen, Feuerbach griff ihm unter die Arme. »Es gibt viele schönste Punkte.«

»Es gibt nur einen«, sagte Nola. »Und der liegt an einem See, gegenüber von dem Ort Salò – ihr könnt meinen Golf haben. Ich sorg für Kasimir.«

»Ist er krank?« fragte Feuerbach. »Er sieht nicht gut aus.«

Helen wandte sich zum Fenster, sie weinte jetzt wieder ein Gemisch aus verschiedenen Tränen, solchen über die verlesene Seite, ein versäumtes Liebesleben, und solchen über den speziellen Lauf der Dinge, ihren ausgeträumten Familientraum. »Er ist nicht krank, er ist enttäuscht«, sagte sie und drehte sich auf dem Absatz herum: »Was hast du genommen?!«

»Was so da war, Mama.«

»Und wo hast du das Zeug gekauft?«

»Beim Aldi.« Kasimir rappelte sich auf. »Aber du mußt dich beeilen, die stehen da Schlange ...«

»Ich werde deinen Vater anzeigen.«

»Dann zeig dich gleich mit an.«

Helen wurde blaß, sie suchte jetzt irgendwo Halt, Feuerbach machte einen Schritt auf sie zu, schon lag ihre Hand auf seiner Schulter, fast ein Klammern, weiß die Knöchel, während Kasimir Richtung Nola schwankte. »Nichts als Kacke«, murmelte Helen, und Feuerbach sprach ihr ins Ohr: »Er könnte auch klauen oder zum Ballett wollen, also beruhig dich, Nola wird das schon machen, wir sollten jetzt losfahren ...«

»Und wohin?«

»An diesen schönen See – welchen überhaupt?«

49

Vanilla Campus, ganz in Schwarz, passend zu ihren Däumlingen, bog in einem racinggrünen Jaguar Coupé XKR in die Raststätte Weiskirchen, auf dem Beifahrersitz ein Schminkköfferchen mit fünfhunderttausend Euro unter einer Lage von Stiften und Pinseln. Sie war absolut ruhig, wie vor all ihren Geschäften, und hatte nur feuchte Hände, weil sie eine Weile nicht mehr Auto gefahren war und schon gar nicht ohne Bodyguards. Etwas ruckartig bremste sie den teuren Wagen auf dem Busparkplatz neben der Raststätte ab, und schon tauchte hinter einer Werbetafel für Ehrmann-Joghurt, von der sie sich selber entgegenlachte, der Mann auf, der sie zur steinreichen Witwe gemacht hatte. Es war genau zehn, als sie ihr Fenster herunterließ.

»Ich heiße Vanilla«, sagte sie als erstes, »und falls Sie nicht Vanilla zu mir sagen, drehe ich samt dem Geld um.« Sie hatte sich diesen Eröffnungssatz auf der Fahrt von der Deutschen Bank zur Autobahn zurechtgelegt, und er blieb nicht ohne Wirkung.

»Thriller-Vanilla«, erwiderte Hold, »laß mich einsteigen.«

»Wozu?« Sie griff nach dem Köfferchen.

»Wozu? Glaubst du, ich zähl es im Freien nach?«

Vanilla gab sich geschlagen, sie entriegelte die Beifahrertür, während Hold, in der Hand seine Reisetasche und unter dem Arm das Exemplar von *Bodymotion*, um den Jaguar herumlief; er hatte bis zum Morgen in einer Kneipe gesessen, vor sich ein Bier und die Fibel, und war dann per Taxi nach Weiskirchen gefahren, um in der Raststätte, nach einem Frühstück, weiterzulesen.

»Aber bitte schnell zählen«, sagte Vanilla. »Ich hatte noch nie soviel Termine wie als Witwe.«

Willem warf das Gepäck auf die Rückbank und ließ sich in den dicken Ledersitz fallen. »Du hast nur einen Termin, den mit mir. Und jetzt stell die Heizung unter meinem Hintern an.«

»Sitzheizung macht impotent.«

»Scheißegal. Stell sie an und fahr los.«

»Sind Sie verrückt?« rief Vanilla, »hier ist Ihr Geld.«

»Ich bin normaler als du.« Willem zuckte, die Wange tat weh, er hatte sich zu heftig bewegt, dafür lag jetzt die Beretta in seiner Hand. »Hast du so was schon mal gesehen?« Er zielte auf Vanillas Kopf. »Ich weiß nicht, wie groß dein Kopfinhalt ist, aber man kann es damit mühelos feststellen. Übrigens: meine Anteilnahme.«

»Wo wollen Sie hin mit mir?«

»Ganz einfach, nach Süden.«

»Völlig unmöglich, ich bin um zwölf bei Sat.1, dann mit RTL am Sarg und um drei schon bei Fliege.«

»Was ist das?«

»Eine Talkshow, was sonst. Und um fünf sitz ich im Flugzeug nach Berlin, zu Maischberger.«

»Jetzt hör mir zu«, Hold spannte den Hahn, »um fünf sitzt du noch immer am Steuer, denn ich habe keinen Führerschein, und mit etwas Glück sind wir dann schon hinter Bozen, also bald am Ziel. Du kannst es dir aussuchen: der Tod oder Italien.«

Vanilla Campus sah in den Rückspiegel und lächelte für einen Moment: »Geld haben wir ja dabei.«

»Und sogar ein gutes Buch.« Er holte die Sexfibel unter dem Arm hervor. »Ich hab alles gelesen.«

»Das haben Sie getan?« Vanilla stellte die Sitzheizung an und legte den Gang ein. »Dann wären Sie der erste!«

50

Ein Golf ist kein Jaguar, schon gar nicht ein alter Golf, aber Helen und Feuerbach waren noch bei Dunkelheit gestartet, nach nur drei Stunden Schlaf, und dann entgegen allen Golf-Benutzer-Theorien mit sturem Tempo und ohne ein Wort zu reden auf der mittleren Spur gefahren. Auf diese Weise hatten sie bereits gegen Mittag die Horrorstrecke nach München und zwei Stunden später auch den Haider-Abschnitt bis zum Brenner geschafft.

»Sieh mal, die Farben der Häuser«, sagte Helen, als Feuerbach hinter der alten italienischen Zollstelle Gas gab, die ersten Worte seit Frankfurt; kaum waren sie ins Auto gestiegen, hatten sie sich wegen Kasimir in die Haare bekommen, er nannte ihr Verhalten schwach, sie hätte den Jungen gar nicht erst gehen lassen dürfen, und von ihr sofort ein Finger in seiner Wunde: So was bitte nicht von dem Mann, der einen Fünfzehnjährigen erschossen hat. Darauf von ihm und ihr nur noch Schweigen, ein stummer, düsterer Kampf, während der Himmel immer blauer wurde, und auf einmal der erlösende Satz.

»Ja«, sagte er, »schön.«

Zu beiden Seiten jetzt leere blaßbraune Gebäude, alte Kasernen, ein verwaistes Hotel, Farben so alt wie das Gedächtnis, CINZANO schimmerte dort gerade noch bläulich, dann fing schon steiler Wald an, bis sich das Tal überraschend öffnete, erste warme Luft in den Wagen zog, Duft nach Fallobst in der Sonne. Links und rechts auf einmal Apfelplantagen, dazwischen ein Fluß, und ohne Übergang die Berge, fast metallisch, aus Geröll erwachsend, Wände in einem Dunst, der mehr und mehr zunahm; dazwischen immer wieder Orte, Kirchtürme, nackt und naßgrau, Dächer, wie mit Blut bemalt, ein Stück Fluß, jadegrün, glatt, so glatt, als ließe sich darauf schreiben.

»Können Sie Italienisch?« fragte Helen.

»Kein Wort.«

»Und wissen Sie, wo wir abbiegen müssen, Feuerbach?«

»Si, Signora.«

»Und geht's Ihnen gut?«

»Abbastanza bene.«

Helen kurbelte ihr Fenster herunter, sie sah auf eine Hügelkette, den Bergen vorgelagert, und schwieg. Erst als sie bei Trento waren, hinter der unsichtbaren Sprachengrenze, schon im unteren Adige-Tal mit seinen Festungen auf halber Höhe, manche wie schwebend im Dunst über den Orten am Fluß, dem erschöpften Rot und Gelb der Häuser, fragte sie, wie gut er dieses Land wirklich kenne, warum er sie an der Nase herumführe.

»Ich führe Sie nicht an der Nase herum.«

»Doch Feuerbach, das tust du.«

»Also gut: Ich kenne mich hier etwas aus.«

»Und warum erfahr ich das nicht gleich?«

»Wer war letzte Nacht in der Wohnung? Hab ich das gleich erfahren? Oder überhaupt?«

Helen hielt eine Hand in den Fahrtwind.

»Der Mann, der meine Uhr hatte, war bei mir.«

Sie nahm die Hand in den Wagen und streifte den Ärmel zurück. »Ich hab sie wieder.«

Feuerbach ging vom Gas.

»Warum weiß ich von alldem nichts?«

»Es gibt Sachen, die muß man allein durchziehen. Wie die Ermittlungen bei einer Stewardess ... Hold hat mich angerufen, die Nummer steht auf Nolas Rad, das er geklaut hat. Wir trafen uns, und ich bekam meine Uhr.«

»Wofür?«

»Ich sagte ihm, ich sei Ärztin. Und könnte seine Wunde versorgen. Und ich hab sie versorgt.«

»Er hat mindestens drei Menschen getötet, und Sie lassen ihn für eine alte Armbanduhr laufen!«

»Die Uhr gehörte meinem Vater! Und Hold ist der einzige, dem sich die Schultz anvertraut hat – die zwei haben sich geliebt!«

»Na und.«

»Na und? Wer liebt sich denn heute schon?! Nur dadurch hat Hold etwas erfahren von ihr – dieser Picasso ist wahrscheinlich noch gar nicht verkauft!«

»Kein Wunder, bei dem Bild.« Feuerbach drückte wieder aufs Gas, sie näherten sich Rovereto, der Ausfahrt zum Nordende des Gardasees. »Trotzdem gab es die Chance, Hold festzunehmen.«

»Wozu?«

»Wozu? Vorhin an der Tankstelle, beim Bezahlen, sah ich die Bild-Zeitung – für Hinweise auf Freytags Mörder ist eine Belohnung ausgesetzt worden. Dreißigtausend, vom ZDF.«

»Wir sind keine Kopfgeldjäger«, sagte Helen. »Außerdem hatte er eine Fünfundvierziger. Mit der er umgehen kann.«

»Und Sie? Können nicht mit irgendwas umgehen?«

»Das kann ich schon ...«

»Aber?«

Helen sah aus dem Fenster. Die Landschaft schien vorbeizufliegen, und sie kam irgendwie nicht voran. »Ich glaube, wir passen nicht zusammen.«

»Weil ich anderer Meinung bin? Ich bin nur vorsichtig.«

»Sie sind mißtrauisch, Feuerbach.«

»Weil ich Sie mag.«

»Jetzt versteh ich noch weniger.«

»Dann geht's Ihnen wie mir, daher meine Vorsicht. Ich muß auf uns beide aufpassen.«

»Paß lieber auf die Straße auf!« Ein LKW mit weißer Motoryacht auf der Ladefläche scherte vor ihnen aus, Feuerbach bremste scharf, Helen hob eine Hand – *sie* hätte Idiot gebrüllt. »Und auf mich kann ich selbst aufpassen.«

»Dann hätten Sie mich nicht als Mieter genommen.«

»Sie haben mir leid getan.«

»Nein, nicht ich – die Miete, die Ihnen entgangen wäre.«

Der Schwertransporter mit Frankfurter Kennzeichen fuhr wieder nach rechts, Feuerbach setzte zum Überholen an.

»He, langsam«, rief Helen und lehnte den Kopf aus dem Fenster, die Hand jetzt an Feuerbachs Bein: »Wissen Sie, wie diese Yacht heißt?« Sie schlug ihm aufs Knie: »Vanilla's Affair! Hängen Sie sich wieder hinten dran, wir müssen ihr folgen!«

»Denken Sie, unsere Witwe will auf Kreuzfahrt?!«

»Nein, aber ihr Geliebter. Und sie kommt nach.«

»Dieser Anwalt, Zidona? Vielleicht gibt's den gar nicht.«

Helen zog die Hand zurück, sie wußte nicht, wohin damit.

»Dann gäbe es Busches Finanzreich nicht«, sagte sie. »Ohne Zidonas Bohrer-Märchen keine Leasingverträge.«

Feuerbach rieb sich sein Knie. Er fuhr jetzt wieder hinter dem Transporter, mit mehr Abstand, und stellte sich vor, der Besitzer der weißen Yacht zu sein, ein Mann ohne Wohnungsnot. »Wo der wohl hinfährt mit diesem Ding, an die Adria? Oder weiter? Ägäis, Türkei ...«

»Oder Gardasee«, sagte Helen. »Welche Ausfahrt wäre das?«

»Die bei Affi. Rovereto geht nicht, da wird die Straße zu steil.«

»Da kennt sich aber einer sehr gut aus.«

»Ich kann nur Karten lesen. Es geht tatsächlich an den Gardasee ...«

»Zidona wählt das Paradies für sein Ende.«

Feuerbach sah seine Beifahrerin an. Sie hatte sich das Haar hinter die Ohren gelegt, der lange, weiche Bogen ihrer Wange fiel ihm auf. »Sie trauen dem Kerl viel zu.«

»Ich traue ihm alles zu.«

»Wenn Sie damit richtig liegen, dann gibt es noch andere, die hinter ihm her sind.«

Helen legte den Kopf zurück, ihr Blick ging nach links.

»Alle, denen er geschadet hat. Deshalb macht er sich ja davon. Ich glaube, sogar aus dem Leben.«

»Um als Autor wieder aufzuerstehen?«

»Das Hirn dazu hätte er.«

»Irgendwie dialektisch«, sagte Feuerbach, »wie?«

»Oder sehr frankfurterisch. Der Großbetrüger und sein Anwalt aus dem Leben geschieden, die Kundschaft vor dem Herzinfarkt, der Staatsanwalt ohne Täter, die Banken in Erklärungsnot. Und eine aus Hanau, die auf tragisch macht, triumphiert.«

51

Das Hirn nimmt die Dinge auf, das Herz muß sie ausbaden, doch auch das stärkste Herz – gewohnt, in flinke Beine und fliegende Fäuste genügend Blut zu pumpen – macht nicht alles mit: Im Schlaf, und mehr noch im Halbschlaf, wenn die gewohnte Arbeit fehlt, kommt es zu Schaden. Willem Hold hatte ein starkes Herz (nicht das von Freytag oder Lous verstorbenem Freier), und er saß damit im bequemen Sitz des Jaguar-Coupés, von unten beheizt (trotz Impotenz-Risiko), und träumte vor sich hin und litt.

Er hätte Lou nicht allein lassen dürfen, niemals, er hätte sie bewachen müssen wie die Löwin ihr Kleines, es wird gerissen, wenn sie auf Beute geht, und er war auf Beute gegangen, und jemand hatte Lou gerissen. Unverwundbar war sie ihm erschienen, wie ein Teil seiner selbst, das einzig Gute oder Beste, doch unsere Liebe ist kein Panzer, sie ist nichts, weil sie alles sein kann, der kleine Spalt in einer fremden Lippe, ihrer, der Geruch von Lous Haar – Treffer in sein Herz bis zum Grund –, der Druck ihrer Hand in seiner, das Vergehen in ihr ohne Schmerz. Aufgelöst hatte er sich, bis auf den Muskel in seiner Brust, nichts weiter war übriggeblieben, nur dieses unentwegte, geduldige Herz, das immer noch glaubte, Lou sei am Leben, oder die Liebe zu ihr befinde sich in seinem Besitz; wer liebt, denkt ja immer, die Liebe gehöre ihm wie ein Haus, in dem es sich leben läßt, aber so ist es nicht, sie gehört keinem.

Das begriff er auf einmal, während der Fahrt, schon in Österreich, zwischen Bergen, kurz hinter der Grenze, die keine mehr war. Sie macht, was sie will, die Liebe, in der Art einer Biene läßt sie sich da oder dort nieder, nimmt etwas auf und trägt es weiter und lädt ihre winzige, alles verändernde Fracht wo und wann immer sie will wieder ab – ein Hauch, den Hold zu spüren meinte, als er, tief in den Sitz gelehnt, Luft holte und es ihm leichter wurde, leichter wie durch ein Gegengewicht, abgelegt auf jenem zweiten Herzen, das nur für andere schlägt.

Sie hatten Kufstein erreicht, das berühmte Kufstein im Herbstlicht, das Kufstein aus dem Kufstein-Lied, aber auch das der schwarzen Konten. »Ich muß hier mal raus«, sagte Vanilla aus Hanau und bog mit hundertzehn in eine Ausfahrt.

»Darf ich fragen, warum?«

»Weil ich die Reisekasse aufbessern will.«

Willem sah in den Rückspiegel, er hatte die Cougar im Schoß.

»Wie lange wird das dauern?«

»Zehn Minuten. Sie können sich so lange die Füße vertreten.«

»Ich muß mir nicht die Füße vertreten. Und fahr langsamer.«

Vanilla ging vom Gas und bremste dann sanft. Es war kurz vor zwei auf einer ins Wurzelholz über den Armaturen eingelassenen klassischen Uhr, als der Jaguar durch Kufstein glitt. Sie machte ihre Sache gut, fand Hold, überhaupt konnten Frauen gut mit Autos umgehen, das war schon immer seine Ansicht, darum hatte er gar nicht erst die Fahrschule besucht; ihm reichte es, was er mit Waffen und seinem Ellbogen anstellen konnte, mehr als die meisten. Vanilla hielt vor einer Bank mit Blick auf die Berge, eher an ein Reihenhaus erinnernd, Fensterläden, Blumenkästen, herzige Gitter. Sie schob ihre Sonnenbrille vom Haar auf die Nase und wollte aussteigen, Willem tippte ihr an die Schulter.

»Solltest du irgendwie Alarm schlagen, fliegst du mit auf.«

Vanilla lächelte für einen Moment, sie zeigte auf die Radioknöpfe. »Hör lieber Nachrichten«, sagte sie und war auch schon aus dem Wagen; nicht zu schnell und nicht zu langsam, wie eine Königin, ging sie die paar Schritte zur Bank und verschwand in einer sich automatisch öffnenden Tür.

Hold stellte das Radio an, er suchte aus alter Gewohnheit die Deutsche Welle und hörte gerade noch, daß für die Ergreifung des Freytag-Mörders – also seine – dreißigtausend Euro ausgesetzt waren, und das vom ZDF, ein Kopfgeld für den Mörder, damit der Fall zum Abschluß käme und daraus ein Krimi würde, ein Zweiteiler für die ganze Familie, schon seine Eltern waren ja ZDFler gewesen, wie viele Krimiabende hatte er mit ihnen auf der Wohnzimmercouch verbracht, bei Henningers Kaiser-Pilsner und Chips, in einer Sülze aus Vater und Mutter, Salzzeug und Bier, und dem ZDF-Mörder, der eingekreist wurde, während das Pils kalt die Kehle herunterrann und die Mutter die Hand des Vaters hielt – die mit der Uhr, die für jeden verbindlich war, die in seiner Werkstatt festgelegte Ostend-Zeit vorgab – und die Chips in den Mündern krachten, als krachten sie alle in einem gemeinsamen Mund, und genau diese Sülze vermischten Glücks, die hatte er später nur zweimal wiedergefunden, in der Hitze Manilas, wenn er mit Mädchen in irgendeinem Tanzschuppen saß, San Miguel trank, eisgekühlt, mit Serviette um die perlende Flasche, und sie alle Witze rissen über die Deutschen im Unterhemd oder ein Lied sangen, *We are the world*, und zuletzt bei Lou: im Schaum einer anderen Seele, der ihm entgegengeschlagen war. Das hätte nie enden dürfen, dachte er, niemals, und zuckte zusammen, als die Fahrertür aufging.

Vanilla Campus, in der Hand ein Päckchen, stieg in den Wagen, sie sah über die Gläser ihrer Sonnenbrille.

»Sie schauen nicht gut aus, Willem.«

»Mir geht's auch nicht gut.«

»Wem geht's schon gut – *ich* hab meinen Mann verloren.«

Busches Witwe klappte die Armablage zwischen den Sitzen hoch und legte das Päckchen in ein Fach unter dem lederbezogenen Deckel, es paßte genau. Sie ließ den Motor an und wendete den Jaguar, ihre Zungenspitze erschien zwischen den Lippen, eher eine kleine Showeinlage als ein Zeichen von Spannung, denn sie fand so mühelos aus der Stadt, als sei Kufstein ihr zweites Zuhause. Kaum auf der Autobahn, überholte sie einen Tiroler im frisierten BMW und kam dabei auf ihren toten Mann zurück: Ob da in den Nachrichten etwas gewesen sei?

»Nein«, sagte Willem, »nichts.« Er saß leicht schräg, mit der Schläfe am Fenster, den Rückspiegel im Blick, seine linke Hand unter der Jacke. »Was hast du in dem Päckchen?«

Vanilla schob die Sonnenbrille ins Haar. »Proviant. Für den persönlichen Bedarf.«

»Hast du noch mehr solche Depots?«

»Nicht in Europa. Und ich nehme an, wir bleiben in Europa. Oder wohin geht diese Fahrt ...«

Sie hatte es fertiggebracht, bisher noch kein einziges Mal nach dem Ziel der Reise zu fragen, das gefiel ihm. Sie drückte einfach aufs Gas. Irgend etwas Starkes ging von ihr aus, eine ordinäre Energie, die sie sonst zu verbergen verstand wie ihre Provinzdaumen, hinter einem Schleier aus schlampiger Güte und Glanz, wöchentlich erneuert im Prominentengewäsch über Sex, Gesundheit und Kunst. »Wir fahren an den Gardasee«, sagte er und holte ihr Buch unter dem Sitz hervor. »Was da so über's Rummachen steht, mag ja noch stimmen, aber was du über Liebe schreibst ...«

»Wieso Gardasee?« fragte Vanilla.

»Weil ich dort mal Urlaub gemacht hab. Den einzigen Urlaub mit meinen Eltern. Und dort zum ersten Mal verliebt war.«

»Und deshalb müssen wir dahin?«

»Unter anderem.«

»Und warum noch?«

Hold zog die Hand unter der Jacke hervor und strich über Vanillas Nacken, der aus einem schwarzen Pelzkragen ragte.

»Das weißt du doch.«

Vanilla fuhr an einem Tiroler im Alfa vorbei, sie winkte ihm zu, ohne Lärm schoß der Jaguar davon. »Nein«, sagte sie und lief an im Gesicht, eine Röte wie die von Lou nach der Liebe – geradezu schlagartig dachte Willem daran zurück und schloß die Augen. Er träumte eine Weile, bis er sich ins Bein kniff. »Hast du nicht ein Boot?« fragte er.

»Eine Yacht, na und.«

»Und wo ist diese Yacht im Moment?«

Die Sonne schien auf einmal von vorn in den Wagen, und Busches Witwe klappte die Sichtblende herunter; sie hatte Innsbruck passiert und fuhr nun in südlicher Richtung, hartnäckig schweigend auf die Frage nach ihrer Yacht, doch mit dem Hauch eines Lächelns (dem berühmten, muß man in dem Fall wohl sagen). Hold blinzelte in die Sonne. »Ich will es dir verraten, wir fahren dem guten Stück gerade hinterher.«

»Woher weißt du das?«

Ganz plötzlich duzte sie ihn, in der Art wie künftige Schwiegersöhne plötzlich geduzt werden, um dem Ernst der Lage noch irgendwie zu begegnen, und er sagte: »Von deinem Liebhaber und meinem Auftraggeber.«

»Er ist nicht mein Liebhaber.«

»Was dann?«

Vanilla deutete auf das Handschuhfach unter dem Airbag. »Da ist Schokolade drin, gib mir was.«

Hold holte die Schokolade heraus, eine Zartbitter von Sprüngli, und brach einen Riegel ab, die Campus öffnete den Mund, und er teilte den Riegel und schob ihr die beiden Stücke nacheinander hinein. »Wir können das Thema wechseln, wenn du willst.«

»Das wäre nicht schlecht. Nimm dir auch Schokolade.«

Willem brach sich ein Stück ab und kaute es langsam, während er in den Rückspiegel sah.

»Worüber würdest du gern reden, über dein Buch?«

»Es taugt nicht viel«, sagte Vanilla. »Erzähl mir von dieser ersten Liebe, wenn wir schon in die Gegend fahren.«

»Kennst du den Gardasee?«

»Nein.«

»Wo soll man dann anfangen …«

Willem drückte wieder die Schläfe ans Fenster, er wehrte sich dagegen, die Augen zu schließen. Wie ein Hündchen die Katze hatte er damals ein Mädchen umschlichen, in einem jener Sommer, die für immer festlegen, was Glück und Unglück bedeutet, die Kulisse gleich eingeschlossen, schroffe Berge, Olivenwald und ein See, der nach Süden hin aufreißt wie das Meer.

»Ich war vierzehn«, begann er, »und glaubte schon alles zu wissen, wie das Lieben so geht, und wußte doch nichts, und sie war fünfzehn, höchstens, doch um Welten älter, der ganzen Welt ihrer Möpse, verstehst du, in einem roten Bikini, und eines Blicks unter schmalen, fast chinesischen Lidern, so umwerfend, daß es mich lähmte, bis sie eines Morgens – ich hatte am See gestanden und Kiesel übers Wasser geschleudert – einfach ihren Namen nannte, Annika, und damit änderte sich alles. Ich kannte nur Anitas und massenhaft Annas, und die Enten, die ich mit den Kieseln scheuchte, hießen anitra, und sie kam mit diesem saublöden Namen, den sie für mich erfunden hatte, dachte ich, aus Schwäche, und glaubte deshalb, eine Chance bei ihr zu haben. Wollen wir Tretboot fahren? fragte ich und warf noch einen Kiesel in die Bucht von Garda mit ihrem Rand aus Schilf vor San Vigilio, und sie sagte ja.« Willem wandte sich kurz nach links, er sah Vanilla lächeln. »Es gibt nicht viele Jas im Leben, die man sich merkt, Jas, die den Himmel öffnen. Bestimmt war mir der Himmel noch nie so weit erschienen wie dann in dem Tretboot, als es mit uns beiden ins knisternde Schilf glitt und schließlich zum Stillstand kam und ich an diesen Namen dachte, während sie das rote Oberteil auszog, ohne Ankündigung, verstehst du, als sei es so Sitte im Schilf, und mein Herz bis in den Hals schlug, so, daß ich nur flüstern konnte. Heißt du wirklich Annika? flüsterte ich, und sie sagte zum zweiten Mal ja an dem Morgen, und da fiel mein ganzer Mut, mit ihrer Welt, der ihrer Möpse, eins zu werden, in sich zusammen. Hier sind zu viele Mücken, sagte ich, fahren wir zurück, und ihre Antwort ist mir noch im Ohr wie ein Schlager, den man nicht loswird, Da kann Annika nur lachen! Genau das sagt sie, grausamer als jede Lehrerin, wenn du kapierst: ein Mädchen ohne Oberteil, das in der dritten Person zu mir spricht, während meine Badehose plötzlich zu knapp wird, noch vor dem großen Schmerz dort unten, aber das ist eine andere Geschichte, eine, die ich heute abend vielleicht noch in Ordnung bringen kann ... Damals jedenfalls, im Schilf, an diesem See – der dir gefallen wird, ich schwör's –, habe ich gelernt, wer ich bin. Und das war's schon, das war alles. Die erste Liebe taugt nur im Kino was.«

Willem griff sich an die Wange, sie tat wieder weh, er zog an dem Pflaster, gleichzeitig beugte er sich nach links. »Und nun, Vanilla-Thriller, würde ich gern wissen, wer uns seit Stunden in einem neuen Mercedes folgt.«

Busches Witwe verzog den Mund, sie biß sich auf die Lippe und lief vom Hals her an, eine Röte, die nichts Schamloses mehr hatte, im Gegenteil. Sie schämte sich offenbar.

»Tut mir leid, aber so laufen die Dinge.«

»Das ist keine Antwort, Pussy.«

»Nenn mich nicht so. Ich weiß nur, Zidona hat einen Mann aus Manila kommen lassen, er muß mir heute früh gefolgt sein.«

»Er *ist* dir gefolgt – wie sieht der Mann aus?«

»Ich glaube, ihm fehlt eine Hand.«

Willem holte die Beretta hervor und überprüfte das Magazin. »Dir könnte bald die Nase fehlen.«

»Ich hätt auch sonst was erzählen können. Was hast du vor?«

»Die Frage ist, was *er* vorhat.«

»Vermutlich nichts Gutes.«

»Ist das der Lohn für meine Arbeit? Busche ist aus dem Fenster gesprungen – eleganter geht's nicht!«

»Er hat nur getan, was er immer tun wollte. Entweder

ich bin ganz oben, oder ich falle auf einen Schlag. Mannis Devise.«

»So hab ich ihn etwa eingeschätzt. Nur mußte ich ihm klarmachen, daß der Zeitpunkt gekommen war. Und ich hasse diesen Psychoscheiß. Aber es hat geklappt. Also: Warum will man mich dann umlegen? Weil ich meine Arbeit gemacht hab?!«

»Weil du zuviel weißt«, flüsterte Vanilla.

»Dann wüßte ich nur gern noch, *warum* du deinen Mann loswerden wolltest – ging's dir noch nicht gut genug!?«

»Es war nicht meine Idee.«

»Aber zugestimmt hast du.«

»Die Vorteile liegen auf der Hand.«

»Für Zidona bestimmt«, sagte Hold, und Vanilla drückte aufs Gas, der XKR zog ab, hinein ins Etsch-Tal vor Bozen.

»Ich könnte ihn abhängen in seinem Mercedes.«

»Abhängen vielleicht. Aber niemals loswerden.« Hold lud die Cougar durch, er sah wieder in den Außenspiegel. Narciso, der Einhanddetektiv und Exmajor, hatte mit allzu guten Auskünften über ihn – das war jedenfalls seine Art zu denken – einen Fehler gemacht, und solche Fehler bügelte man persönlich aus, wenn man noch unter Marcos in der Armee gedient hatte.

52

Der LKW mit Frankfurter Kennzeichen, F-EF 5000, und der weißen Motoryacht als einziger Ladung hatte die Autobahn, wie vorhergesagt, bei Affi verlassen und fuhr jetzt im ersten Gang auf der schmalen Uferstraße am Südostzipfel des Gardasees Richtung Torri del Benaco, dem einzigen

Ort, von dem aus regelmäßig eine Fähre zur anderen Seite ging, dem Ufer aus Branzgers Novelle Salò.

»Aber dieser angeblich schönste Punkt der Welt, San Vigilio, liegt auf dieser Seite hier«, sagte Helen und tippte mit dem Finger auf die Karte. »Er muß jeden Moment kommen ...«

Feuerbach nahm ihr die Karte weg.

»Schau lieber aus dem Fenster.«

Er fuhr jetzt in einigem Abstand hinter dem Bootstransport her, und immer wieder rasten Italiener vorbei und störten den Blick auf die weite Platte des Sees, funkelnd im Dunst eines sonnendurchbrochenen Herbsttags. Die Berge auf der anderen Seite waren nur zu ahnen, bis auf einen: Wie eine Nase ragte sein Gipfel aus Schleierbändern über den Olivenhängen.

»Der hält«, sagte Helen.

Der Transporter mit der Fairline Squadron fuhr auf einen Parkplatz, von dem ein Weg, gesäumt von knorrigen Zypressen, zur Spitze der Landzunge San Vigilio führte. Feuerbach stoppte neben dem Hänger und stieg aus. Die Luft war mild, und aus nahen Ölbäumen mit zittrigen Blättchen tönten noch vereinzelt Zikaden, als wollten sie den August zurückrufen.

Der Fahrer schwang sich aus dem Führerhaus, er telefonierte kurz und steckte sich dann eine Zigarette an; Feuerbach ging auf ihn zu. »Was für ein Boot!« rief er, und schon standen sie beieinander und rauchten, sein altes Talent war wieder da, mit einfachen Leuten über einfache Dinge zu reden und nebenbei, ganz kühl, die Fragen, auch wenn ihm die erste Zigarette seit langem zu Kopf stieg. »Meine Frau«, sagte er, als Helen dazustieß, und der Fahrer erzählte noch, daß er auch verheiratet sei, mit einer Polin, bevor er sich wieder ins Führerhaus schwang, um im nächsten Ort, Torri del Benaco, seine Fracht abzuliefern.

»Und?« fragte Helen. »Was hast du deiner Frau zu sagen?«

Feuerbach winkte sie an den Wagen, beide stiegen wieder ein, und er nahm den baumbestandenen Weg, der auf ein altes Herrenhaus zuführte. Helen streckte eine Hand aus dem Fenster, »Jetzt erzähl endlich.«

»Er wollte sich hier eigentlich mit dem Mann treffen, der das Boot übernimmt. Aber der ist schon vorgefahren, nach Torri, wo es in den See gelassen wird.«

»Und dieser Mann ist Zidona?«

»Er hat keinen Namen genannt. Er sagte nur, der Mann würde hier im Hotel wohnen.«

»Das möcht ich auch.«

»Werden wir ja.« Feuerbach bog vor dem Herrenhaus nach links ab und fuhr eine schmale, mit alten Steinen belegte Straße hinunter, vorbei an Stallungen und einem Zitronengarten voller Faune und marmorner Götter, als würde man träumen. Die Straße mündete in einen kleinen Hof hinter dem Hotel San Vigilio, früher offenbar Nebengebäude des Haupthauses, direkt am Wasser gelegen, mit seitlichem Hafen, kaum größer als der Hof, in dem Feuerbach gerade noch eine Parklücke fand, zwischen einem gelben Ferrari aus München und einem schwarzen Jaguar Daimler, K-C 356.

»Ich ruf besser unsere Auftraggeber an«, sagte Helen.

»Wieso?« Feuerbach stieg aus dem Golf. »Der Picasso war nicht versichert. Die zahlen uns hier eine Suite, wenn sie dafür an ihr Geld kommen.«

»Und wenn's schiefgeht?«

»Tausend hab ich noch auf der Kante.«

»Das reicht genau für eine Nacht. Ohne Essen.«

»Im Wagen sind noch Nüsse. Sehen wir uns erst mal um.«

Feuerbach ging, unter einem alten Steinbogen hindurch,

zu dem fast schon zierlichen Hafen, einem Becken zwischen der Gebäudewand und einer ganz mit Weinlaub überdachten Mole. Zwei Boote waren in dem Hafen vertäut, aber nur eins paßte zu den Autos im Hof, ein gepflegtes Riva, Mahagoni und Chrom vom Bug bis zum Heck, der Besitzer, ein hoch aufgeschossener Mann, stand hinter dem Steuer und telefonierte erregt, der lange Rumpf schwankte, silbern blitzte ein Namenszug, Nemax II. Das andere Boot war eher ein Witz, schief im Wasser liegend, mit blasigem Anstrich, teilweise bunt, eine Art Kahn mit bemoostem Außenborder, auf dem Dach der klobigen Kabine eine zum Sitz gefaltete Luftmatratze, daran gelehnt ein schlanker Mann mit weißem Haar, schreibend per Hand. Inspiration suchender Ausflügler, dachte Feuerbach – und wohl auch Eigner der No Comment, wie sein Künstlerkahn hieß.

Helen hakte sich bei ihrem Partner unter. »Der telefonierende Typ auf dem scharfen Boot, das ist doch der Dings …«

»Richtig«, flüsterte Feuerbach.

»Dann können wir das hier nie bezahlen.«

»So teuer ist es gar nicht«, rief der Schlanke mit dem weißen Haar von seinem Hochsitz. »Sie werden nur nichts kriegen.«

»Stimmt nicht!« Der Riva-Bootsbesitzer und berühmteste Gute-Nacht-Clown zwischen Nordsee und Alpen – penibel, schwäbisch, böse und offenbar auf Blitzurlaub – steckte das Handy ein und ruckte an seiner starken Brille. »Vorhin zog einer aus, der seine Yacht abholt. So eine mit goldenen Wasserhähnen.«

»Ihr Teil ist auch nicht schlecht«, rief der Kahnfahrer.

»Da hätten Sie erst mal die Nemax I sehen sollen!«

Helen stieß ihren Partner an, »Schauen wir, daß wir das Zimmer kriegen.« Sie lief jetzt voraus, unter dem Steinbogen hindurch, wild entschlossen, in dem verstecktesten

Fünf-Sterne-Hotel Italiens eine Nacht zu verbringen. Feuerbach eilte ihr nach: »Ich schlaf aber nicht ein, wenn neben mir jemand atmet.«

»Wir werden gar nicht zum Schlafen kommen!«

Helen umlief den Ferrari und stürmte dann förmlich den Empfangsraum des alten Gebäudes, und ehe Feuerbach noch bei ihr war und etwas sagen konnte, hatte sie schon verhandelt und einen Meldezettel in der Hand. »Ihr Name oder meiner?«

»Wenn Sie bezahlen, gerne Ihrer.«

Helen begann zu schreiben. »In dem Fall heiße ich Feuerbach. Was ist das überhaupt für ein Name?«

»Das erzähl ich Ihnen irgendwann. Was machen wir jetzt?«

»Der, der gefahren ist, ruht sich aus. Also gehen *Sie* aufs Zimmer. Und ich sehe mir an, wer die Yacht in Empfang nimmt.«

Feuerbach stoppte Helens Hand mit dem Stift, er beugte sich an ihr Ohr. »Warum wohnen wir hier überhaupt, wenn dieser Zidona doch ausgezogen ist?«

»Weil er heute abend hier einen Tisch reserviert hat, wie ich eben gehört habe. Und weil es hier verflixt schön ist.«

»Ja«, sagte Feuerbach. »Viel zu verflixt schön.«

53

Die Landzunge San Vigilio – selbst auf Satellitenbildern ein markanter, in den Gardasee reichender Punkt – lag im Schein der letzten Sonne; fast waagerecht prallte ihr Licht gegen das Hauptgebäude, einen eher schlichten, quaderförmigen Palazzo, sechzehntes Jahrhundert, mit seiner Front zur südlichen Masse des Sees, und ließ die Scheiben in den

Bogenfenstern funkeln wie altes Brillenglas. Gruppen von Zypressen flankierten das Haus, beschnittener Lorbeer polsterte es gleichsam gegen die Wellen, mit einem Tor zum Anlanden, von Gärtnerhand so gestaltet, daß vorbeifahrende Frauen gern erröteten. Über Gartenanlagen lose verbunden mit dem Palazzo lag sein Nebengebäude direkt am Wasser, unten ein Restaurant mit wenigen Tischen, im ersten Stock eine noch geringere Zahl von Zimmern, jedes nach Süden hin offen, dem See zugewandt, wie der winzige Hafen, in der Hochsaison Ziel aller Möchtegerns, an diesem Herbstabend nur mit zwei ungleichen Booten belegt – was auch einem Exmajor aus Manila auffiel.

Homobono Narciso, der Einhändige, war nach einem Telefonat mit seinem Auftraggeber bei Rovereto abgebogen, um vom Nordende des Sees auf der Uferstraße nach Süden zu fahren, und hatte Zidona in Torri getroffen. Beide waren der Ansicht, daß Hold genau dort hinkäme, wo er hinkommen sollte, nämlich in das Hotel auf der Landzunge, schon weil Vanilla prinzipiell das teuerste ansteuerte. Und beide waren auch der Ansicht, daß es sinnvoll sei, zunächst aus Hold herauszukriegen, was er schon alles wußte und vielleicht irgendwo hinterlegt hatte, und ihn dann erst mit einer Kette um die Beine der Schwerkraft zu überlassen, zwischen Torri und Gargnano, wo das Wasser auf dem Grunde des Sees seit der letzten Eiszeit dasselbe ist, von keinem Licht und keinem Sauerstoff erreicht, ein Grab ohnegleichen.

Details wie diese waren Schlußpunkt eines Plans, der nicht gefährdet werden durfte, auch wenn ihn Hold womöglich schon ahnte. Zidona hielt die Raffinesse des alten Heimkumpanen gewiß für größer als die Verschwiegenheit seiner Komplizin Vanilla; nur so läßt sich eine Gegenmaßnahme verstehen, die ihm selber weh tun mußte. Er hatte nämlich dem Exmajor einen begehrten und schon vor

Wochen bestellten Fensternischentisch im Restaurant auf der Landzunge überlassen. Dort sollte er mit Hold zu Abend essen, unter Nutzung der paradiesischen Umgebung als einer Art Beruhigungsmittel, sollte ihn aushorchen und mit italienischen Vorspeisen, Komplimenten und reichlich Wein versorgen, bis er leichtsinnig genug wäre für einen Gang auf die nächtliche Mole ...

Narciso oder Major Bony stand an der Spitze der Mole, von wo aus Hold in die vorbeigleitende Yacht gestoßen werden sollte, und sah auf die schon erleuchteten Fenster des Restaurants: vier exklusive Nischen, höchstens zwei Armlängen über dem glatten, nur leise an der alten Mauer leckenden Wasser, davon eine für ihn reserviert. Obwohl katholisch erzogen, in einem Ort unweit des Bürgerkriegs auf Mindanao, Infanta (dem Chronisten bekannt), hatte er nie konkrete Vorstellungen vom Paradies gehabt, nun aber dachte er: *That's it*. Er dachte auf Englisch, der Sprache, in der sein Geschäft funktionierte, träumte aber im Dialekt seiner Heimat und empfand auch noch so. Wie ein Stück allgemeiner Seele, das sich aus dem Wasser erhebt, erlebte der Exmajor die Kulisse von San Vigilio als große natürliche Animation, ohne Chips, gesteigert noch durch einen Mond, der eben aufging und über den Olivenbäumen hinter den Gebäuden ein Licht wie Silberrauch schuf. Kein Ort, um jemanden umzulegen. Narciso fühlte sich als Teil einer Balance aus Wasser und Land, dazu kam der Luxus, der ihn schon immer gereizt hatte, er mußte sich schon einen Ruck geben, um nicht zu vergessen, daß er töten sollte.

»Jesus, my God«, murmelte er auf seinem Weg über die Mole, vorbei an den ungleichen Booten – in der Kabine des Kahns jetzt das bläuliche Licht eines Laptops. »Jesus, my God«, hörte er gar nicht auf zu murmeln und übersah dabei hinter dem Steinbogen eine Gestalt, und mit seinem Lieblingsspruch auf den Lippen, *life is a knife*, lief er über den kleinen Hof und Parkplatz, die verbliebene Hand noch an dem Ferrari entlangführend, bevor er entschlossen das Hotelrestaurant betrat.

Hold kannte diesen Lieblingsspruch von Narciso, er hatte ja ein paarmal mit ihm zu tun gehabt, als Czerny noch lebte, Narcisos Klienten waren auch ihre Klienten, Sicherheit wollten die Deutschen in Manila *und* ihren Spaß (nur ein einziges Mal waren sie sich ins Gehege gekommen, der Exmajor und er, in den Wirren beim Sturz von Estrada, da wollte Narciso den Korrespondenten Personenschutz und Massage als Paket anbieten, um seine Position auszubauen).

Willem trat aus dem Schatten des alten Steinbogens, er überquerte den Hof, er war allein. Nachdem Narciso schon bei Rovereto abgebogen war – offenbar in Absprache mit Zidona, als klar war, daß sie beide, die Campus und er, dem LKW mit der Yacht folgten, also am begehrtesten Punkt des Sees, in San Vigilio, landen würden –, hatte Vanilla eine Fahrpause eingelegt. Und in der Bar einer Tankstelle war der Plan entstanden, das kleine Hotel getrennt zu betreten; man mußte davon ausgehen, daß der Exmajor um diese Nachsaisonzeit auf der Uferstraße gut vorankäme und noch vor ihnen San Vigilio erreichte, wie's ja auch der Fall war. Und daß der neue SL nirgends stand, paßte bestens ins Bild – taktisch klug und marscherfahren war Narciso das letzte Stück natürlich durchs Gelände gegangen. Willem zwängte sich zwischen den Edelautos hindurch und faßte den Entschluß, am Empfang Englisch zu reden.

Vanillas racinggrüner XKR stand jetzt neben dem schwarzen Daimler, in der Lücke, in der vorher der Golf war. Sie selbst saß im Büro des Hoteldirektors, eines mit den deutschen Dingen bestens vertrauten Norditalieners, der alles unternahm, um seiner prominenten Besucherin in ihrer Trauer noch Tisch und Bett offerieren zu können. Vanilla sprach von einer Verabredung mit Dr. Zidona, Anwalt ihres verstorbenen Mannes – dessen schönes Zimmer, wie der Direktor sagte, leider vor zwei Stunden vergeben worden sei, an ein Paar aus Frankfurt, die Feuerbachs, vielleicht würde sie die beiden ja kennen, nette Leute. Busches Witwe verneinte, während der Direktor immerhin schon einen separaten Abendtisch für sie hatte: »Persino con vista!«, und ein paar Räume weiter Willem Hold am Empfang dieselben Informationen erhielt, allerdings auch erfuhr, daß Signora Helen Feuerbach noch einmal weggefahren sei, allein, und sich ihr Gatte auf dem Zimmer befinde.

»Still blond, her husband?« fragte er, und die Antwort überraschte ihn nicht: »Blond and handsome.«

Offenbar kam hier also alles zusammen, auf dieser Landzunge von San Vigilio, an dem See, in dessen Schilf er einst gescheitert war: Lauter Chancen, um Dinge in Ordnung zu bringen, dachte Hold und wandte einen der Standardtricks an, der ihn zum Aufreißen von Kunden in die feinsten Hotelsuiten Manilas gebracht hatte. Er gab sich als alter Freund der Feuerbachs aus, von weit her, New South Wales, nur um die beiden, als Trauzeuge von damals, hier an ihrem Hochzeitstag zu überraschen ...

Etwas Klügeres hätte er gar nicht sagen können, die Angestellte zeigte ihm ein Lächeln, das alle Moral und Gleichgültigkeit Italiens enthielt: »Room number five, Sir«, und Willem dankte ihr und nahm auch schon die Treppe ins Obergeschoß, seine rechte Hand unter der Jacke, am Griff der Beretta, und in der anderen, kräftigeren, den Lamy twin pen mit Edelstahlspitze.

54

Feuerbach hatte sich ausgezogen, er lag in der Wäsche – karierten Boxershorts und einem weißen T-Shirt – auf dem Doppelbett des Sechshundert-Euro-Zimmers und genoß den Fensterblick auf den nächtlichen See, um jede freie Minute des teuren Aufenthalts auszukosten, als es, nach Personalart, halblaut klopfte. »Ja?« rief er, und eine Männerstimme antwortete, wiederum halblaut: »Service« – sicher das Übliche in so einem Haus, dachte er und öffnete die Zimmertür und sah in die unverwechselbare Mündung einer Fünfundvierziger.

»Aufs Bett«, sagte Hold, während aus dem Restaurant jetzt Gesang kam, irgend etwas Arienhaftes, nicht zu laut, nicht zu tragisch, die Sorte CD, die Leute beim Essen gern hören.

Feuerbach kehrte aufs Bett zurück, er hörte die Tür zugehen und holte Luft: »Sie haben keine Chance.«

Willem spannte den Hahn der Beretta, mit der anderen Hand hielt er den silbrigen Stift in die Höhe.

»Weißt du, was das ist, Blonder?«

»Ein Kuli.«

»Falsch. Ein Lamy twin pen. Ich hätte ihn dir fast mal ausgeliehen, als du was zum Schreiben brauchtest, auf der Treppe von diesem Institut. Und weißt du, wofür ich ihn gekauft habe?«

Feuerbach schwieg, er dachte nach. Irgend etwas müßte er tun, aber was? Er war schon als Beamter kein Haudegen gewesen, und davon abgesehen, wurde es für Männer in Berufen, die einen gewissen Spielraum für das Heroische boten, zunehmend schwerer. Wann immer sie, urplötzlich, gefordert wurden – wie jetzt, im Moment –, baute sich, schier übermächtig, die ganze Fernsehserienwelt vor ihnen auf, wie etwa in früheren Zeiten der Vater, den man unter Umständen noch übertreffen konnte, anders als all die Bildschirmhelden, und so stand er völlig unerwartet auch vor der Frage, was es überhaupt brächte, in dieser viel zu verflixt schönen Umgebung den Kopf zu riskieren.

»Ich habe ihn gekauft«, sagte Hold, »um dir damit ein Loch in die Wange zu stoßen. An der gleichen Stelle, okay?«

»Ich wollte das nicht mit dem Loch, tut mir leid.«

Willem schob sich den Stift hinters Ohr und zog mit der freigewordenen Hand das Pflaster von seiner Wange.

»Siehst du das?«

»Ja. Schaut gut aus, ich meine, medizinisch. Meine Partnerin ist übrigens in der Nähe.«

»Das dachte ich mir. Und hat sie dir auch erzählt, daß wir im Moseleck *Sweet little sixteen* gehört haben?«

»Nein, hat sie nicht«, sagte Feuerbach.

»So, hat sie nicht.« Hold griff sich wieder den Lamy. »Dann vertraust du ihr vielleicht zu sehr.« Er setzte die Spitze auf den in Frage kommenden Punkt, markierte ihn und schloß dann die Faust um den Stift. »Wenn du stillhältst, tut's weniger weh. Und von mir aus ginge auch die andere Wange.«

»Ich muß Ihnen sagen«, flüsterte Feuerbach, »daß es mir lieber wäre, wenn überhaupt kein Loch in meine Wange käme.«

»Das wär mir auch lieber gewesen, Blondarsch. Weißt du, daß ich mich, mit diesem Loch in der Backe, verliebt habe«, sagte Hold.

Feuerbach nickte.

»Aber du weißt nicht, was das bedeutet. Jeder Kuß war eine Qual. Und ein Kuß sollte doch keine Qual sein, oder?!«

»Nein, sollte er nicht.«

»Wann warst du zuletzt verliebt?«

Feuerbach zuckte mit den Achseln. »Irgendwann ...«

»Denk nach – ich hab nicht ewig Zeit.« Willem hielt die Mündung der Waffe jetzt an Feuerbachs Hals, mit der anderen Hand zeichnete er einen kleinen Kreis an die Stelle, die er durchstechen wollte. »Was ist mit deiner Partnerin?«

»Die verbringt ja ihre Nächte mit *Ihnen*.«

»Wir haben uns nur gegenseitig geholfen. Und so sind wir jetzt alle an diesem See.«

»Hinter wem sind Sie eigentlich her? Doch nicht hinter mir.«

»Hinter einem Oberschwein. Und du?«

»Hinter einem Picasso – den Ihr Oberschwein haben könnte.«

»Dieses Oberschwein, Blonder, gehört mir. Und jetzt denk an irgendwas Schönes, einen runden Hintern oder das Mondlicht auf dem Wasser, aber komm nicht auf krumme Gedanken, das würde dein Auge gefährden. Sei klug und halt still.«

Hold hob die Hand mit dem Stift, und in Feuerbach überschlugen sich gleich drei Gedanken: Ob es nicht wirklich klug wäre, den Eingriff in keiner Form zu behindern, und woran er dabei denken könnte, zum Beispiel an Helen, aber auch, wie sich alles noch abbiegen ließe. »Eine Sekunde«, flüsterte er. »Ich glaube, ich *bin* verliebt.«

»Tatsächlich?«

»Ja. Manchmal merkt man es selber zuletzt. Woran haben Sie's gemerkt? Bei der Schultz ...«

»Bei Lou?« Willem ließ die Hand mit dem Stift etwas sinken, er sah auf den Kreis an Feuerbachs blasser Wange. »Ich bekam in ihrer Gegenwart Hunger.«

»Das kann man verstehen.«

»Nicht, was du denkst. Das Glück mit ihr war so anstrengend.«

»Wieso anstrengend?«

»Es war so groß. Ich konnt's kaum halten. Ich konnt aber auch nichts essen, wegen dem Scheißloch in der Wange – das ich dir verdanke. Und wag es jetzt nicht, noch einmal zu sagen, daß es dir leid tut. Ich hatte also Hunger vor Glück und begriff, daß ich diese Frau liebte, und gestand ihr gleich beides. Und weißt du, was sie da aus ihrer Tasche geholt hat? Zwei Snickers.«

»Ach ja?«

»Was heißt ach ja? Magst du Snickers?«

Feuerbach überlegte einen Moment, dann nickte er kurz.

»Schön für dich«, sagte Hold. »Aber versuch mal, Snickers zu kauen mit einem Loch in der Wange. Ich will dir sagen, wie es funktioniert hat – Lou hat sie mir vorgekaut, wenn du verstehst, was ich meine. Und jetzt hab ich zuviel geredet.«

»Man kann nie genug reden.«

»Das gilt nur bei Frauen.« Willem setzte die Spitze des Lamy an Feuerbachs Wange, auf die eingezeichnete Stelle. »Aber einen Handel können wir machen. Du überläßt mir Lous Mörder, ich schenk dir den Stift. Hinterher.«

Feuerbach schloß die Augen, er nahm allen Mut zusammen.

»Ich mag nur Kulis. Und will den Picasso.«

»Wenn ich ihn finde. Hör mal, dieser Stift war teuer! Schau ihn dir wenigstens an!«

Feuerbach machte die Augen auf, er sah zu dem Stift. Die Spitze zitterte leicht.

»Du bekommst ihn«, sagte Hold. »Du mußt nur dein Blut abwischen, dann ist er wie neu.«

»Ich nehme keine Geschenke. Man soll gar nicht erst damit anfangen. Unser Deal heißt, Sie kriegen Lous Mörder, ich den Picasso. Und meine Wange bleibt heil.«

Der Gesang von unten klang aus, und trotzdem drang noch etwas ins Zimmer, die Stille des Sees, wenn es das gab, ab und zu ein Klatschen, wenn ein Fisch eine Mücke schnappte, oder winzige Wellen gegen die Hauswand. Willem sah aus dem Fenster. Erste Sterne hatten ihren Auftritt, dem Mond zum Trotz. Ein Loch in der Wange des Blonden machte Lou nicht lebendig, und genaugenommen wollte er nichts anderes. Wieder sprang ein Fisch, und er schob den Stift in die Jacke. Aber je genauer man wird, hatte ihm Czerny einmal gesagt, desto einsamer ist man. Irgend etwas mußte passieren, über die alten Geschichten hinaus. Er stand auf und ging zur Tür. »Du hast ziemlich viel Glück, Mr. Handsome.«

55

Vanilla Campus saß inzwischen im Privatraum des Hoteldirektors und hielt ein Glas in der Hand. Signore Veronesi hatte eine Flasche Gavi di Gavi und frisches Pizzabrot mit Rosmarin kommen lassen; Champagner war, in Anbetracht ihrer Kleidung, ausgeschieden. »Salute, Signora.«

Sie tranken auf Busche, in Form einer Fürbitte: daß ihn der Herr, gleichwohl, zu sich nehme, »auf Giovanni Manfredo«, wie Vanilla leise hinzufügte. Veronesi hatte sie nicht ohne Grund in sein Refugium geholt, er bat sie in einer kleinen Ansprache darum, nachher beim Essen von ihr ein Foto machen zu dürfen, und Vanilla war sofort einverstanden, sie wollte nur noch etwas allein gelassen werden, erst später zum Essen gehen, ein verständlicher Wunsch. Der

Direktor zog sich zurück, und sie machte sich über das Pizzabrot her.

Die Campus dachte nämlich gar nicht daran, in dem Lokal zu essen, das hieß, ihren strategischen Posten in einem Eckzimmer des alten Gebäudes aufzugeben, mit Blick auf die Zufahrt einerseits und den kleinen Hafen auf der anderen Seite, aber auch einem Fernglas mit Restlichtverstärker, das Veronesi benützte, wenn Gäste von ihm bei Sturmwarnung noch auf dem See waren. Auf diese Weise konnte sie verfolgen, wie Homobono Narciso noch einmal auf die Mole ging und dort einen Gegenstand versteckte, bevor er sich zum Essen begab, sie konnte aber auch sehen, wie ein Golf mit Frankfurter Kennzeichen auf den Hof fuhr und ihren Wagen blockierte, und die Frau ausstieg, die bei dem Überfall auf das Lokal dabei war; was sie dagegen nicht sehen konnte, aber ahnte, war, daß die Frau sofort aufs Zimmer ging, wo ihr blonder Begleiter – wer sonst – bestimmt auf sie wartete.

Und während sich Vanilla Campus noch ihren Ahnungen überließ, betrat Willem Hold direkt unter ihr die Bar des Restaurants und erfuhr dort, daß für ihn ein Fenstertisch reserviert sei: Sein Gastgeber warte schon. Dieser Schachzug erstaunte ihn nicht, im Grunde ein ganz plumper Zug, Leute wie Narciso hatten immer eine Schwäche für Luxus, die klassische Schwäche aller privaten Ermittler und des ganzen Security-Packs, auf die Weise machten sie Fehler, davon hatte er in Manila schon profitiert.

Willem schloß die V2-Jacke, die ihm jetzt etwas Stattliches gab. Alle Innentaschen waren mit Fünfhundert-Euro-Scheinen gefüllt, er hatte die ganze halbe Million untergebracht (während Vanilla ihr Päckchen in der schwarzen Handtasche trug), und nach einem letzten Griff an die Cougar, die er zum Essen über dem Steiß trug, betrat er den nur von Kerzen erhellten Speiseraum mit den bogenförmigen Fensternischen gleich am Wasser, in jeder ein Tisch für nur zwei Personen, drei von gebräunten Paaren besetzt und der letzte, ganz am Rand, von einem einzelnen Gast vor einer Flasche San Pellegrino. Der Exmajor winkte mit dem Zeigefinger, die verbliebene Hand am Kinn, wohl um seine Uhr besser zur Geltung zu bringen, eine flache IWC, vermutlich limitierte Auflage, nicht wasserdicht aus Prinzip – die Uhr für Männer, die kein Geschirr spülen, ab zwanzigtausend. Willem Hold durchquerte den Raum, in dem nur Anrichtetische mit Vorspeisen standen, eine beeindruckende Platzverschwendung, allein in den Nischen und Ecken wurde gegessen, ein Dutzend Gäste, sechs Kellner, drei Ober, auf wenigen Schritten erfaßte er das, dann trat er an Narcisos Tisch, und ein Kellner schob ihm den Stuhl zurecht, er setzte sich und sah auf den See.

»Have you ever seen something like this?«

»No«, sagte Narciso, »I can't remember.« Sie sprachen Englisch, was sonst, der Exmajor, immer noch mit Hand am Kinn, behauptete, als Unterhändler gekommen zu sein. Aber Willem zeigte nur Interesse für die snobistische Uhr. »Nice«, sagte er.

Ein schiefes Lächeln ging über Narcisos Gesicht und schon zog er sich die IWC von der Hand und reichte sie über den Tisch. Willem Hold nickte ihm zu, fast zärtlich legte er die Uhr vor seinen Teller; dann nahm er die Pellegrino-Flasche und drückte ihren Boden auf das runde Gehäuse, bis Federn und Rädchen darunter hervorsprangen. Auch eine kaputte Uhr zeige zweimal am Tag die richtige Zeit an, flüsterte er. »Why are you here, major?«

Narciso griff um sein Wasserglas, er bebte unterm Kinn, diese Uhr, begann er mit heiserem Flüstern, sei ein persönliches Geschenk von Imelda Marcos, mitgebracht von einer ihrer Reisen in die Schweiz, ein Geschenk für seine Dienste. Die Hand, die er verloren hatte, beim Kampf gegen Rebellen!

Hold schob Federn und Rädchen in seinen Suppenlöffel und ließ sie, von dem Löffel, in Narcisos Mineralwasser gleiten.

»You didn't answer my question.«

Der Exmajor nahm seine Hand vom Glas, er schien sich zu fassen. »Okay, I will. But not here. Let's go outside.«

Ein Kellner brachte die Karte, und Narciso, schon stehend, drückte ihm Geld in die Hand, ein Reflex, während Hold am Boden noch ein haarfeines Rädchen sah. Er tupfte es auf und hielt es dem einstigen Kämpfer hin; und der nahm es, mit kaum merklichen Nicken, entgegen. Willem lächelte, soweit das Pflaster es zuließ. »You are welcome, Major.«

56

Helen stürmte ins Zimmer, nicht nur mit Neuigkeiten über die Yacht, sie hatte auch gerade ein eindeutiges Kennzeichen entdeckt, F-VC 1. »Die Campus muß hier sein«, rief sie und sah, daß Feuerbach nackt am Fenster stand, der Rücken glänzend vor Schweiß. »Und die Yacht bewegt sich auf San Vigilio zu.«

Feuerbach – er hatte sich gerade ausgezogen, um duschen zu gehen – schaute auf die Spitze der Mole vor der dunklen Masse des Sees. »Aber sie bewegt sich wohl kaum von allein. Haben Sie irgendwen gesehen an Bord?«

Helen schloß die Tür hinter sich. »Das war ein so abgesperrtes Yachtclubgelände, von dem das Boot ins Wasser kam – nein. Soll ich mich umdrehen?«

Feuerbach beugte sich nach rechts, zur Längsseite des Sees, von wo die Yacht kommen müßte, aber da war noch kein Licht auf dem Wasser, da war nur das Glitzern des anderen Ufers, Salò und Gardone, gut zu erkennen, und dann die Straße Richtung Norden, nach Gargnano.

»Das ist Ihre Sache«, sagte er.

Helen sah auf das verwühlte Bett.

»Ist hier irgendwas passiert?«

»Allerdings.«

»Dann erzählen Sie's schon, Feuerbach ...«

»Setzen Sie sich.«

Und Helen setzte sich, bemüht, auf ihre Schuhe zu schauen anstatt zum Fenster, während Feuerbach erzählte, was passiert war, knapp und wahrheitsgemäß. »Und Sie haben mit diesem Killer Musik gehört.« Er schnippte mit dem Finger. »They're really rockin' in Boston ... Die alte Nummer, oder?«

»Er ist kein Killer«, sagte Helen, »sonst könnten Sie jetzt nicht mehr singen. Das war gar nicht so schlecht.«

»Danke.« Feuerbach sah über die Schulter zum Bett. »Mir wär nur vorhin fast das Herz stehengeblieben.«

»Das gibt's auch in anderen Situationen.«

»Was für ein Trost.«

»Ich wollte ja bloß dran erinnern. Wie seid ihr auseinander?«

»Ich mußte etwas versprechen: ihm den Mörder der Schultz zu überlassen. Also vermutlich den Mann, dem sie den Picasso anvertraut hat. Zur Zeit wohl am Steuer dieser Yacht.«

Helen sah von ihren Schuhen auf. »Ich mußte auch gerade ein Versprechen abgeben. Telefonisch.«

»Ihrem Sohn?«

»Woher wissen Sie das?«

»Ich hab's mir gedacht. Wie geht's ihm?«

»Er liegt in Nolas Bett – aber ohne Nola. Dafür mit Naomi auf der Decke. Ich mußte ihm eine Katze versprechen. Er wird bald sechzehn und will eine Katze!«

»Dann besorgen Sie ihm eine Katze.«

»Sind Sie da sicher?«

»Ja, Helene.«

»Helen.«

»Wer hat das eingeführt, Helen, Ihr schöner Pathologe?«

»Wollten Sie nicht duschen?«

Feuerbach sah wieder aus dem Fenster. Zwei Leute waren jetzt auf der Mole, aber noch unter dem Weinlaub, vor der offenen, in den See ragenden Spitze.

»Ich wollte erst reden und dann duschen.«

»Hab *ich* Ihnen von Dr. Eick erzählt?« Helen konnte sich nicht erinnern, aber es mußte so sein. »Wissen Sie, was der bei dem toten Kunden von der Schultz im Rachen entdeckt hat? Dessen eigenes Sperma. Sie hat ihn damit zu Tode geschockt. Um an den Picasso zu kommen.«

»Läßt sich das auch beweisen? Ich meine, unter Versuchsbedingungen wiederholen?«

»Wenn Sie den Mut dazu haben, Feuerbach, jederzeit.« Helen spürte ihre Ohren, irgendwie war sie zu weit in das Thema gerutscht und rutschte immer noch weiter hinein. »Es spricht einfach alles dafür«, sagte sie. »Und eins muß man Eick lassen, er versteht was von seiner Arbeit. Er weiß sogar, daß Sperma im Mund bitzelt.«

»Bitzelt ...«

»Ja. Bitzelt.«

»*Ich* weiß so was nicht«, sagte Feuerbach. »Aber ich weiß, wer da unten gerade Richtung Wasser verschwindet – Ihr Freund Hold. Mit einem Mann, der nur eine Hand hat.«

Helen eilte ans Fenster. Sie sah, wie Hold und der andere an die Spitze der Mole gingen, zu einer Fahnenstange, während von rechts in langsamer Fahrt die Motoryacht auftauchte. »Da will jemand abhauen.«

»Das haben Sie klar erkannt.« Feuerbach holte seine Kleidung, er stieg in die Hose. »Können Sie mit Booten umgehen? Im Hafen liegen zwei. Eins sieht ziemlich scharf aus.«

»Das nehmen wir uns«, sagte Helen, während unten im Restaurant wieder die Opernmusik einsetzte.

57

Es war ein Potpourri aus Aida, eine jener CDs, die italienische Supermärkte gern als Rabatt geben, und sie erklang zu der Stunde, in der rund um den See der Fischgang serviert wurde, gegen neun, und wie fast immer um diese Abendzeit, besonders in den letzten milden Nächten des Oktober, war das Wasser vor San Vigilio so glatt, daß man meinte, darauf wandeln zu können.

Auch wenn man nichts getrunken hatte, wie Willem Hold und der Exmajor, verführte einen der Anblick des Sees – über dem der Mond jetzt als alte, rötliche Lampe hing, gehalten von weiß Gott welcher Kraft – zu einem gewissen Irrsinn oder wenigstens Leichtsinn (kaum nachzuvollziehen von denen, die den See nur vom Hörensagen kennen), Leichtsinn, der zweifellos eine Rolle spielte (wenn man auch noch die Wirkung Verdis mit einbezieht), als Narciso, anstatt sofort nach dem zuvor versteckten Gegenstand zu greifen, neben der Fahnenstange stehenblieb und über das Wasser sah.

»It's like a big movie«, sagte er, und da hatte Hold schon das Army-Messer im Sockel der Fahnenstange bemerkt, aber auch ein nahendes Boot ohne Licht, schlanker Rumpf, hohes Deck, und Narcisos Blick in Richtung der Yacht, während er einen Schuh auf den Sockel setzte, der Klettverschluß offen, und sich anschickte, ihn zu schließen, um dabei nach dem Messer zu greifen, was sonst. Innerhalb einer Sekunde, zwischen zwei Herzschlägen, sah und begriff Hold das alles, wie gut sein Tod auf dieser Mole vorbereitet war, samt Verschwinden von Leiche und Täter, und er riß die Beretta unter dem Gürtel hervor, als sich Narciso noch bückte, entschlossen, sie ihm über den Scheitel zu ziehen, das würde nicht knallen und auch keine Schweinerei machen, denn er benutzte ja immer noch Spezialmunition, zwischen zwei weiteren Herzschlägen schoß ihm das durch den Kopf, und da hatte der Exmajor schon das Messer in seiner einen Hand, die effektiver als zwei war, ein Long John, scharf wie das Leben, *life is a knife,* und anstatt auszuholen mit der Beretta, drückte Willem ab, bevor die Klinge seine Leber teilte. Ohrenbetäubendes Krachen zerstörte die Stille und überhaupt jegliche Stimmung auf der Spitze der Landzunge, dazu die linke Schädelhälfte von Homobono Narciso; sie flog samt Hirn und Auge ins Wasser, als im Restaurant gerade der beliebte Triumphmarsch anhob, was Hold noch eine Frist gab.

Er steckte die Waffe weg und zog den einhändigen Leichnam mit dem halben Kopf vom Boden hoch, während die Yacht jetzt an die Mole heranglitt, offenbar von innen gesteuert, denn das Steuer am Freideck war unbesetzt, ein sicher vereinbarter Ablauf, jedenfalls nur so zu erklären: Leiche und Täter sollten an Bord, und folglich kippte er – mit einer Anstrengung, die seine Wange wieder aufplatzen ließ – Narcisos Körper in das offene Heckteil der Yacht und sprang in dem Moment hinterher, als die ersten Restaurantgäste, alarmiert durch den Schuß, an den Fenstern erschienen, und aus den Räumen des Hoteldirektors ein dosierter Schrei kam, während die Yacht, im schäumenden Bogen um einen vorgelagerten Felsen, Richtung Westufer abdrehte.

Irgendwer stoppte dann die Aida-CD, und nach einigen Sekunden gespannter Ruhe – nur einem leisen Stimmengewirr, darunter die Stimmen von Helen und Feuerbach –

hob vom Wasser her ein Geräusch an, als würde der See beben. Zweimal sechshundert PS ließen die Vanilla's Affair mit mannshoher Heckwelle davonpreschen, ein Schauspiel, das auch die letzten Gäste vom Essen ablenkte, und während auf allen Tischen Filets vom Steinbutt zu feinem Risotto, aber auch ausgelöster Hummer auf Auberginenpüree und die berühmte Venezianische Leber kalt wurden, eilten Helen und Feuerbach schon auf die Mole, gefolgt von Vanilla Campus samt ihrer Tasche mit dem Kufsteinpäckchen sowie, dicht hinter der Campus, einer langen Gestalt mit Hand an der Brille, dem gleichfalls berühmten schwäbischen Clown (der Venezianischen Leber an Ruhm sicher ebenbürtig), der offenbar um sein Riva-Boot bangte, wie die Restaurantgäste um ihre Stimmung.

Auch wenn jedem klar war, daß sich gerade eine Bluttat abgespielt hatte – warum nur um Gottes willen hier, das war die Frage –, änderte das doch nichts an dem schönen Abend, hatten sie doch alle eben noch gegessen und dazu ihren Lugana oder Brunello getrunken, sich über Autos, Immobilien und Sport unterhalten, und das an Tischen, die seit langem reserviert waren, also in jedem Fall einen Zustand genossen, den man nicht ohne weiteres preisgeben wollte. Orte wie San Vigilio sind für die Wirklichkeit nicht geschaffen, sie erscheint einem dort wie etwas Künstliches, ein verirrter Feuerwerkskörper.

Die ersten kehrten schon wieder an ihre Tische zurück, als Helen die Spitze der Mole erreichte und gerade noch die Schaumspur der Yacht sah, während die Yacht selbst schon hinter der Landzunge verschwunden war; nur das Gedröhn ihrer Motoren blieb.

»Wir müssen hinterher!« rief die Campus und prallte fast auf den berühmten Night-Clown, der das Mahagoni-Deck seines Bootes mit Hilfe einer Taschenlampe auf Kratzspuren untersuchte. »Können Sie uns fahren?!« Der Berühmte und Penible wandte sich um, schob seine Brille an die Augen und erkannte Vanilla in dem Moment, als sie ihn erkannte. Vier Arme schossen in die Höhe, und trotz der allgemeinen Aufregung blieb noch die Zeit für das Spektakel beim Zusammentreffen zweier Fernsehgrößen – Jubel Küßchen Wahnsinn –, bis beiden einfiel, daß Vanilla ja Witwe war, sogar frischgebackene, und man sich drückte, bei voller Rücksicht auf die Frisur, für Vanilla Gelegenheit, aus ihrer Frage eine Bitte zu machen.

Und natürlich wollte der Gebetene mitmachen, der ganze Ernst des Lebens schien auf einmal zu winken, er zog seine Schuhe aus und sprang in das Boot, endlich erfüllte die Nemax II einen Sinn, er führte einen Schlüssel ins Zündschloß und drehte ihn um, und ein feines Klicken – wie bei älteren Jaguars, wenn nichts mehr geht – verriet den Ausfall des Anlassers auf unbestimmbare Zeit. Dennoch versuchte er es erneut, während Helen und Feuerbach, von Vanilla herangewunken, schon die Schuhe auszogen – zweifellos üblich an Bord – und die Kajütentür des benachbarten Kahns aufging. Das weiße Haar in der Stirn und in der Hand eine Diskette, trat der schlanke Eigner der No Comment auf den bemoosten Außenborder zu.

»Kann ich helfen?«

»Quatsch«, rief der Night-Clown, »das wird gleich«, und das feine Klicken klang immer feiner.

Feuerbach zog seine Schuhe wieder an. »Falls es wird: Wieviel Power hätten Sie denn hintendrin?«

Der Berühmte sah auf, er wirkte verzweifelt, verzweifelt genial, keiner hatte ihn je so gesehen. »Bei einem Riva-Boot«, sagte er, »zählt nicht, was hintendrin ist, sondern was hintendrauf liegt.« Er wollte das noch näher erklären, aber da knallte die Zündung des Außenborders, und eine Wolke von verbranntem Öl stieg auf.

Der weißhaarige Schlanke – er hatte zuerst die Diskette

eingesteckt, dann den Deckel des Motors abgenommen und mit einer Schnur hantiert – wickelte jetzt zum zweiten Mal die Schnur mit Griff um das Schwungrad der Startmaschine; er nahm sich Zeit, und alle verfolgten sein Tun, auch der Mitbewerber, während im Wasser neben dem Kahn etwas rötlich Weißes antrieb, wie ein Klumpen kleinerer Würste, und schon im nächsten Moment schnappte sich ein Fisch, das Maul träge geöffnet, gut ein Viertel von Narcisos Identität. Die Schnur war endlich ganz herumgewickelt, und der Schlanke stemmte sich mit einem Fuß gegen die Rückbank, bevor er ruckartig am Griff zog. Es knallte, rauchte und stank, aber Zündung folgte stotternd auf Zündung, und mit einem Zittern, das den ganzen Kahn erfaßte, kam der Zweitakter auf Touren.

»Vierzig PS«, sagte sein Besitzer laut zu Vanilla, »nicht mehr und nicht weniger. Aber natürlich können Sie auch in einem echten Riva-Boot paddeln.«

58

Diese Bemerkung mit ihrem unüberhörbaren Dünkel fiel genau um halb zehn, als das Warnlicht auf dem Felsen vor San Vigilio noch nach der Sommerzeit anging; unter Umständen eine gewisse Hilfe beim Wiedergeben der Ereignisse, die sich ab jetzt, zunächst noch an getrennten Orten, zu überschlagen begannen.

Während nämlich das Duo Helen und Feuerbach mit Vanilla Campus in die No Comment stieg und alle drei auf einer ölbeschmierten Bank Platz nahmen, hinter dem klotzartigen, von Möwenkot übersäten Kajütenaufbau, der zum Bug hin, scheinbar windschnittig, in zwei Stufen flacher wurde, hatte die Yacht mit dem Duo ihres Steuermanns und eines blinden Passagiers sowie einer Leiche schon bald die halbe Strecke bis zur einsamsten Seestelle zurückgelegt, zwischen der Ortschaft Pai am Ostufer und Gargnano auf der lombardischen Seite, genau dreihundertvierzig Meter über Grund.

Niemand konnte, nachts, vom Ufer aus erkennen, was dort in der Mitte des Sees geschah, auch mit besten Gläsern nicht: Der Mann hinter dem Steuer im unteren Deck der Yacht, Dr. Cornelius Zidona, kannte nicht nur alle Novellen oder Erzählungen, die am Gardasee spielten, er kannte auch alle Sachbücher über Winde, Strömungen und Beschaffenheit des Sees; innerhalb einer Tagesreise von Frankfurt gab es keinen idealeren Ort, um aus der Welt zu verschwinden, und keinen idealeren, um in ihr wieder aufzutauchen. Und alles lief soweit perfekt, auch wenn ein Schuß gefallen war, aber ohne Leiche kein Mord, und die Leiche war mit von der Partie, ebenso der Täter, ein wackerer Exoffizier, den man vielleicht vermissen würde, aber nur am anderen Ende der Welt, irgendwann, wenn die Vanilla's Affair schon lange in der Tiefe lag, wohin sie sich in Kürze verabschieden würde, mit nur einem Überlebenden, versteht sich.

Das etwa waren Zidonas Gedanken, als Willem Hold bereits vor der Kabinentür stand, in der einen Hand die Cougar und in der anderen zwei Meter italienischen Stromkabels, in Narcisos Jackentasche entdeckt, vorgesehen wohl für ihn als Alternative zum Messer, vielseitig verwendbar wie alle südländisch dünnen Kabel; kaum eine Leiche in Manila, die damit nicht an Hals und Händen versehen war. Aber Hold ließ sich Zeit, er genoß es, den einstigen Peiniger zu beobachten, wie er die Yacht immer weiter hinauslenkte, gewissermaßen dem Ziel seiner Träume entgegen, ohne zu ahnen, wer nur durch eine Tür getrennt hinter ihm stand, die Maschinen jetzt etwas gedrosselt, als wollte er sich ebenfalls Zeit lassen, vielleicht den Abschied von sich selbst noch ein wenig hinauszögern – Zeit, die den Verfolgern zugute kam.

Der bemooste Außenborder, Yamaha, schob die No Comment mehr vorwärts, als daß er sie antrieb, obschon ihr Besitzer den Gashebel neben seinem Steuerplatz, einem alten Barhocker, bis zum Anschlag gedrückt hielt. »Sagen Sie mal«, rief Vanilla gegen den Motorlärm an, »haben Sie auch einen Namen?!«

»Nicht auf diesem Boot!«

»Es wäre aber hilfreich – meinen Namen kennen Sie ja!«

»Von mir aus können Sie mich Signore Franz nennen. Wen verfolgen wir überhaupt?«

»Einen Mann, der einen anderen Mann umbringen will!«

»Das ist nicht ganz mein Genre!«

»Sind Sie Künstler, Franz?«

»Signore Franz.«

»Aber Franz ist doch deutsch – wie unser Kaiser!«

»Und was ist mit Franz von Assisi? Der hat hier am See die Zitrone eingeführt!«

»Ein Unternehmer?«

»Nein, ein Heiliger. Oder Kafka!«

»Den kenn ich«, rief Vanilla, »Sie auch?«

»Ich kenn ihn sogar bestens!«

»Weil Sie schreiben, hab ich recht?«

»Ja, was dagegen?«

»Nein, dann schreiben wir ja alle drei, Kafka, Sie und ich! Haben Sie von meinem Buch gehört, *Bodymotion*?«

»Es erschien jetzt gerade«, mischte sich Feuerbach ein, während der Yamaha wieder zu stottern begann.

»Was ist los, Signore Franz?« Vanilla stand auf, sie hielt sich am Kajütendach fest und schaute nach vorn. Die Yacht war nur noch ein weißlicher Punkt in der Dunkelheit, und aus dem Stottern in ihrem Rücken wurde schlagartig Stille;

der Kahn glitt noch ein Stück durchs Wasser, dann lag er ruhig auf dem See. Vanilla drehte sich um, sie war blaß.

»Ist er kaputt?«

»Nein, aber der Tank ist leer.«

Helen lehnte sich an Feuerbach, sie fröstelte etwas.

»Und jetzt?«

»Keine Sorge.« Signore Franz ging in die Kajüte und kam mit einem Kanister zurück. »Wenn Sie bitte aufstehen würden ...«

Helen und Feuerbach standen auf, der Kahn schwankte, Signore Franz hob die Sitzbank an, darunter lag der Tank.

»Können wir helfen?« fragte Vanilla.

»Lieber nicht.« Er öffnete den Tank, von dem der Rostschutz abplatzte, führte einen Trichter ein und begann mit dem langsamen Umfüllen von zwanzig Litern Benzin; bis auf ein leises Gluckern war es im Kahn und auch ringsherum still.

»Was schreiben Sie denn so?« fragte Vanilla, als der durchsichtige Plastikkanister kaum leerer zu werden schien.

»Dies und das. Für vierzig PS reicht's.«

»Also Dinge, die nicht so gut laufen. Sie müssen ins Fernsehen damit. Dann läuft's.«

Das Benzin schwappte über den Trichter, der schlanke Weißhaarige sah auf. »Seit dreißig Jahren wurde im Fernsehen nichts mehr vorgelesen, das länger als dreißig Sekunden dauerte.«

»Und nach dem Tod von Freytag«, sagte Helen, »sieht es wohl noch trüber aus, wie?«

Signore Franz schwieg, er konzentrierte sich aufs Umfüllen.

»Also für mich«, erklärte Vanilla, »war ja Louis Freytag immer eine Art Gott, der im ZDF auftrat. Er wußte einfach alles. Sehen Sie das auch so, Franz?«

»Nein.« Wieder schwappte Benzin daneben, und Feuerbach half jetzt, den Kanister zu halten.

»Wieso nein?«

»Weil Gott nur zu lesen aufgibt. Er selbst ist Analphabet.«

»Ach so«, sagte Vanilla. »Aber er wußte doch immer, welche Bücher oder welche Autoren wichtig und welche unwichtig sind; hat er *Sie* denn für wichtig gehalten?«

Eine ganze Ladung ging jetzt daneben, trotz Feuerbachs Assistenz, und Signore Franz hob den Zeigefinger der Hand, die den Benzinstrahl lenkte. »Seit Mitte des vorigen Jahrhunderts sind bei uns immer dieselben wichtig: Als würden Freddy Quinn und Peter Krauss noch immer den Schlagerton angeben. Deutschland kommt seit dem Krieg mit zwei Schriftstellern aus.«

Vanilla hüpfte auf: »Mit dem Freddy war ich neulich in einer Talk-Show, bei Kerner, der ist reizend. Nicht ganz so reizend wie Biolek, aber reizender als Beckmann.«

»Noch reizender wär's, wenn Sie still säßen. Wenn noch mehr daneben geht, fliegen wir beim Anlassen alle in die Luft.«

»Schreiben Sie Krimis?« fragte Vanilla.

»Ja. Zum Überleben.«

»Und wer der Täter ist, erfährt man auf der letzten Seite?«

Signore Franz stellte den Kanister ab und schraubte ihn zu; gut die Hälfte war umgefüllt.

»Wenn Sie erlauben: Nur Schwachköpfe wollen auf der letzten Seite erfahren, wer der Mörder ist. Vernünftige Menschen fragen sich, wer wen am Ende lieben könnte.«

Er pumpte Benzin in den Motor, nicht zuviel, nicht zuwenig, dann nahm er die Haube ab und wiederholte das Spiel mit der Schnur, während die Campus, sachte nickend, über den See schaute.

»Haben Sie zufällig eine Waffe an Bord?« fragte Feuerbach, als Signore Franz endlich bereit war, an der Schnur zu reißen, und auch gleich an ihr riß und der Yamaha krachend ansprang.

»Nur eine Plastikpistole von meinem Sohn, wenn das hilft!«

»Ja, das würde helfen!«

»In der Kajüte, links, neben dem Radio!«

Und Feuerbach sah nach der Pistole, die ein Colt war, die Kopie eines Peacemaker, und griff sich auch gleich das Radio mit Batterie, während die No Comment wieder Fahrt aufnahm.

59

Willem sah die Lichter des Kahns, er hatte sie schon eine Weile gesehen, ein rotes und ein grünes Pünktchen, dazwischen ein helleres weißes, Lichter, die jetzt wieder näher kamen, also wurde es Zeit, Zeit, sein Leben in Ordnung zu bringen, von der Sache mit dem Spannlack bis hin zu Lou. Er deponierte die Beretta in einer Ablage unter der Reling – zweiter Fehler, nach dem Fehler des Zurückschauens im Gedröhn der Motoren – und spannte gerade das italienische Kabel für das, was er vorhatte, als hinter ihm eine schnarrende Stimme – noch immer die Stadttheaterstimme von damals – zuerst mit einem Hallo kam und dann mit einem Umdrehen, Hold.

Irgend etwas sagte ihm, daß er die schlechteren Karten hatte, im Moment jedenfalls, und er drehte sich langsam um, sehr langsam sogar – die Zeit war jetzt seine Geliebte, sie würde ihm beistehen –, und erkannte Zidona in der Tür zur Kabine, einen hübschen kleinen Derringer in der Hand,

Modell Twinny, silbrig wie der Stift, doch zum Töten, zwei Schüsse Kaliber achtunddreißig, ein Ding, das man in jedem Souvenirladen auch als Spaßfeuerzeug bekam, täuschend echt, vor allem bei Nacht. Die Doppelmündung zeigte auf seinen Bauch, da konnte nichts danebengehen.

»Komm herein«, sagte Zidona und trat mit kleinen Schritten zurück, bis zum Cockpit der Yacht, die immer noch, ohne Licht, in die Dunkelheit fuhr. Er zielte weiter auf ihn, die Hand ganz gestreckt, und griff dabei mit links an den Gashebel neben dem Steuer; das Motorengeräusch verebbte in Wellen. Schließlich zog er den Zündschlüssel ab, und die Vanilla's Affair kam nach einer halben Drehung über Backbord zum Stillstand.

Bis auf das Licht der Armaturen war es dunkel in der Kabine, aber Hold erkannte die Eleganz der Einrichtung, einer Sitzecke um einen Tisch, ja, den Wert der Materialien, Leder, Holz und Chrom, wie er auch Zidonas Wahnsinn erkannte, den Wahnsinn eines Menschen, der im Begriff war, alles hinter sich abzubrechen. Eine Hand am Steuer, in der anderen das tödliche Spielzeug, stand er jetzt neben dem erhöhten Cockpitsitz und lächelte mit seinen nelkenroten Lippen.

»Okay«, flüsterte Willem, noch immer das Kabel zwischen den Händen, »bring es zu Ende. Aber verrate mir vorher noch ein paar Dinge, zum Beispiel, wie man so weit nach oben kommt.«

»Indem man sich unten alles versaut«, sagte Zidona. »Dann bleibt nur der Weg nach oben.«

»Und im Heim hast du schon damit angefangen.«

»Ich hab mir Mühe gegeben.« Mit einem Ernst sagte er das, der jeden Außenstehenden sofort überzeugt hätte, dem Ernst eines Mannes, der in aller Bescheidenheit von seinem Leben im Dienste der Allgemeinheit spricht, und in Hold wuchs ein Wille: dem kleinen Twinny die Stirn zu bieten.

»Erklär mir eins«, sagte er, »warum die Sache mit dem Spannlack, damals in der Toilette vom Turnraum?«

»Warum?« Zidona schüttelte den Kopf, und plötzlich lächelten auch seine Augen mit. »Darum.«

»Das hast du schon damals gesagt. Aber was heißt es?!«

»Daß es Spaß gemacht hat, Hold. Du hast geschrien wie ein Schwein. Also war die Kur erfolgreich. Aber wenn du mich heute fragst, tut es mir natürlich leid. Man macht so etwas nicht. Ich hoffe, du hattest später nicht allzu viele Nachteile.«

Willem schnappte nach Luft, irgend etwas stimmte nicht mit seiner Atmung, als knie ihm Zidona auf der Brust.

»Nicht allzu viele Nachteile ... Ich konnte zwanzig Jahre lang nicht richtig.«

»Wer kann schon richtig.«

»Ich konnte es nur unter Schmerzen, bis vor wenigen Tagen, bis ich in einem Flugzeug die Frau kennenlernte, die du auf mich angesetzt hattest. Die aber dein Spiel nur kurze Zeit mitgespielt hat. Weil wir uns nämlich sehr schnell sehr mochten.«

»Wie rührend«, sagte Zidona, und Hold bewegte sich ein Stück auf ihn zu, das Kabel jetzt nur noch in einer Hand.

»Ich habe Lou geliebt, verstehst du das?!«

»Warum sollte ich es nicht verstehen, Hold? Jeder liebt irgendwen mal.«

»Aber sie war die erste, die ich überhaupt geliebt habe. Und die erste, bei der es nicht weh tat!«

Willems Stimme überschlug sich jetzt fast, und er spürte immer mehr Willen in sich, sogar den Willen oder die Kraft, ein Geschoß abzufangen: Wenn es nicht doch eine Kopie war, was Zidona da in der Hand hielt, während seine andere Hand nun in die Tasche griff, Zigaretten und Feuerzeug hervorholte, wie zum Beweis, daß die Waffe eine Waffe war und kein Spaß. Er hatte ja schon damals geraucht, Stuyvesant, der Geschmack der großen Welt, aber inzwischen rauchte er Nil, da mußte man nur einen Deckel anheben und konnte sich schon eine greifen: Die Zidona jetzt hielt, um sie anzustecken, wie kein Mensch eine Zigarette hält, zwischen Mittel- und Ringfinger, wobei sein Jackettärmel zurückglitt; und im Schein des Feuerzeugs sah Willem die zweite seiner Traumuhren, Lous schöne Reverso, die hatte er ihr abgenommen. Ihm stockte der Atem, dreimal mußte er Luft holen für ein einziges Wort. »Warum«, sagte er nur, während Zidona jetzt auch so rauchte, die Zigarette inmitten der Hand.

»Was warum?«

Willem holte abermals Luft, und vor seine eigentliche Frage schob sich, wie ein Puffer, noch eine andere, irgendwie idiotische Frage – warum er so komisch rauche.

Zidona lächelte wieder und blies dabei den Rauch in Willems Richtung. »Ganz einfach: Weil der bekannte Autor Ollenbeck so raucht.« Er machte eine Pause und spannte den Doppelhahn des Derringers, allerdings langsam, als wollte er den Feuerzeugfunken vermeiden. »Der Mann, als der ich nachher, in einem kleinen Schlauchboot, irgendwo an Land rudern werde. Ich nehme an, sie hat dir von meinem literarischen Hobby erzählt.«

»Mußte sie deshalb sterben?!«

»Nein. Aber Lou war auf ein Buch gestoßen, aus dem sich der Autor Ollenbeck ein bißchen bedient hatte, um seiner Karriere den nötigen Schub zu geben.«

»Sie konnte beweisen, daß du geklaut hast.«

»Das war nicht das Problem.« Zidona drückte die Zigarette auf dem lederbezogenen Cockpitsitz aus. »Das Problem war, sie wollte es beweisen. Weil dieses alte Buch – dem ich doch eigentlich erst zum Durchbruch verholfen habe – von einem Typ stammt, den sie mal kannte. Und unsere Lou hatte nun einmal diese Schwäche eines gewissen

Charakters. Sie war davon nicht abzubringen. Sie wollte Ollenbeck auffliegen lassen!«

»Und deshalb hast du sie mit einem Besenstiel umgebracht?!«

»Ja.«

Es kam ganz leicht, sein *Ja*, wie damals sein *Los geht's*, als er den Lack vom Löffel träufeln ließ, und Willem spannte alle Muskeln, ehe er die letzte, eigentliche Frage herausschrie, obwohl sie schon halb beantwortet war: »Warum auf diese Weise?!« Als geschähe sie ihm selbst, die Tortur, so schrie er und sah das Zucken in Zidonas Augen, wie den Einschlag seiner Worte, und stürzte sich gleichsam hinterher – ein Speer, den nichts aufhielt.

Hold hörte nicht den Doppelknall der Waffe, die kein Spielzeug war, er hörte nur das eigene Schreien und spürte etwas an den Rippen, dann mischte sich sein Schrei schon mit dem von Zidona, der hart auf den Rücken fiel; mit weiten Augen blieb er liegen, ein gestürztes Pferd, während Hold auf ihn einschlug, bis er erschrak: als sei's die Drecksausgabe seiner selbst, über der er da kniete. Er rang nach Luft und griff sich an die Seite, an die zerfetzte Versace, gepolstert mit Geld, darunter kaum Blut, Geld, das genützt hatte, er nahm Zidona die Uhr ab und steckte sie ein; dann tastete er nach dem Elektrokabel, das auf dem polierten Holzboden lag.

60

Leise, aber eindeutig – eindeutig als Schuß – hatten alle auf der No Comment den Doppelknall über das glatte Wasser hinweg gehört – nachdem der Motor schon wieder ausgefallen war, jetzt angeblich abgesoffen –, und während Vanilla eine Faust auf ihren Mund preßte und Helen nach einem Handbuch für den Yamaha fragte, berechnete Feuerbach, an seine Militärzeit erinnert (denkbar, daß nicht viel gefehlt hätte, und er hätte mit Hold im Staub von Somalia gelegen), wie weit die Yacht entfernt war, etwa vier Kilometer; er hatte es sowieso gerade mit Zahlen, denn in dem Radio, einem Weltempfänger, war das Ergebnis der Mittwochsziehung gekommen – die mit der Hundescheiße in den Main geworfene Neunundzwanzig, und er hätte fünf Richtige gehabt!

Sie hatten, auf Vanillas Wunsch, die Kurznachrichten um halb elf verfolgt und erfahren, daß eine Autopsie an Busche dessen Selbstmord bestätigt habe; über einen möglichen Zusammenhang aller unnatürlichen Todesfälle in dieser Woche, angefangen mit dem von Louis Freytag, fiel kein Wort, doch es gab noch eine Meldung, die Freytag betraf. Die Belohnung des ZDF für Hinweise, die zur Ergreifung des Täters führten, war auf fünfzigtausend Euro angehoben worden. Diese Zahl lag gewissermaßen noch in der Luft, als der Knall übers Wasser kam, und während alle zu der Yacht sahen (und Feuerbach den verpaßten Gewinn für sich behielt), sagte Signore Franz, der Besitzer des Kahns, das sei immer noch zuwenig. »Freytag wäre tödlich gekränkt!«

Erst nach dieser Bemerkung nahm er die Motorhaube ab, und Feuerbach sprach leise auf Helen ein: Falls auf der Yacht noch jemand am Leben sei, dann am ehesten Hold, den man nicht entkommen lassen dürfte. »Der weiß, wo der Picasso ist«, flüsterte er, und Vanilla nahm die Faust vom Mund.

»Wenn Sie ein Bild suchen, auf dem ein Mann sein Geschäft verrichtet, davon hab ich gehört.«

»Gehört?« Helen sprang auf »Was haben Sie gehört?«

Die Campus – sie saß jetzt auf der Tasche mit dem Kufsteinpäckchen – legte ihre Hände in den schwarzen Handschuhen aufeinander und dachte einen Augenblick nach, um dann alle Finger zu spreizen, wie elektrisiert von der eigenen Entschlossenheit.

»Ein Mitarbeiter meines Mannes erzählte mir, er sei im Besitz des Bildes und werde sich auch nicht davon trennen.«

»Wie ist sein Name?«

»Wie ist sein Name ...« Vanilla flüsterte auf einmal, aber mit kleinen hohen Tönen auf den Vokalen, als hätte sie eine zweite Stimme, die einer Zwanzigjährigen, in Sektlaune auf einem See treibend. »Sein Name ist Dr. Zidona. Und ich habe ihm meine Yacht geliehen.«

»Also ist das Bild dort«, rief Helen. »Wir haben es!«

Vanilla schüttelte den Kopf.

»Selbst, wenn es dort wäre: Zidona wird die Yacht versenken.«

Feuerbach, noch immer den Plastikcolt in der Hand, langte über die Kante des Kahns ins Wasser. »Und dann? Will er etwa schwimmen? Das dürfte zu kalt sein.«

»Es gibt ein Schlauchboot. Damit will er an Land.«

»Und hintendrin einen Picasso«, rief Helen, »Scheiße! Was macht der Motor, Franz?!«

Der Weißhaarige sah auf. »Signore Franz. Gar nichts macht er. Wenn ein Motor abgesoffen ist, hilft nur Warten.«

»Wir können nicht warten!« Feuerbach wechselte den Platz, er kniete sich neben den Kahnbesitzer, der seinerseits vor dem Yamaha kniete und in kurzen Abständen gegen den Benzinstutzen blies. »Jetzt hören Sie zu, Signore. In dieser Yacht, die wir erreichen müssen, sitzt jemand am Steuer, der auch Bücher schreibt, genaugenommen nur ein einziges bisher. Ein sogenannter Skandalautor, der Ihnen schon die Butter vom Brot nimmt, wenn er nur Zigarettenrauch ausbläst. Das neue Männerwunder.«

»Dann könnte es dieser Kerl sein, mit O ...«

»Es *ist* dieser Kerl. Und nun werfen Sie den Motor an!«

Signore Franz – in seinem Gesicht lag jetzt kalte Entschlossenheit, und man sah, daß er noch gar nicht so alt war, Anfang Fünfzig – nahm die Schnur mit dem Holzgriff und wickelte sie wieder um das Schwungrad des Anlassers.

»Kennen Sie ihn?« fragte Feuerbach leise.

»Ich kenne seine Füßeküsser, das genügt.«

Die Campus mischte sich ein. »Sie sind voller Bitterkeit. Daher die grauen Haare.«

»Meine Haare sind weiß – die Farbe der Verachtung. Wie kommt Ollenbeck überhaupt zu so einer Yacht? Das klappt nicht mal mit einer Titelgeschichte im Spiegel plus Bekenntnis von Louis Freytag: Ich habe geweint beim Lesen.«

»Freytag kann nicht mehr weinen«, sagte Feuerbach.

»Und dieser Ollenbeck kann nicht zu so einer Yacht kommen!«

»Weil Sie nur diesen Kahn fahren? Pardon.«

»Weil ich die Grenzen dieser Branche kenne«, flüsterte Signore Franz. »Selbst der hofierteste Autor ist ein Depp verglichen mit jedem Schundsänger, den seine Leibwächter begleiten.« Er nahm den Griff in die Hand und stemmte einen Fuß gegen die Rückbank. »Kürzlich habe ich mit meinem Verleger in San Vigilio gegessen und schnappte eine Unterhaltung auf, zwischen einem Konzertveranstalter aus Verona und dem Oberkellner. Irgendein Rockstar sollte am nächsten Abend das Lokal besuchen, und der Impresario sagte, dieser Star würde nur *ein* italienisches Gericht essen, Spaghetti Bolognese. Diese Spaghetti sollten bereits gekocht sein, wenn der Star sie bestellt, und der Ober sollte die Bestellung mit den Worten kommentieren, daß es die beste Wahl sei, die man hier treffen könne: So schauen Verbeugungen vor einem Künstler aus. Sehen Sie das Helle da drüben? Das ist Gardone. Der letzte Autor, der sich eine Welt zurechtbog, war D'Annunzio. Sie können diese Welt dort heut noch besichtigen. Ollenbeck ist bloß ein Schatten.«

»Sie sollten jetzt an diesem Ding ziehen«, sagte Feuerbach, und Signore Franz legte seine ganze Verachtung in eine Bewegung, die den Yamaha auf der Stelle anwarf.

61

Der Mond war untergegangen, aber ein Rest seines Lichts schien noch übrig zu sein, als sei die weite Fläche des Sees an einer Stelle aus rötlichem Glas, irgendwo da draußen, vor der Bucht von Salò oder der Promenade von Gardone mit ihrem Gefunkel in Richtung Maderno und weiter: wie gefallene Sterne an einer Schnur, die, mal dunkler, mal heller, bis nach Gargnano reichte, auf das die Yacht kaum merklich zutrieb, so kaum merklich wie die Schnur gekrümmt war – weil die Erde nun einmal rund ist und der Mensch ziemlich klein, dachte Hold.

Er hatte Zidona mit dem italienischen Kabel an Händen und Füßen gefesselt (wie's ihm für den Einsatz in der Wüste beigebracht worden war) und holte gerade seine Waffe aus der Ablage unter der Reling. »Gibt's hier irgendwo Motorfett«, rief er in die Kabine, und Zidona beschrieb eine Klappe, unter der alles zu finden sei, »auch Geld«, keuchte er, »Euro und Dollar«, aber Willem interessierte sich nur für das Fett. Es war in einer großen Tube, und samt der Tube und der Beretta kehrte er in die Kabine zurück und machte das Licht über dem Cockpit an.

»Damit ich dich besser sehe.«

»Was hast du vor, Hold? Ich biet dir ein Drittel.«

»Wozu?«

»Fifty-fifty meinetwegen!«

»Wozu«, sagte Willem noch einmal und legte seine Waffe auf den Couchtisch und die Fettube daneben. Dann bückte er sich zu dem Gefesselten, öffnete ihm den Gürtel und riß Hose und Unterhose bis zu den Knien. »Du stinkst, Zidona.«

»Ist dir überhaupt klar, Hold, an wieviel Geld ich jetzt komme nach Busches Tod? Hunderte von Millionen!«

»Du kommst an gar nichts.«

»Nein, *ich* komme an nichts«, schrie Zidona, »weil ich ja ertrinke! Und damit können sich die Banken an keinen mehr halten! Aber der Autor Ollenbeck wird nicht ertrinken, und er weiß, wo die Gelder liegen und kennt die Paßworte!«

»Das ändert auch nichts«, sagte Hold. »Die Gelder bleiben, wo sie sind und verfaulen«, er griff Zidona um die Rippen und rollte ihn auf den Bauch, »denn ihr werdet beide sterben.«

Zidona, mit dem Gesicht auf der Seite, schüttelte den Kopf, soweit seine Lage es zuließ.

»Ganz wie du willst, Hold, aber dann sterben wir alle drei.«

»Nein. Irgendwer muß sich ja um Busches Witwe kümmern.«

»Um Vanilla? Die kümmert sich um sich selbst!«

Zidona versuchte sich umzuschauen.

»Wo ist der Bimbo aus Manila?«

»Der Bimbo ist tot. Ihm fehlt der halbe Kopf. Und der wird dir auch fehlen. Aber vorher noch einiges mehr.« Willem riß Zidona die Schuhe von den Füßen und zog ihm die Socken aus. »Ich werde mich auch dieser Sache annehmen.«

»Wenn du noch dazu kommst, Hold. Denn der Bimbo aus Manila war mal in einer Spezialtruppe, die alles mögliche in die Luft gesprengt hat. In dieser Yacht befindet sich eine Bombe mit einem Zeitzünder. Einem, der nicht tickt.

Und der genau auf dreiundzwanzig Uhr eingestellt ist. Und hättest du mir nicht meine schöne Uhr abgenommen …«

Willem stopfte Zidona beide Socken in den Mund.

»Das war Lous schöne Uhr.« Er holte die Reverso aus der Tasche. Es war zehn vor elf. »Du hast sie *ihr* abgenommen – vorher oder nachher?«

Zidona wollte etwas sagen, aber es kamen nur Laute wie von Leuten im Zahnarztstuhl mit Bohrer im Mund. Hold nahm einen der Socken heraus; er steckte die Uhr wieder ein.

»Vorher oder nachher?!«

»Wir werden alle untergehen«, schrie Zidona durch den anderen Socken hindurch. »Du weißt nicht, was du tust!«

»Oh, doch. Und ich tu es in weniger als zehn Minuten.«

Willem holte seine Waffe und die Tube und setzte sich neben Zidonas Gesicht auf den Boden. Er öffnete die Tube und drückte eine gelbliche Wurst auf das Korn der Cougar. Dann begann er mit zwei Fingern sorgfältig ihren Lauf einzufetten.

»Du bist wahnsinnig«, röchelte Zidona.

»Dann würd ich dich am Leben lassen.«

»Was hast du vor, Hold?«

»Ich habe vor, meine Waffe zu opfern. Weißt du, was Expansivgeschosse anrichten? Sie sind im Ziel höchst effektiv, ruinieren aber auf Dauer die Züge im Lauf. Da dieser Lauf jedoch dort bleiben wird, wo ich ihn gleich hineinschiebe, spielt es keine Rolle.«

Zidona würgte jetzt an dem Socken, er spuckte ihn aus.

»Wir werden hier alle gleich sterben«, keuchte er und warf den Kopf hin und her.

»Alle nicht«, Willem unterbrach das Einfetten, »bloß du und Ollenbeck.« Er packte Zidona am Haar, bis dessen Kopf ganz ruhig lag; nur noch die Augen waren in Bewegung. Sie folgten der Spitze des Laufs, den Hold hin und her bewegte. »Weißt du, wie lang der ist? Verglichen mit einem Besenstiel ein Klacks. Würdest du mir da recht geben?!«

Ein Schwall von Luft entwich Zidonas Darm, als quake ein Frosch in ihm. »Aber aber«, sagte Hold und fuhr mit dem Einfetten fort. »Die Vorzüge eines Besenstiels werden allerdings durch drei Punkte ausgeglichen. Erstens ist der Lauf vorn nicht rund und hat auch dieses aufgeschweißte Korn, das könnte unangenehm werden. Zweitens liegt er in einem sogenannten Schlitten, der bis zur Spitze reicht und den Durchmesser vergrößert und das Ganze auf der Unterseite zu einer Art Klinge macht. Und drittens ist der Lauf ein Hohlkörper, durch den Geschosse fliegen, es wird wohl auf eins hinauslaufen. Über dessen besondere Eigenschaft sollten wir noch etwas reden …«

»Sag mir, was du willst«, brüllte Zidona, und Willem preßte ihm den Mund auf und schob wieder beide Socken hinein.

»Ich will Gerechtigkeit. Und denke dabei gar nicht an mich. Ich denke an Lou. Zwischen Lou und dir muß es eine Art Ausgleich geben, das wirst du doch einsehen, auch wenn ich dir kein grünes Haarteil aufsetzen kann. Wir werden die Sache mit einer einzigen Farbe durchziehen, nämlich mit Rot.«

Eine Reihe von Lauten, wie sie Taubstumme ausstoßen, drang nun durch die Socken in Zidonas Mund, während ihm die Schläfenadern schwollen.

»Wie ich höre, haben dich meine Worte erreicht.« Hold nahm das Magazin aus der Cougar und ließ Zidona einen Blick auf die Patronen werfen. »Schau sie dir genau an. Denn mit ihr werden wir diesen Ausgleich erreichen. Ähnlich wie ein Besenstiel sind Expansivgeschosse aus einem eher weichen Material. Daher dehnen sie sich, beim Einschlag in ihr Ziel, auch augenblicklich aus und schieben die getroffene Masse in der Art einer Lawine vor sich her. Auf den menschlichen Körper bezogen, kann das bedeuten, daß jemand, der in den Arsch getroffen wird, noch im selben Moment aus dem Mund scheißt.«

Er führte das Magazin wieder ein und lud die Waffe durch, dann zog er den halben Sockenklumpen zwischen Zidonas Zähnen hervor; schaumige Blasen traten aus den Lücken, begleitet von Würgen und Keuchen, während sich die Yacht, von irgendeiner Strömung erfaßt, wieder um sich selbst drehte.

»Die Bombe«, stieß Zidona hervor, »ich kann sie stoppen ...«

Willem holte seine andere Traumuhr aus der Tasche; die Rolex zeigte acht Minuten vor elf. Er ließ sie vor Zidonas Augen pendeln. »Eine Daytona Newman, ziemlich selten. Und weißt du, woher? Von dem Typ, der mich abknallen sollte.« Er zog noch weiter an dem Klumpen. »Warum hast du *ihn* die ganze Sache nicht machen lassen, warum hast du mich gewählt?«

Zidona schnappte nach Luft.

»Von unserer Begegnung auf dem Flughafen, in Hongkong, als du mich fast erstickt hattest, in der Sandschüssel mit den Kippen, wußte ich, wozu du fähig bist. Und so hab ich mich erkundigt über dich«, er schnappte erneut nach Luft, die Newman pendelte vor seiner Nase, »und nur das Beste erfahren. Ich konnte dich gebrauchen, Hold. Und dabei gleich loswerden.«

»Aber du warst dir nicht sicher, wie gut ich tatsächlich bin, und hast Lou auf mich angesetzt. Das war dein Fehler.«

»Noch sieben Minuten«, keuchte Zidona.

»Sieben Minuten, da kann man vieles besprechen. Nach der Geschichte in dem Lokal war ich erst mal erledigt.« Willem riß sich das Pflaster herunter. »Mit einem Loch in der Wange!

»Dafür kann ich nichts ...«

»Nein?«

Willem zog den twin pen aus der Jacke, holte aus und durchstach Zidonas Wange. »Das war nicht ich, das war der Stift.«

Zidona schrie, rötlicher Schaum kam aus dem Spalt.

Hold stopfte den Sockenklumpen zurück, bis nur noch ein Gestöhn hindurchdrang; er wischte den Stift ab und ließ ihn zurück in die Jacke gleiten. »Ich wäre also fast abgeknallt worden *und* hatte noch dieses Loch, das war wie bei einem Erdbeben, Zidona, du begreifst plötzlich, daß der Boden, auf dem du dich immer sicher gefühlt hast, eigentlich ein Betrüger ist. Meine ganze Welt schwankte, und da rief ich Lou an, und sie kam mit Nähzeug und Zäpfchen in das kleine beschissene Hotel in der Straße, in der mein Vater seinen noch beschisseneren Uhrenladen hatte. Und wir haben uns verliebt.«

Willem sah auf die Newman, er steckte sie wieder ein. Dann zog er sachte an dem Sockenklumpen.

»Hast du schon mal geliebt?!«

Er zog noch etwas mehr, rote Blasen traten unter dem Klumpen hervor; Zidona würgte jetzt an einem Wort.

»Geliebt ...«

»Ja. Hast du schon gehört davon?«

»Gehört ...«

»Nein? Dann erklär ich's dir. Du wachst morgens auf und siehst das Gesicht, das du immer schon sehen wolltest, und bist mit dir und der Welt im reinen. Dann gehst du leise ins Bad, weil der Mensch, den du liebst, noch schläft, und siehst eine Zahnbürste neben deiner und denkst einfach nur Ja. Ja, *so* soll es sein.«

Zidona versuchte den Kopf zu schütteln, er stöhnte und rang nach Luft. »Eine Zahnbürste, die nicht meine ist, bei mir?« flüsterte er. »Da kotz ich ja schon morgens.«

Willem rutschte ein Stück an Zidona herunter, er

schwang sich auf den Wulst der Hosen, der als Ring um die Knie lag. »Wir müssen bald anfangen«, sagte er und zog auch schon das Korn der Beretta über eine der behaarten Backen vor ihm.

Zidona warf den Kopf herum. »Hör mir zu, Hold. Ich glaube, ich habe einmal geliebt!«

»Ach, tatsächlich?«

»Ja. Erinnerst du dich an die kleine Freche im Heim? Die vorn schon was hatte, als alle anderen noch nichts hatten. Mit diesen kurzen Haaren und den schmalen Lidern und der etwas piepsigen Stimme, so eine wie die Wettermaus von Sat.1, mal dünner, mal dicker, aber immer scharf.«

»Ja, ich erinnere mich. Sie hat mich manchmal angelacht.«

»Ich habe sie geliebt, Hold.«

Willem schob den eingefetteten Lauf zwischen Zidonas Backen.

»Nein. Dich hat nur gestört, daß sie mich anlachte, dieses Gefühl in dir hast du mit Liebe verwechselt. Und hast die Spannlackkur für mich erfunden. Dafür erfinde ich die Darmentleerung aus dem Mund. Bist du soweit?«

Zidona schrie jetzt, er schrie nur noch *Nein*, wieder und wieder, ein Nein, wie Hold es noch nie gehört hatte, und das vollkommene Gegenteil schoß ihm durch den Kopf, Lous ruhiges *Ja* in seinen Armen, das alles Glück der Erde war. Er zog den Lauf etwas zurück, und Zidona verstummte. Mit angehaltenem Atem lag er da, Gesicht auf der Seite, das Auge weit auf.

»Sag mir nur eins: Warum hast du sie auf diese Art getötet?«

Das eine Auge ging zu, gleichzeitig kam aus einiger Ferne ein heiseres Geräusch über den See, als hätte beides miteinander zu tun; Willem sah das eine und hörte das andere, während Zidona noch immer den Atem anhielt.

»Gut, du willst es mir nicht sagen. Ich respektiere das. Aber du wirst mir sagen, *daß* du die Frau, die ich geliebt habe, auf grauenvolle Art getötet hast.«

Das Geräusch kam langsam näher, Zidonas Auge ging wieder auf; Hold griff in die Tasche, er sah auf die Newman, es war vier Minuten vor elf, und auf eine Newman war hundertprozentig Verlaß.

»Sag es«, rief er.

Leises Klatschen von Wasser an die Flanken der Yacht drang jetzt in die Kabine, als sei Wind aufgekommen, aber der See war immer noch glatt, eine dunkle Platte, am Horizont die funkelnde Schnur, kaum merklich gekrümmt.

»Sag es!«

Das eine Auge schien aus der Höhle zu treten, und durch den Schaum auf der Wange ging ein Zittern.

»Ja.«

»Was ja?«

»Ja, ich habe sie auf grauenvolle Art getötet. Es hat sich so ergeben, Hold, und nun laß uns abhauen! Es gibt ein Schlauchboot, und Geld ist auch da, jede Menge! Ich hab sogar einen echten Picasso an Bord!«

Zidona schnappte noch einmal nach Luft, seine Kraft war erschöpft, und auch Hold spürte eine Art Müdigkeit. Einen Augenblick lang dachte er daran, einfach aufzustehen und zu gehen, aber rings um ihn war nur Wasser – wie rings um Lou, fiel ihm ein, die Wände des Zimmers waren.

»Nein«, sagte er, »niemand haut ab. Du bleibst hier liegen, und ich erzähle dir etwas, eine Geschichte, die Geschichte von mir und der Frau, die du gepfählt hast, die Geschichte der Nacht, in der Lou und ich uns geliebt haben, die hörst du dir an. Wir waren in dem kleinen Hotel im Ostend, immer schon eine elende Ecke und auch in Zukunft eine elende Ecke, das Ostend ist nicht zu retten, Zidona, genau wie du, und wenn sie dort die Weltbank errichten, wird es noch immer das Letzte sein, aber in unserem Hotelbett spielte das keine Rolle. Denn wir zwei, Lou und ich, wir *waren* gerettet. Beide lagen wir auf der Seite, einander zugewandt, und hatten Hunger, verstehst du: So anstrengend kann die Liebe sein, das Gefühl, genau den Richtigen anzusehen, den einzig Möglichen im Leben – das Glück war so anstrengend, Zidona. Es hat solche Ausmaße, wenn es einmal da ist, daß du gar nicht weißt, wie du's halten sollst, ein Ball, zu riesig für zwei Arme, und doch versuchst du es, ununterbrochen, und das macht hungrig. Nur wer will schon aufstehen, wenn er warm und weich bei der Liebsten liegt, um irgendwo im Frankfurter Ostend Pizza zu holen. Blieb also bloß, was einer so bei sich hat, und das einzige, das Lou in der Nacht bei sich hatte, waren zwei Snickers. Du weißt doch, was Snickers sind ...«

Zidona schwieg, er schien schon wieder die Luft anzuhalten; Willem stieß ihm den Lauf zwischen die Backen.

»Du weißt es also nicht. Dann muß ich das auch erklären. Snickers, das sind kleine, mit Vollmilchschokolade überzogene Riegel aus Karamel und Erdnüssen, bißfest, damit sie knacken im Mund, wie richtige Nahrung. Und darum konnte ich sie, mit dem Loch in der Backe, leider nicht essen. Ich konnte nur zusehen, wie Lou sie auspackte und zwischen die Lippen nahm, ihre schönen, immer etwas blassen Lippen, wenn du dich erinnerst. Sie lutschte die beiden Snickers, bis sie weich waren, dann nahm sie die gelbbraune Masse in den Mund, wo sie noch weicher wurde, bevor sie mich küßte, ihr Gesicht über meinem, und mich mit der Masse ernährte wie die Vogelmutter ihr Junges, und es mir gelang, sie zu schlucken, ohne daß etwas in die Wunde drang, während wir uns immer weiter küßten ... Das war die Geschichte, Zidona, und nun versuche dich zu entspannen, wie beim Urologen – was ein Urologe ist, muß ich dir wohl nicht erklären, ab vierzig sollte man dorthin, ich bin auch bald soweit.«

Willem sah auf seine Hand, die Hand mit der Waffe, und bemerkte ihr Zittern, als gehöre sie ihm gar nicht, die Hand, während die Backen zu beiden Seiten des Laufs jetzt nur noch zitterten, weil er zitterte, und er zog ihn zurück, den Lauf.

»Zidona?!«

Hold stieß ihm die Mündung ins Kreuz, erst leicht, dann heftig, er schrie noch einmal den Namen, leiser bereits, und stieß erneut zu, jetzt in die Rippen, und schrie ein drittes Mal, flehend schon fast, und wieder keine Antwort; er horchte nach draußen. Vom See kam kein Geräusch mehr, nur noch das leise Klatschen des Wassers an die Bordwand der Yacht, wie ein Bauch an einen anderen, und da wollte er sich auflösen oder nur noch irgendwo in der Sonne liegen, weit weg vom Tod.

Ganze Sekunden lang erfüllte ihn dieser Wunsch, zu leben, ohne zu sein, dann schob sich der Gedanke dazwischen, daß Zidona tot war, vor Angst verreckt, wenn's das gab. Allein das Gewicht der Wörter hatte ihn umgebracht, vielleicht auch erlöst, nur etwas langsamer als die Taube unter dem Bahnhof. Willem beugte sich nach vorn, abgestützt, wie er sich über Lou gebeugt hatte, um ihren Nacken zu küssen, und sah das eine, starre Auge und begriff, daß es vorbei war, erledigt, als vom Heck her ein Gebrüll kam, *Fallen lassen!*, und keinen Herzschlag später die Yacht mit dumpfem Knall vom Kiel her erbebte, pünktlich um dreiundzwanzig Uhr.

62

Feuerbach zielte mit der Peacemaker-Kopie auf Holds Rücken, während sich die Yacht spürbar schräg legte und aus dem Maschinenblock schwarzer Rauch quoll. »Fallen lassen!« Er brüllte ihn jetzt, diesen Befehl, wie er ihn zuletzt gebrüllt hatte, als der Junge mit der Pistole den Arm hob und ihm die Nerven rissen, er durchzog und die Pistole zu Boden fiel, mit dem harmlosen Klacken von Plastik, während der Junge erstaunt sein Gedärm hielt, brüllte und trat dabei, auf immer schrägerem Boden, in die Kabine und sah, wie Hold, auf den entblößten Beinen eines anderen hokkend, sich drehte, die eine Hand weit von sich, zwischen zwei Fingern den Lauf seiner Waffe. »Alles in Ordnung«, sagte er und ließ die Waffe fallen.

Feuerbach kam näher.

»Ist der Mann da auch in Ordnung?«

»Er ist tot. Und das sind wir auch gleich.«

Aus dem Maschinenblock schlugen jetzt Flammen, und durch irgendein Leck drang schwallartig Wasser in die Kabine. Feuerbach zielte noch auf Hold, er hielt die Coltkopie eisern fest, als würde sie dadurch echter. »Stoßen Sie Ihre Waffe zu mir«, schrie er, als die Yacht, mit einem Ruck, soviel Schlagseite bekam, daß die Beretta in das eingelaufene Wasser glitt.

»Das war's«, sagte Hold, »du kannst dein Ding weglegen.«

Feuerbach rutschte aus, er rutschte neben den Tisch, hielt sich mit einer Hand und warf Hold den Peacemaker zu. »Sagen Sie mir, daß man auf so was reinfallen kann!«

Willem holte Luft, er zerdrückte den Colt in der Hand.

»Darüber reden wir später, erst müssen wir hier noch was finden!«

Feuerbach zog sich an der Tischkante hoch, er stand mit den Schuhen im Wasser.

»Ein Bild etwa?«

»Genau das.«

Die Yacht erbebte noch einmal, Fächer und Klappen sprangen auf, Zidonas Körper rutschte auf Feuerbach zu, er griff ihm an die Halsschlagader. »Ich kenne diesen Mann, ich habe ihn lesen hören, ich hab mit ihm gesprochen. Das ist Ollenbeck!«

»Das *war* Ollenbeck. Aber vor allem war es Busches Partner Zidona. Und er sagte, der Picasso sei hier!«

»Wieso ist er tot?«

»Weil seine Zeit um war.«

»Sie haben ihn getötet!«

»Wollen wir jetzt reden oder suchen, Blonder? Ich habe, was ich will – Sie noch nicht.«

Feuerbach kroch in den noch trockenen Teil der Kabine, er riß das Fenster neben dem Cockpit auf und rief nach draußen, ob es auf der Yacht einen Safe oder anderen sicheren Ort gebe, aber es kam keine Antwort, oder sie ging unter im Gurgeln und Prasseln von Wasser und Feuer.

»Mit wem quatscht du?« rief Hold.

»Ich bin mit einem Boot gekommen, es muß auf der anderen Seite sein, Vanilla Campus ist an Bord, sie kennt sich doch wohl aus auf dieser Yacht.«

»Geht es ihr gut?« Hold riß eine Schrankklappe auf.

»Ja, warum nicht. Machen Sie sich lieber Sorgen um uns!«

»Ich mach mir aber lieber Sorgen um Frauen, am liebsten nur um eine! Und deine Sorgen sind hiermit zu Ende – ich hab ihn!«

Feuerbach fuhr herum und sah Willem Hold bis zu den

Knien im sprudelnden Wasser, in der einen Hand abgewickeltes Packpapier, in der anderen ein etwa vierzig mal sechzig Zentimeter großes Bild in schlichtem Holzrahmen, darauf zwei ältere Huren in Wäsche und ein hockender Mann mit großen Augen.

»Scheiße, das ist er!«

»Dann können wir ja los!«

Und Hold kämpfte sich, den Picasso über den Kopf haltend, bis zur Kabinentür; sie war durch die Schräglage zugefallen, er drückte sie auf, ganze Wasserströme drangen herein, das halbe Heck war überflutet. Feuerbach kämpfte sich hinterher.

»Es darf nicht naß werden, das Bild!«

»Soviel versteh ich auch von Kunst!«

»Vom Töten scheinen Sie noch mehr zu verstehen!«

Hold zog mit der freien Hand an Narcisos Leiche, ihr Kopfrest lag auf dem Rettungsschlauchboot, das gerade Feuer fing. »Den hier hat Zidona einfliegen lassen, damit er mich umlegt – ich war nur etwas schneller.«

»Offenbar sind Sie immer etwas schneller!«

»Willst du das Bild retten, oder willst du diskutieren?«

»Ich will vor allem mich retten. Und ich weiß nicht, ob ich Sie mitretten soll, Hold! Wie war das bei Louis Freytag? Waren Sie da auch nur etwas schneller?!«

»Das war ein Unfall, so was kommt vor!«

»Ja«, sagte Feuerbach, »ich weiß ...«

Der Kahn tauchte jetzt hinter dem Qualm aus dem Motorblock auf, die beiden Frauen knieten auf dem Bug, Schulter an Schulter wie ungleiche Schwestern, Helen hielt ein Tau in der Hand, die Campus winkte; Hold winkte mit dem Picasso zurück. Und Feuerbach warf eine Faust in die Luft.

»Wir haben ihn!«

»*Ich* habe ihn«, rief Hold.

Signore Franz mischte sich ein, seine Stimme war überraschend laut. »Sie müssen schwimmen, ich kann nicht mehr so nah ran wie vorhin!«

Der ganze hintere Block brannte jetzt, aber Rauch quoll auch aus der Bugklappe, und die seitliche Neigung war schon so stark, daß der tote Exmajor neben dem brennenden Schlauchboot trieb, während sich Feuerbach und Willem Hold an der Reling hielten, die immer mehr zur Reckstange wurde, mit Blick auf den See, der rund um das Geschehen nach wie vor glatt war, mit einem rötlichen Schimmer von den Flammen, als hätte der Mond einfach kehrtgemacht, um noch einmal seine Bahn über dem Lago di Garda zu ziehen.

»Geben Sie mir das Bild«, rief Feuerbach. »Ich kann mit einer Hand schwimmen!«

Willem stieg auf die Reling, er streifte seine Schuhe ab.

»Das ist immer noch Lous Picasso, und den rette ich!«

Er holte die beiden Uhren aus der Versace-Jacke und band sie sich um die Hand, die das Bild hielt, dann prüfte er die Reißverschlüsse der Taschen, in denen das Geld war; schließlich nahm er das Bild zwischen die Zähne und sah sich nach dem Kahn um: Vanilla, die verhüllten Hände vorm Mund, nickte ihm zu, und ohne mit der Wimper zu zucken, ließ sich Hold in den See gleiten. Er schwamm auf dem Rücken, den Picasso in die Luft haltend, und eine große Ruhe war mit einem Mal um ihn; keine zwanzig Meter lagen zwischen der sinkenden Yacht und dem rettenden Kahn, zwischen seinem alten und irgendeinem neuen Leben, auf der Basis der getrockneten Scheine oder welcher auch immer; er schwamm mit Blick auf die schon in sich ächzende Squadron und sah, wie Feuerbach von der Reling sprang.

»Paß auf dich auf«, rief ihm Helen zu, doch das hörte er nicht mehr beim Eintauchen in die Kälte des Sees, das hörte nur Hold und bezog es auf sich. Beide schwammen sie nun auf den Kahn zu, und Helen beugte sich weit über die Gummikante – es konnte nichts mehr schiefgehen, und es ging nichts mehr schief. Sie bekam das Bild zu fassen, kein einziger Tropfen hatte die Leinwand berührt. Der Hintern des Hockenden glänzte im Schein der brennenden Yacht, ihrem Bug, der noch steil aus dem See ragte und nach träger Drehung um die eigene Achse, wie von einer Riesenhand ruckartig hinuntergezogen, darin versank.

Signore Franz half den zwei Schwimmern an Bord, bis auf das Klappern ihrer Zähne war es still; das Wasser über der Unglücksstelle beruhigte sich, der Sog hatte alles mitgenommen, das brennende Schlauchboot und Willems Luftpolsterschuhe, den toten Exmajor und Zidonas Leiche, die echte und die unechte Waffe, dazu den Mythos eines Autors, der keiner war.

»Innen finden Sie Handtücher«, sagte Signore Franz und nahm die Motorhaube ab für seine Anlaßprozedur.

Helen – den Picasso jetzt in den Armen wie ein Baby – war als erste in der Kabine, wo es ein Bett und einen Tisch gab. Sie legte das Bild auf den Tisch, während sich Feuerbach hinter ihr auszog und Vanilla eine Wolldecke vom Bett nahm und Hold darin einrollte. »Eigentlich find ich's gar nicht so abwegig, das Bild«, sagte Helen. »Eine Nachbarin, unsere Frau Grütel, sie hat einen Hund, erzählte gestern von einem Mann, der vor ihr in die Hocke ging, mitten auf dem Bürgersteig, und …«

»Sie sollten lieber unsere Auftraggeber anrufen«, unterbrach sie Feuerbach, »man sollte neu verhandeln.«

Es krachte und knallte im Heck, der Yamaha war an. Helen drehte den Picasso um. »Was wird er wert sein?«

»Das liegt im Auge des Betrachters.« Signore Franz stand in der Tür zur Kabine, in der Hand noch die Schnur mit dem Griff, das weiße Haar in der Stirn.

»Worauf warten wir«, sagte Hold. »Fahren wir zurück!«

»Das wird nicht gehen.« Signore Franz zeigte in Richtung des näheren Ufers, auf die Lichter von Gargnano. »Zuständig für diesen Unfall ist die lombardische Seite, dort müssen wir die Dinge melden, überlegen Sie sich eine Version. Falls Ihnen nichts einfällt, kann ich helfen.«

»Und wie geht's dann weiter?« fragte Vanilla.

Signore Franz strich sich das Haar aus der Stirn und lächelte.

»In Gargnano am Hafen gibt es ein kleines Hotel. Da hat schon D.H. Lawrence übernachtet, mit der jungen Richthofen. Also sollte es Ihnen reichen. Und zwei können auch hier schlafen.«

»Und was machen *Sie*?« fragte Helen.

»Das, was ich jede Nacht mache. Über die Liebe schreiben.«

63

Liebe ist immer eine Überforderung, für alle Beteiligten, ob es nun zwei sind oder drei, aber in diesem Fall waren es gleich fünf, zumindest am Anfang, eine hoffnungslos ungerade Zahl ...

Sie hatten das Westufer, mit kleinen Umwegen um die Bojen der Fischer, in ordentlichen zwölf Minuten erreicht, begünstigt nur von der Ruhe des Sees; schon in Höhe der alten Mussolini-Villa (vormals Feltrinelli und dann wieder Feltrinelli, jetzt Hotel) waren sie allerdings von einem Vertreter der Wasserpolizei und örtlichen Rettungskräften, die mit ihrem Boot Pirouetten drehten, empfangen worden. Viel hatte man nicht gesehen vom Land aus, nur ein Lodern weit draußen, und so gab es an der Version, die Signore Franz, kaum daß alle festen Boden unter den Füßen hatten, in leicht akademischem Italienisch vortrug, auch keinerlei Zweifel. Eine deutsche Motoryacht, *molto magnifico,* in San Vigilio gestartet mit zwei Mann an Bord, davon einer eventuell tot, schon vor Abfahrt erschossen, habe bereits in Flammen gestanden, als er und seine *barca,* allein bereit und zur Verfügung, den Flüchtigen zu verfolgen, endlich in Rufweite gekommen seien, zu spät.

Der zuständige Carabiniere, vom häuslichen Fernsehen weggeholt, daher in Zivil und ohne Biß, hatte das alles notiert, einschließlich der Personalien des Zeugen Franz, der die übrigen Passagiere als Freunde ausgab, kaum an Bord gegangen zu einer Spritztour, *escursione spruzzante,* als die Motoryacht, nach dem Schuß, verdächtig abgedreht sei. Und natürlich wollte der Beamte auch die Namen dieser weiteren Zeugen, besonders der zwei nassen – welche noch zu helfen versucht hätten, bei Verlust von Geld und Papieren –, woraufhin Hold und Feuerbach, auf Anraten ihres Retters, als Dr. Paul und Dr. Heyse auftraten, verheiratet mit den Damen im Boot, was den Polizisten und Ehemann in Anbetracht seines Feierabends zufrieden stellte (und die Geschichte wieder zum Thema zurückführt).

Die Schaulustigen am Hafen hatten sich gerade verlaufen, und der Patron des Albergo Gargnano, vor dessen verblichener Front die No Comment an der Mole lag, war wieder zu einem Champions-League-Spiel von Juventus Turin zurückgekehrt (wie vor ihm schon der Carabiniere), als die Campus, mit schwarzem Tuch und Sonnenbrille, um nicht erkannt zu werden, *Ich will jetzt sofort in ein Bett* sagte, verbunden mit einem Seitenblick über den Brillenrand auf ihren Begleiter seit Frankfurt – den noch immer in die Wolldecke Gehüllten, der sich in ihren Augen schlicht und ergreifend gehalten hatte, avanciert sogar zum Scheingatten, während Busche und Zidona, der eine schwach an Seele, der andere schwach an Herz, kläglich zugrunde gegangen waren.

Hold bemerkte den kleinen Seitenblick über die Brille und sah zugleich eine Tafel neben der Eingangstür des Albergo Gargnano, nicht zu groß und nicht zu klein (angebracht auf zähes Betreiben von Signore Franz), nämlich einen Hinweis auf das berühmte Paar, das sich hier im ersten Stock, vor mehr als einem Menschenleben, umarmt hatte, und dachte im selben Moment, als ihn der Blick noch streifte, was dieser Lawrence kann, kann ich auch. Es war eher ein Bild als ein Gedanke, das Bild einer Umarmung nach allem, was geschehen war, und es löste ein Lächeln aus, wie man es sonst nur im Kino hat, wenn der Held, am Ende des Films, das Leuchten seines Überlebens zur Schau stellt, und man all die Mittel verzeiht, die ihn soweit gebracht haben.

»Also«, sagte er, »nehmen wir das Zimmer, das dieser Typ mit seiner Braut hatte, von dem hab ich mal was gelesen, das lag in Manila rum, und überhaupt ist Manila nicht so schlecht, nur heiß und arm, ich hab da auch noch Sachen ...« Das Gesicht jetzt zwischen den Händen, die pochende Wange geschützt, sprach Hold einfach weiter, von seinem Mobiliar und einer Holzterrasse mit Schaukelstuhl, Blick auf zerfetzte Bananen, von bunten Jeepney-Taxis und kaltem San-Miguel-Bier, obwohl Vanilla, noch benommen von dem Kinolächeln, gar nicht mehr zuhörte.

Sie holte ihren Jaguarschlüssel und die Wagenpapiere aus der Tasche und drückte Feuerbach beides in die Hand. »Er gehört Ihnen, aber nicht in der Stadt benützen, da ist Taxi fahren billiger.« Dann bat sie Signore Franz um dessen Adresse für die Zusendung eines Buchs mit Widmung: »*Bodymotion* – schon gehört davon?«, nickte Helen zu, die gerade erregt mit den Auftraggebern telefonierte, und betrat schließlich die wohnzimmerartige Gaststube des Albergo Gargnano, nur erleuchtet vom Fernseher auf einer Kommode, um den Patron beim Verfolgen des Elfmeterschießens zu stören, während Willem Hold, leiser und leiser geworden vor soviel Entschiedenheit, am Ende ganz den Mund hielt und nur durch das Anlegen zweier Finger an die Schläfe allgemein Abschied nahm. Für ernste Reden fühlte er sich ungeeignet, und Lebewohl zu sagen, war eine ernste Rede.

Aus fünf Beteiligten waren also zwei plus drei geworden, drei, die sich noch eine Flasche Bardolino mit Paprikachips und eishartem Tartuffo nero als Dessert aus der Pizzeria neben dem Hafenhotel besorgten – die Wirtin wollte gerade absperren –, und zwei, die unter Vorlage eines Ausweises mit dem Hanauer Geburtsnamen der Frau, Kumpas, später verfeinert zu Campus, das einzige Balkonzimmer in dem alten Hotel bezogen, die sogenannte *Càmera Chatterley*, einen fast gänzlich von einem eisernen letto matrimoniale ausgefüllten Raum, kahl bis auf ein schwarzweißes Doppelbildnis der berühmten Vorbewohner, oval gerahmt und in der Art von Grabfotos schützend lackiert gegen alle Außeneinflüsse, nur nicht eine Hand, die es einfach von der Wand nahm.

»Kein Publikum mehr«, sagte Vanilla, ehe sie mit Willem Hold auf den schmalen Balkon trat und vor dem Ausblick verstummte, ein Schweigen, dem er sich gerne anschloß.

64

Wie die Kulisse einer Freilichtoper lag der Ort Gargnano vom Wasser aus da, mit seinen rötlich gelben und blaßbraunen Gebäuden zu beiden Seiten des Hafens, dem See gewissermaßen eng verbunden, und Häusern, die, in zweiter, dritter Reihe, schon steil am Berg übereinandergelagert, Ränge und Logen abgaben, violett umrankt, über verborgenen Hohlwegen und Treppen, herum um einen bleichen

Dom und die Mauern alter Zitronengärten, von Zypressen wie an den Hang genagelt oder in der Schwebe gehalten; und schließlich einem eigenen, über allem wachenden Himmel: den Lichtern liliputanischer Villen auf schmalem Grat, den angestrahlten Glocken alter Kapellen auf schrägen Felsterrassen. Und das alles wurde kleiner und kleiner für den, der auf den nächtlichen See hinausfuhr, und zeigte sich doch erst als Ganzes.

Die No Comment glitt immer noch rückwärts, bei nur geringer Drehzahl, für die zwei Passagiere, nebeneinander am Bug sitzend, nicht mehr als Getucker, ein Herzschlag neben dem eigenen. Sie hatten ihre Tartuffo-Kugeln gegessen, und Feuerbach wollte gerade den Becher loswerden, als Helens Hand ihn davon abhielt. Fast ohne Gewicht legte sich die Hand auf seine Hand und blieb dort liegen, während Gargnano immer kleiner wurde und dabei zu wachsen schien. Seit dem Ablegen war noch kein Wort zwischen ihnen gefallen; Helen verkniff sich jeden Kommentar, obgleich sie sicher war, nie etwas Schöneres gesehen zu haben, und Feuerbach schob die Frage nach dem Ergebnis ihres Telefonats vor sich her. Erst als das Paar auf dem Balkon des Hafenhotels, dunkler Punkt in hellem Feld, offenbar ins Zimmer ging, kam er damit: »Also, was kriegen wir, was haben die gesagt?« und wollte auch gleich seine Hand unter ihrer Hand wegziehen, aber die Hand wurde schwer.

Helen sah ihn an, und ihre Lippen bewegten sich, noch ehe sie sprach. »Wir kriegen fünfundsiebzigtausend – oder wollten *Sie* mit den Leuten verhandeln, Feuerbach?«

Es war ein leises, zartes Sie, während das Gewicht ihrer Hand noch zunahm, ein Sie, das die meisten Dus übertraf, jedenfalls für sein Gefühl, und er legte jetzt die andere Hand auf ihre.

»Nein, mehr hätte ich auch nicht herausgeholt. Jetzt muß das Bild nur heil ankommen.«

»Es liegt in der Kabine auf dem Bett, eingewickelt.«

»Vielleicht sollten wir uns dazulegen ...«

»Das können wir ja noch tun.«

»Dann könnte es zu spät sein.« Feuerbach nahm Helens Hand und zeigte mit ihr Richtung Ufer. »Sehen Sie, die zwei sind auch gerade ins Zimmer gegangen – der kleine dunkle Punkt am Haus ist weg. Der Killer und seine Auftraggeberin. Und wir verziehen uns hier einfach.«

»Die kommen nicht weit«, sagte Helen. »Die fallen jedem auf, besonders er.«

»Mir ist er nicht aufgefallen.«

»Das ist Ihre Sache.«

»Sie haben ihn gemocht, kann das sein?«

Helen befreite ihre Hand, ohne zu wissen, wohin damit. »Ja, so was ergibt sich halt. Und das ist meine Sache.«

»Und was ist unsere?«

»Nur der Picasso.«

Signore Franz legte den Vorwärtsgang ein, er fuhr über Steuerbord einen Bogen, bis der Kahn auf die Lichter von Torri zuhielt. Dann warf er zwei Schwimmwesten nach vorn und rief etwas wie *Anziehen* und *Festhalten* und gab auch schon Gas. Der bemooste Yamaha röhrte, und die No Comment kam in Fahrt; die beiden am Bug, in die Westen geschlüpft, schlossen sich gegenseitig die Gurte.

Sie fuhren jetzt in die Dunkelheit, und je weiter sie hinauskamen, desto mehr kleine Wellen, manche schäumend, ließen den Kahn auf- und abhüpfen, während der See um sie immer größer wurde, als wichen die Ufer zurück. Helen sah ihren Mieter und Partner wieder an – im Grunde wußte sie nicht, was er nun war –, und im selben Moment sah auch er zu ihr, eine überraschende Symmetrie, aus der heraus sie ihm etwas zurief.

Ob sie ihn mal küssen dürfe, rief sie, und Feuerbach nickte nur, prinzipiell interessiert sozusagen, geködert allein von dem Wörtchen *mal*, hob aber noch schnell einen Finger und schien etwas einzuwenden (während der Chronist einen Block hervorzog, hinter dem Steuer stehend mitzuschreiben begann), und Helen, auf den Einwand hin, *Okay, ohne Zunge* rief, um dann seinen Finger zu packen, als er schon ihren Kopf heranzog, seine Stirn an ihre stieß, und wieder etwas sagte, das im Motorlärm unterging, mit hoher Wahrscheinlichkeit aber *Ich lieb dich.* Helen beschwerte sich nämlich, daß da ein e fehle, wie so oft bei diesem Satz, und er überhaupt einen Eindruck mache, als sitze er hier im Regen, doch es regne nicht, im Gegenteil, und sie habe, zufällig, ein kleines e übrig, das von ihrem Namen abgetrennte, worauf er etwas sagte, das nicht ganz im Lärm unterging, etwas wie *Dann hängen wir das dort eben dran*, und danach war endlich Schluß mit Reden. Blieb jetzt beiden nur noch, die Augen zu schließen und sich mit den Nasen zu arrangieren, wie es ja jedem ersten Kuß – der sich halt nie ergibt – zwingend vorausgeht.

65

Die Überquerung von Wasser bei Nacht verbindet sich ja häufig mit der Idee der Liebe, und daß sich Boote oder auch weniger romantische Verkehrsmittel wie Kreuzfahrtschiffe und Flugzeuge als seelische Fallen eignen, bedarf keiner Erklärung; aus unzähligen Büchern und Filmen, vielleicht sogar eigenem Erleben, weiß man zudem, daß Liebesucher stets echte oder falsche Abenteurer sind, ja bei den falschen steht dies Suchen in um so tieferer Beziehung zu Wasser und Nacht. »Schau«, sagte Vanilla, »da unten, wie das Meer schimmert.«

»Es kann gar nicht schimmern, es ist stockfinster.«

»Es ist nicht stockfinster, da sind Sterne. Und unten schimmert es, schau doch!«

Willem Hold – ohne Pflaster, nur mit rostroter Kruste – beugte sich an der Frau, die er zur Witwe gemacht hatte, vorbei und sah aus dem Fenster. »Okay, es schimmert.«

Sie hatten die zwei Spitzenplätze der First Class auf dem Flug nach Osten, vorne rechts, denn von links käme später die Sonne und blitzte selbst bei Verdunklung. Es war die tiefste Stunde der Nacht – ihrer zweiten gemeinsamen, nachdem sie sich in der Nacht zuvor streng an die Hälften des letto matrimoniale gehalten hatten –, die Zeit zwischen den gezeigten Filmen und ersten Handgriffen der Flugbegleiter im oberen Deck, zwei Herren und einer Dame, zur Vorbereitung des Frühstücks. Die übrigen Passagiere, Geschäftsleute und Sportstars, schliefen in ihren Liegesitzen, und auch Vanilla Campus und Willem Hold lagen nebeneinander oder hatten so gelegen; denn nach dem Blick aus dem Fenster war er nur halb auf seinen Sitz zurückgekehrt.

»Sag mal, hattest du was mit Zidona?«

Vanilla schob die Hände in den schwarzen Handschuhen unter ihr Kinn. »Wir hatten eine Eintagsschwäche füreinander, während einer Kufsteinreise.« Sie sah auf Holds Wange und flüsterte plötzlich: »Hast *du* ihn erschossen?«

»Das war gar nicht nötig. Er wußte, jetzt geht das elende Sterben los, und starb.«

»Sein Herz hat noch nie viel getaugt.« Vanilla drehte den Kopf zum Fenster, sie sah wieder auf das Schimmern. »Welches Meer ist da unten?«

Hold nahm eine ihrer Hände, er begann, den Handschuh langsam über die Finger zu schälen. »Das Arabische.«

»Woher weißt du das?«

»Ich seh's.

»Und was siehst du als nächstes?«

»Indien.«

»Aber du hast nicht gesehen, daß ich neue Schuhe hab.«

»Doch.« Sie hatte sie vor dem Abflug gekauft, am Airport, und es waren die Libellenschuhe, sogar dieselbe Farbe.

»Und kommen sie dir bekannt vor, Willem?«

»Wieviel hast du bezahlt?«

»Zweihundertachtzig.«

»Ich nur zweihundertzwanzig.«

»Und für wen?«

»Für meine Nerven. Ich habe sie gekauft, um meine Nerven zu beruhigen.«

Vanilla wandte sich ihm wieder zu und nickte; ihre Augen verfolgten sein Tun. Er schälte noch immer den Handschuh von ihren Fingern. »Ich hatte immer Männer mit guten Nerven«, flüsterte sie. »Guten Nerven, aber schwachen Herzen.«

»Bei mir ist es umgekehrt.«

»Und wie ist Manila so?«

»Arm«, sagte Hold. »Und du kriegst nirgends Gelbwurst. Und heiß und feucht ist es auch. Aber vergiß nicht, man sucht uns.«

»Und Indien?«

»Da sind die Geier gestorben, las ich. An irgendeiner Krankheit sollen sie alle gestorben sein. Und was machst du in so einem Land, wenn's keine Aasfresser gibt.«

»Ich denke, sie *verbrennen* dort die Witwen ...«

»Schon lang nicht mehr alle. Und Bäume ohne Geier, da fehlt dann was, finde ich. Diese Versammlung alter Regenschirme ...«

Er hatte den Handschuh fast abgeschält und zog ihn jetzt mit einem Ruck wie ein Pflaster herunter, und die Campus wollte den Daumen verstecken, aber da hielt er ihn schon in der Faust und betrachtete die Krallenkuppe.

»Schlimmer geht's immer«, sagte er. »Und so schlimm schaut's gar nicht aus.«

Vanilla nahm ihre Unterlippe zwischen die Zähne, und Willem streichelte den Nagelstumpf – er hätte das Zeug zum Heiligen, keine Frage. »Hast du schon mal von Mindanao gehört?«

Sie schüttelte den Kopf, während das Flugzeug zu zittern anfing, eine der üblichen Turbulenzen über dem Meer.

»Dort gibt's noch Geier. Und wir könnten von deinem und meinem Proviant wie die Könige leben. Wollen wir?«

Vanilla wollte im Moment nur ihren schwarzen Handschuh wieder anziehen, doch er steckte ihn in die Kotztüte und begann damit, ihr auch den anderen abzustreifen.

»Wollen wir?!«

Die Turbulenzen nahmen zu, und die Campus klammerte sich an Hold, statt zu antworten. »Paß auf«, warnte er sie, »ich bin kein Freund langer Pausen in solchen Gesprächen.«

Die Flugbegleiterin ging durch die Reihen, falls jemand beruhigt werden müßte von den wertvollen Gästen, sie lächelte ihm zu, eine Vorstadtschönheit mit Namensschildchen am blauen Revers, irgendwie kam sie ihm bekannt vor, und er ihr offenbar auch.

»Meinetwegen«, flüsterte Vanilla. »Gibt's da Friseure?«

»Beauty salons, jede Menge.«

»Na schön, versuchen wir's.«

»Gut«, sagte Hold, »sehr gut. Dann will ich dir jetzt auch etwas verraten. Dieses Gewackel, das ist der Jetstream, und weißt du, was da immer passiert in der First Class? Die Leute treiben es unter den Decken, weil's gar nicht auffällt, wenn sowieso alles wackelt und immer einer stöhnt vor Angst. Jetstream love, heißt das – auch versuchen?«

Die Campus sah ihn an und schwieg, aber ein heller Streif ihrer Zähne erschien, und Willem spürte den Beginn einer Erektion, ohne die Sorge, es könnte gleich weh tun. Natürlich war es nicht Lou, die ihn da ansah, sie konnte es gar nicht sein und wär's auch nie wieder, doch machte das Vanillas Lächeln und seine Unbesorgtheit fast im selben Moment nicht weniger zu einem Wunder. Blieb nur die Frage, wann das Licht anginge, und er schaute auf seine zwei Traumuhren, zuerst auf die Newman, die er links trug, und die schon im Manila-Takt lief, dort war es bald Mittag, dann auf die Reverso mit Frankfurt-Zeit, dort herrschte Nacht.

Knapp eine Stunde hätten sie noch, überschlug er, während seine Finger, als hörten sie nicht auf ihn, das Gehäuse der Reverso umklappten; immer war ja dort etwas eingraviert, mal der Name des Besitzers, mal ein Datum oder Spruch, aber in dem Fall war es ein Umriß – und kein Symbol, er sah's sofort –, der Umriß des Gardasees, noch kleiner als das Tattoo am Nabel, als hätte sich dies Stück von ihr retten können, für immer. Er klappte es wieder zurück, das Gehäuse, während die Turbulenzen nicht aufhören wollten, aber alles weiterschlief in den Luxussitzen oder weiterzuschlafen vorgab, befaßt mit irgendwelchen kleinen Abenteuern, wo es doch immer noch echte und große gab, man mußte nur bereit dafür und da sein, wenn's losging. Er jedenfalls war schon mal da, und was es sonst noch brauchte, war gleich neben ihm, den Kopf an seiner Schulter. Und die verdammte Liebe, dachte er, die würde auch noch dazustoßen, fertig.

Bodo Kirchhoff im dtv

»Schreiben ist Handwerk plus eigener Abgrund.«
Bodo Kirchhoff

Infanta
Roman
ISBN 978-3-423-**14029**-4
Kurt, ein gutaussehender Deutscher aus Rom, wird als Gast in einer ehemaligen Missionsstation in den Tropen aufgenommen und verliebt sich in die Haushälterin Mayla ...

Erinnerungen an meinen Porsche
Roman
ISBN 978-3-423-**14062**-1
Daniel, Patient in der Klinik Waldhaus – Freundin Selma hat ihm sein männlichstes Teil, seinen Porsche ruiniert –, hängt den Zeiten ungehemmter Sex- und Geldvermehrung nach, bis eine neue Patientin auftaucht ...

Eros und Asche
Roman
ISBN 978-3-423-**14129**-1
»Ein rarer Blick in das seltsam schlagende Herz von Männerfreundschaft.« (Brigitte)

Die kleine Garbo
Roman
ISBN 978-3-423-**14173**-4
Job und Frau sind weg, ein Banküberfall misslingt. Die Beute ist gering und zur Flucht entwendet Hoederer ein Auto, ohne zu wissen, dass er sich damit zum Entführer macht ...

Parlando
Roman
ISBN 978-3-423-**14225**-0
»Ich bin, was ich erzähle«, lautet Fallers Credo. Über Väter und Söhne und die Legenden, die unser Leben bestimmen.

Die Liebe in groben Zügen
Roman
ISBN 978-3-423-**14317**-2
»Kirchhoff demonstriert aufs Schönste, dass über die Liebe im Allgemeinen und die Ehe im Besonderen nie alles gesagt sein kann.« (Der Tagesspiegel)

Schundroman
ISBN 978-3-423-**14358**-5
Brillante Parodie eines Gangster- und Liebesromans.

Verlangen und Melancholie
Roman
ISBN 978-3-423-**14517**-6
»Ein glänzender Roman über das schönste und komplizierteste im Leben: Die Liebe.« (Wolfgang Herles, ZDF)

John von Düffel im dtv

»John von Düffels Art zu schreiben ist von meisterhafter Eleganz und berückender Aufrichtigkeit.«
Undine Materni in der ›Sächsischen Zeitung‹

Vom Wasser
Roman
ISBN 978-3-423-**12799**-8
Die Geschichte einer Papierfabrikantendynastie, erzählt von einem, der wie magisch angezogen immer wieder zum Wasser zurückkehrt.

Zeit des Verschwindens
Roman
ISBN 978-3-423-**12939**-8
Es gibt über jeden Menschen einen Satz, der ihn zerstört. Niemand darf ihn aussprechen …

Schwimmen
ISBN 978-3-423-**13205**-3
Das Schwimmen: eine Passion. Immer wieder verbinden sich im Wasser Sehnsucht und Angst, Schönheit, Gefahr und Triumph.

EGO
Roman
ISBN 978-3-423-**13111**-7
Ein Turbo-Egoist im Fitness- und Karrierewahn: eine irrwitzige Psychostudie. Rasant, komisch, scharfsinnig.

Houwelandt
Roman
ISBN 978-3-423-**13465**-1
Der 80. Geburtstag des Patriarchen soll drei Generationen der Houwelandts nach langer Zeit wieder zusammenbringen.

Hotel Angst
ISBN 978-3-423-**13571**-9
Die Geschichte eines magischen Ortes – Bordighera um die Jahrhundertwende der Belle Epoque.

Beste Jahre
Roman
ISBN 978-3-423-**13907**-6
Ein dramatischer Roman über spätes Elternglück.

Goethe ruft an
Roman
ISBN 978-3-423-**14218**-2
Eine herrliche Komödie über die Jagd nach Erfolg.

Wassererzählungen
ISBN 978-3-423-14554-1
Elf neue Geschichten im, am, unter oder auf dem Wasser.